विनोद दूबे

विनोद दूबे का जन्म 11 मार्च, 1981 को उत्तर प्रदेश, भदोही के एक गाँव में हुआ। बारहवीं तक की पढ़ाई हिन्दी मीडियम स्कूल से करने के बाद अपने लिए सही करियर और सही जोख़िम की तलाश उन्हें मर्चेंट नेवी की तरफ़ ले गई। कैडेट से कैप्टन बनने तक के ख़ानाबदोश जहाज़ी सफ़र ने उनके अनुभव के दायरे को विविधतापूर्ण सम्पन्नता दी।

उनकी प्रकाशित पुस्तकें हैं—'इंडियापा', 'ओक्का-बोक्का' (उपन्यास); 'वीकेंड वाली कविता', 'जहाज़ी' (कविता-संग्रह) 'वीकेंड वाली कविता' नाम से उनका यू-ट्यूब चैनल है। विभिन्न पत्र-पत्रिकाओं में उनके यात्रा-वृत्तान्त भी प्रकाशित होते रहे हैं। सिंगापुर में हिन्दी के क्षेत्र में योगदान के लिए उन्हें 'HEP (Highly Enriched Personality)' पुरस्कार, 'हिन्दी सेवी सम्मान' और विश्वरंग द्वारा 'प्रवासी साहित्यकार सम्मान' से सम्मानित किया गया है। वे सिंगापुर संगम, कविताई (सिंगापुर), साझा संसार (नीदरलैंड), वातायन (यू.के.), गर्भनाल (भारत) आदि अनेक संस्थाओं से जुड़े हैं। फ़िलहाल सिंगापुर में रहते हैं।

ई-मेल : vinod5787@gmail.com

ओक्का-बोक्का

विनोद दूबे

लोकभारती पेपरबैक्स

लोकभारती पेपरबैक्स में
पहला संस्करण : 2024

लोकभारती पेपरबैक्स : उत्कृष्ट साहित्य के जनसुलभ संस्करण

लोकभारती प्रकाशन
पहली मंजिल, दरबारी बिल्डिंग, महात्मा गांधी मार्ग
प्रयागराज-211 001
द्वारा प्रकाशित

शाखाएँ : 1-बी, नेताजी सुभाष मार्ग, दरियागंज, नई दिल्ली-110 002
अशोक राजपथ, साइंस कॉलेज के सामने, पटना-800 006
1, अनमोल सोराबजी सन्तुक लेन, धोबी तलाव, मरीन लाइंस, मुम्बई-400 002

वेबसाइट : www.lokbhartiprakashan.com
ई-मेल : info@lokbhartiprakashan.com

विकास कंप्यूटर एंड प्रिंटर्स
ट्रॉनिका सिटी-201 102
द्वारा मुद्रित

मूल्य : ₹299
S$12

OKKA-BOKKA
Novel by Vinod Dubey

ISBN : 978-81-19996-73-5

कैप्टन अरुण सुन्दरम के नाम...

'वर्क हार्ड पार्टी हार्डर' वाले मर्चेंट नेवी के अंग्रेज़ीदाँ माहौल
में उन्होंने अपने स्नेह और दिशा-निर्देशन से सिंगापुर में भी
मेरे भीतर के हिन्दी साहित्य प्रेमी को जीवित रखा।

कथा-क्रम

लौट के बुद्धू घर को आए

"शान्ति मन के भीतर होती है और हम उसे बाहर ढूँढ़ते रहते हैं।" ओशो ने यह बात भी इसी जबलपुर में ही कभी सोची होगी। और आज जबलपुर की इस पुरानी हो चली छत पर खड़ा, मैं भी यही सोच रहा हूँ।

ऑफ़िस के चमचमाते चैम्बर में लैपटॉप को घूरते, चारों तरफ़ बिखरी ख़ामोशी में भी मन कितना अशान्त रहता था। और जिस शान्ति को मैं सालों से ढूँढ़ रहा था, वह मिली भी तो कहाँ? आज, चाँदनी रात में अकेले खड़े इस छत पर। जबकि मेरे सामने शादी का कानफाड़ू शोरगुल चल रहा है।

मैंने नज़रें नीचे घुमाईं तो एक वृत्त नज़र आया। उम्र के पड़ावों को परिधि पर छूता। हम सबकी ज़िन्दगी का सर्किल।

गोद की उम्र के बच्चों को, माँ-बाप की पसन्द से पहने ख़ूबसूरत कपड़ों के बोझ तले दबे और दूध की बोतल मुँह में घुसेड़े, बिलखते देख रहा हूँ। माता-पिता उनके कपड़े पर गिरा खाना और दूध आहिस्ता से झाड़कर उन्हें सलीक़े का बनाने की कोशिश कर रहे थे। शायद बच्चे भी मन-ही-मन सोच रहे होंगे कि जल्द ही स्कूल जाने की उम्र के हो जाएँ तो वे माँ-बाप के चंगुल से दूर, अपनी मर्ज़ी से खा-पी और पहन-ओढ़ सकेंगे।

स्कूल की उम्र के बच्चों को भी माँ-बाप से छुपकर मुँह में आइसक्रीम की लीपा-पोती करते देख रहा था। अगर सोचें कि उन बच्चों के मज़े हैं तो यह भी ग़लत होगा। मन उनका भी शान्त नहीं था। उनकी नज़रें भी कॉलेज की उम्र के उन भैया और दीदियों पर टिकी थीं, जो डीजे की लगाई धुनों पर धरती फाड़ अन्दाज़ में थरथराते हुए मचल रहे थे।

'सैयाँ जी से आज मैंने ब्रेकअप कर लिया' गाने पर उनका अन्दाज़-ए-नृत्य देखकर एकबारगी तो लगेगा जैसे प्रलय का समय नज़दीक है और ये आनन्दप्रद अवस्था में शिव तांडव कर रहे हैं। गौर से देखने पर समझ आया कि यह सारी मेहनत सिर्फ़ विपरीत लिंग के साथ नैन-मटक्का करने का ज़रिया मात्र थी। इन्हें भी किसी के साथ जीवन-भर के लिए बँध जाने की जल्दी है।

वहीं स्टेज के पास शादी-शुदा मर्दों को राजनीति या क्रिकेट पर चर्चा करते और महिलाओं को एक हाथ से साड़ी तो दूसरे से फ़ोन सँभालते देख रहा था। जैसे फ़ोन और साड़ी नहीं, बल्कि गुज़रती जवानी और आनेवाला बुढ़ापा एक साथ सँभाल रही हों।

डीजे की आवाज़ और स्टेज की चमचमाहट से दूर एक कोने में, कुछ बुज़ुर्गों को भी देख रहा था। बीच-बीच में उनके बच्चे उन्हें कुछ खाने को भी दे रहे थे और उनके कपड़ों पर गिरा खाना भी आहिस्ता से झाड़कर, थोड़ा मुँह बनाते हुए उन्हें सलीक़े का बनाने की कोशिश कर रहे थे।

मुझे गणितवाले मास्साब का पढ़ाया वृत्त (सर्कल) याद आया। परिमाप, क्षेत्रफल, सब बता दिया था उन्होंने। बस यह नहीं बताया था कि ज़िन्दगी भी बिलकुल ऐसी ही है। गोल-गोल घुमाकर फिर वहीं लाती है, जहाँ से सब शुरू किया था।

नीचे के तमाम शोर-शराबे के बावजूद, छत पर खड़ा मैं, बिलकुल शान्त मन से सब कुछ देख रहा था। छत पर अनवर और सुलभ के आने का मुझे इन्तज़ार था। नज़रें दूर 'नेपियर टाउन' की चमचमाती बिजली के खम्भों के बीच शकुन्तला के बाड़े पर पड़ीं।

"आज फिर से वहीं खड़ा हूँ, जहाँ से शुरू किया था। बस ठीक से सर्कल ड्रा करना न तब आया था और न आज। शायद इसीलिए सिरे ठीक से नहीं मिल रहे। वैसे भी, कहने को ज़िन्दगी गोल है, लेकिन इसमें इतने ट्विस्ट और टर्न आते हैं कि इस सीधे-साधे सर्कल को स्पाइरल बनाकर छोड़ते हैं।" मैं मन-ही-मन मुस्करा पड़ा था।

मैं भीड़ का हिस्सा होते हुए भी, भीड़ से अलग हो गया था। पुरानी यादों का सैलाब भीतर उमड़-घुमड़ रहा था। फिर भी मन आज इतना शान्त था,

जैसे बारिश के बाद सड़क के किसी गड्ढे में इकट्ठे पानी के भीतर चाँद का प्रतिबिम्ब।

"शरद! अमाँ किधर छुपे बैठे हो, यार?" पहली आवाज़ अनवर की थी।

"साले, ज़िन्दा है कि मर गया?" दूसरी आवाज़ सुलभ की।

गड्ढे के पानी में दोनों ने छपाक-छपाक की आवाज़ करते पैर रख दिए थे और चाँद हिल गया था। इत्तफ़ाक़न, हम तीनों ठीक तीन साल बाद मिल रहे थे।

"हाँ भाई, यहाँ से नज़ारा बढ़िया है। औरतों को यहाँ से छुप-छुप के ताड़ने में कोई रिस्क भी नहीं है।" सुलभ ने मैदान में आते ही धोनी की तरह अपना हेलीकाप्टर शॉट खेल दिया था।

अनवर चुप-चाप गले लगा। गले मैं कई दोस्तों के लगा होऊँगा पर अनवर का गले लगना हमेशा एक जुदा अहसास देता है।

"थैंक्स फॉर कमिंग...यार, मैं तुझे नीचे खोज रहा था, पर सुलभ ने थोड़ी देर पहले बताया कि तू छत पर है।" अनवर ने फूलती साँसों को थामते हुए कहा। उम्र हम तीनों पर हावी होती दिख रही थी।

"भाई, जुगाड़ कर लाया हूँ।" सुलभ और अनवर हाथ में बियर की बोतलें लिये छत पर हाँफते हुए आए थे।

"भाई की रगों में मारवाड़ी ख़ून हिचकोले मारता है। मज़ाल है कोई भी चीज़ यह न जुगाड़ लाएँ।" मैंने शोले के गब्बरवाले अन्दाज़ में अपने कालिया और साँभा को शाबाशी दी।

"साले, मज़ाक़ उड़ा रहा है। साइंस लिया होता तो आज चन्द्रयान तेरा यह भाई लैंड करा चुका होता।"

"वैसे, भाई ने साइंस लेने की सोची तो ज़रूर थी पर बेचारा साइंस इनकी माया नहीं समझा पाया।" अनवर को सुलभ की टाँग खींचने का मौक़ा गँवाना नागवार था।

"जस्टिन बीबर का गाना सुना है। जब वो 'हे बेईबे, बेईबे!' के मंत्रोच्चारण से शंखनाद करते हैं, वहाँ तक तो समझ आता है। उसके बाद जब प्रभु लुडाक्रिस अंग्रेज़ी में जो श्लोक सुनाते हैं, रत्ती-भर भी कहाँ समझ आता है। साइंस के साथ मेरा रिश्ता बीबर भाई के इस गाने की तरह था। कोशिश मैंने

बहुत की, पर पहले पन्ने के बाद कुछ समझ ही नहीं आया। एक एटम यहाँ से वहाँ चला गया, इस गति से चला गया, इतने टाइम में चला गया। अबे, ये एटम भी कम शरारती नहीं हैं। शान्ति से बैठा नहीं जाता क्या इनसे?" सुलभ की बात पर हम सब हँस पड़े।

"वैसे मुझे पता है, तूने कॉमर्स क्यूँ लिया था। अनवर! कौन थी बे वह गोरी-सी लड़की जिसने भाई को घायल कर दिया था?"

मेरी इस बात से ऊँट पहाड़ के नीचे आ गया। सुलभ पहली बार शरमाया था।

"सुलभा...और मियाँ को प्यार भी इसलिए हुआ था क्योंकि मोहतरमा का नाम इनके नाम से मिलता-जुलता था। प्यार के बड़े कारण सुने होंगे, लेकिन ऐसा नहीं सुना था हमने।" अनवर भाई हमेशा कम शब्दों में ज़्यादा कुछ बता देने में विश्वास रखते थे।

"सुलभ वेड्स सुलभा...साले, तूने अपनी कॉपी के हर पन्ने पर यही लिखा था, है न?" मैंने छेड़ा।

"अबे, उसके चक्कर में कॉमर्स ज्वॉइन नहीं किया था! मेरे पिता जी चाहते थे कि बिज़नेस में हाथ बटाऊँ इसलिए मुझे कॉमर्स पढ़ाना चाहते थे।" सुलभ सफ़ाई देने लगा,

"हाँ, वह बात अलग है कि उसके क्लास में होने की वजह से मेरी अटेंडेंस हंड्रेड पर्सेंट हो गई थी।" सुलभ ने अपनी चोरी स्वीकार कर ली थी।

'चियर्स!' शादी के चमचमाते झालरों के बीच, उस ख़ामोश छत पर हम तीनों इतना खुल के हँसे कि हमारी हँसी की गूँज जबलपुरिया आसमान में छिटके तारों तक पहुँच गई।

"अनवर, तूने भी शुरू कर दिया?" मैंने पूछा।

"अबे किधर यार, यह अभी भी कोल्ड ड्रिंक पीता है इसीलिए तो चखने के साथ कोक की बोतल लाया हूँ।" सुलभ ने अनवर की जगह उत्तर दे दिया।

"और तू, कुछ बढ़ाया या अभी भी एक सिप में घंटों गुज़ार देता है।" अनवर ने मुझे छेड़ा।

"अभी भी वैसे ही हैं। हमारे ग्रुप में सुलभ जैन से बड़ा बेवड़ा कोई हो सकता है भला।" मैंने सुलभ के भरे गिलास की तरफ़ इशारा करते हुए कहा।

"यार सुलभ जैन मत बोला कर, मैं भ्रष्ट जैन हूँ।" सुलभ ने सफ़ाई दी।

हमारी ज़िन्दगियों में कुछ भी चल रहा हो, हम जब मिलते तो सब भूल जाते। मैं चाँदनी रात में छत पर ज़मी इस महफ़िल को एन्जॉय कर रहा था।

"और भाई लोग, लाइफ़ कैसी चल रही है?"

"अनवर मियाँ का स्कूल अच्छे से चल रहा है। इतने ग़रीब बच्चों को पढ़ा दिया है कि लगता है अगले पैगम्बर यही होंगे।" सुलभ ने अनवर की टाँग खींचते हुए तारीफ़ की।

अनवर बचपन से यही तो चाहता था। उसने एक प्राइमरी स्कूल में सरकारी अध्यापक बनकर शुरुआत की और अपनी बेग़म रुख़सार के मार्फ़त यतीम बच्चों के लिए स्कूल भी खोल दिया। अनवर उन क़िस्मतवालों में से था जिसे शुरू से ही पता था कि उसे करना क्या है। वरना बाक़ियों की तो ज़िन्दगी गुज़र जाती है फिर भी पता नहीं चलता कि करना क्या है। बाक़ियों के हाल पर मुंशी अमीरुल्लाह तस्लीम ने लिख भी दिया है कि,

सुबह होती है शाम होती है
उम्र यूँ ही तमाम होती है...

"यार, इन सबके लिए पैसे कैसे इन्तज़ाम करता है? दिक़्क़त नहीं होती?" मैंने अनवर की तरफ़ मुख़ातिब होते हुए पूछा।

"नहीं। दिक़्क़त कैसी? टीचर्स देखने में ही ग़रीब लगते हैं पर उनकी तनख़्वाह इतनी भी कम नहीं होती है भाई। वैसे भी मेरा कोई ज़्यादा ख़र्च तो है नहीं। सरकार से मिले पैसों में से जो पैसे बच जाते हैं, रुख़सार को थमा देता हूँ ताकि उन बच्चों पर ख़र्च किया जा सके, जिन्हें हमसे ज़्यादा ज़रूरत है। और अब इक़बाल मियाँ की पढ़ाई भी पूरी हो गई है, तो उनकी तरफ़ से भी फ़ारिग़ हूँ।" अनवर हमेशा पेचीदे मसलों को इतनी ही आसानी से सुलझाता रहा था। अनवर हमेशा से अपने तरीक़े से जीता है। बाक़ी क्या सोचते हैं, इसका उस पर कुछ फ़र्क़ नहीं पड़ता।

"और जैन साहब, आपका क्या हाल है?" मैंने सुलभ से पूछा। जबकि मैं जानता था जवाब अनवर से मिलेगा।

"अज़हरुद्दीन और रेखा की तरह सुलभ जैन की जवानी भी घटने का नाम नहीं ले रही। गुलज़ार साहब ने इन्हीं के लिए तो लिखा है,

उम्र कब की बरस के सुफ़ैद हो गई,
कारी बदरी जवानी की छँटती नहीं।

वैसे भी, स्त्रियों के अंग वस्त्रों का इनका बिज़नेस मस्त चल रहा है। साड़ियाँ पहन-पहनकर दिखाते हैं। अब तो अपनी पत्नी यानी जूही भाभी से भी अच्छी साड़ी पहन लेते हैं जनाब।" अनवर की बातों पर हम तीनों ठहाके मारकर हँस पड़े।

सुलभ का मस्तीख़ोरी वाला स्वभाव किसी नौकरी के लिए बना नहीं था। उसे तो शुरू से बिज़नेस करना था। सुलभ की साड़ियों की पुश्तैनी दुकान थी। सो पढ़ाई पूरी करके वहीं लग गया। बस एक बात अलग थी कि बिज़नेस की सारी परेशानियों को धता बताते हुए सुलभ हमेशा मस्त रहता था।

"और बता, क्या हाल है जबलपुर के?" मैंने पूछा।

"मस्त है। बस चीज़ें रफ़्तार से बदल रही हैं।" अनवर ने कोक का सिप गले में उतारते हुए कहा।

"अबे, मैं तो कह रहा हूँ, हम तीनों को अब पैदा होना चाहिए था, मज़ा आ जाता। लड़कियाँ क्या कपड़े पहनती हैं आजकल यार, बस पूछो मत।" सुलभ ने खिखियाते हुए कहा।

"हम्म! ग्लोबलाइज़ेशन के इस दौर में कुछ अलग रहा ही नहीं। हर शहर को बम्बई और दिल्ली बन जाना है।" दुनिया बदल जाए अपनी बला से, पर मुझे जबलपुर पहले-सा ही चाहिए था।

"अगर गांधी जी अब आकर देखें, तो इसका नाम संस्कारधानी की जगह कुसंस्कारधानी रख जाएँगे।" सुलभ फ़ॉर्म में आ रहा था।

"अमाँ, इत्ता भी नहीं बदला है। वैसे भी परिवर्तन संसार का नियम है। देख! शरद ने अपना हाथ सीने पर रख लिया है। हाय अल्ला! ये क्या हो गया है मेरे जबलपुर को?" अनवर भी एन्जॉय कर रहा था।

"नहीं यार। सुबह से बाईं तरफ़ कुछ दर्द है।" मैंने हल्के हाथों से सीने की मालिश करते हुए कहा।

"गैस होगी, यार। कुछ उल्टा-सीधा तो नहीं खा लिया?" अनवर ने पूछा।

"साले, मैं कह रहा हूँ, तुझे हार्ट अटैक आनेवाला है। जबलपुर के बदलने की ख़बर तू झेल नहीं पाएगा।" इससे पहले कि मैं कुछ कहता सुलभ ने डाइग्नोस कर दिया।

"गर्मी लग रही है। तुम लोगों को भी या सिर्फ़ मुझे ही?" मैंने ड्रिंक्स का गिलास बग़ल में रखते और शर्ट का ऊपरवाला बटन खोलते हुए कहा।

"शरद, थोड़ा लेट जा। थक गया होगा।" अनवर ने मेरे सिरहाने तकिया रखा।

मैं जैसे ही लेटा, सीने में तेज़ दर्द उठा। मैं चीख़ पड़ा, "दर्द बढ़ रहा है, यार...साँस नहीं लिया जा रहा है।" मेरी साँसें टूटती जा रही थीं। मैं उन दोनों के चेहरों पर हवाइयाँ बिखरते हुए देख पा रहा था।

"डॉक्टर को कॉल करता हूँ, यार। तू लेट जा।" सुलभ अब की सीरियस था।

मेरी आँखें बन्द होती जा रही थीं और साँसों के लिए संघर्ष तेज़।

"सुलभ, रुको! मैं इक़बाल से बात करता हूँ।" अनवर ने सुलभ से कहते हुए, मेरे सिर पर ढाँढस में हाथ फेर दिया था।

अनवर का इकलौता बेटा इक़बाल, नागपुर से एम.बी.बी.एस. की पढ़ाई करने के बाद, रसल चौक, नेपियर टाउन के ही जबलपुर हॉस्पिटल में इंटर्नशिप कर रहा था। मुझे अनवर और इक़बाल की बातें ठीक से तो सुनाई नहीं दे रही थीं, पर इतना समझ आया कि मेरी लिए थोड़ी ही देर में एम्बुलेंस आनेवाली थी।

मैंने अनवर और सुलभ के हाथों को कसकर पकड़ लिया था। दोनों ने मुझे सहारा देकर उठाया।

"तू ठीक है न, यार? बस अभी एम्बुलेंस आती होगी। इक़बाल ने इन्तज़ाम कर दिया है। सीधा हॉस्पिटल चलकर दिखा लेते हैं।" अनवर और सुलभ मुझे सहारे से नीचे लेकर जा रहे थे। मेरे लिए हर क़दम मुश्किल भरा था।

"अनवर, एम्बुलेंस घर के पिछले दरवाज़े के सामनेवाली सड़क पर बुलाना। शादी का माहौल मत ख़राब करो।" मैंने लगभग फुसफुसाते हुए अनवर से कहा।

"हाँ, पीछे ही बुलाया है।" अनवर ने दोनों हाथों से मुझे पकड़कर दरवाज़े से बाहर निकला।

"सुलभ, तू रुक जा। शादी में काम होगा, मैं जाता हूँ।" अनवर ने कहा।

"इससे भी ज़्यादा ज़रूरी कोई काम है क्या? देख, एम्बुलेंस शायद उस तरफ़ खड़ी है।"

सुलभ की इस बात का न मेरे पास कोई जवाब था, न ही अनवर के पास।

थोड़ी देर पहले छत पर महफ़िल जमाते हम तीनों दोस्त एम्बुलेंस की तरफ़ बढ़ चले।

एम्बुलेंस के साइरन की चीख़ती आवाज़ मेरे कानों में पड़ रही थी। अनवर मेरा हाथ पकड़े बैठा था। हॉस्पिटल से आया वार्ड बॉय मेरे पैरों की मालिश कर रहा था। जबलपुर की सड़कें, जहाँ मैंने कभी बाइक सीखने में घुटने छिलवाए थे, मेरी आँखों में धुँधली-सी दिख रही थीं।

तीन साल बाद यह सोचकर लौटा था कि दोस्तों के साथ जबलपुर के चप्पे-चप्पे में क़ैद, पुरानी यादें छू आऊँगा। लेकिन वक़्त को शायद यही मंज़ूर था कि रात के तक़रीबन नौ बजे, इन सड़कों पर सरपट दौड़ती एम्बुलेंस में स्ट्रेचर पर लेटा, मैं साँसों से ज़िन्दगी की लड़ाई लड़ूँ।

"भैया, इमरजेंसी है, प्लीज हमें जाने दीजिए।" सामनेवाले कार के ड्राइवर से गिड़गिड़ाते सुलभ की आवाज़ मुझे अजीब-सी लग रही थी। ख़ुशदिल सुलभ की आवाज़ में मैंने इतनी बेबसी कभी नहीं सुनी थी। ट्रैफ़िक को सामने से हटाते, आगे ड्राइवर के साथ बैठे सुलभ की आवाज़ कई बार मेरे कानों तक आई।

मेरे सोचने और समझने की शक्ति कमज़ोर होती जा रही थी। कुछ ठीक से याद आ रहा था तो बस मेरी फूलती साँसें और मेरे हाथों को कसकर पकड़ा हुआ अनवर का हाथ। साँस लेना इतना मुश्किल था जैसे किसी पहाड़ी पर मुझे स्प्रिंट रेस करवाया जा रहा हो। हर टूटती साँस के साथ, मैं ग़ुस्से में या फिर हार में गर्दन झटक देता था।

"शरद, बस दस मिनट और। पहुँच रहे हैं हॉस्पिटल।" मेरे लिए अनवर के पास सिर्फ़ यही कहने को था। जबकि हम दोनों को पता था कि दस मिनट, दस जन्मों से कम नहीं थे।

एकबारगी मुझे लगा कि मौत मेरे बिलकुल पास है, "मंजरी" प्रिशा... मंजरी...प्रिशा!" मेरे होंठ बरबस ही बुदबुदा पड़े। ऐसे वक़्त में अपनों का याद आना लाज़मी था। मेरे अपनों की दुनिया, मेरी पत्नी मंजरी और मेरी इकलौती बेटी प्रिशा में क़ैद थी। उन दोनों से कोसों दूर, आज मेरी साँसें ज़िन्दगी और मौत के बीच झूल रही थीं और उन्हें इस बात का एहसास भी नहीं था।

"मैं भाभी और प्रिशा, दोनों से बात कराता हूँ, यार। एक बार बस डॉक्टर से मिल लें।" अनवर मुझे समझा रहा था। पर मेरा मन समझ नहीं पा रहा था।

"मंजरी! प्रिशा! मंजरी...डॉक्टर...डॉ...क्ट...र..." टूटती साँसों की साँय-साँय आवाज़ जैसे मुझे एक सुरंग में खींचती लिये जा रही थी।

कहने को तो मैंने बीते पचास सालों में बहुत कुछ हासिल किया था। पैसा, ओहदा, सम्मान, रिश्ते...पर इस वक़्त मेरे इन दो दोस्तों और मेरे परिवार के अलावा मेरे मन में दूर-दूर तक कोई भी नहीं था। मुझे नहीं पता कि मेरा फ़ोन, पर्स, क्रेडिट कार्ड्स, सब कहाँ पड़े थे। मुझे नहीं पता कि मैं फिर से ऑफ़िस के लोगों से लौटकर मिल पाऊँगा या नहीं। मुझे नहीं पता कि इंश्योरेंसवाले पैसे मेरे घर वालों को मिलेंगे या नहीं। मुझे सिर्फ़ और सिर्फ़ इतना पता था कि मुझे और जीना है, इतनी जल्दी हार नहीं माननी है। हॉस्पिटल पहुँचने तक मुझे ख़ुद को रोककर रखना था। जैसे अपनी पहली मैराथन दौड़ के आख़िरी चन्द किलोमीटर पहले लगा था कि मेरा शरीर नहीं सिर्फ़ मेरी इच्छाशक्ति दौड़ रही है, आज भी हॉस्पिटल पहुँचने के कुछ मिनट पहले मुझे ठीक वैसा ही महसूस हुआ।

"अनवर, हॉस्पिटल सामने है। तू ले चल डॉक्टर के पास, मैं रिसेप्शन पर फ़ॉर्मेलटीज़ करके आता हूँ।" सुलभ ने अनवर को हड़बड़ी में कहा और निकल पड़ा।

अनवर और वार्डबॉय ने मुझे स्ट्रेचर पर लिटाकर हॉस्पिटल की तरफ़ लगभग दौड़-सी लगा दी। अनवर ने इक़बाल को फ़ोन पर इत्तला कर दिया था, इसलिए सहूलियत हुई।

मुझे सीधे आई.सी.यू. में ले जाया गया। यह सब कुछ मेरे लिए बिलकुल नया था। ऑक्सीजन मास्क मेरे नाक पर जैसे ही लगाया गया, पहली बार मुझे थोड़ा आराम मिला। लगा जैसे किसी ने साँसें उधार दे दी हों। थोड़ी ही देर में मेरी उँगलियों पर कई मशीनें लगाई गईं और मेरी नसों में कई ड्रिप। मॉनिटर पर कुछ रेखाएँ उभर आईं। मेरी साँसों का फूलना कम हुआ और इक़बाल, जो लगातार मेरी हालत पर नज़र बनाए हुए था, उसके चेहरे पर सन्तोष नज़र आया। मुझे लगा कि किसी तरह मौत की चढ़ाई चढ़कर मैं दूसरी ज़िन्दगी के शिखर तक पहुँच चुका था। अब सब कुछ ख़ामोश था, मॉनिटर से आ रही कुछ आवाज़ों के सिवाय।

"अंकल, सब कंट्रोल में है। माइनर हार्ट अटैक था। समय पर आ गए। अब फ़िक्र की कोई बात नहीं है।" मेरी रिपोर्ट पर सरसरी नज़र फेरते हुए इक़बाल ने मुझसे कहा।

बिलकुल अनवर की तरह ही था वह। लम्बा, गोरा, हँसे तो गालों में गड्ढे (डिम्पल) पड़ते थे। सफ़ेद कपड़े और ठीक उसी की तरह सफ़ेद शान्त चेहरा और उतनी ही शान्त भाव-भंगिमा। मैंने मन-ही-मन सोचा, अनवर भी डॉक्टर होता तो ऐसा ही दिखता।

"अब्बू को बुला दूँ? वे अभी भी बाहर ही बैठे हैं।" उसने मुझसे पूछा।

मैं एक हल्की-सी नींद से उठ चुका था। मैंने 'हाँ' में गर्दन हिलाकर अनवर को बुलाने के लिए कहा। इक़बाल ने अपने साथ आई जूनियर डॉक्टर को मेरे साथ रुकने के लिए कहा और ख़ुद अनवर को बुलाकर बाहर चला गया।

"आप इनके दोस्त हैं?" वो कम उम्र की जूनियर डॉक्टर, मेरा ब्लड प्रेशर चेक करने के बाद मेरे बग़ल में बैठे अनवर से मुख़ातिब हुई।

"हाँ, बताएँ?" अनवर ने हमेशा की तरह एक गम्भीर आवाज़ में जवाब दिया।

"आप ध्यान रखिए कि ये बिलकुल टेंशन न लें। ब्लड प्रेशर अभी भी नॉर्मल नहीं हुआ है। मैं एक घंटे बाद फिर से चेक करने आऊँगी। नाइट ड्यूटी मेरी ही है।" अनवर ने उसकी बात पर सिर्फ़ गर्दन हिलाया।

"ज़रूरत पड़ी तो किस नाम से पुकारूँगा, तुम्हें" मैंने कराहते हुए पूछा।

"वैदेही" उसके नाम का आलोक कमरे की ख़ामोशी को पाट गया।

तक़रीबन बीस-बाईस साल की उम्र वाली वह अंडर ट्रेनिंग डॉक्टर, दादी-अम्मा की तरह नसीहत देकर चली गई थी। सफ़ेद कपड़े, जूड़े में सहेजकर रखे बाल और आवाज़ में घुली शालीनता। जिस हक़ से मुझे डाँटते हुए टेंशन न लेने की हिदायत देकर वह गई थी, मुझे मेरी बेटी याद आ गई।

"भाईजान, सुना आपने। एक बच्ची भी आपको सिखाकर गई है, टेंशन न लें।" अनवर मियाँ मुस्कराते हुए माहौल को हल्का करने की कोशिश कर रहे थे।

लेकिन हर भारी चीज़ तुरन्त हल्की हो जाए, ज़रूरी तो नहीं। जबलपुर हॉस्पिटल के इस प्राइवेट वार्ड में, माहौल इतनी आसानी से तो कोई भी हल्का नहीं कर पाता। मेरे दोस्त अनवर का ज़बरदस्ती मुस्कराता हुआ चेहरा भी नहीं।

रात के तक़रीबन ग्यारह बज रहे थे। मेरे बग़ल में लाल-हरे स्क्रीन वाले ढेरों मॉनिटर, कोई मेरा बी.पी. तो कोई मेरे दिल की धड़कन और बाक़ी जाने क्या-क्या बता रहे थे। ख़ामोश रात के साये में इन मशीनों के बीप-बीप की आवाज़ों ने माहौल को और भी भारी बना रखा था। मैंने और अनवर ने बचपन से आज तक, न जाने कितनी बार एक साथ वक़्त गुज़ारा होगा। पर इतनी ख़ामोशी मैंने कभी महसूस नहीं की थी। ख़ैर, मेरा हॉस्पिटल-बेड पर इन मशीनों के बीच यूँ पड़े रहना और अनवर का मेरे पास बैठे कनखियों से इन मशीनों की बीप-बीप को सुनना, यह भी तो पहले कभी नहीं हुआ था।

"बाहर एक अंधाधुंध दौड़ चल रही है। बड़ी-बड़ी ख़्वाहिशों ने जैसे हमारे पैरों में किसी बुलेट ट्रेन का इंजन बाँध दिया हो। सुबह लैपटॉप लिये हम घर से निकलते तो हैं, पर शाम तक घर से इतनी दूर चले जाते हैं कि दुबारा हम घर लौटकर नहीं आते। जैसे कोई और आता है। सोते वक़्त भी ऐसा लगता है, जैसे हमारी आँखों पर किसी ने पैर लगा दिया हो। जब शरीर थककर दौड़ने से मना कर देता है फिर हम अपने सपनों में दौड़ते हैं।" बिस्तर पर किसी स्टैचू की तरह लेटे, बिना अनवर की तरफ़ देखे मैं बोलता रहा। तब तक, जब तक आँखों के कोने से चुपचाप निकली आँसू की एक बूँद से मुझे चुभन नहीं हुई।

"अगर इतना सब कुछ समझते हो तो फिर कभी रुकने का मन नहीं करता?" अनवर को जैसे मेरे इलाज की जल्दी थी।

"हाँ! मन तो करता है कि अचानक से रफ़्तार कम कर लूँ और साइड ट्रैक पर चला जाऊँ। जहाँ कोई रेस नहीं है। जहाँ टहल भी सकूँ, दौड़ भी सकूँ।" मेरा मन उन ख़ाहिशों के पन्ने पलट रहा था, जो मेरे बकेट लिस्ट में रह गए हैं।

"शरद, जिस रफ़्तार से तुम ज़िन्दगी-भर भागते रहे हो न, मुझे तो लगता है कुछ दिन तुम्हें टहलने की नहीं बल्कि बैठने की ज़रूरत है।" अनवर ने मेरी हथेलियों को बड़े अपनेपन से छूकर कहा।

"तुम्हें मेरी माँ के माथे पर लगी वह बड़ी-सी लाल बिन्दी याद है।" मैंने पूछा।

"बिलकुल याद है। मुझे बचपन-भर शिकायत रही कि मेरे मज़हब में ऐसी बिन्दी क्यों नहीं लगाते?" अनवर और मेरे पास बातों का लम्बा सिलसिला था।

"माँ को गुज़रे सालों हो गए। यादों में अब तो उनकी तसवीर भी धुँधली हो गई है, पर उनके माथे की बिन्दी अब भी उतनी ही लाल है। सुर्ख़, चटख लाल। लगता है माँ की बिन्दी किसी ट्रैफ़िक सिग्नल की तरह मुझे ज़िन्दगी की इस आपाधापी वाली दौड़ में रुकने को कहती है। पर बच्चे माँ की बात कहाँ सुनते हैं।" मैंने कहकर मन हल्का किया।

"आप लोग बातें करते रहेंगे तो इन्हें आराम कब मिलेगा?" जूनियर डॉक्टर का रूप धारण किए हमारी दादी-अम्मा पुनः आ चुकी थीं।

अनवर को अब जाने का हुक्म दिया गया ताकि मैं आराम कर सकूँ। वैसे भी सिर्फ़ डॉक्टर इक़बाल का पिता होने की बदौलत उसे ICU में इतनी देर बैठने दिया गया था। अनवर मेरी हथेलियों को थपथपाता निकल गया। मैंने आँखें मूँद लीं। जबलपुर, सुलभ, अनवर...सब एक-एक करके परदे पर आने लगे।

नेपियर टाउन, जबलपुर, 60-70 का दशक...। लम्बी यादें थीं, जैसे किसी मालगाड़ी के न ख़त्म होनेवाले डिब्बे। आज बिस्तर पर लेटे, हॉस्पिटल के इस वीराने में मेरे पास बड़े दिनों बाद ख़ुद के लिए वक़्त भी बहुत था। मेरे दिमाग़ में जो सबसे पहले आए वो थे सुलभ और अनवर। मेरी ज़िन्दगी के दो मज़बूत खम्भे।

सुलभ जैन...इनके बारे में जितना कहा जाए, उतना कम है। बहुविकल्पीय सवालों में 'हाँ' और 'ना' के बाद 'पता नहीं' का जो तीसरा विकल्प आता है, ये वो हैं। 'हम बेवफ़ा हरगिज़ न थे' की मधुरिम शृंगारमय संगीत के बीच में 'झींगा ला-ला, हुर्र-हुर्र' का जो कर्कश हास्य है, वो हैं ये। लोगों की ज़िन्दगी में क़ायदे से बताने के लिए कुछेक कहानियाँ होती हैं, पर सुलभ जैन चलती-फिरती कहानी हैं।

हालाँकि न हम दोनों ने लँगोट पहना और न ही अदला-बदली की, पर एक ही कॉलोनी में बचपन से साथ होने की वजह से हमें 'लँगोटिया यार' कहा जा सकता है। मेरी और सुलभ की दोस्ती कब और किन परिस्थितियों में हुई, यह सवाल उतना ही कठिन था जितना यह बताना कि हिन्दू धर्म की स्थापना कब और किस ऋषि-मुनि ने की थी। इन दोनों सवालों का आज तक ठीक से उत्तर नहीं मिल पाया है। मैं बस यह जानता हूँ कि मैंने बचपन में जब होश सँभाला तो सुलभ मेरे साथ था।

सुलभ बाक़ी बच्चों से हमेशा दो क़दम आगे था। साइकिल सीखने की महाकला को ही ले लीजिए। जब हम साइकिल पकड़कर धकेलना सीख रहे थे, तब सुलभ ने कैंची नामक विधा पर क़ब्ज़ा जमा लिया था। छटाँक-भर का सुलभ जब चौबीस इंच की साइकिल के बीचोबीच पैर फँसाए कैंची चलाते हुए हमारी तरफ़ देखता तो उसका सीना यूँ फ़क्र से तन जाता, जैसे पायलट

कॉकपिट से निकलकर यात्रियों को देख रहा हो। जब तक मैंने कैंची की कठिन विधा को समझा, ज़नाब गद्दी पर आ गए थे।

यह अपने-आपको शकुन्तला के बाड़े के छोटे लेवल के लीडर से कम नहीं समझते थे। कोई खेल हो, कोई बदमाशी हो, इनसे अव्वल कोई नहीं।

हर साहसी इनसान के साथ एक डरपोक दोस्त होना उतना ही ज़रूरी है, जितना कि डायरिया के घोल में नमक और चीनी का होना। ये नमक थे तो मैं इनका चीनी था। हम दोनों इतने ही क़रीबी दोस्त थे। विपरीत स्वभाव, लेकिन एक उद्देश्य।

अनवर मियाँ। ये मेरी ज़िन्दगी की कहानी के दूसरे खम्भे हैं। अनवर से जब मैं पहली बार मिला था तब लगा कितना खड़ूस है। शकुन्तला के बाड़े में वह आया भी तो हमसे बाद में था।

अप्रैल की उस शाम, क्रिकेट खेलते वक़्त जब हमारी गेंद एक घर में चल गई तो हमेशा की तरह मुझे और सुलभ को गेंद लाने की ज़िम्मेदारी सौंपी गई।

"आने दो आज इन लड़कों को, ऐसी सुताई करूँगी कि फिर मेरे घर की तरफ़ गेंद फेंकना भूल जाएँगे।" घर के अन्दर से किसी के खाँसने और कोसने की समवेत ध्वनि ने हमारे पैर दरवाज़े पर ही रोक दिए। ऊहापोह की स्थिति मन में बनी ही थी कि अचानक से किसी ने खिड़की से गेंद उछल दी। तब ऐसा लगा जैसे बिना पत्थर मारे पका आम मुँह में गिर गया हो।

मैं और सुलभ इससे पहले कि माज़रा समझ पाते, एक लड़का उस घर से बाहर निकला, "जल्दी से बॉल लेकर चले जाओ, वरना नानी छीन लेंगी।"

हम गेंद लेकर भागे।

"खेलना है तो आ जा।" सुलभ का चिल्लाना मुझे पसन्द नहीं आया। जान न पहचान, किसी को भी बुला लेता है। ठीक पन्द्रह मिनट बाद वह लड़का हमारे खेल के मैदान में था। लम्बा-सा लड़का, जालीदार मुस्लिम टोपी सिर पर लगाए, चुपचाप हमारे पास खड़ा था।

"मैं सुलभ और ये मेरा दोस्त शरद।" सुलभ ने हाथ बढ़ाया। बड़ों की देखा-देखी हमने भी हाथ मिलाना सीख लिया था।

"अनवर," उसने अपना नाम बताया।

"अनवर कैसा नाम है? अजय, प्रदीप, आदित्य, विनीत, विनोद सुना है, पर ऐसा नाम तो पहली बार सुन रहा हूँ।" मैंने धीरे से सुलभ के कान में कहा।

"मुसलमानी नाम है।" सुलभ ने जवाब दिया।

'मुसलमान' शब्द पहली बार मेरे ज़ेहन में गूँज गया था।

"बैट मस्त है।" सुलभ ने अनवर के हाथ में बैट की तरफ़ इशारा करते हुए कहा।

अनवर ने तुरन्त अपना बैट सुलभ को पकड़ा दिया।

"अजीब लड़का है। हम अपनी बित्ती-सी चीज़ किसी को न दें, इसने अपना बैट पहली मुलाक़ात में अजनबी को दे दिया।" मैंने सोचा।

"तुम अपनी माँ को बताकर आए हो न?" सुलभ ने इसलिए पूछा क्योंकि खेल लम्बा चलनेवाला था।

अनवर ख़ामोश था।

"क्या हुआ?" मैंने पूछा।

"मेरी माँ नहीं है।" बड़ी सपाट और भावशून्य आवाज़।

छू नहीं सकती मौत भी आसानी से इसको,
यह बच्चा अभी माँ की दुआ ओढ़े हुए है।

यह शेर लिखते वक़्त ना जाने मुनव्वर राणा ने बिन माँ के बच्चों के बारे में सोचा भी था या नहीं। अनवर के पास ओढ़ने को माँ की दुआएँ नहीं थीं। यह सोचकर मेरा सख़्त मन भी पिघल गया। मेरे लिए यह कल्पना करना भी मुश्किल था कि माँ के बिना जीवन क्या होता है।

थोड़ी देर की बात में पता चल गया कि वह अभी-अभी यहाँ रहने आया है। उसके पिता मर्चेंट नेवी में हैं इसलिए कई महीनों तक साथ नहीं रहते। माँ कुछ दिनों पहले किसी बीमारी से अल्ला-मियाँ को प्यारी हो गई। पिता शिप पर चले गए और अनवर मियाँ अपनी नानी के साथ रहने लगे। नानी बूढ़ी हैं, इसलिए अनवर को उनकी देखभाल भी करनी होती है।

उस पहली मुलाक़ात में ही अनवर ने मुझे ज़िन्दगी के ऐसे कई पहलू दिखा दिए जिनसे मेरा बचपन नावाकिफ़ था। जैसे अनवर नाम, मुसलमान, माँ का न होना, उसकी जालीदार टोपी आदि।

बैट के लालच में सुलभ ने उसे अपना दोस्त बना लिया था। पर मेरे लिए इतना नयापन पहली मुलाक़ात में हज़म कर पाना मुश्किल था।

उस शाम इस वादे के साथ हम बिछड़े कि अगली शाम से अनवर बैट लेकर उसी मैदान में हमारे साथ खेलने आया करेगा।

सिर्फ़ बचपन ही होता है, जब हमारी दुनियादारी की समझ सबसे कम होती है। और शायद यही वजह है कि बचपन के दोस्त ज़िन्दगी-भर हमें दोस्त से ही लगते हैं। क्योंकि जिस उम्र में वे हमसे मिलते हैं, जिस उम्र में दोस्ती का रिश्ता पल रहा होता है, उस उम्र में हम सबके पास मासूमियत की पोटली के सिवाय कुछ नहीं होता। इसीलिए मुझे लगता है कि बचपन की दोस्ती का रिश्ता, धीमी आँच पर पका ऐसा रिश्ता है, जिसका ज़ायक़ा ताउम्र हमारे साथ रहता है। अनवर और सुलभ भी मेरे लिए धीमी आँच पर पके वही दो रिश्ते हैं। इन्हीं ख़यालों में मुझे कब नींद आ गई, पता ही नहीं चला।

गुड मॉर्निंग अंकल, अब कैसे हैं? एक मुस्कराता नौजवान सफ़ेद कपड़ों में, हाथ में आला लिये मेरे सामने खड़ा था।

"तुम्हें कैसा लग रहा हूँ?" मैंने मुस्कराते हुए सवाल का जवाब दूसरे सवाल से दिया।

"लग तो फर्स्ट क्लास रहे हैं। रिपोर्ट देख लूँ, फिर कन्फर्म भी हो जाएगा।" इक़बाल बहुत कुछ देख रहा था। रिपोर्ट्स, मॉनिटर, मेरी नसें, मेरा ब्लड प्रेशर।

मैंने सिर्फ़ इक़बाल को देखा। इस डॉक्टर इक़बाल को नहीं। बल्कि बचपन में जिसे गोद में खिलाया था, उस इक़बाल को। इक़बाल को बड़ा होते क़रीब से देखा तो नहीं था, पर उसके बारे में अनवर की चिट्ठियों के ज़रिये मैंने सुना ज़रूर था। जिसे आप गोद में खिला लेते हैं, वह आपको कभी बड़ा लगता ही नहीं।

इक़बाल भी भारत के मिडिल क्लास सीधे-साधे लाखों मेहनती बच्चों में से एक था। उसने जबलपुर से ही मेडिकल की पढ़ाई की और जबलपुर के हॉस्पिटल में ही हृदय रोग विशेषज्ञ बन गया। कभी गोद में खिलाया हुआ

इक़बाल नहीं, बल्कि डॉक्टर इक़बाल, लम्बा-चौड़ा, हट्टा-कट्टा नौजवान, मेरे सामने खड़ा था।

"अनवर जैसे पिता के सान्निध्य में रहकर इक़बाल जैसा ही बेटा बनता है। सबके जैसा होकर भी सबसे अलग।" मेरे ज़ेहन में उसे देखते ही ख़याल आया।

उस एक पल इक़बाल को देखते हुए मुझे प्रिशा की याद आई। "पता नहीं मैं कैसा पिता रहा हूँ?" मन में ख़ुद से मैंने सवाल किया।

"ज़्यादा सोचिए मत। प्रोग्रेस अच्छी है। ऐसा ही रहा तो एक हफ़्ते में डिस्चार्ज हो जाएँगे।"

"हम्म!" इक़बाल से यह सुनकर मन शान्त हुआ, "तुम कैसे हो? कितने बड़े हो गए!" मैंने इक़बाल से पूछा।

"आप जबलपुर आते भी तो कई सालों में हो। पिछली दो बार आए, तो मैं कॉलेज में था इसलिए मुलाक़ात भी नहीं हो पाई।" उसने विनम्रता से कहा।

"हम्म...तुमने पढ़ाई पूरी करके अभी-अभी नौकरी करना शुरू किया है। देखना, धीरे-धीरे कैसे तुम इसकी आगोश में ख़ुद को भी भूल जाओगे।" मैंने हँसते हुए कहा।

"जी, मैं अभी से महसूस कर पा रहा हूँ। ख़ुद के लिए समय ही नहीं मिलता।" इक़बाल ने हामी भरी।

"कोशिश करने पर सब हो सकता है। आदमी दिल से कोशिश करे तो सही।"

मैंने आँख घुमाकर देखा तो पता चला, वैदेही मेरा बिस्तर ठीक करते हुए बड़बड़ा रही थी। इससे इतना तो अन्दाज़ा लग गया कि उसने हम दोनों की बातों को गौर से सुना था।

इक़बाल वैदेही की बात सुनकर झेंप-सा गया और मेरे बीमार से चेहरे पर पीली मुस्कान की लकीरें दौड़ पड़ीं।

"मैं चलता हूँ, अंकल। कुछ ज़रूरत हो तो इनसे कहिएगा मुझे बुला लें।" इक़बाल ने वैदेही की तरफ़ इशारा करते हुए कहा।

"ठीक है। शाम को अनवर तो आएगा न?" मैंने पूछा।

"अब्बू का बस चले तो दिन-भर यहीं बैठे रहें। पर आई.सी.यू. में विज़िटर्स का आना मना है। कुछ दिन आप आराम कीजिए, फिर नॉर्मल वार्ड में शिफ़्ट कर देंगे और फिर आप उन लोगों से मिल सकते हैं।" इक़बाल मुस्कराते हुए निकलने लगा।

"रिपोर्ट पर सिग्नेचर रह गया।" वैदेही देख मेरी तरफ़ रही थी पर इशारा इक़बाल की तरफ़ था।

इक़बाल ने जेब से पार्कर की कलम निकाली, रिपोर्ट पर साइन किया और वैदेही को थमाकर चला गया।

मैंने इक़बाल और वैदेही को एक फ्रेम में देखा। दोनों की आँखें एक-दूसरे से दूर देखते हुए भी एक-दूसरे को देख रही थीं।

"डॉक्टर इक़बाल से कोई लड़ाई है तुम्हारी?" मैंने इक़बाल के जाते ही रिपोर्ट समेटती वैदेही से पूछा।

"ऐसा तो कुछ नहीं।" वैदेही ने मुझसे नज़रें चुराते हुए कहा।

"कुछ तो है तुम दोनों के बीच।" मैंने वैदेही का चेहरा गौर से देखा, जिसमें शर्म छन-छनकर आ रही थी।

वैदेही चुप थी। हॉस्पिटल के उस कमरे में कुछ सेकेंड की ख़ामोशी थी।

"आपको कैसे पता?" उसने चुप्पी तोड़ी।

"उम्र भी एक चीज़ होती है, अपने-आप समझदार बना देती है।" मैंने कहा।

"आप एकदम ख़तरनाक हो, सर। आपसे कुछ छुपाया नहीं जा सकता।" वैदेही मुस्कराई।

"बैठो और बताओ।" मैंने वैदेही को कुर्सी की तरफ़ इशारा करते हुए कहा।

"इक़बाल मेरे ही कॉलेज में मेरे सीनियर थे। क़िस्मत ने फिर हम दोनों को यहाँ लाकर मिला दिया। इससे ज़्यादा और कुछ नहीं।" ऐसा लगा जैसे वैदेही बता कम और छुपा ज़्यादा रही थी।

"तुम दोनों को देखकर लगा नहीं कि सिर्फ़ जूनियर-सीनियर हो?" मैंने मुस्कराते हुए कहा।

"हाँ, फिलहाल तो दुश्मन हैं।" वैदेही ने उदास आँखों से कहा।

"दुश्मन तो कतई नहीं। दोस्त से भी बढ़कर लगे तुम लोग।" मैंने मुस्कराते हुए कहा।

"आप बड़े पारखी मालूम होते हैं। सही कहा था आपने, उम्र भी एक चीज़ होती है, अपने-आप समझदार बना देती है।" वैदेही ने मेरी बात दोहरा दी।

"तो दिक़्क़त क्या है?" मैंने पूछा।

"क्या नहीं है, यह पूछिए सर। लम्बी कहानी है! अभी तो बहुत काम है मुझे, फिर कभी बताती हूँ। आपके रूम में मेरी ही ड्यूटी रहेगी इस हफ़्ते। स्टाफ़ कम हैं तो यहाँ जूनियर डॉक्टर को नर्स की भी ट्रेनिंग दे देते हैं।" वैदेही ने खाने की टेबल साफ़ करते हुए हँसकर कहा।

"वैदेही, पता है, मैं तुम्हें रोज़मर्रा की ज़िन्दगी में दौड़ते-भागते देखता हूँ तो ख़ुद की याद आती है।" मैंने मुस्कराते हुए कहा।

"ऐसा क्यों?" उसने ड्रिप ठीक करते हुए पूछा।

"मैं भी ऐसे ही भाग रहा था। तुम्हारी तरह ही ख़ुद की बनाई कोई जंग जीतने निकला था। रोज़ कुछ हासिल कर रहा था, रोज़ कुछ हासिल करना बाक़ी रह जाता था। ज़िन्दगी ट्रेन की रफ़्तार से तेज़ भाग रही थी। मुझे भी पता था कि एक दिन बहुत कुछ हासिल करने के बाद किसी बड़े स्टेशन पर उतने ही बड़े अदब के साथ उतर जाऊँगा। पर ये नहीं पता था सब कुछ अचानक से हो जाएगा। अब देखो न, किसी बड़े स्टेशन के आउटर में पसरे वीराने में जैसे किसी ने चैन खींचकर मुझे उतार दिया हो। अचानक से बीमार होना बड़ा अजीब लगता है। ये भी कोई बात हुई, ख़ुद को समझाने का वक़्त तो देना चाहिए। नहीं?"

"हाँ, ताकि हम अपनी इच्छाओं को समझा पाएँ कि जितना बन पड़ा, किया, अब और नहीं। वैसे यह आइडिया अच्छा है। आप ज़्यादा सोचो मत, सब ठीक हो जाएगा।" वैदेही कुछ सोचते हुए बोली।

"नहीं, सोच नहीं रहा। बस मुझे पहली बार ऐसा लगा कि इस ट्रेन से आज नहीं तो कल, उतरना ही पड़ेगा। आज आउटर पर ज़िद करके रुका रहा तो कल किसी और स्टेशन पर उतरना तो पड़ेगा। हर यात्रा की मंज़िल भले अलग हो पर अन्त ज़रूर है।" मैं बुदबुदाया।

"आपको यह कमरा अच्छा नहीं लगता तो किसी दूसरे में शिफ़्ट करने के लिए बोलूँ?" वैदेही बात बदलना चाहती थी।

"बिलकुल नहीं। तुम्हें पता है, इस खिड़की से रात को चाँद दिखता है।" मैंने खिड़की की तरफ़ इशारा किया।

"आपको चाँद बहुत पसन्द है?" वैदेही ने पूछा।

"वैसे तो नहीं, पर जब पत्नी की कमी खलती है तो चाँद से लड़ लेता हूँ।"

हम दोनों हँस पड़े।

वैदेही ने खिड़की के परदे हटा दिए थे। मैंने चाँद की तरफ़ बेबस होकर देखा। लगा खिड़की के उस पार ही तो ज़िन्दगी है। मगर अब इतनी दूर हो गई है कि पता नहीं मैं कभी लौट पाऊँगा भी या नहीं।

"क्या सोच रहे हैं? कोई दिक़्क़त, कोई उलझन?" वैदेही ने मुझे उदास आँखों से खिड़की के बाहर देखते हुए पूछा।

"मैं अब तक की ज़िन्दगी एक रेस की तरह सिर्फ़ आगे की तरफ़ देखकर दौड़ता रहा। कभी इस रेस से ब्रेक लेकर पीछे नहीं देखा। नहीं देखा कि जहाँ पहुँचने के लिए मैंने क़दम उठाए, उधर की तरफ़ ही बढ़ा या कहीं और। मेरी सोच में किसी परिवर्तन की ज़रूरत है या नहीं। बस एक ऑटो पायलट मोड में जीता जा रहा था। कहने को मैंने तमाम दुनियावी सफलताएँ हासिल कीं, फिर भी इनके बावजूद, सुकून कभी नहीं मिला। एक अजीब-सी बेचैनी बनी रहती है। मेरे दो क़रीबी बचपन के दोस्त हैं। हमारा आपस में कुछ छुपा नहीं है। आज देखता हूँ तो लगता है कि मुझसे कहीं ज़्यादा सुकून है उनके पास। शायद, 'मुझे क्या चाहिए' इस बात की कभी स्पष्टता ही नहीं रही।" मैंने उस अजनबी लड़की के सामने अन्दर का सारा गुबार निकालकर रख दिया।

"हमारी ज़िन्दगी की इमारत भी तो हमारे निर्णयों की ईंट से बनती है।" उसने मुस्कराते हुए कहा।

"मेरे सारे निर्णय ज़िन्दगी को बेहतर करने के लिए थे। दौलत, शोहरत, नाम, हम जैसों को यही तो चाहिए होता है, मगर ये सब पाने के चक्कर में मन की शान्ति को कहीं गुमा दिया। ज़िन्दगी की साँझ में यहाँ हॉस्पिटल में अकेले पड़े दिमाग़ में कई बार ख़याल आता है कि क्या मैं सचमुच एक सफल

ज़िन्दगी जी सका। अगर नहीं तो क्या अब भी मेरे पास वक़्त है? अगर वक़्त है भी तो अब भी मुझे पूरी स्पष्टता नहीं कि आगे की ज़िन्दगी कैसे गुज़ारनी है। मेरे पास ये सारे सवाल हैं वैदेही। लेकिन किसी का जवाब नहीं है।" मैंने कहा।

बकौल निदा फ़ाज़ली साहब...

हर किसी को मुकम्मल जहाँ नहीं मिलता,
किसी को ज़मीं तो किसी को आसमाँ नहीं मिलता।

वैदेही ने मेरे हाथ पर बड़ी आत्मीयता से हाथ रखते हुए कहा और मुझे मेरी बेटी की याद आ गई।

"अगर आप बुरा न मानें तो मैं आपके बारे में क़रीब से जानना चाहूँगी। कहाँ रहते हैं? क्या करते हैं? पत्नी-बच्चों को देखा नहीं, बस दो दोस्त हैं जो आपकी ख़िदमत में लगे रहते हैं। सच पूछिए तो बड़ी मिस्ट्री-सी लगती है आपकी लाइफ़।" बिस्तर के बग़ल वाले दराज़ से दवाइयाँ निकालते हुए वैदेही ने कहा।

"सुनोगी? थोड़ा वक़्त लगेगा।" मैंने कहा।

"इसी बहाने दोनों एक-दूसरे को जान जाएँगे। आपकी ज़िन्दगी से शायद कुछ सीख सकूँ।"

"ठीक है, कल से शुरू करते हैं।" मैंने वैदेही को 'बाय' किया।

वैदेही चली गई थी। मुझे अपनी कहानी सुनाने की ज़िम्मेदारी देकर। अपनी ज़िन्दगी को जीना फिर भी आसान है पर बॉयोस्कोप में रिवाइंड करके देखने में अजीब-सी घबराहट होने लगी। कल जिसे जिया आज वो कहानी थी। मैं खिड़की की ओट से चाँद को बादलों में छुपते हुए देखता रहा। उस रात देर तलक नींद नहीं आई, ख़ुद से अलग होकर ख़ुद को बॉयोस्कोप में देखने की जद्दोजहद करता रहा।

बचपन

अगला दिन इस ऊहापोह में गुज़र गया कि वैदेही को कहानी कैसे सुनाई जाए। शाम की ड्यूटी में मुझे वैदेही के आने का इन्तज़ार था। उसने आते ही कैलेंडर पर लगा स्लाइडर खिसकाकर आज की तारीख़ को चिह्नित किया। मेरे पैरामीटर्स देखे। मुझे कुछ गोलियाँ दी और मेरे पास कुर्सी लेकर बैठ गई।

"चलिए, शुरू करिए, अपना वादा भूले तो नहीं!" उसने कहा।

"तुम भूलने दोगी भला!"

"इसलिए तो बाक़ी सारे वॉर्ड्स में मरीज़ों को देखकर और सारे काम निपटाकर आई हूँ। घर जाने से पहले दो घंटे आपकी बातों के साथ बिताना है।" उसने मासूमियत से कहा।

"मैं कौन हूँ और उससे भी ज़रूरी कि ऐसा क्यों हूँ, जानने के लिए किसी भी इनसान के बचपन में ज़रूर झाँकना चाहिए। चलो, शुरू से शुरू करता हूँ, यानी कि अपने बचपन से।"

मैंने कहा और यहीं से मेरी कहानी की गंगोत्री फूट पड़ी। आगे जो कुछ लिख रहा हूँ उसमें से कुछ कहता रहा, कुछ सोचता रहा पर अपने अतीत में डूबकर बहता रहा।

किसी भी इनसान की कहानी में उसके चारों तरफ़ के लोग मुख्य किरदार होते हैं। पर एक किरदार जो हम अकसर भूल जाते हैं, वह होता है हमारा शहर। पैदाइश के वक़्त हम सबके हिस्से में एक शहर आता है और इस तरह मेरे हिस्से में आया...जबलपुर...।

किसी ज़माने में संस्कारधानी के नाम से जाना जानेवाला शहर। जिस छोटी सी कॉलोनी में हम रहते थे उसका नाम था, शकुन्तला का बाड़ा।

पूँजीवाद और आधुनिकता ने आज भले ही उस बाड़े को ऊँची बिल्डिंगों में तब्दील कर दिया हो, पर एक वक़्त था, जब शकुन्तला बाड़ा ही हमारी दुनिया थी, वही हमारे लिए अमेरिका, रूस और चीन था। आँखें मूँदे बचपन के बारे में सोचता हूँ तो सबसे पहले उस बाड़े की एक ब्लैक एंड व्हाइट-सी तसवीर उभरती है।

मुझे दिखता है कॉलोनी के बाहर का एल.आई.सी. का बड़ा-सा वह दफ़्तर जो कभी कॉलोनी के लिए दिशा-निर्देशन का काम करता था। कॉलोनी के गेट की शुरुआत शंकर जी के एक छोटे से मन्दिर से होती थी। पीपल का एक पुराना-सा पेड़ अपनी सघन डालियाँ फैलाए, उस मन्दिर के बाहर नन्दी बैल की तरह भगवान शंकर की पहरेदारी करता था।

मन्दिर के ठीक पीछे एक खेल का मैदान। जहाँ हम बच्चे जाने कितनी सुबहें, शामें और दुपहरिया बिताकर अपनी-अपनी ज़िन्दगी में आगे आ गए हैं। समय की धूल कई यादों को मटमैला कर गई। पर उस मैदान का हर कोना मुझे आज भी वैसे ही याद है जैसे बचपन में था।

मैं उन क़िस्मतवाले लड़कों में से था, जिनका घर मैदान के बिलकुल पास में था। मतलब, माँ पलक भी नहीं झपका पाती थी और मैं घर से मैदान में होता। यूँ भी कह सकते हैं कि माँ घर से ही आवाज़ लगाती और मैदान से घर की ओर भाग पड़ता।

उस कॉलोनी के घरों की हालत भारत की आर्थिक स्थिति को दर्शाती थी। चन्द बँगले, कुछ बड़े मकान, कुछ छोटे मकान, कुछ झोंपड़े और कुछ कच्चे घर। मतलब सब तरह के कलेवर और फ्लेवर में 'शकुन्तला का बाड़ा' रँगा-बसा था।

देखा भले न हो पर सुना ज़रूर है कि सिन्धु घाटी सभ्यता में भी ढके नालों का प्रावधान था। पर हमारी कॉलोनी के ठीक पीछे एक नंग-धड़ंग नाला मुँह बाए निरन्तर बहता रहता था। शायद सिन्धु घाटी के नालों की तरह अपनी ख़ूबसूरती छुपाने में इसे विश्वास न हो। लोग इस नाले को हल्के में न ले लें,

इसलिए पूरी कॉलोनी के कोने-कोने तक मच्छरों को पहुँचाने की ज़िम्मेदारी इस नाले ने अपने मज़बूत कन्धों पर उठा रखी थी।

नाले के ठीक पीछे ट्रेन की पटरियाँ बिछी थीं। इन पटरियों से गुज़रनेवाली ट्रेन को हो सकता है, भारत सरकार ने मालवाहन या फिर इनसान वाहन के काम में लगाया हो, पर हम बच्चों के लिए इसका एकमात्र उद्देश्य था, पाँच पैसे का सिक्का पटरी पर रखकर उस पर ट्रेन गुज़रवाना। ताकि हमारा सिक्का पिचककर चुम्बक बन जाए।

न्यूटन, फैराडे, आइंस्टाइन जैसे लोगों ने कई आविष्कार कर लिये होंगे, पर सिक्के से चुम्बक बनानेवाले आविष्कार का पेटेंट 'शकुन्तला का बाड़ा' के हम बदमाश लड़कों के पास था। हालाँकि इस ओवर कॉन्फिडेंस में हम भूल गए थे कि एल्युमिनियम के सिक्के लाख ट्रेन के नीच आ जाएँ, चुम्बक नहीं बनते।

वह अलग ही वक़्त था, जब जगहें चीज़ों की बजाय लोगों से जानी जाती थीं। आज भले ही उस 'शकुन्तला का बाड़ा' में से न शकुन्तला हैं, न बाड़ा। पर हमारे बचपन में शकुन्तला जी सिर्फ़ थीं ही नहीं, बल्कि उस कॉलोनी के सल्तनत की रज़िया सुल्तान थीं।

मैंने बचपन में उन्हें क़रीब से देखा है। हमारे लिए वह कॉलोनी की मालकिन ही नहीं बल्कि बूढ़ी काकी भी थीं। शकुन्तला का बाड़ा का ख़ाका समझकर भी बात अधूरी रह जाएगी अगर शकुन्तला जी यानी 'काकी' के बारे में बात नहीं की गई तो।

हमारी कॉलोनी के बीचोबीच वह आम का पेड़ और उससे सटा एक घर जिसकी ख़ासियत थी उसमें रहनेवाली काकी। काकी ने अपने झोंपड़े की सरहद को बाँस की छड़ी से बनाया था। दरवाज़ा, टिन की एक चादर से बना था। बारिश की तेज़ बूँदें उस दरवाज़े पर पड़तीं तो भैरव, ख़य्याम, कल्याण और जाने किस-किस तरह के सरगम वाले राग बज उठते। काकी ने दरवाज़े के ऊपर फूटे हुई घड़े पर कालिख़ व चूने से एक चेहरा बैठा रखा था, ताकि कोई बुरी नज़र अन्दर न दस्तक दे जाए।

काकी जैसी नौजवान बुढ़िया मैंने ज़िन्दगी में नहीं देखी। काकी का झोंपड़ा हम बच्चों को आकर्षित ज़रूर करता, पर हमारी शरारतें काकी को आकर्षित

नहीं कर पाती थीं। जब कभी भी हमें झोंपड़े के अन्दर जाने का मौक़ा मिलता, हम बच्चे म्यूज़ियम की तरह उसमें घूमते। काकी के पास इकट्ठा सामान देखकर लगता जैसे पुरातत्त्व विभाग वालों ने हड़प्पा और मोहनजोदाड़ो की खुदाई के कुछ अवशेष यहाँ भी जमा कर रखे हैं।

काकी ने सबसे बड़ी पाबन्दी लगाई थी, हमारी क्रिकेट की गेंद पर। हमारी वह छोटी सी गेंद अगर काकी के झोंपड़े में घुस जाए, तो काकी लाल कपड़ा दिखाए साँड़ की तरह ख़ूँख़ार हो जाया करती थी। काकी के झोंपड़े में एक तोता, पिंजड़े में बैठा निगरानी करता और हमारी हर शरारत की ख़बर काकी को देता था।

काकी सुबह से शाम तक तक़रीबन दसियों बार बिस्तरे पर पड़ी, चादर को झाड़कर फिर से बिछाती थी। ऐसा करने में हमसे मदद ज़रूर लेती पर हरेक बार यही कहती थी कि बाहर आँगन में खेलो। इस पर बैठने की सोचना भी मत। अगर बिस्तर से सटे तो हरी वाली सुटकन देख लो, पूरा बदन लाल कर दूँगी।

पर हम भी कहाँ कम शरारती थे। काकी की नज़र हटी कि दुर्घटना घटी। हम चप्पल पहने, बिना पैर धोए, उस मखमली बिस्तर पर कुदम-कुदाई खेला करते थे।

उनके आख़िरी दिनों को याद करके मैंने अपनी उँगली से आँख की कोर में आए आँसुओं की नमी को टटोला।

लेकिन जब काकी ने आख़िरी बार बिस्तर पर चादर बिछाई, तब तक हम बच्चे बड़े होकर दूर जा चुके थे। हममें से न किसी ने सिरा थामा, न कुदम-कुदाई खेला। काकी चुपचाप चादर बिछा-ओढ़ के सुकून से सो गई। अब कोई काकी नहीं है, जिससे मैं हक़ से चाय बनवा के पी सकूँ, कॉलोनी-भर के क़िस्से सुन सकूँ।

अब जब भी उसके घर के पास से गुज़रता हूँ, नज़र उसकी खिड़की पर बरसों से लटके उस मैले परदे पर पड़ती है। मैंने काकी को मरते नहीं देखा, शायद इसलिए एक झूठी उम्मीद पाल रखी है कि काकी अभी भी अपने बिस्तरे पर पसरकर सो रही होगी। मैला पर्दा जब सरकने लगता है तो एक डर-सा

लगता है कि मेरी उम्मीद टूट न जाए। अब गेहूँ पीसने और धान कूटने की आवाज़ें नहीं आती हैं। अब उस झोंपड़े से सिर्फ़ सन्नाटे की आवाज़ें आती हैं।

परिवार...किसी महान आत्मा ने कहा है कि आप जिन लोगों के साथ रोज़ रहते हैं, आप मिला-जुलाकर उन्हीं की तरह बन जाते हैं। इस लिहाज़ से हमारा परिवार यानी कि माँ-बाप, भाई-बहन हमारे चरित्र पर, हमारे व्यवहार पर गहरा असर डालते हैं। इसीलिए तो ज़्यादातर पढ़े-लिखों के बच्चे पढ़ते-लिखते हैं और अनपढ़ों के नहीं। ग़रीब का परिवार पीढ़ियों से ग़रीबी को सँवार कर रखता है। पर यह भी कितना अन्याय हुआ। हम अपने परिवार का चुनाव तो करते नहीं पर उनके जैसे बन जाते हैं। घोर अन्याय। लेकिन दुनिया हमसे पूछकर थोड़े ही चलती है। कई अन्यायों में यह भी एक हुआ।

चलिए, मैं अपने परिवार के बारे में बताता हूँ। परिवार के वृक्ष यानी कि पिता और धरती यानी की माँ। पिता बोलते कम थे और ग़ुस्सा ज़्यादा करते थे। सुना था कि पिता पढ़ाई में बहुत अच्छे थे, पर पैसों की समस्या में ज़्यादा पढ़ नहीं पाए। बाद में नौकरी ज़रूर की पर अपनी आदर्शवादिता में लड़ आए। फिर ख़ुदगर्ज़ी में अपनी ख़ुद की परचून की दुकान खोली। वह दुकान जो भारत जैसे देश के जबलपुर जैसे शहर की शकुन्तला का बाड़ा के इर्द-गिर्द रहनेवालों क़ी अर्थव्यवस्था पर टिकी हो, उसका मालिक भगवान ही है। इन सब बातों का जो ग़ुस्सा वह दुनिया पर नहीं उतार पाए, उसके लिए माँ और मैं थे। ऐसा नहीं था कि पिता हमें मारते, पर हमेशा रूखे-रूखे से रहते, ज़्यादा बात नहीं करते और अपने में ही परेशान रहते।

और माँ ठीक उलट, मस्तमौला, ख़ुशमिज़ाज़। मेरी घर की सबसे अच्छी याद माँ थी। माँ का हँसता चेहरा, लाड़ से खाना खिलाना, गुदगुदाना, चिढ़ाना यह सब कुछ जैसे मेरे घर की ईंट-ईंट में है। बस जब पिता आते थे तो बिलकुल माँ की तरह जैसे पूरा घर सहम जाता था। और जैसे ही वह अपनी दुकान पर जाते, हम सब चहक उठते।

माँ-पिता को हँसते हुए, एक-दूसरे से बात करते मैंने कभी नहीं देखा। लगता है जैसे उन्हें ऊपर वाले ने सिर्फ़ एक काम दिया था कि मुझे दुनिया में लाना है। बस टास्क ख़त्म, मतलब ख़त्म। इसलिए शायद इस बात में

आश्चर्य भी नहीं है कि उस ज़माने में जब लोगों के तीन बच्चों से कम नहीं होते थे, मैं इकलौता था।

उन दिनों पत्नी का शायद यह कर्तव्य माना जाता था कि उसकी ज़िन्दगी का ध्येय ही घर की देखभाल करना, सफ़ाई करना, खाना बनाना इत्यादि था। अगर पत्नी के जॉब स्कोप में लिखे हुए महरी और महाराजिन (खाना बनानेवाली) के कामों में कोई भी चूक रह गई हो तो उसके ऊपर उसे यह भी सुनना पड़ता कि दिन-भर घर पर बैठकर वह क्या तीर मार रही है। बेचारी अपने पति से ज़्यादा ही काम करती, पर क्योंकि उसके काम की तनख़्वाह न थी, न देनेवाला कोई था, उसके कार्य की अधिकांशतः अवहेलना ही होती। अच्छा खाना बनाना तो उसका जन्मसिद्ध दायित्व था, जिसके लिए कभी कोई भूले-भटके भी उसकी प्रशंसा करने की सोच न रखता। पर एक बार भी खाना घर के प्रभु या सासु माँ की आकांक्षा से कम रुचिकारक बना तो धिक्कार उसे सूद समेत मिलती।

मुझे याद है बिना कोई नोटिस दिए पिताजी के मित्र अगर खाने के समय आ टपकते तो आनन-फानन माँ सब्ज़ी, दाल, फुलके बनाने में लग जाती और मित्रमंडली का हर सदस्य बिना शर्म के दस-दस रोटियाँ पेल जाता और डकार भी न लेता। सब मर्दों की आदतें इतनी ख़राब थीं कि गरम-गरम फुलके मिलने चाहिए। थोड़ी देर पहले बने हुए फुलके किसी को अच्छे न लगते। बेचारी गृहस्वामिनी (केवल नाम की) सिर्फ़ पति या बच्चों के आने के बाद ही गर्म सिगड़ी के सामने बैठकर रोटियाँ बनाना शुरू कर सकती थी। उन दिनों न तो गैस थी, न ही केरोसिन स्टोव। कोयले की सिगड़ी को फूँककर ही रसोई का काम शुरू हुआ करता था।

कुल मिला-जुलाकर परिवार के बारे में कहूँ तो पिता, पिता जैसे थे, माँ, माँ जैसी थी और मैं माँ का आँचल पकड़े पिता को डरी आँखों से देखता बीच में कहीं था।

आज की तरह, उन दिनों बाहर खाने का रिवाज नहीं था। शायद लोगों की जेब इतनी भारी नहीं थी कि यह बोझ उठा ले। इसलिए बाहर खाने जाना किसी तीर्थयात्रा पर जाने से कम दुर्गम न था। हम बच्चे हमेशा ऐसे अवसरों

की प्रतीक्षा किया करते। जिस दिन पिताजी की दुकान बन्द रहती, एकाध बार वे मुझे लेकर अपनी रैले साइकिल पर शाम को सदर अपने मित्रों से मिलने जाया करते थे।

बचपन में साइकिल में सामने के फ्रेम बार पर बैठ नज़ारों को देखते हुए जाने का अपना ही एक सुख था। बारिश के दिनों में पिताजी एक बड़ा सा गहरे हरे रंग का मिलिट्री रेनकोट पहनकर निकलते और उनके इस विशालकाय रेनकोट में फ्रेम बार पर बैठा मैं आराम से ढँक जाता था। आनन्द से बीच का एक बटन खोलकर मैं अपनी आँखें और मुँह बाहर निकाल बरसात का भरपूर आनन्द लेता। पिताजी सीट पर बैठ साइकिल चला रहे होते।

साइकिल की यात्रा सोना थी, तो सुहागा था सदर पहुँचकर किताबों को देखने की लालसा। पहले पिताजी क्राउन बुक डिपो पर जाकर अपने मित्र से, जो इस दुकान का मालिक था, गुफ्तगू करते और किताबों की भी चर्चा करते। पिताजी और दुकान-मालिक के बीच प्रेमचन्द, निराला, अज्ञेय, निर्मल वर्मा, मोहन राकेश आदि की किताबों पर बड़ी गहन चर्चा होती। मैं चुपचाप सुनता रहता। एक तो मुझे सिर्फ़ हिन्दी ही पढ़नी आती थी और दूजे बच्चों की ज़्यादा पुस्तकें वहाँ न थीं, पर वहाँ ढेर सारी पुस्तकें देख यह ज़रूर लगता कि काश, यह सब मैं पढ़ पाता। टैगोर की गीतांजलि जिस शेल्फ़ में रखी थी, मुझे आज भी याद है।

फिर यहाँ से निकल पिताजी मुझे एक प्रसिद्ध हलवाई की दुकान में ले जाते और एक प्लेट रबड़ी ऑर्डर करते। ख़ास मेरे लिए। उस रबड़ी के बारे में आज भी सोचूँ, तो पालतू कुत्ते के समान मेरे मुँह से लार टपकने लगती है। बर्फ़ की तरह सफ़ेद दूध में तैरती हुई लज़ीज़ मलाई की मोटी-मोटी चतुर्भुजाकार परतें, ख़ुशबूदार इलायची, केसर और पिस्ता के साथ उस कुल्हड़ में इठलाते हुए खाने का निमंत्रण देते थे, जिसे देखकर बड़े-बड़े उपवास करनेवालों की नीयत बदल जाए।

पहला चम्मच मुँह में जाकर एक मीठी सन्तुष्टि का सिर्फ़ एहसास जगाता था। क्योंकि उसके बाद दूसरा और तीसरा चम्मच अन्दर पहुँच बस दुविधा ही पैदा करते। ऐसा लगता कि यह कटोरी काश एक अक्षय पात्र में बदल जाए।

मैं एक के बाद एक चम्मच बिना हिचक के बस चटकारे लेते हुए खाता चला जाऊँ। पर ऐसा कभी न होता। वह कटोरी कब ख़त्म हो जाती मालूम ही नहीं पड़ता। मेरे निराश से चेहरे के भाव तो पिताजी शीघ्र ताड़ लेते और एक और कटोरी का ऑर्डर देते। इस दूसरी कटोरी को खाने में मैं जितनी देर हो सके उतनी लगाता। पर खाने और न खाने के असमंजस में ही फिर यह दूसरी कटोरी भी बिलकुल साफ़ हो जाती।

सालों बाद मैंने कितनी बार उस हलवाई की दुकान की तलाश की है, लेकिन यादों के धुँधले नक़्शों में उस दुकान की सही खोज मृगतृष्णा की तरह ही मुझे यहाँ-वहाँ भटकने के लिए बाध्य करती रही है।

जबलपुर से निकलने के बाद मैंने कितनी ही बार कितने ही शहरों में रबड़ी खाई होगी, परन्तु बचपन के उस स्वाद की आज तक कोई बराबरी नहीं कर पाया। शायद यह यादें सिर्फ़ परेशानियाँ देने के लिए ही दिमाग़ में कुलबुलाती रहती हैं। दिमाग़ी असन्तोष को ही और उद्वेलित करने के लिए द्वंद्व करती रहती हैं।

मेरी आँखों के सामने रबड़ी, जबेली, मसाला डोसा सब एकबारगी घूम गए। और मज़े की बात यह कि हर लज़ीज़ नाश्ता किसी दुकान का ब्रांड हुआ करती थी, जिससे उस दुकान को पहचाना जाता था।

इस रबड़ी के अलावा जबलपुर की खोवे की जलेबियों की सोचकर भी मुँह में पानी आना स्वाभाविक है। फुहारे के पास बडकुल की दुकान को बच्चा-बच्चा जानता है। बडकुल की फलाहारी चाट खाने के बाद गहरे भूरे रंग की इन जलेबियों को खाकर तबीयत गार्डन-गार्डन (बाग़-बाग़) हो जाया करती थी।

सिविक सेंटर मढ़ाताल में पाव-भाजी और डोसा भकोसने (मन-भर खाने का जबलपुरिया शब्द) के बाद दिनेश पटेल की सीताफल की आइसक्रीम खाकर जीवन धन्य हो जाता था। जबलपुर के बस स्टैंड (जिसे लोग प्यार से मोटर स्टैंड ज़्यादा कहा करते थे) में प्रकाश की चाट की दुकान में आलू-टिक्की जो खाए, वह बार-बार बसें बदलकर जबलपुर आए, इन्हें खाने के लिए।

कुल मिलाकर संस्कारधानी में यह सब खाकर यदि मरे तो इस ढेर सारी ख़ुशी में ज़रूर स्वर्ग गति ही मिलेगी।

उन दिनों बचपन का मतलब खेलना था। आज की तरह बचपन से ही हमें किसी ट्रेनिंग क्लास में नहीं जाना होता था। आजकल के बच्चों को कम्प्यूटर पर आँखें गड़ाए, उत्साह से लबरेज़ कुछ खेलते हुए देखता हूँ तो मन में बड़ा सवाल उठता है। या तो ये ग़लत कर रहे हैं या फिर हमें ही बचपन में जीवन की समझ ना थी। सारा बचपन हमने उन अजीबो-ग़रीब खेलों में गुज़ार दिया। हमारे खेलों की सबसे पहली शर्त ही यही थी कोई भी खेल घर में नहीं होता था। खेल का मतलब ही था घर की चारदीवारी के बाहर का खुला आसमान। कुछ ख़ास खेलों का ज़िक्र तो बनता ही है।

एक ख़ास खेल भारत के अलग-अलग हिस्सों में अलग-अलग नाम जैसे आईस-पाईस, लुकाछिपी के नाम से जाना जाता है। इसे खेलों का राजा इसलिए कहूँगा क्योंकि एक ही खेल में ज्ञान के कई भंडार छुपे पड़े हैं। एक कमांडो टाइप का बच्चा आँखें बन्द कर सौ तक गिनती गिनता था और फिर अपने यहाँ-वहाँ छुपे मित्रों को एक-एक करके ढूँढ़ने का प्रयास करता। इन छुपे बालकों में सबसे होशियार वही जो ऐसी जगह छुपे जिसका अता-पता किसी को न हो। जिससे छुपनेवाला देर तक न पकड़ा जाए। अगर आपको सुनने में साधारण लग रहा है तो सुनिए इसकी परत-दर-परत कहानी।

मास्साब (अध्यापक) जिस गिनती को रटाने में अपनी छड़ी से हमारा पिछवाड़ा लाल कर देते थे, उसी सौ तक की गिनती को हमें इस खेल ने एकदम से दिमाग़ पर छाप दिया था। क्योंकि गिनती गिनाई में एक भी संख्या का फाँका मारने की होशियारी अगर आपने की तो बाक़ी के बच्चे ऐसे खोपचों से निकलकर कमांडो जी के ऊपर चढ़ बैठते थे, जैसे इतने सारे मास्साब छुपे बैठे उसकी गिनती सुन रहे हों। वैसे बाक़ी बच्चों के छुपने का काम भी आसान नहीं था। क्योंकि हम दोस्तों को ज़्यादातर जगहें तो आपस में पता हुआ करती थीं। इसलिए हर बार हमें अपने कमांडो को गच्चा देने के लिए 'आउट ऑफ़ बॉक्स' सोचना होता था।

उसी सौ तक की गिनती के दौरान एक तरफ़ ध्यान गिनती पर और दूसरी तरफ़ जगह की खोजाई पर हुआ करता था। मतलब समयबद्ध मल्टीटास्किंग। और हम ऐसे-ऐसे खोपचे निकाल भी लेते थे जिसका दोस्तों को इल्म भी न हो।

और उन खोपचों में चुपचाप, अँधेरे में, बिना टस से मस हुए किसी भी पोजीशन में स्थापित रहना मज़ाक़ काम नहीं था। हमारा बस चलता तो हम साँसें भी रोक लेते, ताकि खोजनेवाले को क्या, हमको भी भनक न हो की हम हैं कहाँ।

लेकिन बेटा, खोजनेवाला कमांडो भी हमीं में से एक उस्ताद होता था। सारी ज्ञानेन्द्रियों को लगाकर वह हमें सूँघ ही लेता था। जिसको उसने पहले देख लिया, अब उसे अगला कमांडो नियुक्त किया जाएगा। इस डर से रूह काँप जाया करती थी। वैसे अगर आप पकड़े गए तब भी एक चांस था कि अगर आपका कोई छुपा दोस्त पीछे से आकर खोजनेवाले को 'धप्पा' बोल दे तो कमांडो भाई साहब को फिर से गिनती गिनने की प्रकिया में लगाया जा सकता था। इसलिए अगर आप पकड़ लिये गए हैं तो आपको हिम्मत हारने की बिलकुल ज़रूरत नहीं है, बल्कि आप खोजनेवाले के साथ ज़ोर-ज़ोर से चिल्लाते हुए चलिए, ताकि छुपे दोस्तों को उसकी पोजीशन के बारे में आगाह कर सकें। हमारे कुछ छुपे दोस्त औचक धप्पा मारने के एक्सपर्ट हुआ करते थे। खोजनेवाला कमांडो की तरह तैनात भले हो, पर वह दोस्त किस जगह से खोजनेवाले पर कब गोरिल्ला वार कर देगा, कोई नहीं बता सकता। उस समय हर पल तनाव रहता। धप्पा बोलने के पहले ही अगर कमांडो ने उसे देखकर नाम बोल दिया, तो सारा गोरिल्ला वार गुड़-गोबर हो जाता था। इसलिए हमें शोले के ठाकुर की तरह अपने छुपे दोस्तों को इशारा करना होता था कि लोहा गरम है, मार दो हथौड़ा।

जैसे कोई भी चीज़ मुफ़्त नहीं मिलती, यह दिन-भर का खेलना भी मुझे मुफ़्त नहीं मिला। वैसे बचपन की यादों में, माँ के प्यार के साथ-साथ माँ के हाथ की मार भी मुझे कभी नहीं भूलेगी। कई बार दिन-भर की मटरगश्ती के बाद घर पहुँचता तो मम्मी के चप्पल और मेरे पीठ के मिलन की चटाक-चटाक स्वर-लहरी कमरे में गूँज उठती।

कई बार तो देर होने पर, इस भय से मेरे क़दम दरवाज़े के बाहर ही ठिठक जाते। जैसे खेत की जुताई में मशग़ूल बैल, अचानक से रुक जाए। एक तरफ़ यह असमंजस कि अन्दर जाऊँ या नहीं और दूसरी तरफ़ गोधूलि बेला पार होने के बाद के अँधेरे का डर। आख़िर कब तक यूँ ही चौखट पर खड़ा रहता।

अन्दर जाने पर जब मेरी पिटाई हो रही होती, ठीक वैसे ही इस चटाक-चटाक ध्वनि के बीच में सत्यनारायण कथा के शंख की तरह एक और स्वर उभरता "बस मम्मी, अब ग़लती नहीं होगी, मम्मी।"

पर करुण रस की मेरी इस गुहार का उन पर कोई असर नहीं होता। कई बार तो एक मूक श्रोता की तरह पिटते मैं दिमाग़ के घोड़े दौड़ा-दौड़ाकर यह ख़ुफ़िया जानकारी निकाल लेना चाहता कि इस बार कौन सी ग़लती हुई, जिसके निमित्त मेरा विधिवत चप्पल पूजन किया जा रहा है। चूँकि मैं भी कोई मैडल लेकर तो लौट नहीं रहा था, इसलिए इस बात की प्रबल सम्भावना हमेशा बनी रहती कि मैंने भी कोई कांड किया होगा, जो इस पूजन का भगवान बनाया गया हूँ।

आज दिमाग़ में मार खाने की कई सारी पुरानी पारियाँ याद आ रही हैं। एक तो मम्मी का कभी-कभी वाला ख़ूँख़ार ग़ुस्सा और दूसरे उसके मारने का जुदा-सा स्टाइल। वाह-वाह, क्या कहने। मम्मी हमेशा कमरा बन्द कर हमला करती थी, ताकि बाहर से कोई सुरक्षा दल न आ पाए। हथियार में भी वह बेलन या झाड़ू की बजाय पीड़ित पक्ष द्वारा पहने जानेवाले चप्पल का ही प्रयोग करना पसन्द करती थी।

उस बार की पिटाई तो मुझे कभी नहीं भूलती, जब कुछ दिन पहले ही पापा नेपियर सड़क की बाज़ार से मेरे लिए नई चप्पल ख़रीदकर लाए थे। अपने इस नये बाटा के चप्पल को मैं किसी नई-नवेली दुल्हन से कम नहीं सँवारता था। नहाते वक़्त जिस चप्पल के पिछले हिस्से को भी मैं हाथ से साफ़ करना पसन्द करता था, आज उसी चप्पल से मुझे चपलियाया जाना था। मेरा पुराना रिकॉर्ड भी कुछ ख़ास उत्साहवर्धक नहीं था। वैसे तो अपनी हरकतों की वजह से माँ-पिता जी द्वारा रूई की तरह धुना गया हूँ, परन्तु संयोग यह था कि जब-जब नई चप्पल आई, तब-तब संयोग ऐसा बना कि मैं तबियत से धोया गया। उस शाम, नई चप्पल पहने, घर देर से लौटने पर, यह सारे ख़याल आना लाज़मी था।

चूँकि इस बात का मुझे बिलकुल अन्दाज़ा था कि मेरी पीठ में नई, मज़बूत प्लास्टिक चप्पल से मार झेलने की क्षमता नहीं है, इसलिए मैंने दूसरा रास्ता

निकाला। रोनी-सी सूरत और मासूम से चेहरे का खाल ओढ़ लिया। मेरी शक्ल पर बिखरी मासूमियत देखकर एक बार को हिटलर और नेपोलियन की आँखों में आँसू आ जाएँ, माँ तो फिर भी माँ है। ऐसी भावना मन में लिये, मैं क़िले के अन्दर मन्थर गति से प्रविष्ट हो रहा था।

सूखते हलक़ से अपने इष्ट देव बजरंगबली का ध्यान करके क़िले के अन्दर प्रवेश करते समय "प्रबिसि नगर कीजे सब काजा, हृदय राखि कोशलपुर राजा" वाली सुन्दर कांड की चौपाई तुलसीदास जी मानो कान में भुनभुना रहे थे। अन्दर बढ़ ही रहा था कि मेरे रेशमी बाल किसी मज़बूत से शिकारी के हाथों में आ चुके थे। जब तक मैं कुछ समझ पाता, दुश्मन ने पूरे लाव-लश्कर के साथ धावा बोल दिया था। झोंटे घुमाने के बाद कान के पास जो चटाक से एक थप्पड़ लगा, पूरा कर्णपटल झंकृत हो गया। मम्मी सच में उस दिन जंग का मैदान जीतने के इरादे से उतरी थी। मेरी ही अपनी चप्पल मुझ पर परायों की तरह बरस रही थी।

"दिन-भर आवारागर्दी, इधर से उधर, क्रिकेट, गपन्नी। और खेलो, न पढ़ाई, न लिखाई।" मम्मी ने इन्हीं शब्दों की गड़गड़ाहट के साथ देखते-ही-देखते चप्पल की बारिश तेज़ कर दी। कलाइयों का इतना बेहतरीन प्रयोग तो अजीत वाडेकर ने भी नहीं किया होगा। वैसे भी मम्मी डॉन ब्रेडमैन वाला सौ के पास औसत तो रखती ही थी, इसलिए चप्पलों के प्रहार की गिनती करना बेकार था। धुलाई जारी थी और पिताजी मुझे पिटते देखकर कुटिल मुस्कान बिखेर रहे थे।

कुछ इसी तरह पिटते-पिटाते, खेलते-खाते बचपन कब बीतकर स्कूल की तरफ़ बढ़ गया पता ही नहीं चला। सबके बचपन की तरह मेरे बचपन ने भी झोली खोलकर दिया। शकुन्तला का बाड़ा के दायरे में एक छोटे शहर की मिडिल क्लास सोच, पैसों की क़िल्लत का अन्दाज़ा और उलझे पारिवारिक रिश्ते। ज़िन्दगी में कोई भी चीज़ एकतरफ़ा नहीं होती। बचपन ने मन में कुछ घाव दिए तो कुछ बड़ी ख़ूबसूरत यादें भी दी। दिन-भर की बेवजह मटरगश्ती, माँ के हाथ का दुलार भरा खाना और पिता की साइकिल पर बैठकर दुनिया को मासूम विस्मित आँखों से देखने की लालसा।

बचपन में हमारे जीवन-वृत्त का केन्द्र बिन्दु होता है 'मज़ा'। किसी भी वक़्त, हम सारी ऊर्जा, सारा समय, बिना अगले या पिछले वक़्त की परवाह किए इसी केन्द्र बिन्दु की तरफ़ बढ़ने की कोशिश करते हैं। शायद इसीलिए, हम अकसर पहुँच ही जाते हैं।

उम्र के साथ-साथ कोमल विचारों वाले मन में दुनिया की परत जमने लगती है। हम ख़ुशियों के इतने केन्द्र बना लेते हैं कि परिधि पर ही खड़े सोचते रह जाते हैं कि किस केन्द्र की तरफ़ बढ़ें। बचपन उसी मेडिटेशन की अवस्था है, जिसे बाद में हम ताउम्र तलाशते रहते हैं।

ख़ैर, इन भारी-भरकम बातों के बीच बचपन की सबसे क़ीमती सौगात तो मैं बताना भूल ही गया। सुलभ और अनवर की दोस्ती। एक ऐसा रिश्ता जो बुढ़ापे की तरह एक बार जो शकुन्तला के बाड़े में मिला, मिलता ही चला गया। जिन मस्तियों का ज़िक्र मैंने बचपन में किया, स्कूल में इन दोनों की मदद से इसे अभी अलग लेवल पर ले जाना था।

"चलिए, स्कूल की कहानी कल सुनते हैं।" वैदेही ने जैसे मुझे ख़यालों की नींद से जगाया।

वैदेही ने लाइट बुझाई, मेरे कहने पर खिड़की का पर्दा खोल दिया जहाँ से मैं चाँद देख सकूँ।

"कितना मस्ती भरा बचपन था आप लोगों का। काश! हम भी ऐसा ही बचपन जी पाते।" वैदेही कहते हुए चली गई।

सचमुच, क्या दिन थे वे। आजकल बचपन से ही बच्चों पर उम्मीदों का बोझ लाद दिया जाता है। उस बोझ तले बचपना कहीं दब जाता है। वैदेही की बातों में दबे बचपन का दर्द था। कल स्कूल की कहानी बतानी थी। मैं अपने स्कूल के दिनों को सोचते-सोचते कब सो गया, पता ही नहीं चला।

स्कूल

"कैसा गुज़रा दिन आपका।" वैदेही ने अगले दिन आते ही पूछा।

"रोज़ की तरह ही था, बस ख़ुद के लिए वक़्त मिल रहा है।" मैंने कहा।

"मुझे आपके स्कूल की कहानी का बेसब्री से इन्तज़ार है।" वैदेही ने दवा और पानी का गिलास देते हुए मुस्कराकर कहा।

मैंने उसे सब कुछ ठीक करते हुए देखा। फ़ाइल, दवा की शीशियाँ, बिस्तर, तारीख़। हम सबको उन कुछ लोगों का ज़िन्दगी-भर इन्तज़ार रहता है जो आएँ और सब ठीक कर दें।

मैंने मुस्कराते हुए अपनी कहानी को आगे बढ़ाया और अपने बचपन के स्कूल में ले गया।

बचपन ने शकुन्तला के बाड़े के दायरे में मटरगश्ती सिखाई पर स्कूल ने तो एक अलग ही दुनिया खोल दी। झोला लटकाए अनवर, सुलभ और मैं, जब नवीन विद्या भवन गए थे, बच्चे ही तो थे। हम बच्चे घर वालों द्वारा खाना खिलाने के लिए बनाए गए भूत, प्रेत, म्याऊँ, कटाऊँ, भोकाऊँ इत्यादि शब्दों के डर से उबरकर जश्न मना रहे थे। परन्तु हमें कहाँ पता था कि किताबों, मास्साब और रट्टामार संस्कृति का डर हम बच्चों से बचपना छीनने के लिए मुँह बाए स्कूल में हमारा इन्तज़ार कर रहा है।

हमारे आसपास पढ़नेवाले बच्चों के लिए दो स्कूल प्रसिद्ध थे। नवीन विद्या भवन और मॉडल हाई स्कूल। नाम से थोड़ा-बहुत अन्दाज़ा तो लग ही गया होगा। आज की भाषा में कहें नवीन विद्या भवन में चोमू पढ़ते थे और मॉडल हाई स्कूल में कूल बच्चे। हम सबकी इच्छा थी कि मॉडल स्कूल में जाएँ, क्योंकि हमारी समझ में वहाँ जाना ही, हमें कूलत्व की प्राप्ति करा देगा। उधर

हम उस स्कूल की चमकती हुई बिल्डिंग में घुसने के सपने देखते रहे और इधर हमारे परिवार वालों ने हमें नवीन विद्या भवन के हवाले कर दिया। हवाला यह दिया गया कि स्कूल घर से सिर्फ़ दस-पन्द्रह मिनट की पैदल दूरी पर था।

यह स्कूल पूरे दिन का न होकर, दो शिफ़्ट में लगा करता था। पहली शिफ़्ट सुबह 7 से 12 बजे तक और दूसरी दोपहर 12:15 से 5:15 बजे तक। मेरा दाख़िला मॉर्निंग शिफ़्ट में किया गया था क्योंकि हमारे परिवार में सब सुबह जल्दी उठनेवाले थे। मॉडल स्कूल दूर भी था, पूरे दिन का भी था, इसलिए हमारे संस्कारों से मेल नहीं खाता था। भारतीय मिडिल क्लास पैसों की वजह से किए गए निर्णय किसी भी बात पर टाल सकता है, पर मज़ाल है कि मुख्य मुद्दे मतलब पैसों का ज़िक्र भी आने दें।

मैं और सुलभ नाराज़ थे, मन लगातार उद्वेलित करता रहता था। घर वालों की एक भी दलील हमें नहीं सुहा रही थी। ख़ुशी सिर्फ़ तब हुई, जब अनवर ने मॉडल स्कूल में एडमिशन मना करके अपने घर वालों से कहकर नवीन विद्या भवन में एडमिशन लेने की बात की।

आज सालों बाद याद करता हूँ तो उस स्कूल में बताने के लिए मेरे पास ढेरों स्मृतियाँ हैं। हमारे कपड़े, हमारे शिक्षक, हमारे खेल, हमारी पढ़ाई, ढेरों शरारतें और कुटाई। ये यादें भले ही ज़िन्दगी की ऊहापोह में ज्वलन्त न रह गई हों, परन्तु कुछ स्मृतियाँ अभी भी गुदगुदा जाती हैं।

मोहल्ले-भर में फलाने और ढेकाने भैया के यूनिफ़ॉर्म और किताबें हमारे माता-पिता ने पहले से ही माँगकर हमारे पहले दिन की तैयारी कर ली थी। पहले दिन न हमारे बस्ते अपने थे, न किताबें और न हमारा यूनिफ़ॉर्म। सिर्फ़ हमारा शरीर था और अनुभव था।

स्कूल में जाते तो एक मात्र ध्येय से हैं—पढ़ाई, परन्तु एक दूसरा ध्येय हम दोस्त मिलकर बना लेते हैं—मस्ती और खेलकूद। टीचर हमें अकसर किताबों की तरफ़ खींचते हैं और दिल खेल के मैदान की तरफ़। समाज और दिल की यह रस्सा-कस्सी स्कूल से ही शुरू हो जाती है।

हमारे बचपन में स्कूल जाना शुरू करने से पहले ही बच्चे, आईस-पाईस, चींटी धप, पिट्टूक, गपन्नी, साइकिल के पहिए की रिम घुमाना इत्यादि खेलों

पर महारत हासिल कर लेते थे। इनमें से ज़्यादातर खेल तो शायद आज की पीढ़ी समझ ही नहीं पाएगी।

उस रोज़ छत पर खड़े शादी का नज़ारा देखते, जब मैं बच्चों को लुका-छिपी खेलते देख रहा था तो मन को सुकून भी मिला और यह डर भी लगा कि एक दिन ये कम्प्यूटर प्रभु मेरे बचपन के इस खेल को लील जाएँगे और ये सारे खेल दीन-दुनिया से विलुप्त हो जाएँगे।

उम्र बढ़ी तो खेलती-कूदती बचपन की ज़िन्दगी में एक नई चीज़ ने दस्तक दी..."फ़िल्में"। वैसे मेरे परिवार में पिताजी ने कुछ इस तरह का माहौल बना रखा था कि फ़िल्म देखना दूर की बात, यहाँ तक की फ़िल्मों की बात करना गुनाह-ए-अज़ीम था। लेकिन जहाँ माँ-बाप के संस्कार ख़तम होते हैं वहीं दोस्तों की सीख शुरू होती है। हमारी पहली मूवी तो मैं कभी नहीं भूल सकता।

"भाई, ज्योति सिनेमा में 'शोले' फ़िल्म लगी है, देखने चलें क्या?" क्रिकेट खेलकर लौटते वक़्त सुलभ ने सवाल किया।

"पता चला तो सबसे ज़्यादा पिटाई तेरी ही होगी।" अनवर ने चुटकी ली।

"घंटा किसी को पता चलेगा। तेरे भाई के पास फूल प्रूफ़ आइडिया है।" सुलभ ने हमेशा की तरह कटी पतंग जैसे फेंकना शुरू कर दिया था।

"अबे शरद, तू तो ऐसे चुप है, जैसे मैं किसी पॉकेटमारी के प्लान में शामिल होने के लिए कह रहा हूँ।" सुलभ मेरा साथ चाह रहा था।

"नहीं यार, पिताजी मानेंगे नहीं।" मैंने अपनी मज़बूरी बताई।

"मेरी जान, पिताजी से पूछ कौन रहा है! सुलभ जैन नाम है तेरे भाई का, मेरे आइडियाज़ को हल्के में लो मत।" सुलभ ने कुटिल मुस्कान बिखेर दी।

"बोल, वैसे भी बिना बताए तू चुप नहीं रहेगा।" अनवर ने अपने अन्दाज़ में सुलभ को ज़लील किया, जिसका सुलभ पर कोई फ़र्क़ नहीं पड़नेवाला था।

"अबे यार, तुम लोगों की फटती बहुत है। कभी तुमने देखा है, हमारी क्लास के उन चारों लड़कों को जो सबसे पीछे वाली बेंच पर बैठते हैं। किसी भी पिक्चर का फर्स्ट डे, फर्स्ट शो देखे बिना मानते नहीं।" सुलभ ऐसे मंत्रमुग्ध था, जैसे तुलसीदास जी प्रभु श्रीराम का गुणगान कर रहे हों।

"वही ना, जिन्हें शर्मा सर ने चांडाल चौकड़ी के खिताब से नवाज़ा है।" मुझे उन चारों के क्लास में पीछे बैठकर खिखियाते हुए चेहरे याद आए।

"अबे छोड़ न यार, अमिताभ बच्चन क्या ग़ज़ब ढाया है इस सिनेमा में। उस दिन देखा नहीं, वे चारों गब्बर, जय, वीरू और ठाकुर की बातें कर रहे थे। एक-से-एक मस्त डायलॉग। सुन के मज़ा आ जाएगा, देख लोगे बेटा तो ज़िन्दगी तर जाएगी।" सुलभ ने चालाक बहेलिए की तरह जाल बिछा दिया था।

मैं और अनवर उस जाल की तरफ़ दाना चुगने बढ़ने लगे थे। मेरे और अनवर की आँखों के सामने बिना देखे ही शोले के दृश्य तैरने लगे।

"यार, वैसे अमिताभ बच्चन के पास ताक़त बहुत है। मैंने देखा था, विनोद खन्ना की भी तबीयत से कुटाई किया था।" मैं अपना अमिताभ प्रेम छुपा नहीं पाया।

"सबसे आगे वाली सीट की टिकट पचास पैसे की होगी। पैसा जुटाना चालू करते हैं।" सुलभ प्लान को अंजाम देने की जल्दी में था।

मेरे लिए पिताजी से इतने पैसे निकलवा पाना आसान नहीं था।

"पैसे की टेंशन मुझ पर छोड़ो। तुम लोग बस प्लान फाइनल करो। और जाएँगे तो एक रुपये सीट पर, थोड़ा पीछे बैठकर देखेंगे।" हमेशा की तरह अनवर के इतना कहने-भर से मेरी और सुलभ की पैसों की समस्या समाप्त हो गई।

"बेटा, अब तो हम लोग ड्रेस सर्किल में बैठकर पिक्चर देखेंगे।" सुलभ ने आँख मारते हुए कहा। पैसा कोई दे पर ज्ञान तो उसे ही देना है।

मैं सुलभ जैसे ज्ञानवीर और अनवर और दानवीर के बीच मुश्किल से फिट बैठ रहा था।

"यह ठीक रहेगा। सबसे आगे बैठने पर लगेगा जैसे डाकुओं के घोड़े हमारे ऊपर चढ़े चले आ रहे हैं।" मैंने भी जोक मारकर अपनी उपस्थिति दर्ज़ कराने की कोशिश की।

"अनवर ने पैसे का ज़िम्मा ले लिया है तो मैं फिर योजना बनाने की ज़िम्मेदारी लेता हूँ।" सुलभ ने स्वयं काम चुन लिया।

"और मैं?" अपनी इज़्ज़त कम होता देख मैं बुदबुदा पड़ा।

"भाई, तू अपना पसन्दीदा काम करना, लगातार डरते रहना।" अनवर और सुलभ दोनों हँस पड़े।

सुलभ जिस ख़ुफ़िया तरीक़े से योजना बना रहा था मानो पिछले जन्म में कोई बड़ा अय्यार रहा हो। वैसे इस पूरे मिशन में हमारे सबसे बड़े दुश्मन थे शारीरिक शिक्षा वाले मास्साब यानी परिमल सर। कहा जाता है कि शुरुआत में बच्चों की सुताई वे ज़रूरतवश करते थे परन्तु समय के साथ उन्होंने इसे अपनी हॉबी में तब्दील का लिया था। गाहे-बगाहे बच्चों को किसी-न-किसी बहाने सूत देने में उन्हें मोक्ष-सा आनन्द मिलता था। स्कूल में परिमल सर के नाम से हम बच्चों की रूह काँप जाया करती थी।

"फला बच्चे को मारते-मारते मार डाला।" जैसी किंवदन्तियों ने परिमल सर की मार्केट वैल्यू और बढ़ा दी थी।

"अबे परिमल सर को पता चल गया तो फिर हमारी ख़ैर नहीं।" मैंने स्कूल से लौटते समय शंका ज़ाहिर की।

"अबे नहीं यार, तुम ठहरे लल्लू। तुम लोगों ने ध्यान दिया है कि परिमल सर कभी-कभार देर से क्यों आते हैं?" सुलभ ने कुटिल मुस्कान के साथ पूछा।

"नहीं, परिमल सर भी कोई ध्यान देने की चीज़ हैं, उनसे जितना दूर रहें, उतना बेहतर।" मैंने कहा।

"क्या पता, अगले हफ़्ते बच्चों को किस नई विधि से सूतना है इसकी जानकारी हासिल करने किसी कसाई के यहाँ जाते होंगे।" अनवर ने मुस्कराते हुए कहा।

"हर मंगलवार, परिमल सर नरसिंघ मन्दिर जाते हैं। उस मन्दिर में सुबह होती है भीड़ और परिमल सर को स्कूल पहुँचते-पहुँचते हो जाती यही देर।" सुलभ आत्ममुग्धता से बता रहा था।

"अबे वो कहीं भी जाएँ, इससे हमें क्या फ़र्क़ पड़ता है।" हम इस जानकारी से उतने प्रभावित नहीं थे।

"नहीं समझे, बेटा। इसीलिए टिकट मैंने मंगलवार का किया है। जब तक परिमल सर स्कूल में आएँगे, हम क्लास में घुसकर रट्टा मार रहे होंगे।" सुलभ ने इक्का फेंक दिया था।

"क्या दिमाग़ है यार, तेरा।" मैं और अनवर उसके सामने हाथ जोड़कर खड़े हो चुके थे।

सोमवार को घर लौटते वक़्त हमने पैसे भी जोड़ लिये। अनवर ने काफ़ी कुछ जुटा रखा था। उसके इस महायज्ञ में मैंने और सुलभ ने भी अपनी बचाई चवन्नियों की आहुति डाल दी। तय हुआ कि स्कूल में आकर बैग रखेंगे और धीरे से निकल जाएँगे। मूवी देखकर लंच तक वापस ताकि परिमल सर के आने से पहले हम कक्षा में दाख़िल हो जाएँ।

मंगलवार को जब हम स्कूल पहुँचे तो सुलभ ने बाक़ी बच्चों से नज़र छुपाकर हमें ऐसे देखा जैसे हम तीनों कहीं बम फोड़नेवाले हों। हमने बैग स्कूल में छोड़ा और एक-एक करके निकल गए। सुलभ, अनवर और फिर आख़िर में फट्टू मैं।

सुलभ ने टिकट लिया और फिर हम तीनों हॉल में अन्दर घुसे। पिक्चर शुरू हुई।

उस दिन शोले देखने का जो आनन्द था वह मुझे शायद ही कभी मिला होगा। जय, वीरू, गब्बर...वाह। हालाँकि बैठे हम पीछे थे किन्तु आगे वालों से कहीं ज़्यादा हर दृश्य को महसूस कर रहे थे। रामगढ़ जाता कालिया का घोड़ा, कई बार लगा हमें कुचल के चला जाएगा। बसन्ती के नृत्य पर जब सुलभ ने सीटी बजाई तो हमें उसके इस नये टैलेंट का पता चला। आनन्द से भरे कुछ घंटे गुज़रने के बाद पिक्चर हॉल से बाहर निकलते वक़्त मेरा भी सारा डर काफ़ूर हो गया था। मैं और अनवर जय-वीरू की तरह चल रहे थे और सुलभ गब्बर की तरह। हम यूँ ख़ुश थे, मानो परिमल सर ठाकुर हों और हमने आज उनका हाथ काट दिया हो। भीड़ में छाती चौड़ी करके हम निकल ही रहे थे कि हमें किसी ने रुकने की आवाज़ लगाई।

"रामगढ़ में किसकी हिम्मत जो गब्बर को पुकार रहा है, बे।" सुलभ ने मुड़ते हुए कहा।

पर यह क्या, अचानक से सुलभ गब्बर की रोबीली आवाज़ में दहाड़ने की बजाय सूरमा भोपाली की आवाज़ में मिमियाने लगा। मैंने और अनवर ने मुड़कर देखा तो पैरों तले ज़मीन खिसक गई। ठाकुर जैसा ही रौद्र रूप लिये साक्षात परिमल सर खड़े थे।

अगले मिनट उन्होंने जिस तबियत से हम तीनों की धुलाई की कि जनता को बिना टिकट एक और मूवी का एक्शन सीन देखने को मिला। ताबड़-तोड़

लात-घूँसों की बौछार के बीच मैंने बड़ी आस से सुलभ की तरफ़ देखा। निराशा हाथ लगी जब यह देखा कि उसके बाल परिमल सर अपने हाथ में पकड़कर गोल-गोल घुमाने का प्रयास कर रहे थे। परिमल सर ने उस दिन हरफ़नमौला की तरह हम तीनों में कोई पक्षपात न करते हुए बराबर हाथ साफ़ किया। वैसे भी हमने इस गुरिल्ला वार की उम्मीद नहीं की थी।

ख़ैर, उसके बाद उन्होंने जो किया वह इस पिटाई से भी ख़तरनाक था। मास्साब द्वारा अकेले में पिटाई अगर कुआँ है तो पूरे स्कूल के सामने वही पिटाई सागर बन जाती है। हम तीनों का झोंटा पकड़कर हमें स्कूल ले जाया गया। प्रिंसिपल से मास्साब ने गुहार लगाई कि असेम्बली बुलाई जाए और इन तीनों को प्रदर्शित किया जाए, ताकि हम तीनों मिसाल बन सकें।

अब मिमियाने से काम नहीं चलनेवाला था, बल्कि अब घिघियाने की बारी थी। जिसमें सबसे आगे मैं था। परिमल सर तो पत्थर के सनम थे पर मुझे प्रिंसिपल सर से उम्मीद थी। पर वह तो आला दर्ज़े के खिलाड़ी निकले। उन्होंने जब ऑप्शन दिया कि या तो पिता को बुलाया जाए या फिर असेम्बली में जलालत होगी, मैंने दिल पर पत्थर रखकर असेम्बली वाली बात मान ली।

अनवर किसी भी बात के लिए तैयार था। सुलभ पिता को बुलाना चाहता था। उसके लिए स्कूल के बच्चों के सामने ज़लील होना नागवार था। ख़ैर, मेरा मिमियाना और घिघियाना काम आया और एक-एक करके हम तीनों को एक बेंच पर खड़ा करके पूरे स्कूल को प्रदर्शित किया गया।

हम तीनों से समवेत स्वर में कहलवाया गया कि मेरा नाम फलाने है और मैं आज शोले मूवी देखने ज्योति सिनेमा, स्कूल गोल करके गया था। मैं प्राचार्य जी से प्रार्थना करता हूँ कि मुझे उचित दंड दिया जाए और भारी सज़ा से कृपया माफ़ किया जाए।

जिस लेवल का दंड हमें मिल रहा था कि पता नहीं किस भारी सज़ा से मुक्ति मिलनेवाली थी। किन्तु हमारे पास कोई चारा भी नहीं था।

उस दिन घर लौटते वक़्त मैं सुलभ से बात नहीं कर रहा था।

"अबे, जो हुआ अच्छा हुआ। परिमल सर भी हम तीनों को जान गए।" सुलभ ने खिखियाते हुए कहा।

"सब तेरी वजह से हुआ, यही है तेरी फूल प्रूफ़ प्लानिंग। मुझे पहले से पता था, ज़रूर कुछ गड़बड़ होगी।" मैं बहुत ग़ुस्से में था।

"यार, इसने जान-बूझकर तो ऐसा किया नहीं। तेरे साथ यह भी तो पिटा है। अब जो होना था हो गया। इसे भूल जाओ।" अनवर ने बिचौलिए का काम किया और मेरा और सुलभ का हाथ मिलवाया।

"वैसे, परिमल सर जिस तरह धुलाई कर रहे हैं, मानो वो इनसान नहीं जानवर हों।" सुलभ ने अपनी चोट को सहलाते हुए कहा।

"अब पता चला न क्यों नरसिंघ मन्दिर जाते हैं।" मैंने कहा और तीनों हँसते हुए घर की ओर चल पड़े।

छठवीं कक्षा की पहली तिमाही में मुझे इतिहास के पेपर में 50 नम्बर में सिर्फ़ 14 मिले। मतलब इतिहास में फ़ेल। जब अपना जाँचा हुआ पेपर देखा तो मुझे ऐसा लगा नहीं कि मुझे इतने कम नम्बर मिलने चाहिए थे। ग़लत मार्किंग की मेरी गुहार आहूजा मैडम के कान पर जूँ की तरह रेंग गई। हालाँकि अपने कक्षा शिक्षक शर्मा जी की सलाह पर मैंने न्याय के लिए वाइस प्रिंसिपल के दरवाज़े खटखटाए। शायद स्कूल के इतिहास में ऐसा पहले कभी नहीं हुआ था और मुझे वाइस प्रिंसिपल ने अगले दिन ही बुलवा भेजा।

मैंने उन्हें अपनी दलीलें दीं कि मेरी लिखाई बहुत छोटी है और मैंने अपने जवाब अपनी छोटी लिखाई में एकदम सही और उतना ही लिखा है जितना हमें पढ़ाया और सिखाया गया है। इतिहास के पेपर में पन्ने-पर-पन्ने भरे जाने की अपेक्षा पर शायद मैं ख़रा न उतरा होऊँ पर मुझे फेल़ तो नहीं किया जाना चाहिए। मैंने दो बातें कहीं और सुलभ और अनवर ने दो बातें और जोड़ीं। सुलभ ने यह तक दलील दे दी कि वह भी पास हो गया है तो मेरे फेल होने का सवाल ही नहीं उठता। उसकी इस दलील पर हमें री-चेकिंग का आश्वासन देकर भेज दिया गया।

दो-तीन दिनों के बाद मुझे आहूजा मैडम ने पेपर वापस देकर कहा कि अब तुम पास हो गए हो। मुझे 20 नम्बर देकर दोनों की लाज रखने का कार्य किया गया था। आहूजा मैडम ने ये 6 मार्क्स यूँ बढ़ाए जैसे अपनी किडनी दे रही हो। मुझे पूरी उम्मीद थी कि तिमाही परीक्षा में मैं भले ही पास हो गया हूँ परन्तु छमाही में इस हार का बदला यह ज़रूर लेंगी।

छमाही परीक्षा के बाद आहूजा मैडम ने मुझे अध्यापक कक्ष में बुलाकर मेरी इतिहास की जाँची हुई कॉपी दिखाई और पुछा, "यह ठीक है?"

मेरी ख़ुशी का ठिकाना नहीं रहा, जब मैंने देखा कि मुझे 50 में से 45 नम्बर मिले हैं। मेरी इच्छा हुई कि उनके पैरों पर लोट-पोट हो जाऊँ पर मैंने सिर्फ़ मुस्कराकर सिर हिला दिया। इस बार उन्होंने डस्टर के बजाय अपनी एक दुर्लभ और घातक-सी मुस्कान मेरी तरफ़ फेंकी।

हमारी ज़िन्दगी के हर हिस्से कई छोटी-छोटी कहानियों से मिलकर बने होते हैं। हम इन कहानियों को नहीं ढूँढ़ते, बल्कि ये हमें ख़ुद-ब-ख़ुद ढूँढ़ लेती हैं।

एक कहानी उस दिन जुड़ी थी, जब सुलभ सारे टीचर्स की नकल करते हुए मुझे और अनवर को हँसा रहा था।

"यार, अपने स्कूल के चपरासी राम सरन की क़मीज़ देखी है।" सुलभ ने कहा।

"साफ़-सुथरी तो पहनते हैं। दिक़्क़त क्या है?" अनवर ने अनभिज्ञता से पूछा।

"इतने दिनों से वही पुरानी शर्ट पहन रहे हैं कि लगता है हड़प्पा की खुदाई से निकाल लाए हैं।" मेरे हँसने पर सुलभ ने ख़ूब साथ दिया।

"उनकी परिस्थिति को जाने बग़ैर उन पर हँसना ठीक नहीं है। न जाने किन आर्थिक हालात में हों।" अनवर की बात पर हम चुप हो गए।

"यार, तू तो इतनी इज़्ज़त दे रहा है कि वो स्कूल का प्रिंसिपल है।" सुलभ ने कहा और हम तीनों घर की ओर चल पड़े।

यह बात आई-गई हो चुकी थी कि अचानक एक दिन स्कूल से घर लौटते सुलभ ने हमें रामसरन की कुछ बातें बताईं, जिसने हमें चकित कर दिया।

उसकी पत्नी कैंसर से जूझ रही थी। कैंसर का कोई इलाज तो नहीं था पर वह छोड़ भी तो नहीं सकते थे। तीन बेटियाँ थीं, जो अभी इतनी बड़ी नहीं हो गई थीं कि पिता का सहारा बन सकें। रामसरन घर का सारा काम करते, बच्चों को स्कूल छोड़ते और लौटते वक़्त रोज़ पत्नी को देखने हॉस्पिटल जाते। कहा जाता था कि डॉक्टर्स ने घर ले जाने को कहा है पर उनकी पत्नी का दर्द उनसे

देखा नहीं जाता। सो चाहते हैं, हॉस्पिटल में कम-से-कम दर्द पर काबू तो रहेगा। कुल मिलाकर वे अपनी पत्नी को मरते देख रहे थे पर उन्हें यह सुकून था कि इस यात्रा में उनकी पत्नी दर्द से तड़प नहीं रही। वह बात अलग थी कि इस चीज़ की क़ीमत बहुत ज़्यादा थी। स्कूल से मिली तनख़्वाह के पैसे हॉस्पिटल में ही चले जाते थे। छुट्टी के दिनों में कुछ मज़दूरी वग़ैरह से कमाते थे ताकि आर्थिक सम्बल मिले। यह सब कुछ पिछले छह महीने से चल रहा था।

"यार, हमें बिना सोचे उनकी क़मीज़ का मज़ाक़ नहीं उड़ाना चाहिए था।" उसकी कहानी सुनने के बाद मुझसे रहा नहीं गया।

"हम कुछ कर सकते हैं?" सुलभ का गला भी रुँध गया था।

"एक नई क़मीज़ तो दे ही सकते हैं।" अनवर इन गम्भीर पलों को मज़ाक़ के पुट से हल्का कर देता था।

"कैसे देंगे? उसे अजीब नहीं लगेगा?" सुलभ ने कहा।

"हमारे पास इतने पैसे भी तो नहीं है।" मैंने कहा।

"पैसे का इन्तज़ाम मैं करता हूँ, तुम लोग सोचो दिया कैसे जाए।" अनवर ने कहा।

अनवर के पिता अमीर थे भी और प्यार को पैसों में तोलते भी थे। इसलिए भारत के ज़्यादातर आबादी की चिन्ता यानी कि पैसा, उसकी चिन्ता कभी नहीं थी।

अनवर के पॉकेट मनी के ढेरों और हमारे थोड़े पैसों से हमने एक क़मीज़ ख़रीदी। दुकानदार भी तीन बच्चों को बड़ों की क़मीज़ ख़रीदते देख दंग था। सुलभ ने झूठ बोला कि हम स्कूल के किसी ड्रामा के लिए ख़रीद रहे हैं। झूठ बोलना सुलभ की नैसर्गिक प्रतिभा थी। उसमें वह तनिक भी देर नहीं लगाता था। नापने की बात आई तो हमारी पैनी नज़रों ने देख लिया कि जो अंकल हमें क़मीज़ दिखा रहे हैं, उनकी मरियल-सी डील-डौल भी रामसरन जैसी ही थी। हमने उन्हीं से काम चलाया।

26 जनवरी और 15 अगस्त के समारोह में सारे स्टाफ़ नये और सुन्दर कपड़े पहनकर आते थे। तय हुआ कि आनेवाली 26 जनवरी के पहले क़मीज़ उसे दे देनी है। हम सीधे भी दे सकते थे, पर अनवर को लगा कि हमसे सामान

या तो रामसरन नहीं लेगा और ले लिया तो फिर इस हक़ से कभी डाँट नहीं पाएगा, जिस हक़ से वह अभी डाँट लेता है।

आख़िरकार, सुलभ ने सांता क्लॉज़ बनने की ज़िम्मेदारी उठाई। रामसरन के साइकिल में टँगे झोले में चोरी से क़मीज़ का पैकेट डाल दिया गया। साथ में यह मेसेज भी कि सैंटा ने जबलपुर में कहीं-कहीं यूँ ही बेतरतीब तरीक़े से तोहफ़े बाँटे हैं।

उस शाम को जब रामसरन ने आख़िरी छुट्टी की घंटी बजाने के बाद साइकिल उठाया तो उसे वह बैग दिखा।

हम तीनों ने क्लास में छुपकर रामसरन को देखा। क़मीज़ को छूते उसकी आँखों का सुकून देखा। जब हम निःस्वार्थ किसी के लिए कुछ करें और उसे ख़ुश होता हुआ देखें तो इससे ज़्यादा ख़ुशी और नहीं।

रामसरन की साइकिल बड़े दिनों बाद लहराती हुई निकली। हम तीनों भी घर की तरफ़ निकल पड़े। हमने आपस में बात नहीं की। उस दिन हम बच्चे ही नहीं रह गए थे, बड़े भी हो रहे थे। अपने-अपने तरीक़े से महसूस कर रहे थे।

अगली 26 जनवरी को रामसरन झंडे की डोर प्रिंसिपल को थमाने के लिए मंच के पास आया तो हमें उसकी वही चमकती क़मीज़ दिखी। बच्चों की उस भीड़ में सिर्फ़ हम तीनों थे, जिनके लिए आज रामसरन की उपस्थिति प्रिंसिपल से ज़्यादा महसूस हो रही थी।

नवीन विद्या भवन में हम तीनों का साल-दर-साल जैसे-तैसे काम चल रहा ही रहा था कि नवीं कक्षा में अचानक साइंस, आर्ट्स, और कॉमर्स का तिराहा आ गया। उस साल कॉमर्स में लड़कियाँ ज़्यादा थीं, इसलिए सुलभ का स्वाभाविक रुझान कॉमर्स की तरफ़ हुआ। मुझे जोड़-घटाना अच्छा लगता था पर इतना भी नहीं कि दोस्तों को छोड़कर साइंस ले लूँ। अनवर का मानना था कि आर्ट्स की पढ़ाई जीवन-भर काम आती है, इसलिए हमें आर्ट्स पढ़ना चाहिए। अनवर ने हमें हमारे सर के ऊपर वाले फंडे देकर हमें आर्ट्स के लिए मना लिया। सुलभ इस बात पर माना कि आर्ट्स की क्लास की वह खिड़की जहाँ से कॉमर्स की लड़कियाँ दिखती हैं, वहीं उसकी सीट हम फिक्स करेंगे। ख़ैर, हमारी इन मासूम इच्छाओं का हमारे परिवार वालों पर कोई असर नहीं

था। ज़लालती का लेवल यह था कि हमारे एडमिशन के लिए हमसे पूछा नहीं बल्कि बताया गया। हालाँकि हमारे परिवार वालों को बिलकुल अन्दाज़ा था कि हम कोई नासा के वैज्ञानिक नहीं बननेवाले, फिर भी उनकी इच्छा का सम्मान करते हुए हम तीनों ने अपनी इच्छाओं की बलि दे दी और विज्ञान वर्ग में नवीं कक्षा में दाख़िला ले लिया।

पहली तिमाही परीक्षा के रिजल्ट का तात्कालिक प्रभाव यह रहा कि सुलभ चर्चा का विषय बन गया। सालों बाद नवीन विद्या मन्दिर के इतिहास में कोई छात्र सभी विषयों में फेल हुआ था। अनवर हिन्दी और अंग्रेज़ी साहित्य को छोड़कर बाक़ी विषयों में फेल हुआ। सुलभ के लिए सबसे बड़ा दर्द यही था। उसे उम्मीद थी कि कॉपियों की पुनः चेकिंग कराई जाए तो अनवर इन दोनों विषयों में भी फेल होगा। उसका विश्वास पक्का इसलिए था कि अनवर की कॉपी से ही उसने नकल की थी।

फेल होना मनुष्य को सकारात्मक सोच वाला बना देती है, क्योंकि उसके पास और कोई चारा भी नहीं बचता। अनवर को रिजल्ट का ज़्यादा फ़र्क़ नहीं पड़ा, पर उसके लिए यही सन्तोषजनक बात थी कि सुलभ सारे विषयों में फेल था और वह सिर्फ़ दो में। सुलभ ख़ुश था कि अच्छा हुआ सालाना परीक्षा के पहले उसे सीख मिल गई।

पर उसकी ख़ुशी की असल वजह बाद में पता चली। लगभग तीन महीने के कठिन संघर्ष के बाद वह इस अवस्था को प्राप्त हुआ था कि कॉमर्स की एक लड़की उसे देखकर मुस्कराने लगी थी। दरअसल उस समय फेसबुक, वॉट्सअप पर मेसेज भेज देने की सुविधा नहीं थी। सीधे बात करने में नानी याद आती थी, इसलिए लोग शारीरिक भाव और इशारों से काम चला लेते थे। और अगर आपको सामनेवाले से अपने मन मुताबिक़ संकेत मिलने लगे हों, तो इसे टाँका भिड़ने की संज्ञा दी जाती थी और दोस्तों के बीच आप काफ़ी गर्व से देखे जाते थे।

सुलभ को किताब समझ नहीं आती थी। अनवर को स्कूल की किताबों में सीमित नहीं रहना था। एक मैं था, जो जान की बाज़ी लगाकर पढ़ता रहता

ताकि कहीं से भी मेरे पिता तक शिकायत न चली जाए। कक्षा नौ तक मैं पढ़ाई में ठीक-ठाक ही था। कहते हैं ना, बिना गुरु के ज्ञान सम्भव नहीं। मेरे जीवन में यह बड़ा परिवर्तन करने के लिए उमाशंकर तिवारी मास्साब आए। और यहीं से मैं कम-से-कम पढ़ाई के मामले में सुलभ और अनवर से आगे निकलता गया।

उमाशंकर तिवारी सर डे-शिफ़्ट के टीचर थे। तो मैं उनकी किसी कक्षा में नहीं पढ़ पाया था क्योंकि मैं सुबह की शिफ़्ट का विद्यार्थी था। मेरे पिता जी ने मेरी मुलाक़ात उनसे करवाई। ऊँचे क़द के, हट्टे-कट्टे, थोड़े भारी से शरीर के थे वे। भौतिक शास्त्र के बेहतरीन अध्यापक थे। उनके अपने दो बच्चे थे, एक लड़की और एक लड़का। काफ़ी व्यस्त थे वे, अपने ख़ुद के कामों से। परन्तु उन्होंने मुझे और बेहतर बनाने का ज़िम्मा सिर पर उठाया, जिसके लिए उन्होंने कभी कोई गुरु-दक्षिणा भी नहीं माँगी। निःस्वार्थ हृदय से हर रविवार को मुझे अपने घर बुलाकर, वे भौतिक शास्त्र और गणित पढ़ाया करते। साथ में गुरुआइन जी मुझे लजीज़ नाश्ता भी करवातीं और बीच-बीच में चाय भी मिलती। एकदम फाइव स्टार ट्रीटमेंट और साथ में अव्वल दर्ज़ा पढ़ाई! बिना किसी ग़ुस्से के, बहुत धैर्य और शान्ति के साथ इन दोनों विषयों की बारीकियाँ मुझे समझाया करते। उन्होंने मेरी फ़िजिक्स और त्रिकोणमिति की सारी उलझने दूर करवाईं और ये मेरे पसन्दीदा विषय बन गए।

एक अच्छा अध्यापक किसी का जीवन कैसे बदल सकता है, इसकी मिसाल थे उमाशंकर तिवारी सर। जब कक्षा दस में मेरे अच्छे अंक आए तो मुझसे ज़्यादा वह ख़ुश थे। मेरे भीतर पढ़ाई की अलख अगर किसी ने जगाई तो वे उमाशंकर तिवारी सर ही थे। चूँकि वे दसवीं तक ही पढ़ाते थे इसलिए हमारा साथ यहीं छूट गया। परन्तु उनका असर मुझ पर हमेशा बना रहा। जीवन में आए यह अध्यापक चाहे हमें जिस भी कक्षा में मिले हों हमारे जीवन की दिशा बदल देते हैं।

ख़ुद किताबों में सर खपाए, अनवर से जिन्दगी के गुर और सुलभ से मटरगश्तियाँ सीखते, हम बारहवीं में पहुँच चुके थे। न हमारे पास आगे का कोई प्लान था, न हम प्लानिंग जैसी फालतू चीज़ों में वक़्त ज़ाया करते थे।

हम सिर्फ़ आज में जी रहे थे। पर हम तीनों में किसी को सबसे ज़्यादा क्लैरिटी थी तो वह सुलभ था। सुलभ को पढ़ाई से ही नफ़रत थी। इसलिए स्कूल में वक़्त बिताने का उसका ध्येय उम्र के साथ बदलता रहा। हालाँकि उन दिनों तक गूगल इज़ाद नहीं हुआ था, पर शुरुआती दिनों में वह हमारी क्लास में छोटे लेवल के गूगल ही थे।

जो किताबों में नहीं होता था वह, सुलभ को पता होता था। बड़े हुए तो क्रिकेट के महाज्ञानी बने। क्रिकेट खेलने के लिए बैट और देखने के लिए बैटरी दोनों का जुगाड़ कहाँ से कर लाते, सिर्फ़ वही बता सकते थे। फिर उन्होंने रुचि फ़िल्मों की तरफ़ मोड़ दी। हीरो-हीरोइन की बातें ऐसे करते जैसे उनके यहाँ इनका रोज़ का आना-जाना है।

ख़ैर, बारहवीं तक आते-आते इन्हें इस बात की स्पष्टता हो गई कि इन्हें जीवन से क्या चाहिए। अन्ततः इनकी रुचि लड़कियों में आकर अटक गई थी। मास्साब द्वारा गाहे-बगाहे पढ़ाई को लेकर ज़लील भी हुए और कूटे भी गए पर मज़ाल है जो एक बार किताब को प्यार की नज़र से देखा हो। दिल में छुपाया वह सारा प्यार, इन्होंने स्कूल की लड़कियों पर उड़ेल दिया था।

"आगे करना क्या है? स्कूल कुछ दिनों में ख़त्म हो जाएगा?" अनवर का यह सवाल सबको ख़ामोश कर गया।

"अबे जब आएगा तो देखी जाएगी, अभी समोसे पेलो।" सुलभ ने एक मिनट में अपनी आगे की रणनीति बयाँ कर दी।

"तू तो, कपड़ों की अपनी पुश्तैनी दुकान सँभाल लेगा। पैसे का पैसा और लड़कियों को ब्रा-पैंटी दिखाने का बोनस भी। तुझे और क्या चाहिए?" मैंने सुलभ के लिए कहा।

"तू पढ़ने में ठीक है, हिसाब-किताब अच्छे से कर लेगा, तू भी अंकल की परचून की दुकान को आगे बढ़ा?" सुलभ ने मेरे लिए कहा।

"अबे मुझे नहीं करना ये सब। मुझे कहीं बाहर जाना है। विदेश जाना है, दुनिया देखनी है। पर कैसे करूँगा कुछ अन्दाज़ा नहीं।" मैंने निराश होकर कहा।

"बेटा, एक चीज़ होती है आई.आई.टी.। जानते हो?" अनवर ने धीरे से कहा।

मैंने पहली बार सुना था। सुलभ का चेहरा देखकर भी यही लग रहा था।

"आई.आई.टी. के लिए जॉइंट परीक्षा होती है। फ़िजिक्स, केमिस्ट्री, मैथ्स की। पूरे भारत से लाखों बैठते हैं पर कॉलेज में सीट्स सिर्फ़ 2000 के आसपास हैं। सिर्फ़ 5 कॉलेज हैं। खड़कपुर, बॉम्बे, दिल्ली, मद्रास और कानपुर। अगर तुम्हें आई.आई.टी. में एडमिशन मिल गया तो फिर विदेश जाने के चान्सेस रहेंगे।" अनवर की बात मुझ पर असर कर रही थी।

"पर परीक्षा तो बहुत टफ़ होगी! कैसी तैयारी करेंगे?

"अबे, तू किताबों में तो घुसा ही रहता है। वैसे भी जीवन में कुछ भी आसान कहाँ है, जितना बड़ा पाने की कोशिश करोगे, परीक्षा भी उतनी ही मुश्किल होगी।" अनवर ने समझाया।

मुझे जबलपुर से निकलना था। परचून की दुकान से दूर भागना था। आई.आई.टी. मेरे लिए रास्ता खोल रहा था।

उस दिन की बात मेरे दिल में घर कर गई। अनवर ने मुझे कोर्स की किताबों से इतर कुछ और किताबें दीं। मसलन रेसनिक हॉलिडे की फ़िजिक्स। दो-चार दिन तो लग गए ठीक से किताब के लेखक का नाम लेने में। पर 'जितना बड़ा पाने की कोशिश करोगे, परीक्षा भी उतनी ही मुश्किल होगी।' वाली बात मेरे दिल में घर कर गई थी। मैं स्कूल से आकर अब खेलने नहीं जाता था। मैं रोज़ दो घंटे पढ़ता था। वही मैथ्स, फ़िजिक्स, केमिस्ट्री, जिन्हें पढ़कर मैं स्कूल में अच्छे अंक ला देता था, इन नई किताबों में बिलकुल नये तरीक़े से मिले। हर कान्सेप्ट समझना ऐसा लगता जैसे रस्सी के फँसे हुए गोले को सुलझा दिया। रेसनिक हॉलिडे से कान्सेप्ट समझ में आने लगे। कैलकुलस, ट्रिग्नोमेट्री, ज्योमेट्री, इन सबको नये तरीक़े से और गहराई से समझने के चक्कर में ये किताबें मेरे साथ बिस्तर साझा करने लगीं। कई बार कोई प्रमेय सिद्ध कर लेता तो मज़ा आ जाता। मैगेलन ने एक तरफ़ से जो नाव चलाई थी वह घूमकर फिर से वहीं आ गई और उसने सिद्ध कर दिया कि दुनिया गोल है। शायद उसे भी इतना ही मज़ा आया होगा। मेरी पढ़ाई जो अब तक सिर्फ़ अच्छे अंक लाने के लिए सिलेबस और मास्साब के नोट्स तक सीमित थी अब उसका दायरा बढ़ चुका था। मैकेनिक्स, लाइट, साउंड,

इलेक्ट्रिसिटी, ये सब कोर्स की किताब में दिए सवालों से इतर और कठिन सवाल हल करने लगा था।

"आजकल अनवर और मैं सोच रहे थे कि अपना नाम बदलकर फ़िज़िक्स और केमिस्ट्री रख लें। कम-से-कम आप हमसे बात तो करेंगे।" सुलभ ने चिढ़ते हुए कहा।

मैं झेंप गया।

"अबे कहने दे इसे। और बता तैयारी कैसी चल रही है?" अनवर ने सहारा दिया।

"यार, एक समस्या है। अपन ने पढ़ाई तो हिन्दी माध्यम में की है और ज़्यादातर किताबें इंग्लिश में हैं। ये हिन्दी-इंग्लिश के बीच खिचड़ी हो गया हूँ।" मैंने खीजकर कहा।

"साले, तेरी किताबों के लेखकों के तो नाम ही मैं रट लूँ, तो बहुत है। अबे कौन है वो होलीडे और देव...?"

"हॉलिडे मतलब रेसनिक हॉलिडे और देव नहीं ईरोडोवे। रूसी भाई हैं।" मैंने हँसते हुए कहा।

"एक तो किसी रूसी ने इंग्लिश में लिखा है, जो अपने-आप में महान बात है। ऊपर से उसे समझ रहे हैं अपने हिन्दी मीडियम के शरद जी। भाई, वसुधैव-कुटुम्बकम का मतलब अगर किसी ने समझा है, तो तू है।" सुलभ ने मेरी पीठ थपथपाते हुए कहा।

"तू जब कोई सेब नीचे गिरते देखता है तो क्या याद आता है?" अनवर ने पूछा।

"गुरुत्वाकर्षण।" मैंने तपाक से जवाब दिया।

"देख, तूने ग्रेविटी नहीं कहा गुरुत्वाकर्षण बोला। मतलब तेरा दिमाग़ हिन्दी में लिखी चीज़ें जल्दी समझेगा, हिन्दी में दे दे।" अनवर ने सलाह दी।

"पर ये गुरुत्वाकर्षण याद आ जाती है, ग्रेविटी लिखना कितना सरल है।" मैंने सर खुजलाते हुए कहा।

"अबे तो क्या हुआ, क्वेश्चन पेपर हिन्दी में ले ले और आंसर इंग्लिश में कर देना।" सुलभ ने स्वभावानुकूल अतरंगी-सा जवाब दिया।

"अबे, पागल हो गया है, ऐसा भी कोई करता होगा?" मैंने झुँझलाते हुए कहा।

"सही तो बोल रहा है, सुलभ। किसी और ने किया या नहीं किया उससे क्या मतलब। तुम वो करो जो तुम्हारे लिए ठीक है।" अनवर ने आख़िरी शब्द कहे और इस बात पर मुहर लग गई कि मैं सवाल पढ़ूँगा हिन्दी में और जवाब दूँगा इंग्लिश में। उस उम्र में लिया गया बड़े लेवल का निर्णय था। परीक्षा नज़दीक थी।

अगले कुछ दिन सिर्फ़ मैं था और मेरी किताबें थीं। पढ़ाई भी एक नशा होती है। जितना आपको खेलने में मज़ा आता है, उससे ज़्यादा पढ़ने में आ सकता है। बस इसे रोचक बनाना होता है। बिलकुल खेल की तरह। जैसे-जैसे आप सीखते जाते हैं, आपका लेवल बढ़ता जाता है। गणित का हर सवाल सिद्ध करने में ऐसी ख़ुशी मिलती है, जैसे आपने गुगली पढ़ लिया और गेंद को सीमा रेखा के बाहर पहुँचा दिया हो। समाकलन के साँप (इंटीग्रेशन) मेरे अन्तर्मन में घर कर गए थे। फ़िज़िक्स में मैकेनिक्स से मेरा नाता किसी प्रेमी जैसा था। केमिस्ट्री में आर्गेनिक में थोड़ा हाथ तंग था तो इनऑर्गेनिक ने मामला सँभाल रखा था। मैं अपने जीवन में पढ़ाई में भले ही ठीक-ठाक था, पर इतना फोकस्ड कभी न था। अनुशासन के साथ जब आप कुछ दिनों तक एक काम पूरी तन्मयता के साथ करने लगते हैं, तो जीवन बदलने की क्षमता आ जाती है।

कल परीक्षा थी और आज सुलभ और अनवर मुझसे मिलने आए थे।

"भाई, इतनी मोटी किताबें तू पढ़ता कैसे है?" सुलभ ने खन्ना वाली मोटी गणित की किताब का वज़न तौलते हुए कहा,

"वज़न थोड़े ही नापना होता है, सवाल हल करने होते हैं।" अनवर ने मसखरे अन्दाज़ में सुलभ को समझाया।

"यार, बड़ा डर लग रहा है।" मैंने उन दोनों से दिल का हाल बयाँ किया।

"देख यार, मैंने तुझे आज तक इतना एकाग्रचित्त होकर कोई भी काम करते हुए नहीं देखा। आधी जंग तो तू जीत चुका है।" अनवर ने मेरे कन्धे पर हाथ रखते हुए कहा।

"मतलब?" मैंने आश्चर्यचकित होकर कहा।

"मतलब, कोई भी चीज़ हम जब पूरी तन्मयता से करते हैं, तो परिणाम चाहे जो भी हो, हमारा व्यक्तित्व उस प्रक्रिया में अनुशासित हो जाता है। और एक बार हमें अनुशासन आ गया फिर जीवन के ढेर सारे युद्ध जीत लेंगे। कहते हैं ना, एक मुक्केबाज़ को सामनेवाले उस मुक्केबाज़ से डर नहीं लगता जिसे सौ तरीक़े से पंच मारना आता हो, बल्कि उससे डर लगता है, जिसने एक तरीक़े से पंच मारने का हज़ार बार अभ्यास किया हो। एकाग्रचित्त अनुशासित अभ्यास करनेवाला इनसान वज्र हो जाता है और तुमने कम-से-कम एक चीज़ के लिए इस दिशा में क़दम बढ़ा दिया है।"

अनवर की ऐसी बातें मेरे मन को हमेशा हौसला देती थीं। जाते वक़्त दोनों गले मिले और लगा कल की परीक्षा के लिए ज़रूरी सम्बल मिल गया हो।

वक़्त की तो आदत है, वह सब कुछ लील जाता है। आई.आई.टी.-जे.ई.ई. परीक्षा का टेंशन भी लील गया। अभी तक की परीक्षाओं में मुझे यह सोचने की आदत थी कि कोई प्रश्न छूटने न पाए, पर यह अजीब परीक्षा थी। परीक्षा हॉल में हर सवाल पर कोशिश करते लगता कि हे भगवान कुछ सवाल तो आ जाएँ। कॉपी में कुछ तो लिख दूँ। रटनेवाली पढ़ाई, अच्छी राइटिंग में ढेरों कॉपी भरनेवाली पढ़ाई से कोसों दूर, इस परीक्षा हॉल में एक अलग तरह की जंग चल रही थी। हर सवाल में गहरे अँधेरे सुरंग की तरह आप घुसते हैं, इस उम्मीद में कहीं कोई आशा की किरण दिख जाए, बाहर निकलने का रास्ता मिल जाए। जब लाख कोशिशों के बावजूद रास्ता नहीं मिलता तो आप हार मान लेते हैं। और फिर किसी दूसरी सुरंग में घुसकर यही कोशिश दुहराते हैं। मुझे याद है, उस दिन शायद क़िस्मत मेरे साथ थी, कुछेक सुरंगों से प्रकाश की किरण दिख गई थी। हालाँकि ज़्यादातर से नहीं दिखी थी।

ख़ैर, मैं परीक्षा के बाद उस दिन जब घर लौटा, तो मन शान्त था। मैंने पूरे दिल से किसी चीज़ के लिए कोशिश की थी। जब आप पूरे दिल से किसी बड़ी मुश्किल चीज़ के लिए कोशिश करते हो, तो उसके बाद आपको हासिल होने-न-होने से बड़ी ख़ुशी अपने-आपसे होती है, क्योंकि आपने उस चीज़ के लिए मेहनत की होती है, जो आपकी औक़ात से ऊपर थी। आपका मन आपको ग्रेस मार्क दे देता है।

उस रात सोते वक़्त मुझे लगा, "क्या पता मेरा आई.आई.टी. में हो जाए।"

मैं जानता था कि जो पत्थर मैंने फेंका है उसे चाँद तक पहुँचना होगा। पर पूरी जान से पत्थर फेंका था, मुझे निराश होने की बिलकुल इच्छा नहीं थी।

जून तक हमारी बोर्ड की परीक्षाएँ भी हो गईं। इस बार बोर्ड की परीक्षा का न तनाव था न रुचि थी। दिमाग़ में अगर कुछ चल रहा था तो आई.आई.टी. के रिजल्ट की आशा। वह आशा टूटती या बची रहती उसकी तारीख़ थी 23 जून। उन दिनों रिजल्ट का अख़बार चस्पाँ दिया जाता था जबलपुर इंजीनियरिंग कॉलेज की सीलन भरी दीवार पर। आपको रोल नम्बर लेकर जाना होता था और मिलाना होता था।

दोस्त मुश्किल काम नहीं करते, मुश्किल सहने की ताक़त बढ़ाते हैं। लाज़मी था कि मैं, अनवर और सुलभ 23 जून की सुबह जबलपुर इंजीनियरिंग कॉलेज की ओर चल पड़े थे। मेरा एडमिट कार्ड सुलभ के पास था। मैं टेंशन में था। अनवर का मानना था कि जो भी होगा अच्छा होगा और सुलभ का मानना था कि जो भी होगा इंजीनियरिंग कॉलेज की कैंटीन में रबड़ी का अलौकिक आनन्द उठाया जाएगा।

हवाएँ तेज़ चल रही थीं और हमारे कॉलेज पहुँचते-पहुँचते बारिश भी होने लगी। एडमिट कार्ड बचाए, ख़ुद को भिगोए, हम जैसे ही कॉलेज पहुँचे, वहाँ एक निराश भीड़ पहले से मौजूद थी।

"बड़ी मनहूसियत का माहौल है यार।" घुसते ही मैंने अपनी घबराहट दोस्तों को सौंप दी।

"जिस परीक्षा में हज़ारों बच्चों में से किसी एक का सिलेक्शन होता हो, उसके रिजल्ट के इर्द-गिर्द निराशा नहीं तो भला और क्या होगी। रेवड़ियाँ थोड़े ही बँट रही होंगी।" सुलभ के दिमाग़ और ज़ुबान पर मिठाई ही क़ाबिज़ थी।

"यार मुझे तो लगता भी नहीं पूरे जबलपुर में किसी का हुआ होगा। फालतू में परिणाम चस्पाँ करके टेंशन देते हैं।" मैंने घबराते हुए कहा।

"भाई, क्या पता सिर्फ़ तेरे लिए किया हो।" अनवर ने सुलभ के हाथ से एडमिट कार्ड लिया और मुझे मुस्कराते हुए देखा।

अनवर हममें सबसे लम्बा था, इसलिए बच्चों की भीड़ में उसका रोल नम्बर चेक करना आसान था।

दिल धड़कता हमेशा है पर आप महसूस कभी-कभी ही करते हैं। उस वक़्त मैं कर रहा था।

"3298756 यही है रोल नम्बर।" अनवर ने चिल्लाकर पूछा।

"हाँ यही है।" सुलभ ने एडमिट कार्ड को फिर से देखा और जवाब दिया।

अनवर उँगलियों से रोल नम्बर खोजता जा रहा था, और मैं आँखें मूँदे हुआ था।

"329..." अनवर ने कहा।

"अबे नहीं पूरा रोल नम्बर है 3298756।" सुलभ ने झल्लाकर कहा।

"पता है मुझे भाई। अब नहीं चाहिए रोल नम्बर। रबड़ी का इन्तज़ाम कर। भाई ने फोड़ दिया है। 329 आल इंडिया रैंक।" अनवर ने ख़ुश होते हुए कहा।

"मज़ाक़ मत कर। सुलभ तू भी देख यार।" मैंने आँखें नहीं खोलीं। मेरी हथेलियों ने एक-दूसरे को नहीं छोड़ा।

"अबे साले शरद, तूने कमाल कर दिया भाई। अनवर ने सही देखा है।"

यह सुनते ही मैंने आँखें खोल दीं। सीधा भीड़ में घुसकर रोल नम्बर देखा। 3298756 रोल नम्बर के आगे 329 रैंक। मैंने हर डिजिट को उँगली से छूकर देखा।

वहाँ भीड़ मुझे ऐसा करते देख रही थी, जैसे झोंपड़पट्टी में किसी की लॉटरी लग गई हो।

मेरे दिल को भरोसा होता जा रहा था और आँखों में आँसू भरते जा रहे थे। मैं ज़िन्दगी में कभी वो ख़ूबसूरत पल, वो अख़बार चस्पाँ किया हुआ खम्भा, वो बारिश, वो भीड़ नहीं भूल सकता।

अनवर ने अपनी हथेलियों से मेरी आँखों के कोर पोंछे, उसे अन्दाज़ा था कि मेरे दिल में क्या चल रहा है।

"चलो, रबड़ी खाते हैं। शरद तेरी शर्ट गिरवी रख देंगे।" सुलभ ने हम दोनों को लगभग कैंटीन की तरफ़ खींचा।

"अंडरवियर भी गिरवी रख ले यार।" मैंने हँसते हुए कहा।

उस दिन ज़िन्दगी रबड़ी की तरह मीठी थी। मैं घर लौटा, सबको बताया और मैं रातों-रात शकुन्तला के बाड़े का देवानन्द हो चुका था। लोग मुझसे पढ़ाई के तरीक़े पूछ रहे थे। कुछ तरीक़े तो मेरे बजाय मेरे माता-पिता लोगों को बता रहे थे। जुलाई के अन्त में मुझे कॉलेज चुनने जाना था और वह एक महीने मैं किसी एस्टेट के महाराज की तरह महसूस कर रहा था। मुझे आगे की सचाई का अन्दाज़ा नहीं था पर शायद होता तो मैं अपने जीवन के सबसे ज़्यादा ख़ुशगवार दिन नहीं गुज़ार रहा होता।

ज़िन्दगी की दौड़ में भागते मुझे जब भी स्कूल याद आता है, तो उमाशंकर मास्साब ज़रूर याद आते हैं। हम बच्चे स्कूल की पढ़ाई ख़त्म करने के बाद अपने-अपने रास्ते निकल जाते हैं। अपनी महत्त्वाकांक्षाओं के मायावी जाल में फँसे, अपनी और अपने अजीज़ रिश्तेदारों की माँगों और ज़रूरतों को पूरा करते हुए, अपनी प्रगति में इन गुरुओं के निःस्वार्थ योगदान को भूल जाते हैं। उमाशंकर सर के जीवित रहते, तब से आज तक मैं सिर्फ़ एक बार उनसे मिलने गया था, आनन्द भंडार की मिठाइयाँ लेकर। जिनकी उन्हें कोई चाह भी शायद न थी। मुझे देखकर ही उनकी बाँछें खिल गई थीं, आँखें नम हो गई थीं और उनके चरणों को छूने को झुके मेरे मस्तकों को उन्होंने अपनी बाँहों में भर लिया था। मेरे स्वार्थी बरतावों से भी उन्हें कोई गिला या परेशानी न हुई थी। बस वे मेरी उन्नति देखकर ख़ुश थे। कभी-कभी कलेजे में एक हूक-सी ज़रूर उठती है कि जितना हक़ मेरी सफलता पर गुरु जी का बनता था, मैं उन्हें दे नहीं पाया। उनसे मिलकर, उन्हें कुछ उपहार देकर शायद मैं तृण-भर भी उनका ऋण न चुका पाता, पर मुझे इस बात का सुकून ज़रूर होता कि मैंने कोशिश की। अब वे नहीं रहे और यह हूक कलेजे में बनी रहेगी।

ज़िन्दगी साइन कर्व की तरह होती है, जिसमें ख़ुशियों के चढ़ाव और ग़म के उतार दोनों मिलते हैं। शायद यही नियति की मंज़ूरी है। उस समय मेरा कर्व चढ़ाव पर था और हर चढ़ाव की तरह उसका उतार भी आना तय था। पर सबसे अच्छी बात यह थी कि यह कर्व तब तक मैंने सिर्फ़ गणित की किताबों में पढ़ा था ज़िन्दगी में नहीं। और शायद इसीलिए मैं बिना समझदारी का चेहरा ओढ़े ख़ुश था।

मैं उन दिनों में जी रहा था। मैं बाड़े में घूमना चाहता था, लोगों से मिलना चाहता था, चिल्लाकर बताना चाहता था कि मैं तोप चीज़ हूँ। अब ख़ुद को उन यादों में देखता हूँ तो ख़ुद पर हँसी आती है। मुझे तब अन्दाज़ा भी नहीं था कि यह ज़िन्दगी की एक छोटी सी परीक्षा है, जो मैंने घिसट-घिसटकर पास कर ली है। असली इम्तहान तो आगे आने बाक़ी हैं।

कॉलेज और स्कूल में बड़ा अन्तर होता है। आप फन्तासी की दुनिया से निकलकर एक सच्ची दुनिया की तरफ़ जा रहे होते हैं। तब तो मुझे इल्म भी नहीं था कि मैं जबलपुर के छोटे तालाब से निकलकर दुनिया के बड़े समुन्दर में कूदनेवाला हूँ। उस समुन्दर में तरह-तरह के घड़ियाल और मगरमच्छ हैं, जो आपको चबाने के लिए व्याकुल होंगे। आपको तैरना सीखना होगा, आपको बचना सीखना होगा।

"अरे, चलो आज की कहानी यहीं रोकते हैं।" मैंने वैदेही से कहा। अपनी ज़िन्दगी की कहानी एक अजनबी को सुनाते मैं इतना मशग़ूल था कि भूल गया रात के 12 बज गए थे।

"बड़ी मज़ेदार कहानी है। आजकल पढ़ने के लिए बेस्ट स्कूल और कोचिंग हैं, बच्चों को स्कूल में जाते ही पता होता है कि आगे क्या बनना है, किस फील्ड में जाना है। मेरे लिए तो आपकी कहानी अजूबा है। आई.आई.टी.-जे.ई.ई. की तैयारी कोई एक साल पहले करता है भला, अभी तो छठवीं से ही बच्चे लग जाते हैं। स्कूल में खेलने के लिए जाना, छुप-छुपकर सिनेमा हॉल में मूवी के लिए जाना। कैसी बेफ़िक्र ज़िन्दगी थी वह। मैं तो कल्पना भी नहीं कर पा रही हूँ।" वैदेही जैसे खो-सी गई।

"हाँ, आजकल सब कुछ है पर मुझे भी उतना ही आश्चर्य होता है, जब सुनता हूँ कि किसी स्कूली बच्चे ने रिजल्ट ख़राब आने पर आत्महत्या कर ली। कई बार लगता है जैसे बच्चों से उनका बचपना छीनकर हमने उनको मशीन बना दिया है, जिसमें माँ-बाप प्रोग्रामिंग कर देना चाहते हैं।" यह कहते-कहते मुझे प्रिशा की याद आ गई। मैंने भी तो उसे अपने से बेहतर बनाने के लिए कितना डाँटा होगा, बिना यह समझे कि उसे क्या बनना है?

"हम तीन दोस्त तीन तरह के थे, तो विषय भी हमने अलग चुने। मैंने साइंस ले लिया। सुलभ ने कॉमर्स चुना। चुना क्या चुनवाया गया। मारवाड़ी

परिवार, उन्हें बही-खाते से मतलब था। चाहते थे सुलभ भी एकाउंट्स सँभाल ले। सुलभ कुछ भी करने को तैयार था, क्योंकि उसे करना वही था जो उसे पसन्द हो। पढ़ाई में रुचि कभी नहीं रही पर बातचीत में होशियार था। इसलिए बिज़नेस उसके लिए दूर की कौड़ी नहीं थी। हाँ, जबलपुर के ही कॉमर्स कॉलेज में डिग्री के लिए कॉलेज ज्वॉइन कर लिया। उसके लिए कॉलेज सिर्फ़ इस बात के लिए अच्छा था कि जब तक कॉलेज है, उसे उसके पिता घर की दुकान पर नहीं बिठाएँगे। कॉलेज के बाद तो पूरी ज़िन्दगी के लिए वहीं जाना था।"

"और अनवर अंकल?" वैदेही पर्दा ठीक करती रही और पूछती रही।

"अनवर तो तुम्हें पता है, अपनी मर्ज़ी का मालिक था। पैसे की कभी कमी नहीं थी, इसलिए मेरी तरह पैसा उसका उद्देश्य नहीं था। सुलभ की तरह परिवार का किसी धंधे में धकेलने के लिए दबाव भी नहीं था। अनवर को बेसहारा बच्चों से बड़ा लगाव था। माँ बचपन में गुज़र गई थी। पिता पैसे ज़रूर देते थे पर प्यार नहीं। शायद इसलिए, यतीम बच्चों में वह ख़ुद को देखता था। स्कूल के दिनों में ही उसने पास के एक अनाथालय में जाना शुरू कर दिया था। उसे लगा शिक्षा ही इन बच्चों की ज़िन्दगी बना सकती है। इसलिए वहाँ अनवर उन बच्चों को पढ़ाने जाता था। जब मैं आई.आई.टी.-जे.ई.ई. की तैयारी कर रहा था, तो कई सवाल जो मेरे लिए मुश्किल थे, अनवर के लिए चुटकी का काम होते थे। मैं उससे कहता कि तू भी परीक्षा दे ले, तो वो कहता जिस रास्ते जाना ही नहीं, क्यूँ उसकी तैयारी करना। उसने मन बना लिया था कि अध्यापक बनेगा और फिर जबलपुर में एक छोटा स्कूल खोलकर अनाथालय के बच्चों को मुफ़्त में पढ़ाएगा। उसे पैसे का कोई मोह नहीं था।" मैंने कहा।

"अनवर अंकल तो बिलकुल अलग हैं? उस उम्र में कोई इतना निःस्वार्थ कैसे हो सकता है?" वैदेही ने कहा।

"यही तो अलग था उसमें कि उसे हमेशा पता होता था कि क्या चाहिए। मेरी तरह दुनिया के बताए रास्ते पर नहीं भागना था उसे।" मैंने कहा।

"और फिर आप बम्बई के लिए निकल गए?" उसने पूछा।

मेरे ज़ेहन में कहानी की रील चल पड़ी। मुझे कहाँ पता था कि जो मासूमियत लिये मैं जबलपुर से निकल रहा था, उसका हिस्सा भी नहीं बच

पाएगा। लड़कियाँ, सिगरेट, सेक्स, शराब, नशा, जिन चीज़ों के नाम से भी आपको डर लगता है, आपके आसपास होंगी। आप इस दलदल में फिसलते जाते हो या बच कर निकल आते हो, आपके चरित्र पर निर्भर करेगा। आई.आई.टी.-जे.ई.ई. तो सिर्फ़ फ़िजिक्स, केमिस्ट्री, मैथ्स की परीक्षा थी। मेरे सच्चे चरित्र की परीक्षा तो अब होनेवाली थी। कहते हैं न ज़िन्दगी में कुछ आसान नहीं होता, हर बदलाव आपको टेस्ट करता है। तो मेरी टेस्टिंग का टाइम आ गया था। मुझे आई.आई.टी.-बम्बई में एडमिशन मिला था और अगले हफ़्ते ही जाना था।

जबलपुर से बम्बई ट्रेन में बैठे, ज़िन्दगी का पहला पल था जब मैंने कुछ पीछे छूट जाने का नॉस्टेल्जिया महसूस किया था। मैं ख़ामोश था, हवाएँ खिड़की से मेरे पास आती जा रही थीं। उन जबलपुर की हवाओं के पास बहुत सी बातें थीं। शकुन्तला के बाड़े की, नवीन विद्या भवन की, माँ-पिता की, सुलभ की, अनवर की।

कुछ देर बाद मैं सो गया। सोया इनसान मर जाता है और जब वह उठता है तो उसका दूसरा जन्म होता है। सीलन भरी गुफाओं की हवाएँ मुझसे जान-पहचान करने की कोशिश कर रही थीं। अगली सुबह जब मैं उठा तो जबलपुरी हवाएँ भी कहीं पीछे छूट गई थीं, बम्बई की दुनिया मेरा इन्तज़ार कर रही थी।

"आज कहानी यहीं रोकनी पड़ेगी, मुझे अब जाना होगा। कल आपकी कॉलेज लाइफ़ के बारे में सुनते हैं।" वैदेही के फ़ोन में सेट दो घंटे का अलार्म बज पड़ा।

"गुड नाइट।" मैंने चादर खींचते हुए कहा।

"अभी, आराम करिए, बॉय।" वैदेही ने लाइट ऑफ़ किया और चली गई।

वैदेही चली गई और मैं अपनी ही कहानी में उलझा रहा। छोटे शहर का एक और लड़का अपने संस्कारों का पुलिन्दा लिये बड़े शहर में मज़ाक़ का पात्र बनने जा रहा था। ये कहानी कितनी भी घिसी-पिटी लगे पर उसके लिए नहीं जिसकी ख़ुद की कहानी हो। इन्हीं ख़यालों में नींद आ गई।

कॉलेज

आज फिर एक नया दिन था। वैदेही को कहानी सुनाने की ऐसी आदत पड़ गई थी कि मेरा ध्यान दरवाज़े की तरफ़ ही रहा। उसका इन्तज़ार करता रहा। "आज बहुत काम था, इसलिए लेट हो गई," आते ही उसने बिना माँगे सफ़ाई दी और अपने रोज़ के कामों में लग गई। दवा देना, पैरामीटर्स चेक करना, तारीख़ बदलना। उसका आना मुझे ख़ुश कर रहा था।

"हम सबने कॉलेज के दिनों में इतने कांड किए हैं कि कई बार ख़ुद से सोचने में शर्म आती है, दूसरों से बताना तो दूर की बात। इसलिए आप जितना चाहें उतना ही बताइए और बाक़ी बातों पर सोचकर मुस्करा भी सकते हैं।" मुझे दवा खिलाकर वह कुर्सी पर बैठ गई।

सच ही कह रही है वो। क्या करें, कॉलेज की वह उम्र ही ऐसी होती है, जब जवानी की कोंपलें फूट रही होती हैं। ये कोंपलें कई रूपों में आती हैं। लड़कियों के शरीर पर उभार बनकर आती हैं और लड़कों के होंठों के ऊपर मूँछ की रेखाएँ बनकर उभरती हैं। हर उम्र की तरह इस उम्र की भी अपनी रोब होती है। मन में ऐसी ऊर्जा जैसे चूल्हे पर कुलबुलाते पानी के बुलबुले। घर से बाहर क़दम, स्कूल से बाहर कॉलेज की दुनिया, अपने मोहल्ले से बाहर की दुनिया। ये सारी दुनिया का नयापन इन्तज़ार कर रहा होता है, हमें विस्मित करने के लिए।

हम छोटे शहरों के मिडिल क्लास लड़के हर नई चीज़, नये अनुभव से डरते हैं। मेरे लिए कॉलेज भी वैसा ही था। कॉलेज की इस दुनिया में मुझे अपने से बड़े लड़कों, अपने से अलग बोलनेवालों, अपने से अलग स्टाइल में दिखनेवाले हर शख़्स से डर लगता था। लगता था, जैसे हर कोई मुझे देख रहा है, हर कोई मेरा फ़ायदा उठाना चाह रहा है।

जो सबसे बड़ी चीज़ होती है कि आप अपने कम्फर्ट जोन से बाहर निकल जाते हैं। कम्फर्ट जोन भी सर्दियों की रज़ाई की तरह है। बाहर जाए बिना कुछ हासिल नहीं होता और बाहर जाने का मन भी नहीं करता। ख़ैर, मैं चाहूँ ना चाहूँ वक़्त ने मुझे बाहर निकाल ही दिया था। यहाँ अनवर नहीं था। सुलभ नहीं था। बस अकेलापन था। नई-नई चीज़ों और नये-नये लोगों को देखकर मन विस्मित था।

ज़िन्दगी की कई अबूझ पहेलियों की तरह मेर पास इसका भी कोई जवाब नहीं था।

नया कॉलेज तो दूर की बात, मेरे लिए जबलपुर से बम्बई आना ही अपने-आप में बड़ा परिवर्तन था। बड़ा शहर अपने वैभव, अपने आकार और अपनी भीड़ से छोटे शहर वालों को पहली नज़र में लील लेता है। बम्बई (उन दिनों मुम्बई को बाहर वाले इसी नाम से जानते थे) रेलवे स्टेशन पर उतरते वक़्त मुझे लगा जैसे मैं किसी मेले में आया हूँ और इस भीड़-भाड़ में मेरा हाथ मेरे शहर, परिवार और दोस्तों से छूट गया है। हज़ारों लोग कहीं जाने के लिए भाग रहे थे और मैं जैसे हर पल पीछे छूटता जा रहा था। एक अजीब-सा डर होता है, जैसे हर कोई मेरा सामान, मेरा पैसा, मेरा सब कुछ छीन लेगा।

स्टेशन से बाहर आकर मैंने वी.टी. स्टेशन के बड़े डायल की तरफ़ देखा।

"बेटा, आ गए हो तुम बम्बई। यह वही शहर है जहाँ कभी अमिताभ बच्चन और धीरूभाई अम्बानी जैसे दिग्गज आए थे और कुछ बनकर निकले।" मैंने उत्तेजित होकर ख़ुद से मन-ही-मन कहा।

वड़ा-पाव की महक, कटिंग चाय की खनक, काली-पीली टैक्सियों की चिल्लम पुकार। किसी तरह मैंने ख़ुद को नींद से जगाया और एक टैक्सी लेकर मैं आई.आई.टी. पवई के लिए निकल पड़ा। इतनी बड़ी-बडी बिल्डिंगें मुझे रास्ते में दिखीं कि लगा आज इन्हें देखते-देखते मेरी गर्दन टूट जाएगी। हर शहर की एक अलग महक होती है। मैंने टैक्सी में बैठे बम्बई की हवा को महसूस किया। थोड़ी ही देर में मैं कॉलेज पहुँच चुका था।

बड़ी-सी ख़ूबसूरत बिल्डिंग मेरे सामने थी। यही वह जगह थी, जिसके लिए मैंने न जाने कितनी रातें किताबों में गुज़ारी थीं। ढेरों हरे-भरे पेड़, घास

के मैदान, आई.आई.टी. की बिल्डिंग को और भी ख़ूबसूरत बना रहे थे। कुछ ही दिनों में वहाँ की बड़ी सी लाइब्रेरी, जिमख़ाना, लेक्चर हॉल और हॉस्टल मेरे हो गए। पर उस दिन आँखें चुँधिया गई थीं। एडमिशन की फ़ॉर्मेलिटीज़ को पूरा करने के बाद, बैगेज हॉस्टल के रूम में रखने के बाद, मैंने वही किया, जो एक छोटे शहर से आया शर्मीला लड़का करता। मुझे इन सबसे थोड़ी दूरी चाहिए थी। जहाँ कोई न हो और मैं अकेले बैठ सकूँ। मन में चल रही सारी भावनाओं को सँभाल सकूँ। ख़ुद को नींद से जगाकर वास्तविकता की ज़मीन पर ला सकूँ।

शाम होते ही मैं हॉस्टल से बाहर इसी एकान्त की तलाश में निकल पड़ा। मुझे नर्मदा का भेड़ा घाट चाहिए था और वह चाहत भी तब पूरी हुई, जब मेरी आँखों ने अपने सामने पवई झील का नज़ारा देखा। मुझे पहले दिन नहीं पता था कि अभी बड़ी-बड़ी चुनौतियाँ आनी बाक़ी हैं और इस भागते शहर में यह झील हर मुश्किल में मेरी पूरी बात सुनने को तैयार रहेगी।

हर नई जगह की सबसे मज़ेदार और सबसे तकलीफ़देह बात यह होती है कि आपको अपने-आपको फिर से साबित करना होता है। मैं भी नवीन विद्या भवन से नये कॉलेज में आ गया था। यहाँ किसी को नहीं पता था कि मैं भी कहीं का तुर्रम खाँ हूँ। हर दिन क्लास में कई तुर्रम खाँ दिख जाते थे। सबसे मज़ेदार होते हैं, कॉलेज के शुरुआती दिन। अलग-अलग स्वभाव के बच्चे अलग-अलग ग्रुप में बिना किसी कोशिश के यूँ बँट जाते हैं, जैसे एक जैसे स्वभावों में न्यूटन का आन्तरिक आकर्षण बल लग रहा हो।

सिगरेटबाज़ कश लगाने के बाद एक-दूसरे को जिस सौहार्द्रता से सिगरेट पकड़ाते हैं कि लगता है, समुद्र मन्थन के बाद अमृत का बँटवारा कैसे करना था, देवताओं को इनसे सीख लेनी चाहिए थी। सिगरेट और शराब जैसी शौक़ वालों के गुट तुरन्त बन जाते हैं।

पढ़ाई करनेवालों के ग्रुप थोड़ी देर में बनते हैं। पहले दिन से क्लास में बच्चे प्रोफ़ेसर के सामने नज़र में आने लगते हैं। कुछेक के पास तो हर सवाल का जवाब होता है। मानो अभिमन्यु की तरह माँ के पेट से ही इंजीनियरिंग करके आए हों। कुछेक हर सीधे सवाल का यूँ टेढ़ा जवाब दे लेते हैं कि भले जवाब

समझ नहीं आए पर इतना समझ आ जाता है कि कॉलेज के आइंस्टाइन यही हैं। कुछेक प्रोफ़ेसर द्वारा बताई हर बात को इस तन्मयता से सुनते और लिखते हैं जैसे हरिकथा में कोई बुज़ुर्गवार बैठा मंत्रमुग्ध हो रहा हो।

कुछ बच्चे तो इतने कॉन्फिडेंट दिखते हैं जैसे ये रामायण के बालि हों और अपने कॉन्फिडेंस से सामने आनेवाले का बल आधा कर देंगे।

अब अगर आपको या तो प्रश्नों के उत्तर न पता हों या इन धुरन्धर बालियों के सामने जो कुछ पता हो, वह ज्ञान भी आधा हो जाए, ज़रा सोचिए आपके कॉन्फिडेंस के तो चीथड़े उड़ जाएँगे। आप, समाज को छोड़िए, अपनी नज़रों में गिर जाएँगे। आपका दिल आपको पुराने स्कूल में आपकी टॉपर स्थिति याद दिलाकर समझाने की थोड़ी-बहुत कोशिश करेगा तो दूसरे ही पल आपका दिमाग़ समझाएगा कि भाई उन आदिवासियों के स्कूल के तुम रहे होगे हीरो। अब आए हो पढ़े-लिखों के बीच में। यहाँ तुम्हारी एक न गलनेवाली। चुपचाप किसी कोने में बैठे रहो। मुँह खोलोगे, तो औक़ात दिख जाएगी।

ज़िन्दगी में कुछ भी हासिल करना आसान नहीं होता, यह बात पता चलने लगी थी। क्लास में किसी सवाल का जवाब बताने में हिचकिचाहट होने लगी थी। एक अजीब-सा डर लगने लगा था। मन में एक शंका-सी होने लगी कि कहीं मैं एकदम पीछे न रह जाऊँ। मैं, जो क्लास में हमेशा अगली बेंच पर बैठता रहा था, उसके लिए पीछे बैठना किसी ज़लालत से कम नहीं था। पर आगे तो तुर्रम खाँ लोग बैठे थे। उनसे लोहा लेना आसान नहीं था।

मेरे मन में जो कुछ चल रहा था वह मैं किससे कहता। आगे मुझे बैठने को मिल नहीं रहा था। बैक बेंचर्स का इंट्रेस्ट सिगरेट, दारू, लड़की और सिनेमा की बातों में था। उन महानुभावों के बीच बैठा मैं, कैसे कहता कि मैं सबसे अलग हूँ।

पहले सेमेस्टर की परीक्षाओं की तारीख़ चस्पाँ कर दी गई थी। मेरी धड़कनें बढ़ने लगी थीं। मेरे साथ पीछे बैठे लड़कों में चर्चा का मुख्य सार यही था कि वे पहले सेमेस्टर की परीक्षा को 'घंटा' समझते हैं। वो घंटा जिसकी वैल्यू सिर्फ़ देखने-भर की है। वरना औक़ात रत्ती-भर नहीं। कोई भी पीटकर चला

जाता है। पूरे चार सालों की पढ़ाई में फर्स्ट सेमेस्टर पास करना वैसे ही था, जैसे नर्मदा तैरकर पार करने की शुरुआत में गहराई नापना। इनसान स्वभावत: जिस परिवेश में रहता है, उसे ही दुनिया समझ बैठता है। मैं जिन बैक बेंचर्स के साथ बैठता था, उस दुनिया में कुछ एक पेपर में बैक भी आ जाएँ तो किसी को परवाह नहीं थी।

अगली बेंच पर बैठनेवालों आइंस्टाइन के अवतारों को लाइब्रेरी में पढ़ते, मैं अकसर देखा करता था। वे मुझे नहीं देखते थे क्योंकि मैं उनके लिए कीड़ा-मकोड़ा था। मैंने कॉलेज में और देर तक बैठना शुरू किया। शाम 5 बजे क्लास ख़त्म होने के बाद मेरी असली पढ़ाई शुरू होती। जो समझ में न आता उसे कई बार पढ़ता, प्रोफ़ेसर से अलग से जाकर पूछता। क्लास में पूछने में शर्माता कि लोग मेरे मूर्खतापूर्ण सवाल का मज़ाक़ उड़ाएँगे।

परीक्षा का हफ़्ता आ गया था। एक सवाल हल करते वक़्त मैं परेशान हो गया। प्रोफ़ेसर के क्लास में समझाने के मुताबिक़ उस सवाल के परीक्षा में आने के चान्सेस बहुत थे। उस सवाल का धागा सुलझाने की जैसे-जैसे मेरी हर कोशिश नाकाम होती जा रही थी, वैसे-वैसे मेरे पसीने छूटने लगे थे।

अन्तत: मैंने फ़ैसला किया कि अगली बेंच के लड़कों से पूछना चाहिए। हिम्मत करके मैंने उनमें से एक, जो थोड़ा शरीफ़ लगता था, उसके कमरे के द्वार को खटखटाया। दरवाज़ा थोड़ी देर बाद खुला तो आँखें उनके तेज़ से चुँधिया उठीं। एक-से-एक तेजू खाँ एक साथ, एक कमरे में रिसर्च कर रहे थे। मैंने लगभग मिमियाते हुए उस एक मरियल चश्मिस लड़के से सवाल पूछा। दूसरे लड़के ने मुझे ऐसे देखा जैसा ट्रैफ़िक लाइट पर कटोरा लिये आप किसी काले शीशे में खटखटा रहे हों। तीसरा लड़का मेरे सहमे-सहमे सवाल पूछने के तरीक़े पर मुस्कराया जैसे मैंने पता नहीं क्या पूछ लिया हो। चौथे ने मोर्चा सँभाला और मुझसे दो-तीन और सवाल पूछ लिये। वे सारे सवाल मेरे सिर के ऊपर से गए।

मुझे रणक्षेत्र में निहत्थे देखकर उसने आख़िरी तीर चला दिया, "बेटा, कुछ पूछने के लिए कुछ तो आना चाहिए।" उस कमरे से मैं ख़ाली हाथ नहीं लौटा।

इस ज्ञान के साथ लौटा कि मैं ढक्कन ही नहीं महाढक्कन हूँ। और पहले तो मुझे बड़ी मेहनत करके यह पात्रता अर्जित करनी होगी कि मैं उनसे कुछ पूछने लायक बन सकूँ। अगले दिन परीक्षा थी, सो मैंने यह प्रतिबद्धता परीक्षा के बाद वाले समय पर छोड़ दी।

परीक्षा हमेशा अपने नियत समय पर होती है। परीक्षाएँ होनी भी चाहिए। ये हमें बताती हैं कि हम कितने पानी में हैं। इसका रूप बदल जाए, इसके सवाल बदल जाएँ, उत्तर जाँचने के तरीक़े बदल जाएँ, इसके परिणाम बताने के तरीक़े बदल जाएँ, पर परीक्षाएँ होनी चाहिए।

उस दिन जब मैं परीक्षा देने जा रहा था तो अपने सिगरेट वाले दोस्तों की पेशानी पर मुझे पहली बार परेशानी की रेखाएँ दिखाई पड़ी थीं। ये वे लड़के थे जिन्हें न कुछ आता था, न कुछ जानना था। वे उस आख़िरी एक घंटे में सब कुछ पी जाना चाहते थे। जो थोड़ी देर में उत्तर पुस्तिका पर उल्टी करके फ़ारिग़ हो जाएँ।

दूसरा वह ग्रुप था, जिन्हें भले कुछ नहीं आता हो, उन्हें जानना सब कुछ था। हीन-भावना से ग्रसित, यह ग्रुप परीक्षा के शुरुआत की घंटी बजने तक कुछ-न-कुछ रटने की कोशिश कर रहा था।

फिर थे हमारे आइंस्टाइन बन्धु। जिन्हें जितना आता था, उससे ज़्यादा उन्हें पता था कि उन्हें सब कुछ आता है। और उनके विश्वास से लबरेज़ चेहरे अच्छे-अच्छों को विश्वास दिला दें कि आज या तो उत्तर पुस्तिका बचेगी या फिर भाई की कलम।

मैं देख रहा था। मैं हमेशा लोगों को दूर से देखता हूँ। अलग-अलग तरह के झुंडों को देखकर रोमांच मिलता है। सोचता हूँ कि इस भीड़ में मैं कहाँ हूँ। शायद वहीं कहीं घबराए बच्चों के बीच में हूँ। बस अन्तर यह है कि कहानी मेरी है तो बाहर से अपने-आपको देख सकता हूँ।

परीक्षा के दौरान कुछ ए-बी-सी-डी से लेकर ज़ेड तक कई कॉपियाँ भरते हैं। या तो हर पेज पर वे कुछ शब्द लिख रहे हैं, या फिर उनकी कलम उनके बस में नहीं है। उन्होंने जो कुछ पढ़ा है, चाहे वह पूछा गया हो या नहीं, सब लिख देने का सोचा है।

कुछ ऐसे भी हैं, जो तीन घंटे के पेपर में एक घंटे बाद ही चले जाने को तैयार हैं। मानो उन्हें या तो जल्द से जाकर सोना है या फिर उन्हें अगले पर्चे के तैयारी की जल्दी है।

मैंने भी लोगों की देखा-देखी कुछ कॉपियाँ भर दीं। लिखने के लिए तो एक ही कॉपी काफ़ी थी पर दिल के सुकून के लिए भी कुछ कॉपियाँ लेनी होती हैं।

परीक्षा हॉल से बाहर निकलते ही, एक अलग माहौल होता है। कुछ लोग किसी से बात नहीं करते और चुपचाप चल देते हैं, मानो वे ध्यान करके उठे हों और इस दुनियादारी से दूर चले जाना चाहते हों। कुछ लोग बाहर आते ही उत्तर मिलाने लगते हैं। सही-ग़लत उत्तर बकबकाते हुए बाक़ियों को नर्वस कर देना, यही उनका उद्देश्य होता है।

मैंने कुछ उत्तर सुने। मुझे लगा मेरा उत्तर तो यह नहीं था, मन में घबराहट हुई। जिसने सही-ग़लत उत्तर का जयकारा लगाया था, उसका काम हो गया। वह कुछेक के मन में शंकाओं और घबराहट की बिजली दौड़ा गया था। ख़ैर, जैसे-तैसे परीक्षा ख़त्म हुई।

परीक्षाओं और परिणामों का चोली-दामन का साथ है। परीक्षाएँ हमेशा अच्छी होती हैं। बस परिणाम हमेशा उसका साथ नहीं देता। अब परिणाम आने के दिन का इन्तज़ार था।

परीक्षा और परिणाम के बीच छुट्टी थी और मुझे इस बीच जिस चीज़ की सबसे ज़्यादा ज़रूरत थी, मैं वहाँ चला गया। वही जबलपुर जहाँ नर्मदा थी, भेड़ाघाट था, शकुन्तला का बाड़ा था और सबसे बड़ी बात दो लड़के थे, जिनसे बात करते मुझे कतई संकोच नहीं था। यह संकोच के बिना जीना ही तो है, जिसकी वजह से लड़कियों को लाख सुख के बावजूद ससुराल से बेहतर मायका दिखता है। लड़कों को जब घर से दूर हॉस्टल में पढ़ने जाना होता है तो पहली बार जब अपने घर लौटते है, उन्हें ठीक वही अनुभव होता है जो एक लड़की को ससुराल से मायके लौटने में मिलता होगा।

"कैसा है भाई? साले, बम्बई में तो सुना है लड़कियाँ छोटे कपड़े पहनती हैं, तेरे तो मज़े हैं।" सुलभ ने कन्धे पर ठोंकते हुए पूछा जैसे सहेलियाँ पहली

रात का हाल पूछ रही हों। हम नर्मदा के घाट पर बैठे थे। शाम हो रही थी। सब कुछ कितना सुकून भरा था।

मैंने बम्बई की, हॉस्टल की, कॉलेज की ढेरों बातें बताईं। उन दोनों के कॉलेज का हाल पूछा।

"हमारा भी सब बढ़िया है। सुलभ भाई मनुष्य की मादा प्रजाति पर रिसर्च कर रहे हैं।" अनवर ने खिंचाई की।

"साले, किताबों में सर खपाने से तो अच्छा ही है कि कुछ सही चीज़, जीती-जागती सुन्दरता देखी जाए।" सुलभ ने तंज़ कैसा।

"चल, हमने तो सिर्फ़ स्कूल बदला है पर तू तो शहर से बाहर गया था, तू बता।" अनवर ने मुझसे पूछा।

"यार, तुम लोगों को बहुत मिस करता हूँ।" दोस्तों का आसरा पाकर मेरी आँखें छलक उठीं।

"अरे, क्या हुआ? कोई तंग तो नहीं करता तुझे।" अनवर ने कन्धे पर बड़े अपनेपन से हाथ रखा।

सुलभ भी मेरे भावुक होने पर हतप्रभ था। माहौल ग़मगीन हो गया।

"साला, वहाँ मैं कुछ नहीं हूँ यार। यहाँ मैं टॉपर था, मेरी वैल्यू थी। वहाँ मैं बहुत पीछे रह गया हूँ।" मुझे बहुत कुछ कहना था। पर शब्द नहीं थे।

"अब्बे यार, इत्ती-सी बात पर तुम सेंटी हो रहे हो। अभी-अभी तो गए हो, थोड़े दिनों में मामला सेट हो जाएगा।" सुलभ ने हँसते हुए कहा।

"शरद, मेरे भाई, यह तो बस शुरुआत है। जो लोग तुझे मिले हैं, जो दुनिया तुझे मिली है, वो नई है। कोई भी नई दुनिया हमारा स्वागत करने के लिए नहीं होती। हमें उस नई दुनिया में जगह बनानी पड़ती है।" अनवर ने शान्त स्वर में कहा।

"पर कैसे बनेगी जगह?" मैंने अधीर होकर कहा।

"वही करो जिससे तुम्हारी यहाँ जगह बनी थी। पढ़ो, और किसी बात पर ध्यान मत दो। थोड़ा समय दो। देखना सब कुछ पहले की तरह हो जाएगा।" अनवर की बात मेरे सीने में लगी। मुझे वही करना है, जो मैं करता रहा हूँ। कुछ नया नहीं, बस थोड़ा समय देना है।

"अब बस, चलो शशि कपूर की मूवी लगी है, शर्मिला टैगोर भी है, टिकट लाया हूँ, एक भी सीन छूटना नहीं चाहिए।" सुलभ ने हम दोनों का हाथ पकड़कर उठा लिया।

दोस्त ऐसे ही तो होते हैं, हम थककर बैठ जाएँ तो हाथ पकड़कर उठा लें।

मैं कॉलेज लौट आया था। बम्बई की भीड़ में शामिल होने के लिए, कमर कसकर मैं तैयार हो गया था। पर इस बार लौटा तो कुछ अलग महसूस हो रहा था। जैसे जबलपुर से धमनियों और शिराओं में थोड़ी अधिक ऑक्सीजन लेकर लौटा हूँ। जड़ों में लौट जाना इनसान को आत्मविश्वास से भर देता है। मैं बम्बई की चकाचौंध में ख़ुद को कमज़ोर महसूस करने लगा था।

इस चकाचौंध में कोई महानता नहीं थी। बस अन्तर इतना-सा था कि यह मेरे लिए नई थी। और हर नई चीज़ हमारे विश्वास की धज्जियाँ उड़ाते हुए, हमें ख़ुद से बेहतर लगती है। मेरे साथ भी यही हो रहा था। यह बात मैंने जबलपुर लौटने पर समझी। शायद इसलिए क्योंकि अब अपने अन्दर का जबलपुर भी लाया था। अब मुझे कोई शरमाहट नहीं थी।

लौटते ही पहली क्लास में रिजल्ट सुनाए गए। 100 बच्चों की क्लास में ऊपर से 15 को रैंकर्स कहा जाता था। जब पाँचवें रैंक पर मेरा नाम लिया गया, तो क्लास में सन्नाटा पसर गया। आइंस्टाइन ग्रुप ने मुझे ऐसे देखा, जैसे मैंने कोई ग़लती कर दी है और मुझे ख़ुद इस रैंक से अपना इस्तीफ़ा स्वीकार कर लेना चाहिए। क्लास ख़त्म होने के बाद जिन भी लोगों ने मुझे बधाई दी उनका भाव यही था कि अन्धे के हाथ बटेर लग गई हो।

आइंस्टाइन ग्रुप के मुखिया शक्ति सिंह ने मेरी तरफ़ देखा और दया-भाव से कहा, "लकी गाए।"

मैं हॉस्टल लौटते वक़्त मुस्करा रहा था। पहली बार लोगों ने मेरा अस्तित्व जाना था। मैं चुपचाप हॉस्टल की बग़ल वाली झील के किनारे चला गया। वहाँ कोई नहीं था। वहाँ की ख़ामोशी मेरी सबसे अच्छी दोस्त थी। प्रकृति हमेशा किसी विचारशील इनसान की सबसे अच्छी दोस्त रही है, जिससे वह सब

कुछ बिना किसी लाग-लपेट के बोल सकता है। मैं सच कहूँ, तो पाँचवीं रैंक पर मुझे कुछ ख़ास ख़ुशी नहीं थी। छोटे से शहर में ही सही, वह लड़का जो पहली रैंक पर कई सालों तक क़ाबिज़ रहा हो, उसे पाँचवीं रैंक गौरवान्वित नहीं करती। पर यह मैं किससे कहता। शायद इसलिए झील के पास आना ज़रूरी था।

'लकी गाए' सुनकर शक्ति से कहने का मन किया कि यू आर ए लकी गाए क्योंकि अभी मैं यहाँ का खेल समझ रहा हूँ। एक बार समझ जाऊँगा, फिर तुम फर्स्ट पर नहीं रहोगे। पर मेरी हिम्मत नहीं थी कि मैं उससे कहता। शायद इसीलिए इस झील से कहने चला आया था। मुझे सबसे कहना था कि जबलपुर का यह लड़का एक दिन इस कॉलेज में फर्स्ट आएगा। इसे हर कोई जानेगा। यह कोई बैक्टीरिया नहीं है। पर मैं किससे कहता? इसलिए पवई झील के पास चला आया था। मैंने झील से सब कुछ कह लिया। मन हल्का हो गया था।

मैं हॉस्टल लौट गया। छोटे शहरों और मध्यमवर्गीय बैकग्राउंड से आए, मेरे ही तरह के मैंने कुछ दोस्त बनाए। जिनसे बात करने में मैं, 'मैं' रह सकूँ। जिनके साथ रहने में मुझे ख़ुद को छुपाना न पड़े। आपको हर जगह आपकी तरह के लोग मिल जाते हैं, बस ढूँढ़ने की मेहनत करनी होती है। मैं एक ही चीज़ कर सकता था, मेहनत।

मैंने उस साल जी-तोड़ मेहनत की। क़सम खा ली कि कुछ भी हो आइंस्टाइन ग्रुप से नहीं पूछूँगा। अपने कुछ दोस्त बनाए। पिछले साल के पर्चे लाइब्रेरी से निकाले। हर विषय की एक रणनीति बनाई। हर विषय को समय दिया। जिन विषयों में पूरे नम्बर आने की सम्भावना थी, उनको कई बार दुहराया। मैंने वह सब किया, जो मुझे समझ आया। क्लास में टीचर्स से मुझे थोड़ी पहचान भी मिलने लगी। लोगों को इतना तो समझ आने लगा कि इस बन्दे को हल्के में नहीं लिया जा सकता।

पता है, आप जब कुछ पूरी शिद्दत से हासिल करने की तैयारी में होते हो, तो आप लगभग ध्यान की अवस्था का सुख पाते हो। रिजल्ट से ज़्यादा मज़ेदार होती है तैयारी। यह फर्स्ट आने की ललक या सनक तुम चाहे इसे

जो भी कहो, इसने मुझे उसी ध्यान की अवस्था में ला दिया था। मैं अपने को सिद्ध कर देने की होड़ में था। सालाना परीक्षाएँ (जी हाँ, उन दिनों सेमेस्टर नहीं हुआ करता था) होने को थीं और पढ़ाई के अलावा मेरा ध्यान कहीं भी नहीं था। कॉलेज, पढ़ाई, अंग्रेज़ी की प्रैक्टिस, बस यही था मेरा पूरा दिन। उन दिनों की सोच ने मेरे चेहरे पर मुस्कान ला दी।

फर्स्ट ईयर के लड़कों ने मस्ती के नये-नये तरीक़े निकाल लिये थे। नई-नई छूट थी, घर से बाहर की आज़ादी। अपनी मनमर्ज़ियों की आज़ादी। ऊपर से यार-दोस्तों का साथ। सोने पर सुहागा। इस नई-नई पाई हुई आज़ादी का जश्न मनाते इन 17-18 साल के लड़कों ने पहले तो ख़ुशी का नाच किया और फिर अपनी वहशियत का नंगा नाच शुरू कर दिया था। उन्हें लगने लगा था कि अगर कोई जेम्स बांड है तो उनके अन्दर ही है। बस उसे बाहर निकालने की ज़रूरत है।

शुरुआत सिगरेट से की गई। सिगरेट की खाँसी भले ही आ जाए पर अगर छल्ले ठीक से निकल जाएँ तो लगता था जैसे हमारे अन्दर दीवार के अमिताभ बच्चन की आत्मा प्रवेश कर गई है। एक कश के बाद तो 18 सालों के अनुभव का लड़का भी 78 सालों के अनुभवी जैसी बात करने लगता था। कुछ धुआँधार धूम्रपान करनेवाले लड़कों ने सिगरेट की आदत को इस क़दर आत्मसात किया कि उन्हें 'चेन स्मोकर' के ख़िताब से नवाज़ा गया। सिगरेट के प्रति उनका नि:स्वार्थ प्रेम देखकर आँखें तो तब छलक उठती थीं जब वे कूड़े में से भी सिगरेट की बची हुई डंडी निकालकर सुलगा लिया करते थे। ख़ैर, मामला सिगरेट तक ही नहीं था।

आगे बात आई शराब की। जो सिगरेट का भी ऊपर वाला लेवल माना गया। हमारे महान सीनियरों ने समुद्र मन्थन से निकले अमृत की तरह हमें घूँट-भर चखने को दिया। हम अमर तो नहीं हुए परन्तु शराब के साथ कइयों ने अमर प्रेम का रिश्ता बना लिया। देशी ठर्रा वाले पाउच से लेकर विदेशी शराब सब कुछ चखने के बाद हमें समझ आया कि सिगरेट तो बच्चों की चीज़ थी। असली कूलत्व तो शराबियों के पास है। हॉस्टल की छत के ऊपर कुछेक घूँट लगाने के बाद विश्व की अर्थव्यवस्था पर जो डिस्कसन हुआ

करता था, उसका पेपर तो यू.एन.ओ. के पास जाना चाहिए। शराब कई लोगों की समस्या का समाधान बन गई। किसी लड़की ने दिल तोड़ दिया, प्रोफ़ेसर साहब ने ज़लालत के पत्थरों से सर फोड़ दिया, सबका इलाज एक घूँट में।

ऐसा नहीं था कि मेरे अन्दर का लड़का इन बातों से प्रभावित नहीं हुआ। सिगरेट के कश लेकर मैंने भी कुछ बनाने की असफल कोशिश की। शराब के एक-दो घूँट पीकर मैंने भी माँ-बहन की गालियाँ दीं। जिससे मन को बेहद सुकून पहुँचा। पर मेरे भीतर का संस्कारी शरद कभी मरा नहीं और उसने मुझे इन चीज़ों की लत नहीं लगने दी। मैं किसी भी हालत में पढ़ाई में टॉप की लिस्ट से बाहर नहीं निकलना चाहता था। मुझे ग़रीबी के दुश्चक्र को तोड़ना था। जिसके लिए मुझे अच्छी नौकरी चाहिए थी। मुझे यह पता था कि कोई भी कम्पनी चेन स्मोकर या महादारूबाज़ का ख़िताब देखकर नौकरी नहीं देगी। इसके लिए मुझे अच्छे नम्बर लाने पड़ेंगे। और यही स्पष्टता मुझे हमेशा इन आदतों से दूर, पढ़ाई की तरफ़ खींच ले जाती। जब कहीं मन बहकता तो पवई झील जाकर मैं ख़ुद को अपना उद्देश्य याद दिलाता और ख़ुद को ही लताड़ दिया करता।

इन्हीं सब सुन्दर और किष्किन्धा कांडों के बीच चार साल कब बीत गए पता ही नहीं चला। कुछ दोस्त बने। कुछ तरीक़ा ईजाद किया। कुछ इज़्ज़त कमाई। पर अब जब कोर्स पूरा होनेवाला था, तो उस चीज़ का वक़्त आ गया था, जिसकी तलाश में मैं सारी मेहनत कर रहा था। यानी कि नौकरी के लिए कैम्पस इंटरव्यू। सबको अच्छे पैसे की नौकरी चाहिए और मुझे सबसे बढ़कर यह चाहिए था। उन दिनों कुछेक आई टी कम्पनियाँ विदेशों से भी आती थीं। मैंने मन में सोच लिया था कि मुझे इन्हीं में से एक कम्पनी ज्वॉइन करनी है। एक उम्र तक पन्नों पर परीक्षा देते हम सोचते हैं कि ज्ञान ज़रूरी है। फिर एक उम्र आती है जब पन्नों पर लिखी परीक्षा से हमें हटाकर इंटरव्यू फेस करने को कहा जाता है। तब समझ आता है कि आप कितना जानते हैं उससे भी ज़्यादा ज़रूरी है कि आप कितनी अच्छी तरह से अपनी बात को दूसरों तक पहुँचा सकते हैं। मेरे स्कोर भले ही अच्छे थे पर मुझे डर था तो अपनी इंग्लिश स्पीकिंग और इंटरव्यू फेस करने का।

हम सबको अधिकतम तीन कम्पनियों में इंटरव्यू देने के लिए बोला गया था ताकि सारे बच्चों को मौक़ा मिले। मैंने तीनों विदेशी कम्पनियाँ चुनीं।

"व्हाई डू यू वांट टु ज्वॉइन माय कम्पनी?" यह मेरे पहले इंटरव्यू का सवाल था। मैंने कुछ रटा रटाया-सा जवाब दिया। मानो मैं आपकी महान कम्पनी में अपनी क़ाबिलियत को मिलाकर महानता की एक मिसाल तैयार करूँगा।

"आपकी पढ़ाई हिन्दी मीडियम में हुई है क्या?" इस सवाल ने मुझे अन्दर से हिला दिया। मुझे लगा इसने रँगा सियार पकड़ लिया है। मेरा विश्वास चकनाचूर-सा हो गया। मैं ठीक से नहीं बता पाया कि हाँ या ना। मैं कुछ गोल-मोल बताने की कोशिश करता रहा।

"मुझे स्पष्ट उत्तर चाहिए।" पैनल के इस रवैये ने तो मुझे ध्वस्त ही कर दिया।

"हाँ।" मैंने आख़िर में हार मान ली थी।

उसके बाद का सारा इंटरव्यू मैं हारे हुए मुक्केबाज़ की तरह लड़ रहा था। मेरी कन्वर्सेशनल इंग्लिश की कमज़ोरी का पर्दाफाश मुझे एकदम से तोड़ गया। मैंने भले ही नवीन विद्या भवन में हिन्दी माध्यम से पढ़ाई की हो, आई.आई.टी. के इन चार सालों में मैं पूरी तरह अंग्रेज़ी में डूब चुका था। हिन्दी माध्यम से पढ़े मेहनती बच्चों के इंग्लिश में व्याकरण की ज़्यादा दिक़्क़त नहीं आती। मुश्किल होती है तो बस बोलने का आत्मविश्वास की कमी की वजह से। ऐसा नहीं था कि स्पोकन इंग्लिश के लिए मैंने कुछ नहीं किया। मैंने प्रैक्टिस करने के लिए डिबेट क्लब ज्वॉइन किया। लोगों के हँसने की परवाह किए बिना टूटी-फूटी अंग्रेज़ी बोलता रहा। इन सबसे मैंने अपने-आपको काफ़ी सुधार लिया था। पर जब बात नौकरी की थी, दिमाग़ पर दबाव ज़्यादा हो गया। शेर वाली आवाज़ ही नहीं निकल पा रही थी और भीतर का सियार हिन्दी में हुआँ-हुआँ करने लगा।

मैं बाहर आया।

दूसरा इंटरव्यू उसी दिन शाम को था। जहाँ उन्होंने ग्रुप डिस्कशन से शुरुआत की।

मेरे साथ कॉन्वेंट से पढ़े बच्चों के आगे मैं कुछ बोल ही नहीं पाया। मैं अवाक् था। मुझे लगा मेरी चार सालों की मेहनत बेकार जा रही है। वह भी

सिर्फ़ इस वजह से कि मैं जो बोलना चाहता हूँ, उसे ठीक से बोल नहीं पा रहा। मैं किसी तरह ग्रुप डिस्कशन ख़त्म करके बाहर निकला। ग्रुप डिस्कशन क्वालीफाइंग राउंड था और मैं वहीं से बाहर निकाल दिया गया था।

आधे घंटे में पहले इंटरव्यू का भी रिजल्ट आया और वही हुआ जिसका मुझे डर था। मेरा कहीं भी सिलेक्शन नहीं हुआ था। मेरे कॉन्फिडेंस के चिथड़े उड़ गए थे। मुझसे कम नम्बर पानेवाले कई लड़कों का सिलेक्शन हो चुका था। उनका टैलेंट था कि वे कॉन्वेंट से पढ़े हुए थे और उनकी अभिव्यक्ति मुझसे कहीं बेहतर थी।

उस रात मैंने खाना नहीं खाया। मैं अपने साथी के साथ पवई लेक के पास गया और फूट-फूट कर रोया। किसी चीज़ को आप दिल से चाहें और उसे हासिल करने का कोई रास्ता न दिखे तो जो दर्द होता है, यह उसी दर्द के आँसू थे।

लौटते वक़्त मैंने अनवर को एस.टी.डी. बूथ से फ़ोन किया और सारा वाक़या बताया।

"कमी उनमें नहीं, तुममें है शरद। अपनी हिन्दी माध्यम से पढ़ाई का उनसे ज़्यादा तुम बुरा मानते हो। जिस दिन अपने-आपको स्वीकार करना सीख जाओगे, दुनिया सीख जाएगी।" अनवर की सारी बातों में से ये वाक्य काफ़ी देर रात तक मेरे पास रहे। अगली सुबह सिंगापुर की एक कम्पनी में इंटरव्यू था और यह मेरा कैम्पस इंटरव्यू के द्वारा किसी विदेशी कम्पनी में सिलेक्ट होने का आख़िरी मौक़ा था।

"आपने रिज्यूम में हिन्दी माध्यम से पढ़ाई को अंडरलाइन किया है, कोई ख़ास वजह?" इंटरव्यू लेनेवाले ने पूरे रिज्यूम को गौर से देखने के बाद मुझसे पहला सवाल पूछा।

"मैं नहीं चाहता कि मैं ऐसी कम्पनी में काम करूँ, जहाँ इस बात का भेदभाव हो कि मैंने हिन्दी से पढ़ाई की है। इसीलिए साफ़-साफ़ लिख दिया।" मैंने कहा। इस जवाब के बाद मेरा मन शान्त हो गया था। मेरा विश्वास अपने आप बढ़ गया। मैंने ख़ुद को स्वीकार कर लिया था।

"दुनिया तो अंग्रेज़ी की तरफ़ जा रही है, तुम सीख लोगे?" उनका अगला सवाल था।

"बिना एक-दूसरे को देखे हमारे यहाँ शादियाँ होती हैं और हम ख़ुशी-ख़ुशी निभा लेते हैं, यह तो फिर भी नौकरी है।" मैंने तपाक से जवाब दिया।

"इतना आत्मविश्वास कहाँ से ले आए हो भाई?" उसने मुस्कराते हुए पूछा।

"मेरी अब तक की जबलपुर से बम्बई तक की जीवन-यात्रा, मुझे हमेशा विश्वास दिला देती है कि इतना कर लिया है तो आगे भी कर लेंगे।" मैंने भी मुस्कराते हुए जवाब दिया।

कुछ और टेक्निकल सवालों का जवाब देकर मैं निकल आया। उस दोपहर अच्छी नींद आई। न जाने क्यों मुझे रिजल्ट का डर नहीं था। मुझे सन्तुष्टि थी कि आज मेरे जवाबों में कुछ भी फेक नहीं था। सब कुछ वही था जो था।

शाम को कैंटीन में रिजल्ट चस्पाँ था और सिंगापुर की कम्पनी में जिस एक लड़के का हुआ था उसका नाम 'शरद' था। मुझे बधाइयों का ताँता लग गया। आइंस्टाइन ग्रुप, स्टाइल भाई लोग भी बधाई देने आए। आज किसी ने 'लकी गाए' नहीं कहा। आज कहा तो सिर्फ़ इतना ही कि यू डिज़र्व्ड इट।

मैंने रिजल्ट देखा और उन दोस्तों से बात करने निकल पड़ा, जो मेरे साथ तब भी थे, जब मेरा कहीं नहीं हो रहा था। टेलीफ़ोन बूथ के रास्ते-भर मैं उन दोनों के बारे में सोचता रहा।

हम तीनों दोस्त इस कॉलेज के जंक्शन पर अलग-अलग दिशाओं में चल पड़े थे। वहाँ मैं बम्बई में जूझ रहा था, यहाँ मेरे दोस्त ज़िन्दगी के मज़े लूट रहे थे। चूँकि दोनों जबलपुर में थे, कम-से-कम शकुन्तला के बाड़े में शाम को आपस में मिल तो लिया करते थे। एक-दूसरे का दुख-दर्द बाँट लिया करते थे। दोनों के कॉलेज की परफ़ार्मेन्स बिलकुल उम्मीद के हिसाब से थी।

तुम जब आओगी तो खोया हुआ पाओगी मुझे,
मेरी तन्हाई में ख़्वाबों के सिवा कुछ भी नहीं,
मेरे कमरे को सजाने की तमन्ना है तुम्हें,
मेरे कमरे में किताबों के सिवा कुछ भी नहीं

जॉन एलिया का ये शेर अनवर पर सटीक बैठता था। किताबों में घिरे रहना, विचारों में घिरे रहना, एकान्त में लाइब्रेरी में घंटों बिताना, यही अनवर

की दिनचर्या थी। ओशो, जो सुलभ के लिए सेक्स-गुरु थे, अनवर ने उनके दर्शन की सारी किताबें पढ़ रखी थी। कॉलेज के प्रोफ़ेसर उसके लेखन, विचार शैली और विषयों को जानने की गहराई देखकर कहते कि सालों बाद कोई ऐसा छात्र आया है जो अंकों के लिए पढ़ाई नहीं करता, बल्कि ज्ञान के लिए पढ़ता है।

अनवर कॉलेज का निर्विवाद टॉपर था। आख़िरी वर्ष का परिणाम आने से पहले ही प्रिंसिपल के निवेदन पर अनवर ने अपने ही कॉलेज में पढ़ाना शुरू कर दिया था। अनवर अध्यापक बनाना चाहता था और वह बन गया था। वैसे तो कॉलेज में सुलभ के लिए भी यही कहा जाता कि सालों बाद कोई ऐसा छात्र आया है पर मतलब उसका दूसरा होता। प्रोफ़ेसरों ने समवेत स्वर में स्वीकार कर लिया था कि पढ़ाई-लिखाई छोड़कर सुलभ से कुछ भी कराया जा सकता है। किसी प्रोफ़ेसर की बेटी की शादी में बारात ठहरवाने के ज़िम्मे से लेकर विदाई के वक़्त प्रोफ़ेसर साहब के आँसू पोंछने तक में सुलभ सबसे आगे होते। मज़ाल है कॉलेज में कोई फंक्शन बिना उनकी मदद के हो जाए।

हालाँकि बुककीपिंग और एकाउंटिंग उनके लिए रामायण के बालि जैसे थे, जिन्हें सामने देखते ही उनका बल आधा हो जाता। पर सुलभ और जुगाड़ साथ-साथ चलते हैं, इसलिए कभी फ़ेल नहीं हुए। जैसे-तैसे लटक-लटककर साल-दर-साल पास होते रहे। उनकी समाज सेवा और वाक्पटुता से कई बार लोगों को सन्देह होता कि प्रोफ़ेसर उन्हें एक्स्ट्रा मार्क्स देकर पास कर देते हैं। सच हो न हो, मैं प्रोफ़ेसर होता तो ज़रूर करता, सुलभ था ही ऐसा।

ख़ैर, सुलभ के पिता मुँह बाए इन्तज़ार कर रहे थे कि बेटा कब बहीखाते का गुणा-गणित सीखकर निकले और कब उसे धंधे में लगा दूँ। सुलभ की न ज़्यादा चाहतें थीं, न वह किसी बात का विरोध करता था। वह हर चीज़ में ख़ुशी ढूँढ़ लेता था। यही उसकी ख़ासियत थी।

कॉलेज ख़त्म हुआ और सुलभ बिज़नेस में हाथ बँटाने लग गया। पर हमेशा की तरह वह अपने मन का जुगाड़ बना ही लेता है। मुझे आख़िरी छुट्टी में पता चला कि उसने अपने पिता को जैसे-तैसे समझा दिया कि साड़ियों के अलावा लड़कियों के अंग-वस्त्र बेचने के धंधे में बहुत मार्ज़िन है। दुनिया फैशन की

तरफ़ भाग रही है और सुलभ जी ने इस अवसर को भाँपते हुए पिता जी का थोड़ा-सा आशीर्वाद और ढेर सारा धन लेकर यह गुप्त प्लान बना लिया कि जबलपुर में फैंसी लेडीज़ अंग-वस्त्रों की पहली दुकान के मालिक वही होंगे। मिलनसार स्वभाव और लड़कियों में ख़ासी रुचि होने की वजह से 'सुलभ गारमेंट्स' जल्द ही जबलपुर की नामी दुकानों में शुमार हो गई।

क़िस्मत से सुलभ अनवर के घर पर ही था। उन्हें बताना मेरे लिए ठीक वैसा था, जैसे ख़ुद को बताना। दोनों ख़ुश हो गए। सुलभ भाई ने सिंगापुर के नाम पर तो उछल-कूद मचा दी। मानो, वह ख़ुद उड़नेवाले हैं। उनकी बातें सुनकर लगा कि दोस्त ज़्यादा न हों, पर जो हों वह सचमुच दोस्त हों, यही बहुत है।

सुलभ ने फ़ोन स्पीकर पर रखा और तय हुआ आज थोड़ी लम्बी बात करेंगे। मुझे आइडिया दिया गया कि पैसे कम पड़ें तो बूथ वाले को बाद में बोलना कि तुझे सिंगापुर भेजूँगा तेरी भी ज़िन्दगी सेट हो जाएगी।

उस दिन एक अलग ही चहक थी, हमारी बात में। वैदेही से मैं सब कुछ कह तो नहीं सकता पर उस फ़ोन कॉल की सारी बातें मुझे अब भी याद हैं।

"भाई, एक नई चीज़ पता चली है कि लड़कियों में एक अलग ख़ुशबू होती है।"

इस ज्ञान की अनुभूति हम सबको थी परन्तु समाज में इस तरह ललकारकर चिल्लाने की हिम्मत सिर्फ़ इन्हें थी।

"अबे, महक तो हर किसी के शरीर से आती है।" अनवर ने बात काटने की कोशिश की।

"भाई, महक नहीं बल्कि ख़ुशबू बोल। यह आदमियों के मूँछों से निकलनेवाले पसीने की महक नहीं है। यह अलग टाइप की ख़ुशबू है।" सुलभ ने चहकते हुए कहा।

जवानी और विपरीत लिंग के प्रति आकर्षण का चोली-दामन का साथ है। ईश्वर ने यह आकर्षण बनाया ही इसलिए है ताकि सृष्टि चलती रहे। हम भी उम्र के उस पायदान पर पहुँच रहे थे। अन्दर बहुत कुछ बदल रहा था और ऐसे में किसी ने खुलकर इस बात का ऐलान किया था तो वे थे हमारे सुलभ भाई।

"तुम्हें बहुत पता है।" मैंने मज़ाक़िया लहजे में कहा।

"साले, तुम लोग बस पढ़ाई करो। तुम ध्यान ही नहीं देते कि असली खेल किधर हो रहा है। पहले याद है, नवीन विद्या भवन में लड़कियाँ पास में बैठती थीं, घंटा कुछ होता था। पर अब तो बग़ल से गुज़र भी जाती हैं तो रोम-रोम आह्लादित हो जाता है। भाई मैंने कोड क्रैक कर लिया है, लड़कियों में अलग ख़ुशबू होती है।"

"तू कहना क्या चाहता है?" अनवर ने उत्सुकतावश पूछा।

"अबे, तूने बायोलॉजी में नहीं पढ़ा था कि नर और मादा मेढक किस तरह टर्र-टर्र करके एक-दूसरे को आकर्षित करते हैं। ठीक उसी तरह मादाओं से निकलनेवाली यह ख़ुशबू भी हम नरों को आकर्षित करने के लिए है।"

"वाह बेट्टा, बायोलॉजी में ग्रेस मार्क के साथ पास हुआ था पर प्रजनन का कान्सेप्ट एकदम क्लियर है।" मैंने छेड़ा।

"अपन की स्टाइल है। हमेशा पता है कि फोकस किस पर करना है।" सुलभ गौरवान्वित था।

"मामला संगीन है, किसी एक पर ही फोकस कर रहे हैं ज़नाब या फिर हर किसी पर।" अनवर ने टाँग खींचने की कोशिश की।

"अबे, अपन को लड़कियाँ तो सारी अच्छी लगती हैं। उनमें अपन कोई भेदभाव करते ही नहीं। वो बात अलग है कि किसी एक को देखकर थोड़ा ज़्यादा दिल धड़कता है और बाक़ियों को देखकर थोड़ा कम।" सुलभ भाई फ़ॉर्म में थे।

"अरे बाप रे! कौन है भाई जिसको देखकर दिल सबसे तेज़ धड़कता है? साले मैं बम्बई गया था तब तक तो दिल नॉर्मल धड़कता था तेरा।" मैंने आश्चर्य से पूछा।

"मैं गेस करूँ?" अनवर ने हँसते हुए कहा।

"अबे तुझे तो मैं साधु-संन्यासी टाइप का आदमी समझता था, तेरे अन्दर ये हवसी इनसान जन्म ले चुका है मुझे पता ही नहीं था। ख़ैर, तुझे क्या पता कि किसे देखकर मेरा दिल तेज़ धड़कता है।" सुलभ ने कहा।

"बेट्टा, शकल बताती है तुम्हारी, जब जूही जैन क्लास में आती है।" अनवर ने कहा। जिस पर सुलभ शरमा गया।

"भाई, आ गई न लड़की दोस्तों के बीच में। ये कौन है, जूही जैन?" मैंने पूछा।

"अबे कोई नहीं, अनवर फालतू की बात करता है। वो ख़ुद ही आकर मेरे पास बैठती है तो मैं क्या करूँ?" सुलभ ने झेंपते हुए कहा।

"अबे, चुप कर। नज़र रखता हूँ तुझ पर। जब दो दिन नहीं आई थी, कितना उदास था तू। दोस्तों से क्या शरमाना। सच-सच बता दे यार।" अनवर ने बड़ी आत्मीयता से कहा।

"हाँ भाई लोग, चिढ़ाना मत। अच्छी तो लगती है मुझे। तुम लोग पढ़े-लिखे लोग हो, हो सके तो एक चिट्ठी लिखने में मदद करो। मैं तो शरद का इन्तज़ार कर रहा था, कुछ बम्बइया शब्द डालकर थोड़ा स्टाइल में लिखो यार कि एक बार में पट जाए।" सुलभ ने दिल खोलकर रख दिया।

"ठीक है। वैसे भी मैं कल जबलपुर आनेवाला हूँ तो हमारी मुलाक़ात में पहला काम होगा कि जूही भाभी के लिए चिट्ठी लिखी जाएगी।" मैंने टाँग खींचते हुए कहा।

"साले याद है, न तेरे लिए भी हमने मिलकर चिट्ठी लिखी थी। सात जन्मों का रिश्ता हो गया तेरा।" सुलभ ने मुझे चिढ़ाया।

"अरे शरद, तूने नौकरी की बात उसे बताई कि नहीं? बहुत ख़ुश होगी।" अनवर ने बीच में बात काटते हुए कहा।

"नहीं यार, कल आकर सरप्राइज़ देता हूँ।" मैंने कहा और फ़ोन काट दिया।

"हीरो की तरह आपने फिर से बाज़ी मार ली। पर आपने कितनी मेहनत की। आजकल बच्चे मेहनत नहीं करते। हमेशा शॉर्ट-कट ढूँढ़ते हैं। उन्हें लगता है कि कॉलेज मज़ा लूट लेने का आख़िरी वक़्त है और फिर ज़िन्दगी की चक्की में पिस जाएँगे। आपने तो ग़ज़ब का अनुशासन दिखाया।" वैदेही मुस्कराते हुए मुझसे कह रही थी।

"नहीं वैदेही, मैंने कोई बाज़ी नहीं मारी थी। परीक्षाएँ, परिणाम, क्लास में इज़्ज़त, प्रोफ़ेसर्स की नज़र में इज़्ज़त...इसी जद्दोजहद में वक़्त गुज़ार

दिया था। कॉलेज के दिनों में मेरे जैसे लोग किसी रेस में दौड़ रहे होते हैं। अगर अपनी हर चाहत पर नज़र डालूँ, तो मैं सिर्फ़ इसलिए जी रहा था कि दूसरे क्या सोचते हैं। मुझे क्या चाहिए था, यह सोचने और समझने का वक़्त नहीं था मेरे पास। कॉलेज में क्या चाहिए या फिर ज़िन्दगी के हर परिवर्तन में क्या चाहिए। उस परिवर्तन के नयेपन को पूरी तरह आत्मसात करना। अपने-आपको उस परिवर्तन के मूल से निकले तत्त्वों से समाहित करना और एक बेहतर ख़ुद बनकर निकलना।"

वैदेही को बताने में पूरी कॉलेज लाइफ़ मैंने फिर से जी लिया। कॉलेज भी एक बड़ा परिवर्तन होता है जो हम सबको एक बड़ा अवसर दिलाता है। जबलपुर के छोटे शहर से बम्बई का शहर। कितना अन्तर था इन शहरों में, इनकी रफ़्तार में, इनकी सोच में, इनकी भाषा में, इनके खान-पान में। मुझे दोनों हाथों से लूटना चाहिए था बम्बई को। मुझे ख़ूब घूमना चाहिए था, इसके पाँच सितारा होटलों से लेकर गली-कूचों तक छान मारना चाहिए था। समझना चाहिए था कि एक मराठी को क्यों तकलीफ़ है एक नॉन-मराठी से। समझना चाहिए था कि यह शहर जो कभी भी बरस पड़ता है कैसे पूरे भारत के तमाम राज्यों से आए लोगों को, उनकी मान्यताओं को, उनकी धरोहरों को, उनकी सोच को नीलकंठ की तरह पी गया है। सबको ख़ुद में समाहित किए, इसका रंग ही अलग हो गया है। ये शहर अब सिर्फ़ महाराष्ट्र का शहर नहीं, पूरे हिन्दुस्तान का शहर हो गया है।

पर मेरे पास वक़्त कहाँ था। मुझे यही डर था कि मैं इस शहर में खो गया तो अपनी पहचान कैसे बनाऊँगा। घूमता-फिरता तो कुछ समझता। पर यह सब करता तो टॉप कैसे करता?

दूसरी चीज़ जो कॉलेज देती है वह अलग-अलग परिवेश से आए लड़के-लड़कियाँ। मेरी ज़िन्दगी सुलभ और अनवर के खूँटे से बँधी थी। उन दोनों से मेरा स्नेह कतई ग़लत नहीं था, परन्तु इसका मतलब यह बिलकुल नहीं कि मुझे और लोग नहीं मिलेंगे। और दोस्त नहीं बनेंगे। दुनिया की इस विशाल आबादी में मेरी पसन्द के लोग नहीं मिलेंगे। पर मैंने ढूँढ़ा ही नहीं। मुझे हर अनजान से डर था कि वह मेरा ग़लत फायदा उठाना चाहता है। शहर की

तरह, दोस्ती में भी मैं केन्द्र में था और जब मैं केन्द्र में रहूँगा तो किसी और की क्या सुनूँगा? ऐसा नहीं कि सबसे अच्छे लोग मिलते रहे। आइंस्टाइन गैंग मिला जिसकी बुद्धिजीविता मुझे नीचा दिखाती रही, स्मार्टी गैंग मिला जिसकी स्मार्टनेस मुझे छोटा महसूस कराती रही। मैंने लोगों को ख़ुद से अलग तरह की कैटेगरी में बाँध दिया। और उन सबको उसी नज़र से देखने लगा। किसी को दोस्त बनाने के लिए आपको खुलकर उससे मिलना होता है। जब आप उसे एक कैटेगरी में बाँध देंगे फिर वह कैसे दोस्त बनेगा।

मैंने अपनी कॉलेज लाइफ़ का सारा पश्चात्ताप कहकर मन हल्का किया।

"कैसी ज़िन्दगी है, कुछ पाते हैं तो कुछ छूट जाता है। ख़ैर, कॉलेज की प्रतिद्वंद्विता के बीच आपने 'वह' के बारे में तो बताया ही नहीं, जिसका ज़िक्र आपने फ़ोन पर किया था। जिसे आप अपनी सिंगापुर की नौकरी के बारे में बतानेवाले थे।" वैदेही जाने की तैयारी करने लगी।

"गुड नाइट, कल का क़िस्सा उस 'वो' के नाम। पूरा एक सेशन चाहिए उसके लिए।" मैंने मुस्कराते हुए कहा।

वैदेही चली गई।

मैंने खिड़की से चाँद को देखा और चाँद ने मुझे।

"अरे भाई, जवानी हम पर भी आई थी और कोई हमारी भी 'वो' थी।" मैं मुस्कराते हुए नींद की आगोश में चला गया।

प्यार

आज मेरी नींद खुली तो याद आया आज मुझे वैदेही को अपने किसी ख़ास 'वो' के बारे में बताना है। जिस 'वो' की बात मैं करने जा रहा हूँ, उसके लिए बेहतर होगा कि एक दिन उसी के लिए रखा जाए, बिना किसी मिलावट के। वैदेही के आने का वक़्त हो रहा था और मेरे मन में उन दिनों की एक रील चल पड़ी थी, जिसे मैं अकेले ही देखना चाहूँगा।

प्रेम जीवन का अभिन्न अंग है। जिस इनसान ने प्रेम नहीं किया, यूँ समझिए कि मानव योनि में जन्म लेने का पूर्णतया लाभ नहीं उठा सका। प्रेम को हर इनसान अपनी-अपनी समझ से अपने-अपने रूपों में देखता है। कुछ को यह महज नर-मादा के प्रजनन क्रिया का मार्ग भर दिखता है, तो कुछ को पहाड़ काटकर रख देनेवाली शक्ति का कारण। कुछ स्वयम्भू प्रभु टाइप के लोग कहते हैं कि आकर्षण और प्रेम में धागे-भर का फ़र्क़ होता है, इसलिए बेटा जी पहले यह समझ लो कि तुम्हें काटा किस कीड़े ने है, आकर्षण ने, आसक्ति ने, सम्मोहन ने या फिर प्रेम ने। उसी हिसाब से इलाज किया जाए। साइंस वाले कहेंगे कि प्रेम महज़ एक तुच्छ रासायनिक क्रिया है और आर्ट्स वाले कहेंगे कि प्रेम के विशाल अर्थ को परिभाषाओं में नहीं बाँधा जा सकता। एक साधारण इनसान इन सभी की बातों का मूलार्थ यही निकाल सकता है कि परिभाषा के पचड़े से दूर प्रेम का अनुभव कर लिया जाए।

ख़ैर, अनुभव करना न करना इनसान के बस में नहीं है। प्रेम बस हो जाता है। स्कूल में जिन लड़कियों की तरफ़ देखने का मन नहीं करता, अचानक उन्हीं लड़कियों से ख़ुशबू आने लगती है। कभी शीशे के सामने दो मिनट भी नहीं खड़े होने का मन करता और फिर अचानक से ख़ुद को निहारते जाने का

मन करता है। ये सारे परिवर्तन बड़ी लरज़ के साथ, बड़ी नज़ाकत के साथ होते हैं। न जाने कितने कवियों, रचनाकारों और शायरों की रोज़ी-रोटी इस प्रेम ने चला दी है। फ़िल्मों की नींव में आधी से ज़्यादा ईंटें तो इसी प्रेम की लगी होती हैं। हो सकता है बुढ़ापे में आपको प्रेम बड़ा मुद्दा न लगे लेकिन जीवनकाल में कुछ ऐसे सालों का वक़्त आता है, जिसमें प्रेम से बड़ा कोई मुद्दा ही नहीं होता। जब जीवन के हर पार्ट में चाहे बचपन, स्कूल या फिर कॉलेज, सबको जगह मिली है तो प्रेम को भी उतनी ही इज़्ज़त मिलनी चाहिए।

वैसे तो प्रेम बड़ा व्यक्तिगत मुद्दा होता है पर वैदेही से कुछ भी बताते हुए मुझे ऐसा लगता है जैसे मेरे ज़माने की यादों को किसी सुरक्षित लॉकर में रखे रहा हूँ। मेरे बाद कोई अगर यह लॉकर खोले तो शायद उसे ये यादें वहाँ रखी मिल जाएँ।

"आज बहुत मुस्करा रहे हैं।" वैदेही आ चुकी थी। दवाई देकर, रूटीन चेक-अप कर चुकी थी। उसके सवाल का जवाब देने से बचने के लिए मैंने उससे सवाल करना बेहतर समझा।

"वैदेही! तुम और इक़बाल कैसे मिले?" मैंने पूछा।

"फेसबुक पर मुलाक़ात हुई। जबलपुर मेडिकल प्रोफ़ेशन वालों का एक ग्रुप है। मैं भी ग्रुप में थी और इक़बाल भी। इक़बाल के पोस्ट्स अच्छे लगते थे। कुछेक बार लाइक किया। फिर मेसेंजर पर एक बार इक़बाल ने मेसेज किया और बातों का सिलसिला बढ़ गया।" वैदेही के चेहरे पर शर्म की लाली थी।

"एक ज़माना था जब सालों बीत जाते थे, सिर्फ़ दिल की आवाज़ सामनेवाले तक पहुँचाने में। अब सोशल मीडिया ने सब कुछ इतना आसान कर दिया है।"

"हाँ बैलगाड़ी वाले ज़माने से होते हुए, हम फर्राटेदार कार की रफ़्तार में आ गए हैं।" वैदेही ने चुहल की।

"पर मज़ेदार बात यह है कि पहिया दोनों में प्रयोग होता है।" मैंने मुस्कराते हुए कहा।

"तो तुमने उसका पोस्ट लाइक नहीं किया होता तो प्यार आगे नहीं बढ़ता? क्या चक्कर है ये सोशल मीडिया पर लाइक और कमेंट का?" मैंने बाल-सुलभ उत्सुकतावश पूछा।

“अंकल, सोशल मीडिया पर लाइक्स और कमेंट्स की संख्या किसी मैडल से कम नहीं। इस आभासी दुनिया में आपकी प्रतिष्ठा का एक मापदंड है।” वैदेही ने कहा।

“फिर तो पोस्ट्स को लेकर लोग-बाग काफ़ी संजीदा होते होंगे।” मैंने पूछा।

“संजीदा मतलब! इतने संजीदा तो लोग अपनी असल ज़िन्दगी को लेकर नहीं होते हैं।” वैदेही ने हँसते हुए कहा।

“पर, एक बात अच्छी है, तसवीरों के ज़रिये प्रेमी-प्रेमिका एक-दूसरे को देख सकते हैं।” मेरे भीतर अपने ज़माने का दर्द छलक उठा।

“सो तो है। पर इन तसवीरों पर भरोसा नहीं किया जा सकता अंकल। अपनी तसवीरें डालने के पहले लोग तैयारी में जान लगा देते हैं। नये कपड़े, अच्छा बैकग्राउंड, कैमरे से एडिट और आख़िर में अपलोड। कुछ फ़ोन तो बिक ही इसलिए रहे हैं कि उनसे तसवीरें सुन्दर आती हैं।” वैदेही भी ख़ुश होकर बता रही थी।

“लाइक्स की संख्या तो ऊपर नीचे हो सकती है ना। ज़रूरी तो नहीं कि हर बार आपको मन मुताबिक़ लोग पसन्द करें।” मैंने पूछा।

“बिलकुल। ढेरों लाइक आए तो सेलिब्रिटी वाली फीलिंग्स आती है और लाइक्स की संख्या कम हो जाए तो लोग आत्महत्या टाइप के अवसाद में आ जाते हैं।” वैदेही एक टीचर बनकर जैसे मुझे सोशल मीडिया के गुर सिखा रही थी।

“क्या यहाँ भी समाज की तरह लोग ‘तू मेरी पीठ खुजा, मैं तेरी पीठ खुजाता हूँ’ करते हैं?” मैंने पूछा।

“बिलकुल। खेल तो वही है। कुछ लोग दूसरों के पोस्ट्स पर चाहे-अनचाहे कमेंट ही इसीलिए करते हैं ताकि उनके पोस्ट्स पर कमेंट आ सकें।” वैदेही ने समझाया।

“ये तो अजीब बीमारी है।” मैंने कहा।

“हाँ। कई लोग तो अनगिनत पोस्ट्स डालकर न्यूज़ में ही बने रहना चाहते हैं। सुबह उठने से लेकर रात सोने तक पोस्ट-दर-पोस्ट ख़बरों की उल्टी करते रहते हैं।” वैदेही ने कहा।

"मतलब सोशल मीडिया एक अच्छा आविष्कार तो है बस आप इसके नशे के गिरफ़्त में न आ जाएँ।" मैंने कहा।

"आप क्या सोचकर मुस्कराने लगे?" वैदेही ने पूछा।

"मैं सोच रहा था कि हमारे वक़्त में यह सोशल मीडिया की तकनीक होती तो हमें इतने पापड़ नहीं बेलने पड़ते।" मेरी इस बात पर वैदेही भी हँस पड़ी।

"अरे, मेरे इस सोशल मीडिया की बातचीत के चक्कर में आप लोगों के ज़माने की प्रेम कहानियों की झलकी तो रह ही गई।" वैदेही इस इंटरवल के बाद कहानी को फिर से शुरू करना चाहती थी।

"तुम्हें शायद हमारे ज़माने की प्रेम कहानियाँ बोरिंग और स्लो लगें।" मैंने असमंजस में कहा।

"आपने ही तो कहा था कि भले हम बैलगाड़ी से कार तक आ गए, तकनीक बदल गई पर पहिया तो वही रहा न।" वैदेही भी कम ढीठ नहीं थी।

छोटे शहरों का प्रेम एक अलग ही रंग में होता है। मेरे प्रेम वाली उम्र में आने से पहले मैंने ट्रेनिंग के तहत प्रेम के कुछ क़िस्से बचपन से ही ज़रूर देखे-सुने थे।

स्कूल की वर्दी में लड़के-लड़कियाँ एक-दूसरे को छेड़ते हुए, हँसते, खिलखिलाते, दौड़ते-भागते चले जाते थे। परन्तु कुछ बड़े लड़के या व्यक्ति बेसब्री से किसी 'ख़ास' की प्रतीक्षा करते थे और एक मूक प्रेमी की तरह अपनी प्रेमिका के दर्शन में व्यग्र रहते थे। उस बेचारी को तो बिलकुल एहसास भी न हो पाता था कि कोई मिस्टर मजनूँ दिल-ही-दिल उसे अपनी लैला मान चुके हैं और आलरेडी सात जन्मों के साथ का प्लान रेडी कर रहे हैं। जैसे ही वह अपनी लैला को आते हुए देखते थे, अपनी साइकिल लेकर धीरे-धीरे उसके पीछे चल पड़ते थे। सस्ते जासूसी उपन्यासों को पढ़कर उनके मुख्य किरदारों की तरह पीछा करने का अवश्य प्रयास करते थे। रोज़ उसे अपने स्कूल या कॉलेज एक पक्के प्रेमी की तरह छोड़ने जाया करते थे और दोपहर पढ़ाई ख़तम होने के बाद उसे वापस लेने भी जाया करते थे। मज़ाल है कि मिस्टर मजनूँ के सामने कोई और चाहनेवाला अपनी वफ़ा का इज़हार भी कर दे।

पर सबसे कठिन मसला यह कि बिना बातचीत किए कैसे अपने प्रेम पाश में बाँधे?

उन दिनों इसकी भी दवाई थी। सस्ती पत्रिकाओं में विज्ञापन आया करते थे, जो माँगोगे वही मिलेगा। कुछ स्पेशल अँगूठियाँ पहनकर तो कुछ स्पेशल मंत्र पढ़कर और अपनी प्रेमिका की राह में वशीकरण करनेवाली पुड़िया का पाउडर छिड़ककर सोचते थे कि उनकी मानी हुई प्रेमिका उस पाउडर पर क़दम रखते ही उठते-जागते मात्र उनके ही सपने देखा करेगी।

जबलपुर में काफ़ी ऐसे क़िस्से चर्चित रह चुके हैं, जब किसी कारण साइलेंट प्रेमी की साधना किसी और ज़ाहिर प्रेमी ने भंग की हो और उस ज़ाहिर प्रेमी को भले ही उसकी प्रेमिका भी चाहती हो। अधिकतर क़िस्सों में मूक प्रेमी ने अपने क्षेत्र के दोस्तों को लेकर ज़ाहिर प्रेमी पर युद्ध का एलान तक किया है और साइकिल चैन, हॉकी स्टिक, क्रिकेट बैट जैसे शस्त्रों का उपयोग भी किया है, अपने प्रतिद्वंद्वी को परास्त करने के लिए। फिर पिटे हुए प्रतिद्वंद्वी ने अपने दोस्तों को लेकर बदला लेने की कोशिश भी की है। कुछ ऐसी प्रेम-गाथाएँ भयानक ट्रेजेडी में भी बदली हैं और उपहास की जगह अविश्वसनीय सी दास्ताँ लगती हैं। बॉलीवुड फ़िल्मों ने इस तरह के व्यवहार को शायद बढ़ावा भी दिया है।

उन दिनों राज कपूर स्क्रीन पर गाया करते थे,

तुम अगर मुझ को न चाहो तो कोई बात नहीं,
तुम किसी और को चाहोगी तो मुश्किल होगी।

उन दिनों एसिड की भी आसानी से प्राप्ति के कारण कुछ केस इनके दुरुपयोग के बारे में भी सुने थे मैंने। ऐसे अविश्वसनीय मूक प्रेम ने दोनों को बर्बाद करके ही रख दिया और दोनों के परिवारों को भी कहीं का न छोड़ा।

मेरी प्रेम-कहानी उस ज़माने की है, जब तुम लोगों की तरह कोई सोशल मीडिया नहीं हुआ करती थी। बड़ी मशक़्क़त थी। चलो तैयार हो जाओ, उस ज़माने की प्यार की गलियों में एक चक्कर लगाने के लिए। उन पुरानी गलियों

में तुम्हारे सोशल मीडिया की चमक नहीं होगी पर इश्क़ की महक बिलकुल जानी-पहचानी लगेगी।

पहली मुलाक़ात, पहली बात, कुछ भी मन से गई नहीं है।

जबलपुर इंजीनियरिंग कॉलेज में उस दिन जब मैं आई.आई.टी.-जे.ई.ई. का रिजल्ट देख, उछला था, किसी ने मुझे देखा था। याद है तुम्हें, रिजल्ट के बाद सुलभ ने कॉलेज कैंटीन में रबड़ी खाने की ज़िद की थी।

"यार शरद, अब आई.आई.टी. से इंजीनियरिंग कर ले, फिर अपन लोग टेक्नोलॉजी से कोई ख़तरनाक चीज़ बनाएँगे और पूरे जबलपुर में छा जाएँगे।" रबड़ी के इन्तज़ार के वक़्त का सुलभ ने इस प्लान को बनाने में सदुपयोग किया।

"शिक्षा की यहाँ बड़ी ज़रूरत है, अगर उसमें कुछ किया जाए, तो बहुत बढ़िया रहेगा।" अनवर ने हामी भरी।

"मेरी यही शर्त है कि जितनी मैडम लोग होंगी, उनका इंटरव्यू मैं करूँगा।" सुलभ ने इस प्लान में अपना रोल छाँट लिया।

"अबे, अपन लोग विदेश चलते हैं, जबलपुर का कुछ नहीं होना। कम-से-कम, हम लोग तो अपना भला कर लें।" मेरे अन्दर का आई.आई.टी.-जे.ई.ई. क्रैक करनेवाला इनसान बोल पड़ा।

"पर शरद, अगर अपन लोग ही ऐसा सोचेंगे, फिर जबलपुर कौन बदलेगा?" अनवर ने कहा।

"तुझे छोड़कर किसी को पड़ी भी है जबलपुर की?" मैंने अनवर से कहा।

"एक्सक्यूज़ मी, तुमको नहीं पड़ी इसका मतलब यह तो नहीं कि पूरे जबलपुर में किसी और को नहीं पड़ी।" एक मीठी-सी आवाज़ दाहिने कर्णपटल पर झंकृत हुई।

मैं दाईं तरफ़ मुड़ा और आँखें थम गईं।

सफ़ेद चूड़ीदार सलवार-क़मीज़, एक छोटी-सी बिन्दी, हाथ में कुछेक चूड़ियाँ। सजावट के नाम पर सिर्फ़ इतना ही। बिलकुल सलवार-क़मीज़ के रंग जैसी सादगी और अन्दर तक चीरकर झाँकनेवाली आँखें। आँखों का विश्वास इतना गहरा कि उसकी बात का जवाब देते नहीं बना। लगा, जिसकी आँखें ऐसी हैं, वह भला कहाँ ग़लत बोलेगी।

"हाय, माइसेल्फ सुलभ। आप बिलकुल ठीक कह रही हैं।" सुलभ जी ने मौक़े पर चौका मार दिया।

"आपने सुना भी कि मैंने क्या कहा?" उस गहरी आँख वाली ने कहा और हम सब हँस पड़े।

"इन बातों में क्या रखा है? आइए हमारे साथ रबड़ी खाइए। आज हमारे दोस्त का..." सुलभ आगे कुछ कहता तब तक उस लड़की की आँखों ने इशारे से उसे रोका और कहा, "मैंने सब सुन लिया है।"

"बधाई हो।" वह हमारे टेबल पर आई और मुझसे हाथ मिलाया।

"मैंने सुना कि तुमने आई.आई.टी.-जे.ई.ई. क्रैक किया है। जबलपुर अगर तुमसे उम्मीद लगाए तो यह कोई बेमानी नहीं है। जबलपुर का जो होना है वही होगा पर तुम्हारे लिए मौक़ा है। और हाँ, अगर तुम विदेश जाकर अपनी ज़िन्दगी सँवारने में ख़र्च हो जाना चाहते हो तो शायद बड़ा लक्ष्य तुम्हारे बस का ही नहीं।" उसने मुझसे कहा और अनवर ने हामी भर दी।

"ऐसा नहीं है कि मुझे जबलपुर से लगाव नहीं पर यहाँ का सिस्टम इतना ख़राब है कि कुछ किया ही नहीं जा सकता।" मैंने अपना तर्क दिया।

"वैसे सुनता तो हर कोई अपने दिल की है, बस तुम जैसे पढ़े-लिखे लोग, उसके लिए तर्क भी खोज लेते हैं। अभी तुम भी वही कर रहे हो।" उसकी इस बात का मेरे पास कोई जवाब नहीं था।

रबड़ी का स्वाद लेते हमने कुछ इधर-उधर की बातें कीं। पता चला कि वह भी इस कॉलेज में एडमिशन लेने आई है। खुले विचारों की है, देश-दुनिया की जानकारी है। उसके हाथ में कार्ल मार्क्स की किताब थी। स्टारडस्ट पढ़ने की उम्र में किसी के हाथ में कार्ल मार्क्स की किताब दिखे तो अजीब लगना स्वाभाविक है। सबसे बड़ी बात कि उसे पता है कि उसे आगे चलकर एक स्कूल चलाना है जहाँ आर्थिक रूप से कमज़ोर बच्चों को मुफ़्त शिक्षा दी जा सके। हमारी स्कूल खोलनेवाली बात ही उसे हमारी तरफ़ खींच लाई थी।

"अरे, तुमने अपना नाम तो बताया ही नहीं।" सुलभ ने उससे पूछा।

वह उठी और जाने को तैयार होने लगी।

"आपके जिस दोस्त से लड़ रही थी, उनसे मैच करता हुआ नाम है। ख़ुद खोज लीजिएगा। जान जाएँगे तो मन को शीतलता मिलेगी।" वह मज़ाक़िया अन्दाज़ में बोलकर चल पड़ी।

"फिर मिल सकते हैं?" पता नहीं उसमें क्या था कि मुझ जैसा शर्मीला लड़का भी बोल पड़ा।

"ढूँढ़ेंगे कैसे? पहले नाम तो पता कर लीजिए जनाब।" मुस्कराते हुए हमें एक पहेली सुलझाने को देकर वह अपनी एक सहेली के साथ चली गई।

हम भी निकल पड़े।

उस रात मैं शकुन्तला के बाड़े में टहलता उसका नाम ही सोचता रहा। अचानक घर के पास वाले तालाब में चाँद का अक्स दिखा। पूरा चाँद, ख़ूबसूरत। शीतल।

"क्या देख रहे हो, बेटा?" माँ ने सर पर हाथ फेरते हुए पूछा।

"कुछ नहीं, आज चाँद कुछ अलग-सा लग रहा है।" मैंने कहा।

"आज पूर्णिमा है ना, इसलिए इतना ख़ूबसूरत लग रहा है।" माँ कहते हुए घर में चली गई।

मन में उसकी कही बात कौंध गई।

"आपके जिस दोस्त से लड़ रही थी, उनसे मैच करता हुआ नाम है। ख़ुद खोज लीजिएगा।"

मैं निश्चित हो गया, मन-ही-मन बुदबुदाया, 'शरद पूर्णिमा।' उस रात जब मैं सोया तो मन सचमुच शरद पूर्णिमा के चाँद-सा शीतल था।

फिर शुरू हुआ एक नया-सा दौर। सम्मोहन, आकर्षण और न जाने क्या नाम दूँ। पर जो भी था ग़ज़ब का था और सिर्फ़ उसी उम्र में हो सकता था। अब हमारा पहला काम था, मेरे बम्बई जाने से पहले उससे मिलना।

मेरे पास ज़्यादा वक़्त नहीं था इसलिए अनवर और सुलभ के साथ मिलकर अगली मुलाक़ात में ही योजना बनाई गई।

"साले, मुश्किल यह है कि पूर्णिमा नाम की कोई गारंटी नहीं है। यह तेरे दिमाग़ से नहीं बल्कि तेरे भीतर अनर्गल केमिकल से उत्पन्न नाम भी हो सकता है।" सुलभ ने कहा।

"मतलब और क्या नाम होगा?" मैंने पूछा।

"ऋतु भी तो हो सकता है। शरद ऋतु भी एक शब्द है।" सुलभ ने सही बात कही थी।

"फिर क्या करें?" मैंने पूछा।

"दोनों नाम लिखकर ले चलते हैं। उसने जो वाला सही बताया, कह देंगे शरद ने वह नाम बताया था, दूसरे पर मेरा नाम लगा देना।" दोस्ती के ख़ातिर सुलभ क़ुर्बानी को तैयार था।

"अबे फर्स्ट ईयर के स्टूडेंट्स का रजिस्टर जुगाड़ करते हैं। उसमें देखते हैं कौन सा नाम शरद के नाम के साथ सूट कर रहा है। बस निश्चित हो जाएगा। क्यूँ उसे विकल्पों वाले उत्तर देना?" अनवर ने राह दिखा दी थी।

बड़ी मशक़्क़त और क्लर्क को तीन समोसे खिलाने के बाद 15 मिनट के लिए रजिस्टर हाथ लगा था। हम तीनों ने उस अँधेरे ऑफ़िस में ज़मीन पर बैठकर नाम खोजने शुरू किए।

'पूर्णिमा अय्यर।' जल्द ही एक नाम पर हम तीनों की उँगलियाँ रुक गई।

'पूर्णिमा' को देखकर हम ख़ुश थे कि तुक्का लग गया है और 'अय्यर' हमारे लिए अजूबा था।

"साउथ इंडियन ब्राह्मण होते हैं अय्यर।" सेलेबस के बाहर की चीज़ें सिर्फ़ अनवर ही समझा सकता था।

हमने हॉस्टल का कमरा नम्बर भी रजिस्टर से नोट किया और बिना देर किए हॉस्टल पहुँचे। हॉस्टल बॉय की जेब में टिप और एक छोटी सी पर्ची डालकर सुलभ ने भेज दिया। उस पर्ची में लिखा था।

"पूर्णिमा, मैं शरद। जो उस दिन दोस्तों के साथ कैंटीन में मिला था। अब नाम खोज निकाला है तो मिलकर शाबाशी भी दे दो।"

मेरी तरफ़ से लिखे शब्द अनवर के थे और लिखा सुलभ ने था। मैं बस उत्तेजित मूक गवाह था।

प्रेम की शुरुआत में थोड़ी देर का इन्तज़ार भी युगों-सा लगता है। हॉस्टल बॉय के जाने और पूर्णिमा के आने के बीच का वक़्त ऐसा ही था।

पर जब वह आई तो लगा कई युगों का इन्तज़ार उसके इस आने पर क़ुर्बान है।

गुलाबी रंग के सलवार-समीज़ में उसका आना मन में छप गया।

"तुमने कहा था न पता कर लो, फिर मिल लेंगे।" मैंने उसे देखते ही कहा।

"तुम पहली परीक्षा में पास हुए।" उसने मुस्कराकर हामी भरी।

"हम चलते हैं।" अनवर और सुलभ ने कहा और हम दोनों को जिस चीज़ की सबसे ज़्यादा ज़रूरत थी वह दे दिया—एकान्त।

"मुझे अगले हफ़्ते बम्बई चले जाना है, इसलिए सोचा तुमसे मिलता जाऊँ।" मैंने बिना माँगे सफ़ाई दी।

"और कब लौटोगे?" उसने उदास आँखों से पूछा।

"सोचा तो यही है कि साल में एक बार ज़रूर आऊँगा।" मैंने मुस्कराते हुए कहा।

"फिर चलो, मदन महल चलते हैं। थोड़ा वक़्त साथ गुज़रेंगे।" उसने कहा।

मैं ख़ुश हो गया।

मदन महल, जिसे रानी दुर्गावती का क़िला भी कहते हैं। इसकी चढ़ाई के दौरान हरे-भरे पेड़ आज ज़्यादा हरे लग रहे थे। हर चढ़ती सीढ़ी के साथ हमने एक-दूसरे के बारे में जाना।

पूर्णिमा के माता-पिता साउथ-इंडियन थे। उसके पिता आई.ए.एस. अफ़सर थे और माँ हाउस-वाइफ। पूर्णिमा उनकी इकलौती सन्तान थी। पिता की नौकरी की वजह से पूर्णिमा बचपन से भारत की कई जगहों में रह चुकी थी। पिछले साल ही उनकी पोस्टिंग जबलपुर में हुई थी। उसने इंग्लिश लिटरेचर से ग्रेजुएशन करने का सोचा था। पर इंजीनियरिंग में हुआ तो पिता के कहने पर एडमिशन ले लिया। उसकी शर्त यही थी कि वह हॉस्टल में रहेगी और साथ में लिटरेचर पर भी ध्यान देगी। उसकी सारी बातें मुझ जैसे पले-बढ़े लड़के के लिए अजीब-सी लगी।

"यह कैसी दुनिया के लोगों के बीच रहती है?" मैं मन-ही-मन सोचने लगा।

"तुम तीनों पक्के दोस्त लगते हो। बचपन का साथ है?" उसने मुझे ख़यालों से निकालकर पूछा।

"हम तीन दोस्तों को ASS गैंग कहते हैं। अरे ASS का कुछ ऐसा-वैसा मतलब मत निकालना। हमारे लिए तो इसका मतलब है अनवर (A), सुलभ

(S) और मैं शरद (S)। हमारे गैंग का ऐसा धाँसू नाम अनवर ने रखा है। अनवर हमारे गैंग में अंग्रेज़ी का सबसे बड़ा जानकार है। इसलिए उसका कहा हमें स्टाइलिश लगता है और मैं और सुलभ झट से मान भी जाते हैं। ख़ैर, अब जब तुम ASS गैंग को जान गई हो तो यह भी जान लो ये मेरे बचपन के दोस्त हैं। बम्बई जाने से पहले तुमसे एक बार मिल लूँ, मेरी सिर्फ़ इतनी इच्छा थी। पर रजिस्टर का जुगाड़ अनवर का था और हॉस्टल तक आने की हिम्मत सुलभ की दी हुई थी। तुमसे मिल पाना मुझ जैसे लड़के के लिए धौलागिरी से लंका, संजीवनी बूटी लाने जैसा ही मुश्किल काम है। पर दोस्तों ने अपने कन्धों पर बिना किसी दबाव के यह ज़िम्मेदारी उठा ली।" मैंने बड़े फ़क्र से उसे हम तीनों की दोस्ती के क़िस्से सुनाए।

बातें करते-करते हमने क़िले के ख़ूबसूरत अवशेष देखे। ख़ूबसूरत तालाब देखा। और जब सबसे ऊपर पहुँचे तो वहाँ से जबलपुर देखा। वही मेरा जबलपुर सिर्फ़ पूर्णिमा के साथ खड़े होने भर से बड़ा ख़ूबसूरत लग रहा था। मन तो था कि घंटों वहीं खड़े रहें। पर हमें लौटना भी था।

"तुम्हारा आई.आई.टी. में हुआ है। तुम तो बड़े ख़ुश होगे?" उसने उतरते वक़्त मुझसे पूछा।

"पूर्णिमा, तुम जानती हो! जबलपुर जैसे छोटे शहर के मिडिल क्लास लड़कों को तो ठीक से पता भी नहीं चलता कि आख़िर ज़िन्दगी में चल क्या रहा है और आगे जाकर हम चलाना क्या चाहते हैं। बचपन में पिताजी का हाथ पकड़कर मैंने कठपुतली के कई शो देखे थे। कभी-कभी लगता है कि मैं भी एक ऐसी कठपुतली हूँ जिसके हाथ-पैर बिना उसकी मर्ज़ी के चलते रहते हैं पर उस कठपुलती के चेहरे पर मुस्कान हमेशा बनी रहती है। शायद इसलिए मैं तुम्हें अपनी मस्ती में हमेशा मस्त रहनेवाला लगता हूँ।" मैंने दिल की बात कह दी।

पूर्णिमा मेरी बात सुनकर अवाक् थी।

उसने बैलेंसिंग रॉक की तरफ़ इशारा करते हुए कहा, "शरद! मुझे लगता है ज़िन्दगी ऐसी ही है। हमें समाज और ख़ुद की इच्छाओं के बीच सन्तुलन बनाना होता है। मैं इंजीनियरिंग भले ही कर रही हूँ पर साहित्य का साथ नहीं

छोड़ूँगी। तुम्हें भी कुछ ढूँढ़ना होगा जो तुम्हारे दिल को सुकून दे। सन्तुलन दे। मन की भटकन समाप्त हो जाएगी।"

मेरे दिल की सुनूँ तो उस वक़्त मुझे उसके साथ के अलावा कुछ और नहीं चाहिए था।

ख़ैर, हमारी पहली मुलाक़ात एक-दूसरे को जानने-समझने में बीत गई। मैं उसका पता लेकर बम्बई चला। वहाँ से उसे ख़त लिखे। उसका जवाब भी आया। उसके साथ ने एक ऐसी दुनिया का दरवाज़ा खोल दिया था, जहाँ बहुत कुछ सीखने को था। मैं अपने ख़तों में सिर्फ़ बम्बई और कॉलेज की बात लिखता और वह अपने ख़तों में ढेरों देशी-विदेशी लेखकों की लिखी किताबों की बात करती। कामू, काफ़्का, वर्जीनिया वुल्फ़। मुझे समझ ख़ास नहीं आता पर उसकी समझ से मैं प्रभावित था। मुझे उसके ख़तों का इन्तज़ार रहने लगा था।

पहले साल की छुट्टी में जब मैं लौटा तो उसकी परीक्षाएँ चल रही थीं। इस वजह से हमारा मिलना नहीं हो पाया।

बमुश्किल एक बार हमारी मुलाक़ात हो पाई। उस दिन हमने नर्मदा नदी के साथ वक़्त गुज़ारने का फ़ैसला किया। धुआँधार जल प्रपात देखने और पंचवटी में नौका विहार करने की सोची। हालाँकि चिट्ठियों में हमारी बातें हो रही थीं, लेकिन उसका साथ होना मेरी धड़कनों को अनायास ही तेज़ कर जाता था। नर्मदा के सफ़ेद पानी के पास सफ़ेद समीज़-सलवार में बैठी वह सादगी की मूरत लग रही थी। उसने मुझसे बम्बई की दुनिया, वहाँ के रहन-सहन के बारे में ढेरों बातें पूछीं। मैं उसके सवालों के विस्तृत ब्योरे से दंग था। उसे सब कुछ जानने में कितनी रुचि थी।

"तुम्हें वहाँ कोई लड़की दोस्त नहीं मिली?" बम्बई के ग्लैमर की बातें सुनकर उसने मुझसे पूछा।

"अरे नहीं। मुझे ऐसी लड़कियाँ पसन्द नहीं आतीं।" मैंने झेंपते हुए कहा।

"वैसे वह तुम्हें मिल भी नहीं जा रही हैं। शर्मा जी इतना मत शर्माओ। ख़ैर, तुम्हें लड़कियाँ तो पसन्द हैं ना। मतलब दोस्तों के साथ मिलकर लड़कों वाली छेड़खानियाँ की तो होंगी?" उसने नाव में बैठे मेरे ऊपर पानी का छींटा मारते हुए पूछा।

"हम स्कूल की छत से कभी-कभार लड़कियों को 'ताड़ते' थे। घंटों मेहनत के बाद कभी कोई 'सामान' दिख जाती तो लगता आज का दिन सफल हुआ।" मैंने दिल खोलकर दिल की बात कह दी।

"सामान?" पूर्णिमा ने पूछा।

"अरे वह सुन्दर लड़की को सुलभ की डिक्शनरी में 'सामान' कहते हैं।" मैं हँस पड़ा।

"तो मुझे भी तुम ताड़ते हो? मैं भी तुम्हारे लिए सामान हूँ?" उसने थोड़ा सीरियस होकर कहा।

मैं कुछ देर चुप रहा।

"पूर्णिमा, जब उस कैंटीन में पहली बार मेरी आँखें तुम तक पहुँची थीं तो पता नहीं क्यूँ उनसे ताड़ा नहीं गया था। वे तुम्हें बड़े गौर से देखने लगी थीं। इतने गौर से तो आज तक शीशे के सामने मैंने ख़ुद को भी नहीं देखा होगा। उस दिन से लेकर आज तक मेरे अन्दर बहुत कुछ बदलता जा रहा है। जबलपुर से लेकर बम्बई तक मेरी आँखें उन सारी लड़कियों की भीड़ में सिर्फ़ तुम्हारी परवाह करती हैं। मेरी आँखों के क़दम तुम्हें देखते ही जैसे तुम्हारी चौखट पर आकर ठहर जाते हैं।" मेरी बातों से पूर्णिमा शरमा गई।

वह नदी के दूसरे छोर की ओर देखने लगी। प्रेम की लुका-छुपी शुरू हो गई थी।

"अब कब आओगे?" लौटते वक़्त उसने पूछा।

"अगले साल।" मेरे पास और कोई जवाब नहीं था।

चिट्ठियों का सिलसिला चलता रहा। उसने मुझे विश्व के बड़े साहित्यकारों के बारे में और उनकी रचनाओं के बारे में बताया। उसकी चिट्ठियों में कामू, दोस्तोवोस्की, पाब्लो नेरुदा, फ्रांज़ काफ़्का, मुराकामी, मार्खेज़ इत्यादि का ज़िक्र होता। मैं उससे ज़िन्दगी से जुड़े ढेरों सवाल पूछता और उसके जवाब की प्रतीक्षा करता।

मुझे उसमें ज़िन्दगी की एक ख़ूबसूरत टीचर मिल गई थी। जब भी मैं पढ़ाई के बोझ से परेशान होता, उसकी चिट्ठियाँ मुझे सहारा देतीं।

दूसरे साल की छुट्टियों में जब मैं लौटा, इस बार जबलपुर, अनवर, सुलभ के अलावा मुझे किसी से मिलने का इन्तज़ार था, तो पूर्णिमा का।

हमने ख़ूब सारा वक़्त साथ बिताया। हम कभी डुमना नेचर पार्क तो कभी बर्ज़ी डैम घूमते रहे।

एक दिन वह मुझे भँवरताल गार्डन ले गई।

"तुम्हें इस जगह का महत्त्व पता है? इसी पेड़ के नीचे रजनीश ओशो को ज्ञान प्राप्त हुआ था।" उसने कहा।

इतने सालों जबलपुर में रहने के बाद मुझे उस दिन यह ज्ञान प्राप्त हुआ था।

"तुम्हें दर्शन और साहित्य में इतनी रुचि क्यों है?" मैंने पूछा।

"विज्ञान सिर्फ़ आजीविका का साधन है शरद! असल जीवन तो साहित्य, संगीत और दर्शन ही है।" उसने कहा।

"तुम्हें इस उम्र में इतनी क्लैरिटी कैसे मिल जाती है?" मैंने सर खुजलाते हुए कहा तो वह हँसने लगी।

मेरे लौटने के एक दिन पहले हमने पिसनहारी के मड़िया वाले जैन मन्दिर में घूमने की योजना बनाई।

उस मन्दिर में मन-ही-मन मैं यही प्रार्थना करने लगा कि हे महावीर स्वामी बस यह लड़की मिल जाए तो इसके बाद ज़िन्दगी में कुछ नहीं माँगेंगे।

"क्या हुआ?" मुझे आँखें मूँदे मुस्कराते देख उसने पूछा।

"कुछ नहीं। क्लास में फर्स्ट आने के लिए मैं यहीं विनती करने आता था। क्या है कि बचपन से मेरे क्लास में ज़्यादा हिन्दू दोस्त थे तो बजरंग बली के पास ढेरों अर्ज़ियाँ होती हैं। इसलिए हमने सुलभ के कहने पर इस मामले में जैन धर्म अपना लिया है।" मेरी बातें सुनकर वह भी हँस पड़ी।

"अब अगली मुलाक़ात अगले साल?" उसने उदास आँखों से मेरी तरफ़ देखा।

"पूर्णिमा, तुम मुझ जैसी कन्फ्यूज़्ड आत्मा को समझ ही चुकी हो। मेरे मन में ढेरों उथल-पुथल चलती है। अपने मन की सारी उथल-पुथल तुमसे

साझा करने का मन हमेशा करता है पर चिट्ठियों के ज़रिये सब कुछ कहा नहीं जाता। बस इन्तज़ार करता हूँ, कब जबलपुर आने का मौक़ा मिले और तुम्हारे साथ ख़ूब सारा वक़्त गुज़ारूँ।" मैंने दिल की बात रख दी।

हम दोनों शान्त हो गए।

"उस दिन देखा था कि सैंट जोन्स एलॉसियस का एक लड़का मेरे कॉलेज की लड़की को घुटने टेक हाथ पकड़कर 'आई लव यू' कह-कहकर 'आई लव यू टू' की भीख माँगकर अपने प्यार का इज़हार कर रहा था।" कहकर उसने बात बदलने की कोशिश की।

"मेरा भी बड़ा मन करता है कि तुमसे अप्रूवल ले लूँ पर पता नहीं क्यूँ तुमको चोरी-छुपे तकने में मुझे जिस ईश्वरीय सुख की अनुभूति होती है, उसे खोना नहीं चाहता। तुम्हारी आँखें जब उठकर मुझे देखती हैं तो पूरा शरीर झनझना जाता है, इसलिए डरता हूँ कि कहीं तुमसे 'आई लव यू टू' सुनने के बाद तीव्र झंझनाहट से मैं सदा-सदा के लिए बहरा न हो जाऊँ।" हम दोनों लौट रहे थे और मैं मन-ही-मन सोचकर मुस्करा रहा था।

तीसरे साल आई.आई.टी. बम्बई के दौरान मुझे पूर्णिमा की बहुत ज़्यादा ही याद आने लगी थी। मुझे इतना अन्दाज़ा तो लग गया था कि हम दोनों एक-दूसरे को चाहते हैं। पर चिट्ठियों में खुलकर कहने की हिम्मत नहीं हो पा रही थी। मन तो करता था कि इन छुट्टियों में शोले के धरम पाजी की तरह पानी की टंकी पर चढ़कर सारे जबलपुर को बता दे कि मेरी हेमा मालिनी पूर्णिमा अय्यर है।

जब सुलभ और अनवर कभी चिट्ठियों में इत्ता-भर लिख देते कि "अबे शरद, उस दिन पूर्णिमा भाभी दिखी थीं। तुझे याद कर रही थीं। लगता तो है कि तुझे मिस करती हैं।" तो बस लगता कि जैसे दुनिया फतेह कर ली हो। यहाँ हॉस्टल में पिक्चर देखते कोई दीया फड़फड़ाऊ या फिर कबूतर चोंच लड़ाऊ टाइप सुहागरात का सीन देखता हूँ तो मन में हीरोइन की छवि के अन्दर उसी के चेहरे की अनुभूति करने लग जाता। जब घर जाता और माँ पिताजी के लिए सुबह का अख़बार लेकर कमरे में जातीं, तो दिल से आटोमेटिक 'नदिया के पार' का 'कब होगा हमार गठबन्धन' टाइप गाना बजने लग जाता।

अनवर और सुलभ से मैं उसके लिए दिल में चल रही हर बात बकबक करके कह जाता पर वही बात पूर्णिमा से डायरेक्ट कहना हो तो लगता इस जन्म में हिम्मत नहीं जुटा पाएँगे। पुनर्जन्म तो होता ही है। ऐसा सोचकर उससे कहनेवाली बातों को अगले जन्म के लिए टाल देता।

पर अब बहुत हो चुका था। परीक्षा ख़त्म हुई। पेपर अच्छे हुए थे। मैं बहुत ख़ुश था। हिम्मत जुटाई और रात को पूर्णिमा को ख़त लिख डाला।

मैं जानता था कि आमने-सामने तो हिम्मत होगी नहीं, इसलिए घर जाने से पहले मैं उसे दिल का हाल बता देना चाहता था।

पूर्णिमा,

अब तक तो तुम जान ही गई हो कि मैं किस दर्ज़े का फट्टू लड़का हूँ। मुझसे तुम मत उम्मीद करना कि नेपियर चौराहे पर तुम्हारा हाथ पकड़ अपनी मर्दानगी को तुम्हारे सामने पेश कर दूँगा या फिर तुम्हारे लिए ख़ून से ख़त लिख दूँगा या फिर एक दिन अपने हाथ की नस काटकर कहूँगा कि तुमने 'हाँ' नहीं कहा तो मैं इस दुनिया से चला जाऊँगा। मुझसे ऐसा कुछ नहीं हो पाएगा। मेरी ख़्वाहिशें बस छोटी-छोटी-सी हैं। चाहता हूँ कि किसी चाँदनी रात में भेड़ाघाट पर चलती नाव में तुम्हारा हाथ थामे आसमान को निहारूँ। चाहता हूँ कि ग्वारी घाट के मन्दिर में जब तुम पूजा करने जाओ तो मन्दिर की सीढ़ियों पर फूल की थाली लिये बैठा तुम्हारा इन्तज़ार करूँ। और अगर तुम्हें मेरी ये ख़्वाहिशें मंज़ूर हों तो इन्हीं छोटी-छोटी ख़्वाहिशों को लिफ़ाफ़े में लपेटकर आख़िर में तुमसे एक और ख़्वाहिश बताना चाहता हूँ। चाहता हूँ कि एक दिन अनवर और सुलभ सारे जबलपुर को निमंत्रण देने जाएँ कि फलाँ दिनांक को पूर्णिमा जी का विवाह शरद जी के साथ होना सुनिश्चित हुआ है। अतः आप से विनम्र निवेदन है कि आप उक्त स्थान पर उपस्थित हो हमारी गरिमा बढ़ाएँ। मैं तुम्हारे साथ ज़िन्दगी जीते-जीते बूढ़ा होना चाहता हूँ। मैं अगले हफ़्ते जबलपुर आ रहा हूँ। दिल का हाल सामने नहीं कह पाऊँगा,

इसलिए आने से पहले चिट्ठी के ज़रिये कह रहा हूँ। सुलभ ने कुछ किताबों से शेर शायरी निकालकर दी है, पर इस पन्ने पर जगह नहीं बचा पाया इसलिए लिख नहीं पा रहा हूँ।

अभी तक तुम्हारा एकतरफ़ा प्रेमी...शरद

चिट्ठी का तीर सही निशाने पर लगा था। पूर्णिमा को मेरा प्रस्ताव स्वीकार था। कोई डेट नहीं, कोई 'इन रिलेशनशिप' का स्टेटस नहीं, पर हम दोनों ने तीन सालों के बाद प्रेम में होने को स्वीकार कर लिया था।

मैंने अनवर और सुलभ को भी इस बार दिल की बात साफ़-साफ़ बता दी। सबसे मज़ेदार बात यह थी कि पूर्णिमा मुझसे प्रेम करती थी पर अनवर और सुलभ की दोस्त भी थी। हम चारों (ASS गैंग से PASS गैंग) मिलते तो किसी को कोई दिक़्क़त नहीं होती। पूर्णिमा बहुत सुलझी हुई लड़की थी। जो उसे सबसे अलग बनाता था। सुलभ से मस्ती की बातें और अनवर से इंटेलेक्टुअल बातें वह उतनी ही सहजता से करती थी जितनी सहजता से साथ चलते-चलते मेरा हाथ पकड़ लेती थी। इस बार की छुट्टियाँ एकदम अलग थीं। वह एक अलग वक़्त होता है, जब आप खुलकर प्रेम में होते हैं। कभी-कभी लगता है कि इस ब्रह्मांड के समान्तर एक और ब्रह्मांड होता है। वहाँ सिर्फ़ प्रेम, संगीत या कविता जैसी चीज़ें रहती हैं। ऐसी चीज़ें जिनसे आनन्द की निर्झर धारा बहती है। इस छुट्टी में जब मैं पूर्णिमा के साथ होता, मैं उसी दूसरे ब्रह्मांड में होता। मैंने जबलपुर को उतना ख़ूबसूरत कभी नहीं पाया था। मेरे पास पूरा वक़्त-ही-वक़्त रहता। मैं शाम को उसके कॉलेज से फ्री होने का इन्तज़ार करता। भेड़ाघाट के जिस पत्थर पर शाम को हम दोनों जा बैठते थे, वह पत्थर मुझे इतना ख़ूबसूरत कभी नहीं लगा।

"दिन-भर करते क्या हो?" पूर्णिमा ने पूछा।

"दिन-भर इन्तज़ार करता हूँ कि कब शाम होगी और तुमसे मुलाक़ात होगी?" मैंने खुले दिल से जवाब दिया।

"अरे, इतने ही ख़ाली हो तो कुछ पढ़ लिया करो।" उसने अज्ञेय की 'शेखर : एक जीवनी' मेरे हाथ में पकड़ाते हुए कहा।

"तुम्हें किताबों में ऐसा क्या मिलता है?" मैंने पूछा।

"किताबें अपने भीतर दुनिया भर का ज्ञान छुपाए रहती हैं। देश-विदेश के कई लेखकों ने बहुत कुछ ऐसा लिखा है कि एक किताब एक पूरी ज़िन्दगी-भर का अनुभव सिखा जाती है।" पूर्णिमा ने कहा।

"अभी तो इश्क़-सा माहौल है, कुछ शायरी पढ़ी जाए तो बेहतर।" मैंने चुहल की—

और क्या देखने को बाक़ी है,
आप से दिल लगाकर देख लिया।

"अहमद फ़राज़ को पढ़ो, फ़ैज़ को पढ़ो।" उसने तपाक से कहा और मैं उसके पढ़े शेर के मायने निकालने लगा।

मैं उसकी आँखें देखता रहा। मैं लाख आई.आई.टी. में पढ़ाई कर रहा था, ज्ञान में, संवाद में वह मुझसे कोसों आगे खड़ी थी। मैं उसमें ढेर सारी सामान्य लड़कियाँ खोजता था जो मुहब्बत की बातें करती हैं और जीवन-दर्शन की बातों को ज्ञान की पोथी कहकर परे टरका देती हैं। पूर्णिमा उन सबसे अलग थी। उसके पास देश-दुनिया की समस्याओं की बातें, कामू, काफ़्का से लेकर हरिशंकर परसाई तक की किताबों की बातें थीं। कभी-कभी मुझे इसकी ज्ञान भरी बातें उबाती भी थीं और यही बातें थीं जो मुझे उसकी तरफ़ आकर्षित भी करती थीं।

छुट्टी के आख़िरी दिन मैंने उससे बताया था कि मुझे विदेश जाने का मौक़ा भी मिल सकता है और देश में काम करने का भी।

"तुम्हें ज़रूर कोशिश करनी चाहिए कि किसी विदेशी कम्पनी में नौकरी लगे ताकि वहाँ जाकर तुम एक नई सभ्यता और संस्कृति भी जान सको।" उसने तर्क दिया।

उसकी सोच पैसे-रुपयों से अलग हमेशा कुछ सीखने और बेहतर बनने की थी।

"अगर मैं दूर चला गया तो फिर हम मिल नहीं पाएँगे। हमारे रिश्ते का क्या होगा?" यह कहते हुए मैं उसकी तरफ़ देखने लगा।

उसने जवाब नहीं दिया, सिर्फ़ खड़ी हो गई। उसकी ख़ामोशी मुझे साल रही थी।

"क्या तुम्हें कोई फ़र्क़ नहीं पड़ता?" मैं उसके साथ चलने लगा।

"यह जो प्रेम है ना, यह एक कमरा है। मेरा और तुम्हारा इस रिश्ते में विश्वास चारदीवारी है जो इस कमरे को बनाता है। जिस दिन हमारा विश्वास गिर गया, इस कमरे का कोई अस्तित्व नहीं। मुझे पता है कि मेरी दीवार कभी नहीं गिरेगी। तुम अपनी देख लो।" वह हँसते हुए इतनी बड़ी बात बोलकर चलने लगी।

चलते हुए उसने अपनी उँगलियों से मेरी उँगलियाँ पकड़ लीं। बिलकुल वैसे ही जैसे किसी रासायनिक लैब में मर्क्युरी की बूँदें थोड़ी दूरी पर गिरें, फिर भी धीरे-धीरे मिल जाती हैं।

मैं और पूर्णिमा धीर-धीरे ही सही इन चार सालों में काफ़ी क़रीब आ चुके थे। मैं चौथे साल में पढ़ाई और कैम्पस इंटरव्यू के सिलसिले में व्यस्त हो गया। उसने अपनी चिट्ठियों में बताया कि उसे यू.पी.एस.ई. की परीक्षा देनी है और एक विषय रखना है इंग्लिश लिटरेचर। उसके प्रयोग से न डरने की आदत मैं अच्छी तरह जान चुका था इसलिए मुझे आश्चर्य नहीं हुआ।

कैम्पस इंटरव्यू में मुझे जब सिंगापुर की जॉब मिली तो मेरा अकेले का ही नहीं, पूर्णिमा का सपना भी पूरा हुआ था। उस बार बम्बई से जबलपुर लौटते वक़्त ट्रेन में सिर्फ़ पूर्णिमा मेरे दिमाग़ में चल रही थी। जिस ट्रेन में मैं बैठा था, उससे भी तेज़। उसे यह ख़ुशख़बरी देना ज़रूरी था और यही ज़रूरत मेरी बेताबी का कारण थी।

मैं रात को खिड़की से बाहर चाँद को देख रहा था। मुझे लगा कहीं अपने स्टडी रूम में बैठी पूर्णिमा कुछ पढ़ रही होगी। शायद किसी पोलिश महिला की कविता। मैं शायद उसके ध्यान में नहीं होऊँगा। होऊँगा भी तो छुपा जाएगी। मैं यहाँ बैठा मरकरी की एक बूँद था और वह वहाँ बैठी हुई दूसरी बूँद। इन्हीं ख़यालों में डूबे मैं सो गया।

सुबह उठा, बाक़ी सुबहों से ज़्यादा ख़ुश था। स्टेशन पर उतरकर अख़बार और चाय ख़रीद लाया। चाय पीते, अख़बार पढ़ते मेरी नज़र एक ख़बर पर पड़ी।

‘जबलपुर इंजीनियरिंग कॉलेज की छात्रा का सड़क दुर्घटना में निधन।’

मेरे ज़ेहन में यह ख़बर कौंधी। ट्रेन एक झटके में रुकी, जैसे ड्राइवर ने इमरजेंसी ब्रेक लगाया हो। मैं इस ख़बर की हर लाइन को पढ़ना चाह रहा था। ट्रेन के अचानक रुकने के झटके ने चाय अख़बार पर गिरा दी। अख़बार में लिखे शब्द उलझ गए। सिर्फ़ इतना ही पढ़ पाया कि बी.टेक. आख़िरी वर्ष की छात्रा, लेकिन नाम नहीं समझ आया। मन डर से काँप गया।

“कुछ खोज रहे हो? लो मेरे पास यही अख़बार है, पढ़ लो।” मेरे सहयात्री ने कहा।

“भगवान, उसका नाम न हो।” मैंने प्रार्थना की, अख़बार लिया और उस पन्ने को खोला।

‘पूर्णिमा अय्यर’ साफ़ शब्दों में यही नाम लिखा था। मेरा डर सही साबित हुआ। ट्रेन जबलपुर के लिए चल पड़ी थी। मेरे मन का उत्साह मर गया था। मरकरी की दोनों बूँदें जैसे एक झटके में अलग हो गई थीं। जब मैं स्टेशन पर उतरा तो सुलभ और अनवर दोनों मेरा इन्तज़ार कर रहे थे।

मैंने देखा सुलभ के हाथ में वही अख़बार था और वही पन्ना खुला हुआ था। वे दोनों इस ख़बर से मुझे आगाह करने आए थे, मेरे दर्द में मेरा कन्धा बनने आए थे। अनवर का उदास चेहरा, सुलभ की ज़बरन हँसी साफ़ झलक रही थी।

मैं उतरा। हम तीनों कुछ नहीं बोल पाए।

मैंने सुलभ के हाथ से अख़बार लिया और कहा, “यह नहीं होना था यार।”

हम तीनों ने एक-दूसरे को कसकर गले से लगा लिया। दर्द कम नहीं हुआ, बस साथ में सहनेवाले मिल गए।

हमारे ज़माने की ढेरों प्रेम कहानियों की तरह मेरी कहानी का भी अन्त हुआ। मुझे पूर्णिमा नहीं मिली। हमारे देश में कई प्रेम कहानियों का ऐसा ही अधपका-सा अन्त होता है। एक उम्र होती है जब लगता है कि जीवन में उसका न होना मतलब जीवन का निरुद्देश्य होना है। उसके बिना भी क्या जीना। रही-सही कसर फ़िल्मों ने पूरी कर दी है। मैं भी वैसे ही दर्द भरे गाने सुनता रहा। पिक्चर देखता रहा और लगा पूर्णिमा के बिना मेरा भी जीवन समाप्त हो चुका है।

पर समय ने मुझे दिखा दिया कि यह सब झूठ है। जीवन सिर्फ़ अपनी साँसों के रुकने से रुकता है और किसी चीज़ के रुकने से नहीं। जब तक साँसें चलती हैं, ज़िन्दगी चलती रहती है। हाँ, यह ज़रूर था कि मुझे तब हर पल उसकी याद आती थी, अब महीनों में कभी आ जाती है। तब मुझे उससे सुन्दर कोई नहीं दिखता था और अब ऐसा कुछ भी नहीं। हमारी उम्र के ग्राफ पेपर पर प्यार का ग्राफ, जिस तेज़ी से ऊपर जाता है, उतरता उतना ही धीमी गति से है। आज मैं देखता हूँ तो सच कहूँ तो ख़ुद पर हँसी आती है। वह चिट्ठी, वह दिन-रात उसके बारे में सोचना, उसको देखते हुए धड़कनों का रफ़्तार पकड़ लेना, उसकी एक झलक देखने को, एक आवाज़ सुनने को तरसना, सब कुछ सिर्फ़ और सिर्फ़ बचपना लगता है। पर बच्चे का बचपना ही ठीक है। बच्चा बड़ों-सी बातें करे तो बोरिंग हो जाता है।

किशोरावस्था में प्यार ठीक था। उस प्रेम के पीछे चाहे रासायनिक क्रिया थी, या कुछ भी था, बस ख़ूबसूरत था। वह सब कुछ याद भले ही न आता हो, पर आँखें मूँदे अगर मैं उन यादों में खोना चाहूँ तो ज़रूर वह अपनी आगोश में ले लेती है। किसी किवाड़ पर हाथ के निशान की तरह वह यादें पड़ी रहती हैं, दिल के किसी कोने में। किसी डायरी के पन्नों में सूखे गुलाब की ख़ुशबू-सी महकती हैं, जब याद करता हूँ। इससे एक दार्शनिक सीख भी मिलती है। समय से अधिक कुछ भी बलवान नहीं और दुनिया की हर ज़रूरी से ज़रूरी चीज़ एक दिन ग़ैर-ज़रूरी हो जाती है। इसलिए किसी भी चीज़ को बहुत संजीदा तरीक़े से लेने की ज़रूरत नहीं होनी चाहिए।

हम चीज़ों का अनुभव करें, उन अनुभवों का आनन्द उठाएँ पर उसकी पोटली बाँधकर साथ न घूमें। क्योंकि उम्र के हर मोड़ पर हमें चीज़ों से प्यार होगा। कभी दोस्तों से, कभी प्रेमिका से, कभी नौकरी से, कभी पावर से, कभी पैसे से। ये सारे प्रेम एक-दूसरे से अलग होंगे और अपने वक़्त पर इनसे ज़्यादा महत्त्वपूर्ण हमें कुछ नहीं लगेगा। किन्तु सच तो यह है कोई भी भावना, चाहे वह प्रेम ही क्यों न हो, सदा के लिए स्थिर नहीं रहती। पर हर प्रेम आपकी ज़िन्दगी में एक ख़ासा निशान छोड़कर जाता है।

इसके बाद की मेरी ज़िन्दगी नौकरी में उलझेगी, शादी और बच्चों में खो जाएगी पर प्रेम जैसी नज़ाकत अब ज़िन्दगी में कभी लौटकर नहीं आएगी।

"क्या उनकी कभी याद नहीं आई आपको?" वैदेही ने पूरी कहानी चुपचाप सुनते हुए बोला था।

उसके इस सवाल पर कुछ देर की ख़ामोशी पसर गई। मेरे हृदय की एक बीप मॉनिटर पर जैसे खिलखिला पड़ी।

"मैंने उसके लिए एक बार चिट्ठी लिखी थी, यह जानते हुए भी कि वह अब इस दुनिया में नहीं है।" मैंने खिड़की की तरफ़ देखते हुए कहा।

"जब मैं सिंगापुर से लौटता तो भेड़ाघाट जाने की हिम्मत नहीं होती। फिर एक बार अनवर के कहने पर मैं गया। पूर्णिमा की यादों ने नज़रें मिलाई ताकि उसे अच्छे से विदा करके आऊँ।" मैंने कहा।

"वैसे भी आप दोनों की आख़िरी मुलाक़ात कहाँ हो पाई थी।" वैदेही ने कहा।

"तब से मैंने मान लिया कि कोई भी मुलाक़ात आख़िरी हो सकती है।" मैं अभी भी खिड़की की तरफ़ देख रहा था। मैं आँखों की कोर में आए पानी को छुपाना चाह रहा था।

"उस चिट्ठी में क्या लिखा था आपने?" वैदेही ने ख़ामोशी तोड़ते हुए पूछा।

पूर्णिमा,

तुम्हें प्रिय नहीं कहना चाहता क्योंकि यह बड़ा घिसा-पिटा-सा शब्द है और हम दोनों का रिश्ता तो बिलकुल भी वैसा नहीं था। पर ज़िन्दगी कई बार बड़ी बोरिंग-सी लगती है। दो बड़े शहरों के बीच के किसी सुनसान हाइवे की तरह। कहाँ से शुरू होगी और कहाँ ख़त्म होगी, पहले से ही पता है। तुम मेरी ज़िन्दगी में वह सारा घिसा-पिटापन मिटाने आई थी और आज तुम ही नहीं हो। तुम्हारे बिना जबलपुर उदास लगता है। तुमसे जुदा हो जाने की यादें मेरी आत्मा पर एक हूक-सी उठती है।

यहाँ आने से पहले नेपियर रोड पर चल रहा था। जब तुम्हारा हाथ मेरे हाथों में होता था तो सड़क ख़ूब बातें करती थी। आज सड़क बेज़ुबान थी। ख़ामोशी मुझे डराती है। कहीं सड़क ने पूछ लिया कि पूर्णिमा को नहीं लाए। मेरे पास कोई जवाब नहीं होगा। इस सड़क से चलकर मैं भेड़ाघाट आ गया हूँ। भेड़ाघाट के उसी संगमरमर के पत्थर पर बैठा हूँ, जहाँ तुम मुझे हमेशा बैठने को कहती थी। वही नीरवता, वही ख़ामोशी, वही नर्मदा का पानी, वही तराशा सफ़ेद पत्थर और वही चाँदनी रात। तुम्हें छोड़कर सब कुछ वही है।

रंजिश ही सही, दिल ये दुखाने के लिए आ,
आ फिर से मुझे छोड़कर जाने के लिए आ।

मेहँदी हसन की इस ग़ज़ल को लूप में कई बार सुन रहा हूँ। जबकि मुझे पता है कि तुम नहीं आओगी। अब भी यहाँ कुछ प्रेमी जोड़े एक-दूसरे का हाथ थामे बैठे दिखते हैं। अच्छा है, हमने जो किया वह अब तक ऑउटडेटेड नहीं हुआ है। मेरे फ़ोन ने मेरे मूड को भाँप लिया है। इसीलिए तो गुलज़ार की एक नज़्म चला दी है।

दिल ढूँढ़ता है फिर वही फ़ुर्सत के रात दिन...

यह नज़्म नश्तर की तरह मेरे मन में उतरती है। इस ग़ज़ल को सुनते लग रहा है, जैसे मैं ध्यान में हूँ। सारी थकान मिटती जा रही है। मैंने इस संगमरमर को उँगलियों से छुआ। तुम्हारे तलवों की छुअन को महसूस कर रहा था। उँगलियाँ फिसल गईं। जैसे तुम फिसल गई थी, एक तेज़ लहर ने मछली को उठाकर नर्मदा से मेरे पास फेंक दिया है। शाकाहारी आदमी हूँ, मुझे मछली के छूने से भी डर लगता है और इसके मर जाने का भी डर है। इसी उधेड़बुन में था कि दूसरी तेज़ लहर इसे खींच ले गई। मन को सन्तोष मिला।

तुम कहती थी न कि कई बार हमें बस धैर्य रखना होता है। ख़ैर, हमने भी तो धैर्य ही रखा था, वक़्त ने खेल कर दिया। लहरें शान्त हो रही हैं। हर तेज़ लहर शान्त हो जाती है। अब मुझे चलना चाहिए। मैंने आख़िरी बार पत्थर को उँगलियों से महसूस किया। जहाँ हम मिलते थे, वे मेरे लिए तीर्थ हैं। भला मैं रो कैसे सकता हूँ। मैं ख़ुद को सँभाल रहा था। किसी और को हो न हो, मेरे फ़ोन को ज़रूर मेरी मनोदशा का इल्म था। नहीं होता तो उठते समय जगजीत जी यूँ ही ना गुनगुना उठते।

तेरी ख़ुशबू में बसे .ख़त मैं जलाता कैसे,
प्यार में डूबे हुए .ख़त मैं जलाता कैसे।

तुम्हारा
शरद

प्रेम की उम्र में हम तीनों दोस्त थे। बस इस मामले में मैं दोस्तों की तुलना में कहीं अभागा रहा।

अनवर जिस अनाथालय में पढ़ाने जाता था, वहीं उसे एक लड़की मिली। पढ़ने में होशियार एक लड़की, जो दुनिया जीतने का माद्दा रखती हो, पर क़िस्मत ने ऐसा खेल खेल दिया कि उसका पालन-पोषण किसी अनाथालय में हुआ। न उसे उसके धर्म का पता था, न जाति का। अनवर जब बच्चों को पढ़ा रहा होता तो अकसर देखता कि दरवाज़े की ओट से एक लड़की सब कुछ सुन रही है। किसी दिन अनवर ने बच्चों से कुछ पूछा तो जवाब ओट से आया। अनवर ने पहली बातचीत में भाँप लिया कि इस लड़की में पढ़ाई-लिखाई के प्रति कितनी जिज्ञासा है। अनवर ने कुछ रुपयों से, कुछ दिशा दिखाने से और कुछ पढ़ाने से मदद की। हीरा चाहे कोयले की खान से क्यूँ न निकला हो, चमक ही जाता है। बस एक मौक़े की दरकार होती है। वही हुआ।

लड़की पत्राचार माध्यम से पढ़ाई करते हुए कक्षा में प्रथम आई। अनवर ने ग्रेजुएशन का फ़ॉर्म भरवा दिया। इस सिलसिले में अनवर और उस लड़की के दिल कब मिल गए, दोनों को आभास नहीं हुआ। अनाथालय की दुनिया

से निकलकर समाज में आना, उस लड़की के लिए भले ही बड़ी बात नहीं थी। लेकिन अनवर के घर वालों का एक यतीम को स्वीकार कर लेना इतना आसान नहीं था। "रिश्तेदारों की तमाम ख़ूबसूरत और क़ाबिल लड़कियों के होते क्या ज़रूरत है किसी यतीमख़ाने की लड़की से शादी करने की, जिसकी जाति या धर्म का पता भी नहीं।" ये सवाल परिवार और समाज सबके थे। पर अनवर कहाँ समाज के बनाए उसूल माननेवाला था। उसे तो हर बात को समझना था और जो समझ न आए वह नहीं करना था। अनवर ने सबके ख़िलाफ़ उस लड़की से शादी करने का फ़ैसला कर लिया था।

प्यार दोतरफ़ा था। लड़की, जिसे अपने धर्म का पता भी नहीं था, अपनी इच्छा से मुस्लिम धर्म स्वीकार करना चाहती थी, ताकि अनवर को यह तोहफ़ा दे सके। अनवर ने उसे कभी इसके लिए दबाव नहीं डाला पर उसे एक ख़ूबसूरत-सा नाम ज़रूर दिया। रुख़सार, गालों में गड्ढे वाली लड़की। जितनी ख़ूबसूरत और पढ़ाकू, उतनी ही संजीदा। अनवर ने जब पहली बार उससे मुझे और सुलभ को मिलवाया था तो लगा हमसे भी बेहतर अगर कोई अनवर को समझता है तो वह उसकी रुख़सार है।

उधर सुलभ भाई की ज़िन्दगी में भी प्रेम ने दस्तक दी। हालाँकि वह समय से पहले ख़ुद को फारुख शेख समझने लगे थे पर दीप्ति नवल अपने समय पर ही आई। कॉलेज के दौरान सुलभ हर परीक्षा में निरन्तरता बनाते हुए पीछे से छात्रों की सूची में सबसे नीचे अंकित होते रहे, वहीं एक दूसरा जैन नाम आता 'जूही जैन' जो सबसे ऊपर आता। जैन सरनेम की वजह से रोल नम्बर आसपास था। हर परीक्षा में जूही जब पूरी तन्मयता से लिख रही होती, सुलभ भाई भी उसी तन्मयता से उसकी तरफ़ देख रहे होते। उसे जब शक हुआ तो सुलभ ने कहा कि वह लड़की की तरफ़ नहीं बल्कि उसकी कॉपी की तरफ़ देख रहे थे ताकि कुछ तो लिख पाएँ।

ख़ैर, सुलभ का सेन्स ऑफ़ ह्यूमर ग़ज़ब का था। पूरी क्लास दीवानी थी। जूही ने पढ़ाई में सुलभ की मदद करना शुरू किया ताकि जैन बिरादरी का नाम, सुलभ सरेआम न मटियामेट कर पाए। जब पहली बार सुलभ ने जूही को हमसे मिलवाया तो दोनों प्रेमी कम और दोस्त ज़्यादा थे। सुलभ से प्रेम की भावना की

उम्मीद भी नहीं की जा सकती। पर सुलभ की बातों पर जूही को खिलखिलाकर हँसते देख ऐसा लगता जैसे सुलभ ज़िन्दगी-भर उसे इसी तरह हँसाता रहे।

प्रेम भी कितनी अलहदा अनुभूति है। प्रेम में चेहरा, मनोदशा सब कुछ बुद्ध की तरह हो जाती है। प्रेम के अलावा दुनिया की सारी चीज़ें निरर्थक नज़र आती हैं और जो चीज़ निरर्थक हो, भला उसका हम पर क्या ही प्रभाव पड़ेगा। और जब तुम पर किसी भी बात का प्रभाव नहीं पड़ता तो दुनिया तुम्हें अजीब तरीक़े से देखती है। दुनिया को पसन्द नहीं कि कोई लीक से हट जाए। वह सबको लीक की तरफ़ खींच लाना चाहती है। अगर तुम लीक से हटने लगे तो दुनिया के हिसाब से या तो तुम झक्की हो गए हो या फिर तुम कायर हो जो लीक में खड़े रहने के लायक़ भी नहीं। दुनिया खीझती है तुमसे। इसलिए दुनिया प्रेम करनेवालों से चिढ़ती है।

प्रेम हमारे समाज का हिस्सा कहाँ है। हमारे यहाँ प्रेम चोरी-छुपे की जानेवाली बात है, दिन-दहाड़े समाज में प्रदर्शन करनेवाली नहीं। यह कैसी विडम्बना है कि जिस चीज़ की समाज को सबसे ज़्यादा ज़रूरत है, उसे उतना ही पर्दे की आड़ में रखा जाता है। राजनीति, धर्म, शक्ति आदि मुद्दों पर बड़े आराम से खेमे बँट जाते हैं। इन मुद्दों पर चाय की अड़ी पर भी बैठे चाचा लोग चर्चा के दौरान केतली में रखी चाय की तरह उफनने लगते हैं और इन बातों का खुले-आम प्रदर्शन भी होता है। किन्तु प्रेम, जो इनसान को बुद्धत्व की तरफ़ बढ़ा देता है, उसके प्रदर्शन में हम शरमाते हैं।

मेरे पास कुछ ही दिनों का अनुभव है पर उन दिनों जब मैं पूर्णिमा के प्रेम में था, मैं सचमुच बुद्ध था। पूर्णिमा ने जैसे मेरे मन-मस्तिष्क पर कोई बंगाली टोना कर रखा था। मेरे उस प्रेम ने मेरे अन्दर इस क़दर रसधार बहा दिया था कि घर में कई बार पिताजी से भी गले लगने का मन करने लगा था। आप सोच सकते हैं कि प्रेम में कितनी शक्ति है।

"क्या आप अब भी उन्हें प्रेम करते हैं? मेरा मतलब याद करते हैं?" वैदेही ने मेरी उम्र का लिहाज़ करके झिझकते हुए पूछा।

"हमारे ज़माने में प्रेम जितनी मुश्किल से मिलता था उतनी ही मुश्किल से छूटता भी था। ख़ैर, मैं तो पूर्णिमा से ब्रेक-अप भी नहीं कर पाया। कोई

भी पहला अहसास आसानी से ज़ेहन में चिपक जाता है और पूर्णिमा तो पहला प्यार थी।"

"जो सालों पहले दुनिया से चला गया, उसके लिए आप कहते हैं कि अभी तक ब्रेक-अप नहीं हुआ। आज लोग सालों का रिश्ता एक झटके में तोड़ देते हैं। कितना कुछ बदल गया है और मुझे इस बात का दुख है।" वैदेही के भीतर का कोई दर्द बोल पड़ा था।

वैदेही चुपचाप सारे पैरामीटर्स चेक करके जाने लगी। उस रात जाने से पहले, वैदेही मुझसे नज़रें नहीं मिलाना चाहती थी।

"जाओ, कल मिलेंगे। इस प्रेम के ब्रह्मांड से निकलकर अपनी दुनिया में भी आना है।

"आपकी प्रेम-कहानी सुनने के बाद लगता है, समय यहीं रुक जाए, कहानी आगे ना बढ़े।" वैदेही ने उदास आँखों से कहा।

अरे कहाँ रुकोगी। और भी ग़म हैं ज़माने में मोहब्बत के सिवा। नौकरी, शादी, बच्चे, अभी तो बहुत कुछ बचा है, मेरे बाईस्कोप में।" मैं वैदेही को उदास नहीं देखना चाहता था।

वैदेही मेरी बातों पर मुस्कराते हुए चली गई। आज रात इस हॉस्पिटल में लेटे मैंने, अपनी ज़िन्दगी के सन्दूक में रखी, सबसे दर्द भरी कहानी किसी को सुनाई थी। यह ऐसी कहानी थी, जिसे सुनाने के बाद मेरी ज़ुबान रात-भर छिली थी। उस रात मैं एक ऐसे दर्द में था, जिस दर्द में दुनिया का सबसे बड़ा सुकून है। प्रेम ज़िन्दगी की आपाधापी में वह विश्राम है, जो इनसान को आगे आनेवाली नीरसता को झेलने की ऊर्जा देता है।

नौकरी

"आपके प्रेम का जिस तरह अन्त हुआ, कोई इनसान तो निराशा के समन्दर में ही डूब जाए।" एक नया दिन और वैदेही का नया सवाल।

"वक़्त अपने आगोश में सब कुछ लपेट लेता है, फिर प्रेम की क्या बिसात।" मैंने मुस्कराते हुए कहा।

पर वक़्त को भी तो वक़्त लगता है। उस बार जबलपुर पहले जैसा बिलकुल नहीं था। यह एक नया जबलपुर था, जिसकी हवाओं में सिर्फ़ मैं साँस ले रहा था, पूर्णिमा नहीं। भेड़ाघाट, धुआँधार जलप्रपात, पिसनहारी की मढ़िया कुछ भी पहले जैसा नहीं था। ये सारी जगहें मुझे काटने की दौड़ती थीं, मानो पूछ रही हों, "उसे कहाँ छोड़ आए।"

मैंने अवसाद के बारे में पढ़ा या सुना था पर महसूस उन दिनों किया। घर में किसी से बात करने का मन नहीं करता था। हम कहीं नहीं रहते, कोई हमारा घर नहीं हो पाता। हम सिर्फ़ एक जगह छोड़ते हैं और दूसरे को चलते रहते हैं।

मैं सोचता, "काश! प्रेम भी ऐसा होता।"

पर ऐसा नहीं है। प्रेम हममें रह जाता है। पूर्णिमा भी तो मुझमें रह गई थी। उसके जाने का अवसाद धूपबत्ती की तरह मुझमें महकता रहा। कई रातों को मैं सपने में पूर्णिमा को देखता। सपने में भी उसका चेहरा बहुत शान्त रहता। जैसे वह बहुत कुछ पढ़कर आई हो और उसे बहुत कुछ बताना हो। सपने में भी उसकी आँखें कंचे की तरह गोल और चमकती रहतीं। उसके उदास चेहरे पर एक सदानीरा ऊर्जा आलोकित रहती।

नींद में ही 'क्यों छोड़कर चली गई' की टीस-सी उभरती। मैं हाथ पकड़ने की कोशिश करता पर वह चली जाती। नींद टूटने पर आँखें खोलने से भी डर लगता।

इस बार लौटकर आख़िरी सेमेस्टर की परीक्षा होनेवाली थी। आगे नौकरी के लिए जाना था। अमूमन, कोई भी जीवन के इस नयेपन के लिए उत्साह और आशंका से लबरेज़ रहता। पर मुझे कुछ महसूस नहीं हो रहा था। मैं बस चुपचाप लेटा रहता। धूप में ऊँघता, बिना नींद के रात-भर जागता, बिना भूख के कुछ खा लेता। जैसे पूर्णिमा सब कुछ अपने साथ ले गई हो।

मेरे बम्बई जाने से पहले उस दिन अनवर और सुलभ दोनों घर आए। मेरे मना करने के बावजूद माँ ने उन्हें मेरी हालत के बारे में बता दिया।

हम तीनों छत पर बैठे गए।

"और देवदास, चन्द्रमुखी मिली या नहीं?" सुलभ ने सीधा मुद्दे की बात की।

"प्लीज़।" मैंने कहा।

अनवर ने सुलभ को आँखों से चुप रहने का इशारा किया।

"क्या प्लान है?" अनवर ने कन्धे पर हाथ रखकर पूछा।

"कुछ नहीं।" मैं बात के मूड में नहीं था।

"तुम्हारा चेहरा तुम्हारे भीतर चल रहे अवसाद की कहानी कह रहा है। ऐसा कभी हुआ है कि छुट्टियाँ ख़त्म होने को हैं और तुम हमसे मिलने नहीं आए?" अनवर ने मुझे कटघरे में खड़ा किया।

"और मैं जब फ़ोन करूँ, तो आंटी कहती हैं कि उसकी तबियत थोड़ी नासाज़ है, बाद में मिलेगा। तुझे क्या लगता है, हमें पता नहीं, तेरे मन में क्या चल रहा है?" सुलभ को मौक़ा मिल गया।

"यार, किसी काम में मन नहीं लगता। कुछ करने को जी नहीं करता। मन क़रता है यह परीक्षा, नौकरी सब छोड़कर पूर्णिमा के पास चला जाऊँ।" मैं फफक पड़ा।

लड़के-दोस्तों के बीच हँसी-ठट्ठा तो ठीक है पर कोई रो पड़े तो लोगों को समझ ही नहीं आता कि इसे कैसे सँभाला जाए। उस शाम छत पर थोड़ी देर की ख़ामोशी थी।

"तुम विदेश जाकर नौकरी करो, ढेरों चीज़ें सीखो, अपनी सीख को यहाँ की ज़िन्दगी तक लाओ। यही सब तो पूर्णिमा चाहती थी।" अनवर ने कहा।

"और इस तरह भागने से, तुझे क्या लगता है, वह जहाँ भी होगी, उसे अच्छा लग रहा होगा?" सुलभ ने कहा।

छत पर ख़ामोशी ने एक लम्बी चादर-सी तान ली।

"हम सबके जीवन में अवसाद की अवस्था आती है। जीवन अर्थहीन लगता है। पर कमर कसकर खड़े नहीं हुए तो फिर अपनी नज़रों में भी कमज़ोर ही कहलाएँगे।" अनवर ने मेरे कन्धे थपथपाए।

"यार, अभी तुझे कितना कुछ करना है। इस पूरे शकुन्तला के बाड़े को तुझ पर गर्व है। इन सबको उम्मीद है कि एक दिन तू बहुत बड़ा आदमी बनेगा। तुझे लगता है तेरी ज़िन्दगी सिर्फ़ तेरी है? तुझसे यहाँ के बहुत से बच्चे सीख रहे हैं। दोस्त, फिर से खड़ा हो जा। पहले जैसा बन जा।" सुलभ ने विनती की।

"तो तुम लोग चाहते हो कि पूर्णिमा को भूल जाऊँ? इतना आसान है?" मैंने कहा।

"शरद! अगर तुम दोनों का प्रेम सच्चा है तो पूर्णिमा हमेशा अपनी जगह पर क़ाबिज़ रहेगी। क्या उसके आने से हम लोगों के लिए तेरा प्यार कम हुआ था? उसने दिल का वह छोटा-सा प्लॉट अपने नाम लिखवा लिया है। कल को तेरी शादी होगी तो जो भी ज़िन्दगी में आएगी वह पूर्णिमा की जगह नहीं लेगी, अपनी जगह बनाएगी। पूरी ज़िन्दगी लोग मिलते-बिछुड़ते रहते हैं। हमारे दिल का प्लॉट बढ़ता जाता है, जिसमें हमारे प्रिय अपनी जगह लिखवाते जाते हैं। वैसे भी प्रेम बन्धन नहीं मुक्ति है।" अनवर ने बहुत गम्भीर होकर कहा।

डिप्रेशन के किसी भी कुएँ से दोस्त रस्सी डालकर निकाल लाते हैं।

अगले दिन बम्बई जाते ट्रेन में मुझे पूर्णिमा का बन्धन एक ढीला-सा बन्धन महसूस हुआ। एक ऐसा बन्धन जो मुक्त करने के लिए हो।

मैंने बम्बई आकर परीक्षाएँ ख़त्म कीं। नौकरी में ज्वॉइनिंग के लिए पूछा गया कि मैं कब तक रेडी हूँ। मेरा जवाब था, "जल्द-से-जल्द।"

किसी बेशक़ीमती चीज़ को खोने के बाद हम हमेशा दोराहे पर खड़े हो जाते हैं। एक रास्ता अवसाद की ओर ले जाता है और दूसरा किसी और चीज़

में व्यस्त होने की ओर। मैंने दूसरे रास्ते का चुनाव किया। एक अच्छी विदेशी नौकरी सिर्फ़ मेरा ही नहीं, कहीं-न-कहीं पूर्णिमा का भी सपना था। हमारे प्रेम की रिक्तता को मैं अवसाद से भला कैसे भर सकता था?

मेरी ज़िन्दगी का अगला पड़ाव आया। नौकरी, और वह भी देश से बाहर।

अपने देश से निकलकर नौकरी के लिए बाहर जाना, अमूमन कोई नसीब वाली बात तो नहीं होनी चाहिए, पर हमारे देश में इसे नसीब से कम नहीं माना जाता है। उस लिहाज़ से मैं ज़रूर नसीब वाला था कि मुझे सिंगापुर का ऑफ़र मिला। पढ़ाई-लिखाई पूरी करने के बाद, एक मिडल क्लास का होनहार लड़का जब दुनिया के सामने अपनी जादूगरी के करतब दिखाने को तैयार होता है, तो उसे दो रास्ते दिखाई पड़ते हैं। एक तरफ़ उसके अपने देश भारत के खोखले हो चुके सिस्टम से लड़ाई और दूसरी तरफ़ एक अच्छे सिस्टम की लालच में पराये देश की ओर पलायन। अपनी ज़मीन से पलायन किसका दिल चाहेगा? पर हर बार आप दिल की नहीं सुनते। कई बार दिमाग़ की भी सुननी होती है।

मुझे जबलपुर से बम्बई ट्रेन से जाना था और बम्बई से सिंगापुर के लिए फ्लाइट लेनी थी। इस बार सुलभ और अनवर मेरे साथ ट्रेन से बम्बई तक छोड़ने आए। एयर इंडिया की उस फ्लाइट में बैठे, सिंगापुर का मेरा पलायन भी इतना आसान नहीं था। पर मैंने भी चुना। एक सामान्य मिडिल क्लास लड़के की तरह मैंने भी इस सिस्टम से लड़ने की बजाय, इससे दूर भागना चुना।

।

सुबह के तक़रीबन सात बजे जब मैंने पहली बार सिंगापुर को देखा तो आँखें और दिमाग़ दोनों खुले रह गए। इतने क़रीने से सजाया हुआ शहर। जबलपुर के उस मेले में टँगे पोस्टर की याद आ गई, जिसके साफ़-सुथरे चित्र देखकर लगता था, यह ज़रूर स्वर्ग में कोई जगह होगी। उस मेले की तसवीरों का स्वर्ग मेरे सामने था। सिंगापुर के चांगी एयरपोर्ट से कम्पनी गेस्ट हाउस की तरफ़ मेरी कार 80 की रफ़्तार से बढ़ती जा रही थी।

ट्रैफ़िक का इतना शानदार नियंत्रण, ख़ूबसूरत सड़कें, चमचमाती इमारतें, घास के हरियाले मैदान, लगा जैसे एक ही धरती में भगवान ने इतनी अलग-

अलग दो दुनिया कैसे बना रखी हैं। वैसे तो सिंगापुर भूमध्यरेखीय गर्म जलवायु का देश है, परन्तु अकसर बारिश मौसम को ठंडा कर देती है। उस दिन भी जब मैं सिंगापुर से पहली बार मिला तो इस शहर ने अजनबियों की तरह सूखे मन से नहीं बल्कि रिमझिम बारिश में नहाकर मेरा स्वागत किया। विस्मित आँखों से, कार के शीशे से इस नई दुनिया को निहारते, तब मुझे कतई अन्दाज़ा नहीं था कि मैं इस पराई दुनिया में कितने दिनों का बाशिन्दा हूँ।

गेस्ट हाउस में पहुँच, सामान रख, हाथ-मुँह धोकर मैं निकला। मुझे बाहर की दुनिया भी देखनी थी और ज़ोरों की भूख भी लगी थी। आजीवन शाकाहारी बने रहने की ज़िम्मेदारी एक बड़ा भारतीय तबका माँ के पेट से सीखकर आया होता है। यह विदेश में हम भारतीयों की पहली तात्कालिक समस्या है। दुनिया चाँद पर किस तकनीक से पहुँची, हमें फ़र्क़ नहीं पड़ता, हमें तो बस यह जानना होता है कि केक में अंडा तो नहीं डाला है। तो मुद्दे की बात यह है कि विदेशी ज़मीन पर होते होंगे लोगों के बड्डे-बड्डे संघर्ष पर अपन की ज़िन्दगी में विदेशी ज़मीन पर पहला संघर्ष था, भारतीय शाकाहारी खाना ढूँढ़ निकालना। वह तो भला हो, अपने साउथ इंडिया के मुरगैया राजू भाई का।

सन् सैंतालीस में जब हमारा देश नेहरू जी का आज़ादी वाला भाषण सुनकर विभोर हो रहा था, ये बेचारे एक छोटा सूटकेस लेकर सिंगापुर चले आए। इन्होंने अपना भविष्य नेहरू जी के मज़बूत हाथों में सौंपने की बजाय अपने ख़ुद के कमज़ोर हाथों में सौंप दिया। सालों की मेहनत के बाद शुद्ध शाकाहारी भोजनालयों की एक चेन 'कोमला विला' के नाम से बना गए, ताकि किसी रोज़ मुझ जैसा एक खोजी साँभर और मेंदू वड़ा सूँघते-सूँघते 'कोमला विला' तक पहुँच सके।

थोड़ी भूख ने और थोड़ी देश से दूरी ने, मेरे मन में साउथ और नार्थ इंडिया के खानों के बीच की खाई को बिलकुल पाट दिया था। विदेश में दूसरी तात्कालीक समस्या होती है, पैसों का तालमेल बैठना। हम किसी देश की करेंसी को विनमय दर से मन-ही-मन गुणा करके निर्धारित कर लेते हैं कि यह सामान कितना महँगा है। मेनू कार्ड में दाम देखते वक़्त मैं लगातार गुणा करके हर चीज़ को रुपये में तब्दील करता रहा और अन्ततः दाम देखने के बाद, कोमला विला में बैठे रवा-दोसा और कटिंग चाय मुझे किसी समुद्र मन्थन से

निकले अमृत से कम नहीं लग रहे थे। यह टैलेंट हम भारतियों में बहुतायत मात्रा में पाया जाता है। और कुछ हो न हो, मुझे तो लगता है कि शायद इसी वजह से हमारी गणित तो तेज़ हो ही जाती है।

तीसरी तात्कालिक समस्या होती है, समय की। अभी यहाँ इतना बज रहा है तो भारत में कितना बजा होगा। इस जानकारी की एक अलग स्तर की उत्तेजना है। इन्हीं समस्याओं का निदान करते मेरा पहला दिन गुज़रा।

अगले दिन ऑफ़िस जाने की उत्तेजना और घबराहट रह-रहकर मन को गुदगुदा रही थी। सोने से पहले शर्ट, पैंट, टाई, बेल्ट, घड़ी सब सोफ़े पर सजाकर रख दिया, जैसे जंग में जाने से पहले सेनानी भाला, कवच इत्यादि सजाते हैं। उस रात गेस्ट हाउस में मुझे अन्दाज़ा भी नहीं था कि आगे की ज़िन्दगी किसी जंग से कम नहीं होगी।

हर पहली चीज़ का अपना एक अलग स्वैग होता है, चाहे वह ऑफ़िस का पहला दिन क्यों न हो। मैं भी पूरी तैयारी से गया था। हम स्वभावतः तैयारी तभी करते हैं, जब किसी बात से डरते हैं। मिडिल क्लास बच्चे को घर, स्कूल और कॉलेज में शुरुआत से ही नई चीज़ों से डरने की इतनी बढ़िया ट्रेनिंग दी जाती है कि जॉब ज्वॉइन करते वक़्त वह स्वभावतः डरपोक हो चुका होता है। किसी को कहने की ज़रूरत नहीं होती। सचाई तो यह है कि ज़िन्दगी का ज़्यादातर वक़्त हम डरी हुई अवस्था में गुज़ार देते हैं।

शुरुआत मैंने, ऑफ़िस के बाहर खड़े होकर ऑफ़िस की गगनचुम्बी बिल्डिंग से डरते हुए की। गेटकीपर ने मुझे रोका तो मुझे लगा कि पता नहीं मेरी कौन सी ग़लती पकड़ ली इसने। बेचारा सिर्फ़ मुझसे मेरा आई-कार्ड माँग रहा था ताकि मेरी डिटेल रजिस्टर में लिख सके।

मैंने ऑफ़िस में घुसते ही अपने कर्मभूमि को ध्यान से देखा। कालीन बिछा हुआ फर्श, चारों तरफ़ लाइट्स की बाढ़, बड़ी-बड़ी शीशेदार खिड़कियाँ, बड़ा-सा ऑफ़िस देखकर मेरी आँखें चुँधिया गईं। लेकिन इस सुन्दरता से विमुख लोग इस तरह मशीनवत अपने काम में डूबे थे, जैसे विश्वामित्र को मेनका न रिझा पा रही हो। मुझे लग रहा था कि कोई-न-कोई मुझे देखकर मुस्कराएगा या कुछ कहेगा पर वहाँ किसी को मेरे होने या न होने पर कोई फ़र्क़ नहीं पड़

रहा था। जिस किसी ने देखा भी तो तिरछी आँखों से यूँ देखा, जैसे भारत से कोई नया मुलाज़िम नहीं बल्कि एक चोर आया है।

एच.आर. डिपार्टमेंट की एक लड़की मुस्कराते हुए मुझसे मिली। शायद, उस दिन पहली बार कोई मुस्कराते हुए मुझसे मिला था। मैं एच.आर. वाली चाइनीज़ लड़की के पीछे-पीछे चल पड़ा। रास्ता एक चमचमाते हुए सोफ़े वाले रूम में मुझे ले गया। मुझे कम्पनी के महानता की बातें बताई गईं। मुझे एहसास दिलाया गया कि मैं कितना भाग्यशाली हूँ जो आज मुझे यहाँ तक पहुँचने का अहोभाग्य प्राप्त हुआ है।

मेरा पहला दिन यादगार रहा। एच.आर. की दुबली-पतली लड़की के भीतर मुझे कुछ ख़ास ह्यूमन रिसोर्स दिखा नहीं। तब मुझे अन्दाज़ा नहीं था कि दुबले-पतले प्राणी जो हमारे देश में अपवाद हुआ करते थे, यहाँ नॉर्मल हैं। आगे चलकर बहुतायत दिखेंगे।

वह दुबली लड़की जिसका नाम मिस लिम था, ने स्नेहपूर्वक मुझे बैठाया और मेरी तरफ़ पानी का गिलास थमाया। मुझे उम्मीद थी कि मेरी यात्रा के बारे में पूछा जाएगा परन्तु मेरे पानी के घूँट निगलने के समय का सदुपयोग करते हुए मुझे कम्पनी के बारे में बताया जाने लगा। हर शब्द किसी रट्टू तोते की तरह रटा-रटाया। मैंने उसे बोलते हुए सिर्फ़ सुना, पर समझा कुछ नहीं। जिस हिन्दी भाषी देश से मैं आया था इतनी तेज़ इंग्लिश मैं या तो एक बार में सुन पाता या फिर समझ पाता।

तक़रीबन पाँच मिनट बोलने के बाद जब उसकी बातें ख़त्म हुईं तो उसने पूछा, "एनी क्वेश्चन?"

मुझे मुस्कराता देख हम दोनों गौरवान्वित हुए। इतनी ख़ूबसूरती से अपनी बातें समझाकर मुझे चारों खाने चित्त करने की ग़लतफ़हमी पर उसे गर्व था और मुझे इस बात पर गर्व था कि मैंने उसे अन्दाज़ा भी नहीं होने दिया कि उसकी सारी बातें मैं सुन ज़रूर पा रहा हूँ, पर समझ मैं कुछ नहीं पाया।

थोड़ी देर बाद मुझे कई पन्ने दिए गए और कहा गया कि पढ़कर साइन कर दूँ। जितना उन पन्नों में लिखा था उतना पढ़ने में दो-तीन घंटे लगते और माइग्रेन होता सो ऊपर से। मैंने बिना पढ़े साइन करना बेहतर समझा। वैसे भी

जब आपके पास लूटे जाने लायक कुछ होता नहीं तो आप कहीं भी साइन करने से नहीं डरते। जिस तरह बकरे को चारा खिलाने के बाद कसाई के पास ले जाया जाता है, ठीक उसी तरह मुझे पानी और कॉफ़ी पिलाने के बाद और पन्नों पर अनगिनत हस्ताक्षर कराने के बाद, एच.आर. वाली भद्र चाइनीज़ महिला, मुझे मेरे बॉस के पास ले गई।

मल्टीनेशनल कम्पनियों में काम करनेवालों के लिए इतना इशारा कि 'बॉस भारतीय थे' काफ़ी होगा। वह समझ चुके होंगे कि अब मेरा अलग लेवल का कटनेवाला है। भारतीय बॉस देखकर, मेरे अन्दर के एक भोले एम्प्लॉई की आँखें छलक उठीं। लगा सात समन्दर पार कोई अपना मिल गया। पर बॉस के हाव-भाव देखकर नहीं लगा कि उन्हें ऐसा कुछ लगा हो। उन्होंने दो काम किए, एक तो वह थोड़ी देर चुप रहे और अपने काम में व्यस्त रहे, ताकि मैं अपनी औक़ात समझ सकूँ। दूसरा, जब नज़रें उठाईं तो हाल-ख़बर, कहाँ से हूँ, फ्लाइट कैसी थी जैसे सवालों पर फ़ज़ूल के एक सेकेंड भी बर्बाद किए बिना, उन्होंने सीधा फ़ाइल पकड़ाई और बोले कि इसमें करेक्शन कर दिए हैं, गेट दिस टाइप्ड अगेन।

मुद्दे की बात यह थी कि उन्होंने कह दिया था तुम साले स्लेव हो, अपनी औक़ात जितनी जल्दी पहचान लो, उतना अच्छा है। मैंने फ़ाइल हाथ में ली, एच.आर. की भद्र चाइनीज़ महिला मुझे मेरी सीट तक ले गई। मुझे बिठाने के बाद और जाने से पहले उसने कहा कि आप 6 बजे घर जा सकते हैं। फिर वह चिर परिचित अन्दाज़ में मुस्कराकर चल पड़ी, जैसे कानों में बोल रही हो '6 बजे जा सकते हो, जा के दिखाओ।'

मैंने वफ़ादार एम्प्लॉई की तरह टाइपिंग शुरू कर दी। बीच में कुछ प्रिंट आउट लेने के लिए मैं उठा। प्रिंटर के पास खड़े, मैं अपने बॉस का कम्प्यूटर स्क्रीन देख पा रहा था। जब मैं बॉस से मिलने गया था और वह अपने स्क्रीन में मग्न थे, मुझे लगा था कि वह नासा के लिए राकेट साइंस का कोई सूत्र बना रहे हैं। पर अभी प्रिंटर के पास खड़े मैं देखकर दंग था कि बॉस काफ़ी देर से ब्लैंक स्क्रीन देख रहे हैं।

"बेटा, तुम भी ना, बड़े वाले हो।" मन से बॉस के लिए आवाज़ आई।

"मैं निकल रहा हूँ, यह तीन पन्ने और टाइप करके मेरे टेबल पर छोड़ देना।" मेरी इच्छा क्या है, इसे बिना तरज़ीह दिए, पन्ने मेरी टेबल पर फेंकनेवाले अन्दाज़ में रखकर बॉस चले गए।

उस समय 6 बज रहे थे। ऑफ़िस में मातम का माहौल था। बाक़ी के लोग-बाग़ इस तरह काम में बिजी थे जैसे अभी तो असली काम शुरू हुआ है। हम ठहरे मिडिल क्लास, हम तब उठेंगे जब सब चले जाएँ।

फिर उस दिन हम 9 बजे उठे। गेस्ट हाउस की तरफ़ जाते हुए रास्ते में यही ख़याल आया कि बाहर से चमचमाती इस दुनिया में अन्दर से कितने रूखे लोग रहते हैं।

धीरे-धीरे मैं समझ पाया कि मैं एक नई-सी दुनिया का हिस्सा हूँ। कॉर्पोरेट ऑफ़िस एक अलग दुनिया है। स्कूल में पहला स्थान लाना और कॉर्पोरेट जगत में सफल होना दोनों क्रियाओं में सिर्फ़ रंच मात्र का साम्य होगा। कॉर्पोरेट गुंडे, जिन्हें अच्छी अंग्रेज़ी आती है, अपनी तकलीफ़ों को चिंघाड़-चिंघाड़ कर कहना आता हो, दूसरों की परेशानियों को छोटा बताना आता हो और सबसे बड़ी चीज़ कि ख़ुद पर आए हुए हर काम को किसी दूसरे पर टरकाना आता हो।

अब सोचिए, स्कूलों में कहाँ सिखाते हैं यह सब। सारा वक़्त गणित, विज्ञान वग़ैरह में ख़र्च कर दिया, यह सब तो सिखाया ही नहीं। मैंने भी नहीं सीखा था। सोचा था कि शिद्दत से अपना हर काम आज तक करता आया तो ख़ूब नाम हुआ। शिद्दत इस लेवल की ज़रूरत पड़ी तो रसायन विज्ञान की आवर्त सारणी रट डाली। पर अन्दाज़ा ही नहीं था, यहाँ अलग टैलेंट चाहिए। ऐसे लोगों से मुलाक़ात होनी थी, ऑफ़िस के पहले दिन के बाद बाक़ी के सारे दिन भले ही एक जैसे दिखें, पर होते नहीं हैं।

मैं भी कॉर्पोरेट जगत के इन गुंडों से मिल रहा था। इनके जैसा बन जाना भले ही मेरे बस में नहीं था पर इनसे बहुत कुछ सीखना बाक़ी था। इनसे लड़ना बाक़ी था, इन्हें हराना बाक़ी था। पर यह काम आवर्त सारणी रटने जैसा आसान नहीं था।

"शरद, यह पेपर ज़रा अक्षय से लेकर आना।" मेरे बॉस ने मेरे भीतर के रामु काका को ललकारा और मैं दौड़ पड़ा।

"कौन है, बे तू?" एक स्टाइलिश एक्सेंट में अक्षय ने हिन्दी में मेरा स्वागत किया गया।

मेरे सामने छह फीट लम्बा और गैंडे की तरह मोटा एक आदमी खड़ा था। उसने और उसकी उँगली ने जिस तरह मुझे घूरा था कि लगा जैसे कहना चाह रहे हों कि, क्या नहीं, बल्कि मैं क्यों हूँ?

मैंने टूटी-फूटी अंग्रेज़ी में पेपर की बात बताई।

"जा के बोल दे कि पेपर रेडी नहीं है, कल आके ले जाना।" उसने उँगली से इशारा करते हुए मुझसे कहा।

मेरे बॉस काफ़ी सीनियर थे। सामान्यतः इतने दिनों में मैंने किसी को उनके बारे में इस तरह बोलते हुए नहीं सुना था। मुझे अन्दाज़ा लग चुका था कि अक्षय यहाँ का कॉर्पोरेट गुंडा है। मैं पेपर लिये बिना बॉस के पास चला आया और बॉस को पूरी बात बताई। मुझे पूरी उम्मीद थी बॉस का ख़ून खौल उठेगा और बॉस उसे उसकी औक़ात दिखा देंगे। लेकिन मेरे सपनों पर एक मिनट में पानी फिर गया जब बॉस ने कहा, "ठीक है, कल जाकर ले लेना।" मुझे बड़ा अजीब लगा।

ऑफ़िस में मेरे टाइप के ग़रीब लोग भी थे, जिनसे दोस्ती होने लगी थी। बात किया तो पता चला कि अक्षय ऐसे ही है। किसी को कुछ नहीं समझता।

मुझे बड़ा अजीब लगा। सभ्यता की खाल ओढ़े बैठे लोगों के बीच कोई ऐसा कैसे हो सकता है कि वह किसी को कुछ नहीं समझता। बिलकुल क्लास के उस लड़के की तरह जो सबको 'बुली' करता था। पर वह लड़का तो क्लास में पीछे बैठता था। यहाँ तो अक्षय की बड़ी इज़्ज़त थी। यहाँ तक की मेरे बॉस की हेकड़ी भी निकल गई थी।

"वेलकम टू कॉर्पोरेट वर्ल्ड।" मेरे दोस्त ने कन्धे पर हाथ रखते हुए चिढ़ाया।

मुझे कुछ-कुछ बात समझ आने लगी थी। यहाँ हर कोई झूठा है। जो दबता है, उसे दबाओ, और जो दबने से मना कर देता है, उसे छोड़ दो। अक्षय भी बहुत सीनियर नहीं था, पर उसने दबने से मना कर दिया था। यहाँ तक तो मुझे उससे कोई शिकायत नहीं थी। बस मेरी नज़र में वह एक ही ग़लती कर रहा था। वह भी वही ग़लती कर रहा था जो उसके सीनियर ने की थी। वह भी अपने से कमज़ोरों की दबाने की कोशिश कर रहा था।

मेरे दोस्तों की बातें मेरे ज़ेहन में गूँज रही थीं। मुझे कुछ करना चाहिए या चुपचाप सहकर आगे बढ़ जाना चाहिए। इसी जद्दोजहद में नींद भी नहीं आ रही थी। बार-बार उसका उँगली दिखाकर बात करना आँखों के सामने आ रहा था। मैं ख़ुद को बहुत बेचारा लग रहा था। क्या मैं सचमुच इतना बेचारा हूँ? स्कूल में, कॉलेज में हर जगह मेरी एक इज़्ज़त थी, मैं कुछ हुआ करता था और आज मैं इतना डरपोक बन गया हूँ कि सही होकर भी कुछ नहीं बोल पा रहा हूँ। नींद सिर्फ़ तब आई जब दिल ने दिमाग़ को हरा दिया। भीतर के छोटे शहर के लौंडे ने क़सम खा ली थी कि अपनी नज़रों में नहीं गिरना है, चाहे जो हो जाए।

सुबह जब ऑफ़िस पहुँचा तो मन बड़ा उद्विग्न था। जिन्हें लड़ने की आदत नहीं होती वह एक बार कैरेक्टर में आ जाएँ तो पता भी नहीं होता कहाँ हैं। दस बज गए पर मैं अक्षय से पेपर लेने नहीं गया। तक़रीबन सवा दस बजे मन यह सोचकर शान्त हुआ कि लगता है अक्षय ने इग्नोर कर दिया है। पर यह कॉर्पोरेट गुंडे, इन्हें कहाँ बर्दाश्त कि नया छोकरा बिना इनकी बात माने चला जाए। मैंने अक्षय को हाथ में पेपर लिये अपनी तरफ़ आते देखा। मैं चुपचाप गर्दन नीचे किए अपना काम करता रहा। लगा, शायद वह बॉस को पेपर देकर चला जाए। पर कहाँ! क़िस्मत ने महायुद्ध लिखा था।

"अबे, तू हीरो है, क्या? आई टोल्ड यू टू कम एट टेन एंड कलेक्ट द पेपर्स, एंड वाई डिड यू फकिंग नॉट कम टू माई डेस्क?" उसने भारी-भरकम अंग्रेज़ी के शब्दों का सीधा पंच मारा था।

वह भी इतना ज़ोर का कि पूरे ऑफ़िस को सुनाई दे रहा था। सबको पता था कि वह मुझे 'बुली' कर रहा था पर देखिए इस सफ़ेदपोश झूठी दुनिया को कि कोई चूँ तक नहीं बोला।

मैंने तिरछी निगाहों से और तिरछी उम्मीद से अपने बॉस की तरफ़ देखा और पाया वे काम में इतने मशग़ूल थे कि जैसा दुनिया ख़त्म होनेवाली है और सारा काम उन्हें अभी ख़त्म करना है। वही बॉस जो मेरे उठने-बैठने, यहाँ तक कि टॉयलेट जाने तक की ख़बर रखना चाहते थे, आज मेरी तरफ़ देखना भी नहीं चाहते थे।

शायद, इस बात ने मुझे अकेला महसूस कराया और साथ ही मज़बूत भी महसूस कराया। मैंने गर्दन उठाई, अक्षय की आँखों में आँखें डालीं और बोला, "पहले उँगली नीचे करो।"

"वॉट?" अक्षय ने हिन्दी सुनकर इस तरह मुँह बिचकाया मानो वह ख़ुद अज़रबेजान से आया है जहाँ आज तक किसी ने हिन्दी नहीं सुनी है।

"मैंने हिन्दी में कहा है। पहले उँगली नीचे करो। हिन्दी समझ नहीं आती हो तो अंग्रेज़ी में ट्रांसलेट करूँ?" अब मैं, मैं नहीं था, मैं जबलपुर का एक ग़ुस्सैल लड़का था। सारे डर ख़त्म हो चुके थे।

"यू थिंक यू आर वैरी स्मार्ट।" अक्षय ने उँगली नीचे करते हुए कहा।

"मुझे नहीं पता कि मैं कितना स्मार्ट हूँ पर पेपर लाना तुम्हारा काम था, मेरा नहीं। इसलिए, आज ही नहीं, मैं कभी भी तुम्हारी नॉनसेन्स नहीं सहूँगा।" मैंने सीधे चेहरे से कहा।

अक्षय विस्मय से मेरे चेहरे को देख रहा था। शायद सालों बाद उसको किसी ने इस तरह का जवाब दिया था।

"हैव यू लॉस्ट योर माइंड?" उसने चिढ़ानेवाले अन्दाज़ में हँसते हुए कहा।

पर मैं नहीं हँसा।

"आई टेल यू अगेन दैट आई विल नॉट टोलरेट योर नॉनसेंस?" मैंने एक-एक शब्द चबाते हुए कहा। बदले में अक्षय ने कन्धे उचकाए और ग़ुस्से में चला गया।

पूरे ऑफ़िस में सन्नाटा था। कोई अब भी कुछ नहीं बोल रहा था। मैं चुपचाप काम कर रहा था।

"गुड जॉब।" मुझे पास से गुज़रते हुए बॉस की आवाज़ आई। पर मुझे आज किसी भी बॉस के किसी भी 'गुड जॉब' की ज़रूरत नहीं थी।

उस दिन जब मैं ऑफ़िस से गेस्ट हॉउस लौट रहा था मैंने कई दिनों बाद ख़ुद को बॉस महसूस किया था।

ख़ुद को साबित करना आसान नहीं होता। अगर आसान ही होता तो छोटे शहरों से आए लड़के इसी में अपनी ज़िन्दगी नहीं गुज़ार देते हैं। मैं भी गुज़ार रहा था। सिंगापुर के अब तक के गुज़रे वक़्त में मैंने इतना तो सीख ही लिया

था कि यह कॉर्पोरेट की दुनिया, एक फेक दुनिया है। यहाँ कोई किसी का माई-बाप नहीं है। आपको ख़ुद अपनी पहचान बनानी पड़ेगी। सबको ख़ुद अपने लिए लड़ना होगा। इस कॉर्पोरेट सफ़ेदपोश दुनिया में हर सीधा, नासमझ नया लड़का अपने बॉस को ख़ुश करने में लगा हुआ है। जबकि उसे अन्दाज़ा भी नहीं कि यहाँ बॉस सिर्फ़ एक मुखौटा होते हैं, बिग बॉस का। बिग बॉस मतलब इन बॉसों का बाप, जिनका मुखौटा ओढ़े ये सारे बॉस अपनी कुर्सियों पर बैठे हैं। बॉस की नज़रों में आपकी औक़ात सिर्फ़ एक मेहनती कन्धे जितनी है, जिस पर बैठकर वह बिग बॉस के सामने बातें कर सकें। जिस दिन तुम हट गए, यह एक नया कन्धा ढूँढ़ लेंगे। इनका क़द नहीं कम होना चाहिए, वरना ये बॉस नहीं रह पाएँगे। हालाँकि बॉस का कन्धा बने रहना आपकी नियति में है पर कोशिश करो उस बिग बॉस की नज़र में आप आ जाएँ। वरना आप अपने बॉस की सेवा करते ज़िन्दगी बिता देंगे।

कहने का मतलब कि ग़लत जगह मेहनत मत करो, अपने बॉस का कन्धा बनो पर बिग बॉस की नज़र में वह कन्धा आना चाहिए क्योंकि जिस तरह बॉस की नज़र में आपकी कोई औक़ात नहीं है, ठीक उसी तरह बिग बॉस की नज़र में इन बॉसों की कोई औक़ात नहीं है। अगर आपने नौकरी करने की सोची है तो मान लीजिए, एक न एक बिग बॉस ज़रूर होगा। माना कि आप बिग बॉस नहीं हो सकते पर बॉस तो हो सकते हैं। ठीक वैसे ही जैसे बिल्डिंग के ठेकेदार आप भले न बनें पर आप लेबर बनें या मिस्त्री, निर्णय आपको करना है। क्योंकि ठेकेदार को सिर्फ़ मिस्त्री दिखते हैं, लेबर नहीं।

मुझे धीरे-धीरे यह गणित समझ आने लगी थी। बिग बॉस ऑफ़िस में कभी-कभी आते थे पर जब आते तो लगता था कि चक्रवात आया है। बिग बॉस का दिया काम, सारे कामों को छोड़कर होना चाहिए। बिग बॉस की कही बातें, मानो पत्थर की लकीर।

मैं समझ चुका था कि सचाई और ईमानदारी की बड़ी-बड़ी बातें करनेवाली इस दुनिया में सच सिर्फ़ वही था, जो बिग बॉस कहते थे। बाक़ी सब मिथ्या। हर गधे का दिन आता है, बस गधे को आइडिया हो कि मेरा चोला बदलने का दिन आया है, तो उस दिन को भुनाना आना चाहिए।

मेरा भी दिन आया। उस दिन बॉस बीमार थे और बिग बॉस नामक शेर अपने ऑफ़िस के जंगल में घूमने आया था। अपना परम कर्तव्य निभाते हुए, बॉस ने बाक़ी डिपार्टमेंट में बैठे लोगों को तहस-नहस कर दिया था और मेरी तरफ़ मुख़ातिब हुए।

"वेअर इज़ ही?" अपने टारगेट यानी मेरे बॉस को न देखते हुए उन्होंने मुझ जैसे बैक्टीरिया से पहली बार बात की।

जी हाँ, होंगे आप अपने समय के मैथ्स ओलंपियर्ड, पर कॉर्पोरेट वर्ल्ड में आप बड़े मगरमच्छ के लिए किसी बैक्टीरिया से ज़्यादा नहीं। यह बात जितनी जल्दी समझ लेंगे उतनी जल्दी मन को शान्ति मिल जाएगी। बॉस की बात सुनकर पहले मैंने अगल-बग़ल झाँका कि कहीं किसी और से तो बात नहीं कर रहे हैं।

"आई एम फकिंग आस्किंग यू।"

'फकिंग' सुनकर मैं निश्चिन्त हुआ कि इतना प्यार मुझे ही मिला होगा।

"ही इज़ नॉट वेल टुडे, सो डिड नॉट कम टू ऑफ़िस।" एक-एक शब्द चबा-चबाकर मैंने कहा।

"डू यू नो दिस इशू विथ सेल्स इन द कम्पनी?" मैंने फटाफट रट्टू तोते की तरह सब बता दिया।

छोटे शहर के लोग, ज़्यादा फ़िल्टर कर भी नहीं पाते।

"ओके, आई वांट यू टू मेक अ प्रेज़ेंटेशन एंड टीच दिस बंच ऑफ़ इडियट्स दिस लेसन।"

इसके पहले कि मैं कुछ समझता बॉस जा चुके थे। उनके आदेश की प्रतिध्वनि सुनाई दे रही थी। थोड़ी देर के लिए दिमाग़ ने काम करना बन्द किया था। मुझ जैसे बैक्टीरिया को बिग बॉस से काम मिला था।

उनके जाने के बाद ऑफ़िस में शेर के जाने के बाद वाले जंगल का सन्नाटा था। अपने सीटों के कोनों में दुबके सारे बिल्ली, बकरी, खरगोश टाइप के लोग, एक-दूसरे को आँखों-आँखों में पूछ रहे थे, "भाई, तू ज़िन्दा है, न?"

लोगों के मन में भले ही सन्नाटा था, पर मेरी दुनिया हिल गई थी। दिमाग़ में प्रेज़ेंटेशन के पन्ने उड़ रहे थे।

"बेटा, तेरी तो लग गई।" आग में घी की आहुति देने के लिए दोस्त थोड़ी देर में आ गए थे।

"चिन्ता मत कर, तेरा बॉस नहीं था इसलिए तुझे बोला है, कल बॉस को बोल देना, वह सँभाल लेगा, तू इस बागड़-बिल्ले के पंजे से बाहर निकल जाएगा।" ग़रीब कॉर्पोरेट मज़दूरों ने अपने स्तर की सलाहबाज़ी शुरू कर दी थी।

मैं सब सुन रहा था, पर कुछ फ़ैसला नहीं कर पा रहा था कि करना क्या चाहिए।

"पर क्या पता बॉस मुझसे प्रेज़ेंटेशन करवाना चाहते हों। अगर मैंने किसी और को दे दिया तो उन्हें बुरा नहीं लगेगा?" मैंने अपने हिसाब से तर्क दिया।

"साले, तू है कौन? उस बागड़-बिल्ले को तेरा चेहरा भी नहीं याद होगा। क्यूँ, उड़ता तीर पिछवाड़े में ले रहा है?" दोस्त सचमुच मेरे लिए चिन्तित था।

"ठीक है, मैं कल बॉस को बोल दूँगा।" मैंने कहा और फिर गेस्ट हाउस के लिए निकल लिया।

शाम को मैंने अनवर को फ़ोन किया और थोड़ी देर के हाय-हेलो के बाद अपनी असमंजस बयाँ किया।

"तेरे उस बागड़-बिल्ले ने तुझे बोला है, फिर क्यों इतना इसमें क्या सोचना, प्रेज़ेंटेशन तैयार कर।" अनवर के हर सवाल का जवाब आसान है।

"यार, कुछ गड़बड़ हुई तो?" मैंने अपनी जद्दोजहद उसको सौंपी।

"भाई, तू इतना सोचता क्यों है? वर्तमान में जीना सीख। अभी तेरा काम है प्रेज़ेंटेशन तैयार करना, वो कर। अच्छा या बुरा भविष्य की गर्त में है, उसे वहीं रहने दे।" इसने झल्लाते हुए कहा।

"ठीक है, तेरा भाई करेगा प्रेज़ेंटेशन। तय हुआ, जो होगा देख लेंगे।" मैंने हँसते हुए कहा।

"वैसे, प्रेज़ेंटेशन ठीक हुआ तो तू बागड़-बिल्ले की कैबिनेट टीम में आ जाएगा।" उसने आशा की किरण थमाते हुए फ़ोन काट दिया।

शनिवार और रविवार की दो दिनों की छुट्टी मैंने उस प्रेज़ेंटेशन को बनाने में क़ुर्बान कर दी। खाने-पीने की सुध भी न रही। मैंने बड़ी मेहनत की, हर फैक्ट को अच्छे से समझा, प्रेज़ेंटेशन का सुन्दरीकरण किया और जागते-सोते

कई बार बोलने की प्रैक्टिस की। इस सवाल का यह जवाब, इस स्लाइड के बाद यह पिक्चर। इन्हीं को सँवारते, सोमवार आ गया। ऑफ़िस में घुसते ही मैंने देखा मेरा बॉस बेसब्री से मेरी प्रतीक्षा कर रहा था।

"किधर हो, भाई, बिग बॉस का प्रेज़ेंटेशन रेडी हुआ?" बिग बॉस की हर छोटी-बड़ी बात पर नज़र रखना ही बॉस का मुख्य काम था, इसलिए मुझे कुछ बताने की ज़रूरत नहीं पड़ी।

बॉस को फ्राइडे की सारी बातें पता थीं। मैं बैग से लैपटॉप निकाल रहा था और बॉस गिद्ध की तरह झपटने के लिए तैयार था। चूँकि प्रेज़ेंटेशन 11 बजे थी, बॉस फटाफट मुझे मीटिंग रूम में ले गए और पूरा प्रेज़ेंटेशन समझना शुरू किया। मुझे सन्देह हुआ कि प्रेज़ेंटेशन मुझे करना है या उनको, पर मेरी हिम्मत नहीं हुई कि मैं उनसे पूछ सकूँ। पौने ग्यारह बजे तक बॉस ने प्रेज़ेंटशन का रेशा-रेशा पूछ लिया और बोला, "बोर्ड रूम की तैयारी देख लो, मैं बॉस से मिलकर आता हूँ।"

थोड़ी देर पहले के प्रेज़ेंटेशन के उत्साह पर बॉस ने लाठी मार दी थी और अब मैं बोर्ड रूम की कुर्सियाँ ठीक कर रहा था। प्रेज़ेंटर सीट पर बॉस के नाम की तख़्ती रखते मन थोड़ा उदास हुआ। पिछले दो दिनों की सारी मेहनत आँखों में पानी बनकर बरसना चाहती थी पर तभी अनवर की कही बात दिमाग़ में आ गई, "इतना आगे-पीछे एक क्यों सोचते हो? वर्तमान में जो काम है, चुपचाप करते क्यों नहीं?"

मैंने प्रेज़ेंटेशन स्क्रीन नीचे किया, लाइट्स जला दी, कुर्सियों के सामने टेबल पर नाम की तख़्ती रख दी, प्रेज़ेंटेशन को लैपटॉप में अपलोड कर दिया और आख़िर में सबसे कोने में अपनी कुर्सी रखकर बैठ गया। मैं शान्त मन से स्टेडियम तैयार करके वह तमाशा देखने को तैयार था, जिसकी रचना मैंने ख़ुद पिछले दो दिनों में की थी।

थोड़ी देर में बॉसेस का ज़ख़ीरा आकर बैठ चुका था। मेरे बॉस ने प्रेज़ेंटर की सीट पर बैठने के बाद बड़े गर्व से सबकी तरफ़ देखा। फटाफट स्लाइड्स को चलाकर देखा कि सब ठीक है। मुझे लगा कि एक बार मुझे 'थैंक यू' भरी निगाहों से देख भी लेता तो मैं उसे माफ़ कर देता, पर अब उसे मेरी ज़रूरत नहीं थी।

उसने यह भी देखना ज़रूरी नहीं समझा कि मैं कहाँ बैठा हूँ। ख़ैर, ठीक 11 बजे बिग बॉस ने एंट्री ली और प्रेज़ेंटेशन शुरू हो गया। मेरे बॉस ने इंट्रोडक्शन की स्लाइड से शुरुआत की और जो-जो फंडे दिए कि मुझे भरोसा हो गया कि बेहतर हुआ जो यह प्रेज़ेंट कर रहे हैं, मैं तो यह सब बोल भी नहीं पाता।

थोड़ी देर गुज़र चुकी थी, बॉस मेरी मेहनत से तैयार की गई पिच पर अपने मन मुताबिक़ बल्लेबाज़ी कर रहे थे और रह-रहकर दर्शक दीर्घा की ओर बल्ला उठा रहे थे। पर वक़्त वह ऊँट है जिसका काम है करवट बदलना। उसने बदल दिया।

"पिछले साल की साउथ एशिया की टोटल सेल कितनी थी?" अचानक एक स्लाइड पर बिग बॉस ने सवाल किया।

पूरे बोर्ड रूम में सन्नाटा। बॉस बकरी की तरह मिमिया रहा ही था कि बिग बॉस बागड़-बिल्ले के अवतार में दहाड़ा, "यू फकिंग डोंट नो, हाउ यू मेड द प्रेज़ेंटेशन।"

पहली बार मेरे बॉस ने दर्शक दीर्घा में याचना भरी निगाहों से मेरी तरफ़ देखा। मन में ख़याल आया अच्छा हुआ, यही होना चाहिए इसके साथ और लो चोरी का प्रेज़ेंटेशन। फिर लगा, नहीं, मुझे मदद करनी चाहिए।

"सर, लास्ट ईयर टोटल सेल वाज़ सो मच।" मैंने धीरे से बोला।

"एंड ईयर बिफोर दैट।" बागड़-बिल्ला फिर से दहाड़ा।

"3.16 मिलियन।" मेरी दो दिन की मेहनत जवाब दे रही थी।

"डिड यू मेड द प्रेज़ेंटेशन?" बिग बॉस के इस सवाल का जवाब किसी के पास नहीं था क्योंकि बिग बॉस किसी एम्प्लॉई के झूठ को इस तरह चीरते थे जैसे शेर पीछे से पानी पीते हिरन को पकड़कर करता है।

"यू कम एंड रेज्यूम द प्रेज़ेंटेशन।" बॉस का फ़रमान था कि मुझे पिच पर उतरना चाहिए।

एक तो पिच मेरी बनाई थी दूसरे बिग बॉस का सपोर्ट, उस दिन मेरा खेल देखते ही बन रहा था। हर सवाल का तुरन्त जवाब, हर डाटा का प्रेज़ेंटेशन। बीच-बीच में सरलता से समझाने के लिए एक-दो जबलपुरिया जोक्स। मैंने सारे शॉट खेल दिए।

"यू सी मी इन माई रूम।" प्रेज़ेंटेशन ख़त्म होने पर बॉस ने जाते समय सिर्फ़ इतना ही कहा।

मेरे ग़रीब दोस्तों ने तालियाँ बजाईं और बड़े बॉसेस ने शर्म के मारे अनुकरण किया।

मैं सीधा बॉस के रूम में गया। चमचमाता क़रीने से सजाया कमरा। एक बड़ा मॉनिटर, एक बड़ी खिड़की जहाँ खड़े होकर पूरी दुनिया मुट्ठी में कर लेने की प्लानिंग की जा सके। मनीप्लांट मेज़ के एक कोने में मुस्करा रहा था।

"मे आई कम इन सर?" के मधुरिम संगीत के साथ मैंने कमरे में दाख़िला लिया।

बॉस ने मुझे बैठने का इशारा किया। मैंने डरते-डरते गोलार्द्ध सफ़ेद रंग के चमड़े वाले सोफ़े पर टिकाया। मानो डाँट पड़ी तो तुरन्त खड़ा होकर भाग सकूँ।

"आई एम स्टार्टिंग अ न्यु वेंचर इन साउथ एशिया। यू विल बी हेडिंग इट। एच.आर. विल डिसकस फरदर विद यू। यू कैन गो नाउ।" बॉस ने एक झटके में मुझसे कहा।

बड्डे लोग पूछते नहीं, सिर्फ़ बताते हैं। मेरे अन्दर से आवाज़ आई।

"थैंक्स।" बाहर से मैंने सिर्फ़ इतना कहा और उठकर जाने लगा।

"कीप अप द गुड वर्क।" दरवाज़ा खोलकर निकलते-निकलते मैंने उनकी आवाज़ सुनी।

मैं बाहर निकल चुका था और भावुक था। जिस बॉस से मैं आज तक उसकी दादागिरी के कारण नाराज़ था, उसने इतनी बड़ी ज़िम्मेदारी और इतना बड़ा प्रमोशन मुझे सिर्फ़ थोड़ी देर में दे दिया। उसने मुझ पर इतना भरोसा किया। जिस प्रमोशन को मिलने में लोगों को सालों लग जाते हैं उसने सिर्फ़ दो सेकेंड्स में मुझे दे दिया। मन में बिग बॉस के लिए सम्मान की भावना पहली बार जगी। लगा कि उसकी नज़र ऑफ़िस में न होते हुए भी सब पर है।

अगले दिन जब मैं ऑफ़िस पहुँचा तो एच.आर. की वही मिस लिम मेरे पास मुस्कराते हुए आई। मेरे नये केबिन, मेरे नये विज़िटिंग कार्ड, नई सैलरी सबके बारे में बात करने।

यह सब कुछ मेरे लिए सपने जैसा था। मुझे बताया गया कि मुझे कल ही नये रोल में मूव करना है। मुझे उम्मीद थी कि मेरा बॉस कम-से-कम एक बार बधाई देने आएगा, परन्तु जब मैं अपना सामान शिफ़्ट कर रहा था, मेरे बॉस ने एक बार मेरी तरफ़ देखा भी नहीं।

मुझे इस बात से ही उनकी ख़ुशी का अन्दाज़ा हो रहा था। अब मेरी एक सेक्रेटरी थी, एक पूरी टीम थी जो मुझे साउथ ईस्ट एशिया के सेल के बारे में रिपोर्ट करती। मोटे तौर पर, अब मैं लेबरों से निकलकर मिस्त्रियों की श्रेणी में आ गया था।

अब केबिन में बैठे मुझे मेरे पुराने बॉस दिखे। एक नया लड़का अपने ज्वॉइनिंग के पहले दिन उनके सामने खड़ा था। बॉस उसकी तरफ़ देख भी नहीं रहे थे। मुझे अपने पहले दिन की याद आ गई। मन में ग़ुस्सा भर गया।

मैं अपने केबिन से निकला, जाकर उस बॉस को और लड़के को हेलो किया। उसके घर-परिवार के बारे में पूछा। मेरे बॉस चुपचाप हमारी बातों को सुन रहे थे। चलने से पहले मैंने उस लड़के से कहा, "सर के साथ मैंने बहुत कुछ सीखा, तुम भी सीखोगे। सबसे ज़रूरी तो यह सीखोगे कि नये लोगों के साथ कैसे बर्ताव नहीं करना चाहिए।"

बॉस ने अवाक् होकर मेरी तरफ़ देखा। नया लड़का भी मेरी इस बात से कन्फ्यूज़ हुआ।

मैं अपने केबिन में चला गया। मैंने अनवर को फ़ोन किया और कहा, "यार, मुझे ग़ुस्सा पालना और उसका सही समय पर सही उपयोग करना आ रहा है।"

स्कूल की भट्ठी से तरह-तरह के छात्रों की ईंटें निकलती हैं। हम तीनों दोस्त भी ऐसे ही पढ़कर निकले थे। ज़्यादातर एक ही ढाँचे की होती हैं जो बड़ी शिद्दत से आगे चलकर नौकरी करती हैं। जैसे मैं हूँ। बस कुछेक एंटरप्रेन्योर्स होते हैं, जो रिस्क लेना जानते हैं। सुलभ उस श्रेणी में आता था। अमूमन, ऐसे लोग क्लास के टॉपर नहीं होते। वे सबसे अच्छे स्पीकर नहीं होते। उनके पास इन चीज़ों के लिए वक़्त नहीं होता। वे बचपन से सिर्फ़ एंटरप्रेन्योर्स होते हैं। इसकी जो सबसे बड़ी शर्त होती है, वह है रिस्क लेना। कौन सा टॉपर भला

रिस्क लेता है। बिना पढ़े तो वह बेचारा संस्कृत की परीक्षा में भी नहीं जाता, जबकि उसे पता होता है कि आगे ज़िन्दगी-भर उसे फ़िजिक्स, केमिस्ट्री और मैथ्स पढ़ना है।

वैसे तो क्लास की पिछली बेंच भी लम्बी होती है, जिसमें कई बैठते हैं। तो कम्पटीशन यहाँ अगली बेंच से ज़्यादा है। अगली बेंच पर बैठे टॉपरों के पास बैंक के क्लर्क से लेकर आई.ए.एस. या फिर किसी मल्टीनेशनल कम्पनी के सी.ई.ओ. तक बहुत कुछ बनने के ऑप्शन होते हैं पर एंटरप्रेन्योर्स तो अकसर क्लास की पिछली बेंच पर बैठा कोई एक लड़का ही बन पाता है। वे रिस्क लेते रहते हैं और क़िस्मत किसी दिन मुस्करा देती है और उनकी ज़िन्दगी बन जाती है। फिर हम जैसे कई मेहनती लोग उनके नीचे उनके महीने के अन्त में मिलनेवाली एक फिक्स्ड सैलरी के अफ़ीम के नशे में अपनी ज़िन्दगी क़ुर्बान कर देते हैं।

सुलभ ने जब लड़कियों की लॉन्ज़री की शॉप खोली थी तो मैं और अनवर मज़ाक़ ही उड़ाते थे। पर समय के साथ-साथ बदलते जबलपुर को सुलभ हम दोनों से बेहतर समझता था। उसने वह सब कुछ किया जो छोटे शहरों के दुकानदार सोचते भी नहीं हैं। तब जब लड़कियाँ ऐसी दुकानों में जाने से शर्माती थीं, सुलभ ने काउंटर पर सिर्फ़ लड़कियाँ रखीं ताकि किसी भी महिला को कुछ भी ख़रीदने में झिझक न हो।

सुलभ ने नेपियर चौराहे, गर्ल्स कॉलेज के बाहर बड़ी-बड़ी होर्डिंग्स लगवाई, ताकि सही कस्टमर को टारगेट किया जा सके। कहने को सुलभ के मार्क्स कभी ज़्यादा नहीं आए परन्तु सुलभ अपनी दुकान के साथ-साथ अपनी ज़िन्दगी में भी मर्ज़ी का मालिक था। पर यहाँ तक पहुँचने में उसने ख़ूब मेहनत की। वह जबलपुर से बाहर भी जा सकता था, और भी पैसे कमा सकता था, लेकिन उसे नहीं जाना था।

जब मैं अपनी कम्पनी में सुबह से शाम मेहनत करके एक अच्छा मुलाज़िम बन रहा था और बॉस का बिज़नेस बढ़ा रहा था, सुलभ उससे कहीं ज़्यादा मेहनत करके अपने छोटे शहर में, अपने छोटे से बिज़नेस को बड़ा करने की कोशिश में लगा था।

रही बात अनवर की, तो वह सदा से इस दौड़ से अलग था। अपने प्लान के मुताबिक़, उसने कॉलेज में पढ़ाने के साथ-साथ कुछ ही सालों में रुख़सार के साथ मिलकर अपना एक छोटा सा स्कूल खोल लिया। कॉलेज में वह सारे स्टूडेंट्स का चहेता टीचर था। अनवर से हमेशा मुझे यही उम्मीद थी। वह कुछ भी समाज के दबाव में नहीं करता, वह सिर्फ़ वही करता है, जो उसे करना पसन्द है। ऐसे लोग बेहतर नहीं, अपनी फील्ड में सबसे बेहतर होते हैं।

ख़ैर, कॉलेज में पढ़ाना, सिर्फ़ उसकी ज़रूरत-भर के लिए पैसा कमाने का ज़रिया था। उसका मुख्य उद्देश्य पैसा कमाना और ख़ुद ऐशो-आराम से रहना तो कभी था ही नहीं। उसे तो पैसे चाहिए थे ताकि अपने छोटे से स्कूल में जबलपुर के कई बेसहारा और यतीम बच्चों को पढ़ाया जा सके। उसे कहीं से कोई ग्रांट नहीं मिली, न उसने किसी के आगे हाथ फैलाया। बस मैनेज करता रहा।

रुख़सार पूरे दिन स्कूल में लगी रहती। कॉलेज की छुट्टी के बाद अनवर भी आ जाता। जब हम बच्चे थे तो हम तीनों में अनवर के पास सबसे ज़्यादा पैसे होते थे और वह हम तीनों में सबसे ज़्यादा उदास था। अब उसके पास सबसे कम पैसे थे, पर वह अपने काम में सबसे ज़्यादा ख़ुश था।

मेरे पास रोने के लिए अपनी नौकरी थी, सुलभ तेज़ी से बदलती दुनिया में बिज़नेस को बचाए रखने में व्यस्त था पर सिर्फ़ अनवर ही था जो जितना व्यस्त लगता, उतना ही ख़ुश लगता। शायद इसलिए क्योंकि हम तीनों में उसे अपने काम में सबसे ज़्यादा उद्देश्य नज़र आता था।

कोई सही या ग़लत नहीं होता। हम अपने फ़ैसलों के बोए बीज की आज लहलहाती फसल हैं। हमारे ऑफ़िस में भी जिसने बड़ा रिस्क लिया, इतने बड़े बिज़नेस की सोची वह आज बागड़-बिल्ला है, बिग बॉस है। बाक़ी हम सब एक हैं। मेहनतकश, पर बिना किसी रिस्क के जीनेवाले लोग।

मैं अभी-अभी बॉस बना था। मैंने इस कॉर्पोरेट वर्ल्ड को थोड़ा-बहुत तो समझ ही लिया था। मुझे पता था कि बागड़-बिल्ला ख़ुश तो सब ठीक। बिग बॉस ने दिन कहा तो दिन, रात कहा तो रात। मैं लग गया मेहनत करने में। मैंने सेल्स बढ़ाना शुरू किया। जब ज़रूरत पड़ी थाईलैंड, वियतनाम, मलेशिया

सब घूमा, कई-कई दिन बिताए। काम करने में अच्छा था, रिजल्ट अच्छे आने लगे तो धीरे-धीरे मैं बिग बॉस की गुड बुक्स में आने लगा। मैं कॉर्पोरेट दुनिया की पवन चक्की के ब्लेड की तरह हवा के झोंके के साथ घूमता जा रहा था।

"नौकरी की कहानियाँ इतनी बोरिंग क्यूँ होती हैं अंकल? तब भी उतनी ही नीरस थी, जितनी आज है?" वैदेही ने उदास होकर कहा।

"वैदेही! दुख की बात है कि अकसर नौकरी जीवन की अर्थव्यवस्था चलाने का माध्यम मात्र होती है। हमें उससे और कोई लगाव नहीं। जिस दिन हम अपनी प्रतिभा समझ लेंगे और उसी हिसाब से काम ढूँढ़ेंगे और उस काम में एक उद्देश्य ढूँढ़ लेंगे, बहुत ख़ुश रहेंगे।" मैंने कहा।

"पर यहाँ तो हम उल्टा चलते हैं। पहले मान लेते हैं कि जीवन का उद्देश्य है, पैसा कमाना। फिर उसके लिए अपने भीतर प्रतिभा लाने की कोशिश करते हैं, चाहे हो या न हो।" वैदेही ने कहा और हम दोनों हँस पड़े।

"चिन्ता मत करो। ज़िन्दगी ज़्यादा दिन एक जैसी कहाँ रहती है। मुझे भी परिवार की तरफ़ से शादी के दवाब आने लगे थे। उम्र, नौकरी, स्थिरता, मेरे पास ऐसा कोई कारण नहीं था कि मैं उन्हें टाल-मटोल कर सकूँ। नौकरी की बोरिंग चर्चा से दूर कल शादी पर बात करेंगे।" वैदेही मेरी बातें सुनते अपना सामान समेट रही थी और मैंने अपनी बात कहते-कहते वैदेही को बाय किया।

वैदेही चली गई और मैं सोचता रहा कि जो मैं आज वैदेही को समझा रहा हूँ, काश! कोई मुझे तब समझा देता।

"समझाया तो हर क़दम पर गया था। पर समाज हमारे लिए इतना महत्त्वपूर्ण हो जाता है कि हम अपनी सुनते कहाँ हैं।" मन से आवाज़ आई।

शादी

हॉस्पिटल में एक और सुबह हुई। मैं धीरे-धीरे बेहतर महसूस करने लगा था। मुझे रोज़ वैदेही के आने का इन्तज़ार रहता ताकि क़िस्सा आगे बढ़ाया जाए।

"अब कहानी फ़ास्ट फॉरवर्ड में सुननी पड़ेगी। आपकी आज की रिपोर्ट्स नार्मल आई हैं। अब लगता है जल्द ही छुट्टी मिल जाएगी।" वैदेही ने मेरी रिपोर्ट्स मुझे दिखाते हुए कहा।

"अब कहानी में ज़्यादा कुछ नहीं बचा है।" मैंने हँसते हुए कहा।

"ऐसे कैसे, अपनी शादी की कहानी तो आपने सुनाई ही नहीं।" वैदेही ने मुस्कराते हुए कहा।

"शादी...इतना बड़ा फ़ैसला है कि मुझे पूरा विश्वास है कि ऊपरवाला पहले से लिखकर भेजता होगा।" मैंने मुस्कराते हुए कहा।

"हाँ, किसी के साथ आपको ज़िन्दगी बितानी है, यह कोई छोटा-मोटा फ़ैसला तो है नहीं। उन दिनों में तो वैसे भी अरेंज़्ड मैरिज का ही प्रचलन था।" वैदेही ने हामी भरी।

"अरेंज़्ड मैरिज विदेशों में भले ही पिछड़ेपन और स्वतंत्रता के हनन का प्रतीक समझी जाए, उन दिनों हमारे देश में तो शादी का सर्वमान्य तरीक़ा यही था। उन दिनों भी लड़के-लड़की में आँख मटक्का होता था, पर वे दिन ही कुछ और थे। शुरू से ही पता होता था कि माँ-बाप गणना, नक्षत्र और ज्योतिष के हिसाब से ही शादी करेंगे।" मैंने हँसते हुए कहा और ख़यालों में खो गया।

आज जब प्राइवेसी के नाम पर बच्चे अपने सोशल मीडिया सर्कल तक से माँ-बाप को दूर रखते हैं, उन दिनों ज़िन्दगी का इतना बड़ा फ़ैसला ख़ुशी-ख़ुशी माँ-बाप पर छोड़ दिया जाता था। मैंने भी यह फ़ैसला घर वालों पर छोड़ा था

और इस बात का मुझे कतई दुख नहीं था। हालाँकि कारण यह था कि तब मुझे पता भी नहीं था कि कोई और ऑप्शन है। सिंगापुर बिना शादी के चले आना ही अपने-आपमें बड़ी छूट थी, जो मुझे घर वालों की मेहरबानी से मिल गई थी। पर मेरे यहाँ आने के बाद से माँ और पिता जी लगातार चिन्तित थे कि कहीं अगर मैंने किसी सिंगापुर वाली से शादी कर ली तो फिर क्या होगा।

माँ-पिता जी को धीरे-धीरे यह भ्रम होने लगा था कि पूरे जबलपुर को उनके बेटे में रुचि है। वैसे पूरे जबलपुर को हो न हो, शकुन्तला के बाड़े में तो लोग गाहे-बगाहे ताना मारने से नहीं चूकते थे।

"शर्मा जी, फलाने का लड़का विदेश गया तो अकेले पर लौटा गोरी मेम लेकर, आप भी थोड़ा ध्यान रखिएगा।" अपना परम कर्तव्य समझकर पड़ोसी कह जाते थे। पड़ोसियों का इस तरह कहना मेरे घर वालों के मन में सुलगती अँगीठी में पंखा झलने जैसा काम करता था। अगर आग कम हुई तो बग़ल के जैन साहिब पंखा लिये चले आते।

"अरे भाई, लड़के की शादी की उमर निकली जा रही है, आप लोगों को कुछ फ़िक्र ही नहीं है।" मानो मेरी शारीरिक ज़रूरतों की सारी ख़बर इन्हें ही हो। माँ-बाप घबरा जाते।

मैं सिंगापुर में सेटल्ड था और रिश्ते के लिए परिवार पर दवाब बना। हमने शकुन्तला के बाड़े में अपने किराए के घर को मालकिन से ख़रीद लिया। घर की मरम्मत कराई गई। इतना काफ़ी था कि शकुन्तला के बाड़े में लोग जान गए कि फलाने का बेटा सिंगापुर से पैसा भेजकर सब कुछ करवा रहा है।

पड़ोसियों के अलावा जहाँ तक मेरी बात है, एक उम्र में मेरा मनुष्य प्रजाति की मादाओं के प्रति स्वाभाविक आकर्षण होना सिर्फ़ इतना दिखाता है कि मैं नर था। पर मैं एक सामान्य नर था, कोई शशि कपूर तो था नहीं कि लड़कियाँ मेरे गालों के गड्ढे में अपना दिल छुपा दें। वैसे भी, पूर्णिमा के हादसे ने मुझे थोड़ा झकझोर-सा दिया था, जिसकी वजह से मुझे बाहर निकलने में वक़्त लग रहा था।

पर इसमें कोई सन्देह नहीं कि पूर्णिमा के पहले और उसके बाद भी मुझे कुछ लड़कियाँ अच्छी लगी थीं।

मेरा क़िस्सा जिसके साथ लिखा जाना था, उसका नाम भी अलग-सा था—मंजरी।

अब मंजरी की तरह छोटे शहरों और क़स्बों की मिडिल क्लास परिवारों की लड़कियाँ एक ही जैसे तो पाली जाती हैं। बचपन में माँ बालों की दो चोटी बनाती है। शिशु मन्दिर टाइप स्कूल में पढ़ने जाती है, जहाँ लड़कों के नाम के आगे भैया और लड़कियों के नाम के पहले बहन लिखा जाता है। खेलों में यह कोई भी लड़कों वाला खेल नहीं खेलतीं।

मंजरी जैसे-जैसे बड़ी हुई, इनकी माँ की चिन्ताएँ भी बड़ी होती गईं। मंजरी के लिए एक अच्छा घर-बार मिल जाए, यह लाइन इनकी हर प्रार्थना में शामिल हो गई।

शादी के जस्ट पहले वाली जवानी को क़हर या फिर ग़दर ही समझिए। अगर ईश्वर ने सामान्य इनसान को दुनियादारी की तपती धूप के सफ़र में चलने के लिए ही भेजा है तो ईनाम के रूप में उस पूरे धूप के सफ़र में जवानी के रूप में बारिश की फुहार का सबसे बेशक़ीमती वक़्त दिया है। और इसमें उसने कोई भेद-भाव नहीं किया। तभी तो लोग विश्वास के साथ कहते हैं कि हर गधे का दिन आता है, सो मेरा भी आया। मैं भी अब ज़िन्दगी के उस दौर पर था, जहाँ धूप कम और बारिश अधिक थी। बस अन्तर इतना था कि शादी मेरी होनेवाली थी और आभासी रूप से मेरे दोनों दोस्त भी इसी मौसम से गुज़र रहे थे।

"कुछ कर तो पाए नहीं ज़िन्दगी में, फिर शरम ही कर लो।" सुलभ भाई नाराज़ थे।

अनवर धुआँधार जल प्रपात को देख रहा था और सुलभ धुआँधार तरीक़े से मुझे ज़लील किए जा रहा था। मेरी ग़लती सिर्फ़ इतनी थी कि मैं जिस लड़की से शादी करने जा रहा था, न उससे बात हुई थी, न मिला था और न मेरे पास एक फ़ोटो भी थी। मैंने इस तरह गर्दन झुकाई थी जैसे कोई जघन्य अपराध किया हो।

"अमाँ यार, काहे ज़लील किए पड़े हो। अभी कल ही बेचारा सिंगापुर से आया है, थोड़ा टाइम तो दे दो।" अनवर ने मेरा पक्ष लेना चाहा।

"तभी तो ग़ुस्सा आ रहा है। साला जबलपुर के लौंडे शादी के लिए लड़की देखते हैं। ये ज़नाब सिंगापुर में रहते हैं और अपने बापू से कह नहीं सके कि हमको लड़की देखनी है।" आज सुलभ के पास हर सवाल का जवाब था।

"अबे, कैसे कह दें? बाप से कोई कहता कि हमको हमारी होनेवाली पत्नी को देखना है? और वो भी जो इलाहाबाद में रहती है, कहीं शहडोल और कटनी में नहीं।" मैंने चिढ़ के कहा।

मेरे इस तरह से समर्पण कर देने का किसी के पास कोई जवाब नहीं था।

"चलो, इलाहाबाद चलते हैं।" अनवर ने कहा।

"अबे आज गाँजा मार लिया है क्या? बापू से इनकी फटती है, घर वालों से क्या कहेंगे, दूल्हे राजा।" सुलभ ने व्यंग्य कसा।

"अबे, दूल्हे राजा बोलना बन्द करो, बड़ा अजीब-सा लगता है। लगता है कि बलि के बकरे को राजा बाबू की तरह तैयार किया गया हो।" मैंने कहा।

"बेटा, जब कटने जा ही रहे हो, तो थोड़ा मज़े ले लो। घर वालों से बोल देंगे कि उज्जैन जा रहे हैं, महाकाल के दर्शन करने।"अनवर ने शातिर आइडिया दिया।

"फिर कौन जानेगा कि चिड़िया उज्जैन उड़ी और इलाहाबाद पहुँच गई।" सुलभ के मन की बात हुई तो वह ख़ुश था।

"लेकिन मंजरी को पहचानेंगे कैसे, मिलेंगे कैसे और कहीं उसने अपने घर वालों को कह दिया तो मिट्टी पलीद।" मैंने शंका जताई।

"अबे, वो सब सुलभ सँभाल लेगा। क्या बोलता है, सुलभ?" अनवर ने मुस्कराते हुए सुलभ के कन्धे पर हाथ रखा।

सुलभ ऐसे ख़ुश था जैसे बल्लेबाज़ को फुल टॉस गेंद मिल गई हो। ये सब तो उसके मन का काम था।

"सालों, कहीं से भी मेरी इज़्ज़त पर धब्बा नहीं चाहिए मुझे।" मैंने चेतावनी देते हुए कहा।

"बेट्टा, भाभी के कुछ दिन और हैं, अभी से इज़्ज़त पर धब्बा लगाने की क्या जल्दी है?" सुलभ ने कहा।

"भाई, तू बचपन से ही इतनी घटिया बातें करता था, पर बड़े होकर इस स्तर पर पहुँच जाएगा, मुझे ये उम्मीद नहीं थी।" मैंने कटाक्ष किया।

अगले कुछ दिन सुलभ मेरे घर मेरी ग़ैरमौजूदगी में भी आता रहा। मेरी माँ से बातों-बातों में उसने मंजरी, उसके परिवार, उसके कॉलेज, उसकी पढ़ाई वग़ैरह, सबका पता-ठिकाना लगा लिया। अगली बार जब हम मिले तो सूचनाओं से लैस सुलभ भाई चहक रहे थे।

"बेटा, सब सेट कर दिया है, तेरे भाई ने। मंजरी भाभी से फ़ोन पर बात कर ली। तुझसे मिलने का वादा भी ले लिया। जगह, टाइम सब सेट है। क़िस्मत वाला है जो तुझे मेरे जैसा दोस्त मिला।" एक साँस में सुलभ ने सब उगल दिया।

"अगर कुछ भी गड़बड़ हुआ, तो देख लेना।" मैंने कहा।

"अबे शुभ-शुभ बोल। देख अनवर आ गया।" सुलभ ने बात टाली।

"अबे तुम क्या निकाल रहे हो?" मैंने अनवर को जेब से कुछ निकालते देखा।

"अबे साँप नहीं, टिकट निकाल रहे हैं। गोदान एक्सप्रेस की टिकट, आज रात एक बजे जबलपुर और सुबह दस बजे इलाहाबाद।" अनवर ने टिकट मुझे थमाया।

"और तुम लोग? मैं अकेले नहीं जाऊँगा यार। डर लगता है।" मैंने घबराते हुए कहा।

"शादी के बाद दोस्तों को पूछोगे तक नहीं और अभी डर लग रहा है!" सुलभ को तो बस मौक़ा चाहिए।

"अबे नहीं यार, मुझे क्या पता किससे मिलना है, कब मिलना है, कैसे मिलना है? बात तो तूने की है न।" मैं सचमुच डर गया था।

"अबे चुप कर यार, एक बार टिकट तो देख ले, तीनों जा रहे हैं।" अनवर खीझकर बोला।

"अनवर खान, सुलभ जैन और शरद शर्मा।" टिकट पर रेलवे की प्रिंटिंग में तीन नाम मैंने देखे और मेरी जान में जान आई।

"यार, यह तो आज रात की टिकट है। घर वालों को पता चला तो क्या होगा?" मेरी कुछ समझ नहीं आ रहा था।

"हिन्दुओं में शादी के दौरान पंडित जी अपने हर मन्तर पर वर-वधू को जितना कहते हैं, वे दोनों चुपचाप करते रहते हैं। अब तुम भी प्रैक्टिस शुरू करो। जित्ता कहा जा रहा है, उत्ता ही करो।" अनवर ने हँसते हुए कहा।

"अनवर! हमसे बेहतर तो तुझे पता है, यार। लगता है खाने के चक्कर में बड़ी शादियाँ अटेंड की हैं।" मैंने कहा।

"तुम्हारे घर हमने बता दिया कि हम लोग उज्जैन जा रहे हैं और तुम्हारे कपड़े भी ले आए हैं। अनवर के घर पड़े हुए हैं। वहीं से निकलना है, आज रात।" सुलभ ने ठीक-ठीक समझाया।

"साले, बहुत मिस करता हूँ तुम दोनों को सिंगापुर में।" मैंने कहते हुए दोनों को गले लगा लिया। ये मेरे दोस्त थे जिन्हें मेरी यादों, मेरी भावनाओं का मुझसे ज़्यादा ख़याल था।

अनवर की बाइक पर ट्रिपलिंग करते हम अनवर के घर की तरफ़ चल पड़े, जहाँ से हमें स्टेशन निकलना था। अनवर बाइक चला रहा था, मैं बीच में बैठा था और सुलभ ने पीछे से मुझे सँभाल रखा था। मेरी घबराहट भरी ज़िन्दगी की गाड़ी भी उस समय इन्हीं दोनों के सहारे ठीक ऐसे ही चल रही थी।

"अबे, एक ग़लती हो गई। अनवर मियाँ ने शर्मा अंकल को बोला कि उज्जैन महाकाल के दर्शन करने जाने की इच्छा है। वे अभी भी सर खुजला रहे होंगे कि कहीं हमारी दोस्ती के चक्कर में, हम अनवर मियाँ का धर्म-परिवर्तन तो नहीं करा रहे।" सुलभ ने हमेशा की तरह आख़िरी पलों में डराया।

"अबे, क्या बात कर रहा है? पागल हो क्या तुम लोग? तू नहीं बोल सकता था, अनवर को क्यों बुलवाया?" मैं उनकी मूर्खता पर झल्लाया।

"अबे, तू भी ओवर एक्साइटेड है, सुलभ ने ही बोला था, मैंने नहीं और तू अपनी खिंचवा रहा है।" अनवर ने बाइक तेज़ कर दी। मैंने राहत की साँस ली और सुलभ ज़ोर से हँस पड़ा।

मेरा शरीर जब ऑटो में सुलभ और अनवर के बीच बैठकर स्टेशन की तरफ़ जा रहा था तो आत्मा इलाहाबाद जा चुकी थी। मन ने कल्पना की जो पेंग भरी कि लगा मानो यथार्थ झूठ है, सिर्फ़ कल्पना सच है। इन्हीं ख़यालों में हम रेलवे स्टेशन पहुँच चुके थे।

भारत के समाजवाद का सबसे बड़ा प्रतीक है भारतीय रेलवे। ग़रीब-अमीर, हिन्दू-मुसलमान, ब्राह्मण-बनिया अपने बीच की सारी दीवारें तोड़कर, सारे भेदभाव मिटाकर एक साथ बैठे होते हैं। ऐसा इसलिए नहीं कि ट्रेन परिसर में

घुसते ही उनके ज्ञान चक्षु खुल जाते हैं बल्कि इसलिए क्योंकि भारतीय रेल उनके लिए कोई चारा ही नहीं छोड़ता। एक छोटे से कम्पार्टमेंट में सबको बिना किसी भेदभाव के ठूँस दिया जाता है।

"साला एफ 16 से एफ 24 के बीच नाम ही नहीं दिख रहा है, हमारे टाइम पर लड़कियाँ लगता है कम पैदा हुई थीं।" बोगी के बाहर सुलभ भाई चार्ट को चाटने के बाद सुबक रहे थे।

अनवर पानी लेकर लौट रहा था। जब हम ट्रेन में बैठे तो एक परिवार ने समय के नियमों को धता बताते हुए रात के एक बजे भी भोजन की गठरी खोल दी। उस स्लीपर क्लास में हम तीनों को छोड़कर 5 सीटें बची थीं। एक ही परिवार के बूढ़े माता-पिता, जवान बेटा-बहू और एक बच्चा हमारे साथ चल रहे थे। जब खाने की गठरी खुली तो पूड़ी की महक पूरे डिब्बे में बिखर गई। महक भी बड़ी संक्रामक थी। कहीं और से पराँठे की महक आने लगी तो दूसरी और से बिरयानी की।

हम तीनों ने एक-दूसरे को देखा। लगा हम ट्रेन में नहीं किसी दावत में आए हैं। ख़ैर, दिन की भाग-दौड़ के बाद हम ही नहीं हमारी नाक भी थक चुकी थी। हम सो गए और उठे तो बोगी में चाय की तरह ही यह चर्चा भी गरम थी कि इलाहाबाद पहुँचने में ट्रेन कितनी लेट है। कुछ लोग इस कॉन्फिडेंस से पहुँचने का टाइम बता रहे थे कि जैसे उन्हें भरोसा हो गया था कि वही ईश्वर हैं। ख़ैर, ट्रेन लोगों को धता बताते हुए टाइम पर पहुँचने लगी। एक स्टेशन पहले मैंने देखा कि सिक्कों की खनखन ने ट्रेन की खिड़की के ज़रिये नीचे छलाँग लगा दी है।

"लोग पैसा क्यों फेंक रहे हैं यार? यहाँ आकर लोगों के भीतर धन की इच्छा ख़त्म हो जाती है क्या?" चाय की चुस्की लेते हुए सुलभ ने पूछा।

"यहीं तो संगम है, गंगा और यमुना का।" अनवर ने प्रकांड पंडित की तरह सुलभ को समझाया।

मेरे दिमाग़ में संगम वाली बात घर कर गई। मेरा भी संगम होनेवाला था। शरद और मंजरी का संगम। ट्रेन धीरे-धीरे इलाहाबाद स्टेशन पर पहुँच चुकी थी।

"अब किधर चलना है?" ट्रेन से उतरते ही मैंने पूछा।

"बस चुपचाप मेरे साथ चलो।" सुलभ के अन्दर का करमचन्द अचानक जाग चुका था।

थोड़ी देर में हम तीनों पैर वाले रिक्शा पर बैठे इलाहाबाद विश्वविद्यालय की तरफ़ चल पड़े थे। कपड़े वग़ैरह हमने ट्रेन में ही बदल लिये थे। देखा जाए तो सबसे ज़्यादा सुलभ भाई तैयार थे, लगा इन्हीं की शादी होनेवाली है।

इलाहाबाद की ख़ुशबू मैंने पहली बार महसूस की थी। लगा जैसे पूरे शहर की हवा में रोमांस तैर रहा हो। क़ायदे से कहा जाए तो ससुराल की पावन धरती पर मेरा पहला क़दम था। मैंने वही रोमांच महसूस किया जो शायद रामजी ने पहली बार जनकपुर पहुँचकर किया होगा। इलाहाबाद विश्वविद्यालय में रिक्शे वाले ने हम तीनों को जब उतारा तो मैं जानता हूँ कि सबसे तेज़ मेरा ही दिल धड़का था।

"अब क्या करना है?" अनवर ने पूछा।

"करना क्या है, हिन्दी साहित्य की ग्रेजुएशन की कक्षाएँ जिधर चलती हैं, उधर चलना है।" सुलभ ने कहा।

"एक मिनट, तूने तो मंजरी से किसी कैफ़े में मिलने को बोला था, फिर क्लास की तरफ़ क्यों जाना है?" मैंने घबराते हुए कहा। सुलभ की चुप्पी ने मेरे धैर्य की परीक्षा लेना शुरू कर दिया।

"यार, वो मंजरी भाभी को उस दिन फ़ोन तो किया था पर उनसे बात नहीं हो पाई थी।" सुलभ मिमियाया।

"बात नहीं हो पाई! मतलब उसे पता नहीं हम आ रहे हैं? हमें क्लास में जाकर उसे ढूँढ़ना है? मुझे पता होता तो मैं आता ही नहीं।" मैंने गुर्राना शुरू किया।

"शान्त गदाधारी भीम, शान्त।" अनवर ने कन्धे पर हाथ रखा।

"अबे क्या घंटा शान्त! क्या सोचेगी मेरे बारे में? ये हमेशा हमें फँसवाता है।" मैंने अनवर का हाथ छिटकते हुए सुलभ को ग़ुस्से में देखते हुए कहा।

सुलभ ने मुँह दूसरी तरफ़ फेर लिया था। वैसे भी उस हरामख़ोर के पास कोई जवाब नहीं था। बचपन से इस तरह फँसाकर छोड़ देता है।

"अरे क्या सोचेगी, क्या सोचेगी, बन्द करो यार। अगले महीने शादी है, कोई भगाकर ले जाने नहीं आए हो। शादी के बाद ज़िन्दगी-भर साथ

रहना है, ठीक कर लेना इमेज़। अभी आए हैं तो मिलकर जाएँगे।" अनवर ने झल्लाकर कहा।

मैं अनवर की बात सुनकर चुप हो गया।

"अमाँ यार ये हिन्दी ग्रेजुएशन की क्लास किधर है?" सुलभ ने अनवर की बात का सहारा पाकर, मौक़ा देखते ही बग़ल से गुज़रते एक लड़के से पूछा।

"अमाँ यार तो इलाहाबाद में कोई नहीं बोलता। किधर से आए हो? किधर जाबो?" लड़के ने पेशानी पर बल लाते हुए अय्याराना अन्दाज़ में पूछा।

"बहुत दूर देश से हैं। भाई साहिब को हिन्दी की कक्षा में एडमिशन दिलाना है।" सुलभ ने मेरी तरफ़ इशारा करते हुए लड़के से कहा।

लड़का सुलभ का कटाक्ष नहीं समझ पाया और उसने हिन्दी की क्लास की तरफ़ इशारा किया। हम तीनों हिन्दी की क्लास की तरफ़ बढ़ गए। जब हम कक्षा के बाहर खड़े थे, अन्दर से जयशंकर प्रसाद की कामायनी पर चर्चा की आवाज़ सुनाई दे रही थी।

नारी तुम केवल श्रद्धा हो,
विश्वास रजत नग पगतल में,
पीयूष स्रोत-सी बहा करो,
जीवन के सुन्दर समतल में...

प्रोफ़ेसर धारा प्रवाह हिन्दी बोल रहे थे लेकिन मुझे कुछ भी नहीं सुनाई दे रहा था। मेरा ध्यान प्रोफ़ेसर से ज़्यादा छात्राओं में था।

खिड़की से मैंने सारी लड़कियों को गौर से देखा। लम्बे बाल, बॉब कट बाल, कोई साड़ी में, कोई सूट में। लड़कियों की इस भीड़ में मेरी आँखें मंजरी को ढूँढ़ रही थीं। क्लास में इतनी सारी लड़कियाँ मुझे किसी मल्टीपल चॉइस क्वेश्चन की तरह लग रही थीं और मेरे लिए सिर्फ़ एक ही जवाब सही था—मंजरी। मैं इन सारे सवालों पर नज़रें घुमाते अपने सही जवाब को ढूँढ़ ही रहा था कि प्रोफ़ेसर ने क्लास ख़त्म की और बाहर निकले।

"कौन हो बेटा, यहाँ खड़े क्या कर रहे हो तुम लोग?" उनके इस सवाल ने ध्यान खिड़की के उस पार से इस पार की तरफ़ खींच लिया।

लड़कियाँ एक-एक कर निकलती रहीं और हमें प्रोफ़ेसर साहब ने अपने सवालों में उलझा दिया।

"सर, कामायनी का इतना अच्छा प्रसंग चल रहा था कि हम लोग खिंचे चले आए। बड़ा आनन्द आ रहा था सर। लग रहा था कि आप पढ़ाते रहें और हम सुनते रहें।" सुलभ के अन्दर का सेल्समैन जाग गया था।

"अच्छा। किस क्लास में पढ़ते हो तुम लोग?" प्रोफ़ेसर साहब सुलभ की बातों में गलनेवाले नहीं थे।

"सर, जब सँपेरा बीन बजाता है तो नाग चल पड़ता है उस धुन की तरफ़, इससे क्या फ़र्क़ पड़ता है कि वह किस बिल में था?" सुलभ ने हद कर दिया था।

सुलभ की इस घटिया दर्ज़े की दलील पर मैंने और अनवर ने एक-दूसरे को देखा और मुस्कराए।

"अच्छा, आप किसी नागिन के चक्कर में आए थे!" प्रोफ़ेसर साहिब कहते हुए आगे बढ़ गए और समझा गए कि हर विधा में वे प्रोफ़ेसर हैं और हम स्टूडेंट।

"सुनिए, आप मंजरी त्रिपाठी को जानती हैं?" प्रोफ़ेसर के छूटते ही सुलभ ने बग़ल से गुज़रती एक लड़की से मुद्दे की बात की।

"जी, वह वहाँ खड़ी है।" तीन लड़कियों के ग्रुप की तरफ़ उसने इशारा किया।

मैंने सोचा अब तीन जवाबों में से एक सही होगा। इससे पहले कि हम कुछ पूछते, वह लड़की रास्ता दिखाकर चली गई। अब हमसे सौ मीटर की दूरी पर तीन लड़कियाँ खड़ी थीं।

"भाई, फ़ोटो के हिसाब से मुझे दाएँ वाली भाभी लग रही हैं।" सुलभ ने अन्देशा जताया।

"यार मुझसे ज़्यादा बार तो तूने फ़ोटो देखी है, फिर जब तुझे नहीं समझ आ रहा, मुझे क्या ख़ाक समझ आएगा?" मैंने झल्लाकर कहा।

"साले, अब तो तू भी कुछ कर ले। जा, जाकर पूछ।" अनवर ने मुझसे कहा।

"मुझसे नहीं होगा।" मेरी हिम्मत गवाही नहीं दे रही थी।

हम तीनों में से कौन आगे बढ़कर जाए और मंजरी से मिलने का प्रस्ताव रखे।

"सारा रायता सुलभ ने फैलाया है। यही जाएगा।" मैंने कहा।

"मैं यहाँ तक ले आया, अब यहाँ के बाद का रास्ता तुझे ही तय करना होगा।" सुलभ अड़ गया।

हमारी इस महासमस्या का समाधान करने अनवर भाई चल दिए। पर अकेले नहीं गए, हमारे कन्धे पर प्यार से हाथ रखे हमें ज़बरन खींच ले गए।

"आप में से मंजरी कौन है?" अनवर ने पास पहुँचकर यह सवाल पूछा।

"जी क्यों?" बाएँ खड़ी लड़की ने बोला और मुझे मेरा सही जवाब अभी भी नहीं मिला।

"हम जबलपुर से आए हैं। ये मेरा मित्र है शरद शर्मा और इसकी शादी..." इससे पहले कि अनवर आगे बोलता एक मीठी-सी आवाज़ मेरे कानों में झंकृत हुई।

"जी मैं हूँ मंजरी त्रिपाठी।" यह न दाएँ वाली थी न बाएँ वाली। यह तो बीच वाली थी।

कई रातों के ख़्वाब, कई घंटों की यात्रा और न जाने कितनी कशमकश से गुज़रने के बाद मंजरी त्रिपाठी और शरद शर्मा आमने-सामने खड़े थे, जिन्हें अब ज़िन्दगी-भर साथ रहने का आदेश मिला था।

"आप को ऐतराज़ न हो तो थोड़ी देर शरद के साथ वक़्त गुज़ार लें। हम लोग सिर्फ़ आपसे ही मिलने आए थे।" अनवर की इस बात पर मंजरी की दोस्त ने कॉफ़ी हाउस की तरफ़ इशारा किया।

हम छह लोग चल पड़े।

"हम चारों इधर बैठ जाते हैं आप दोनों उधर बैठ जाइए।" सुलभ बकरी की तरह मिमियाया। पर बात पते की की।

अचानक से मेरे वे अजीज़ दोस्त जो यहाँ तक ले आए थे, पराये हो गए।

मैं और मंजरी कॉफ़ी हाउस के उस ओपन हिस्से की तरफ़ चले गए थे जहाँ बोगनवेलिया के झुरमुटों की वजह से एकान्त मिला। लजाते, शर्माते मैंने और मंजरी ने बातें शुरू कीं। मैंने अपने यहाँ तक आने की कहानी बताई,

उसने अपने बारे में थोड़ा कुछ बताया। मैंने दोस्तों की बात बताई और उसने अपने कॉलेज, परिवार के बारे में बताया।

थोड़ी देर की बातों में जो कुछ समझ आया वह यही था कि मुझे आई.टी. पसन्द है और उसे साहित्य। मुझे हॉट कॉफ़ी पसन्द है और उसे कोल्ड। मैं अजनबियों से झिझकता हूँ और वह खुल के बातें करती है। ऐसा लगा ही नहीं कि हम पहली बार मिल रहे हैं। वह बोले जा रही थी और मुझे लग रहा था कि जैसे हवा में ऑक्सीजन की मात्रा बढ़ गई है, जैसे उन झुरमुटों में कुछ फूल इसी आधे घंटे में खिल गए हैं। मैं न चाहते हुए भी उसकी बड़ी-बड़ी आँखों में खोता जा रहा था।

"भाई हो गया हो तो चलें?" सुलभ ने मुझे उसमें ग़ुम होने से बचाया।

"चलिए फिर 27 तारीख़ को मिलते हैं।" मंजरी कहते हुए सहेलियों की तरफ़ बढ़ने लगी।

"ठीक है।" मुझे उसकी हर बात स्वीकार थी।

"और हाँ, मैं किसी से कहूँगी नहीं कि आप मिलने आए थे।" कुछ क़दम बढ़कर पलटते हुए उसने कहा और मेरा दिल ले गई।

ट्रेन से लौटते वक़्त जब सुलभ और अनवर फुंकार मार-मारकर सो रहे थे, मेरी नींद किसी ने अपनी बड़ी-बड़ी आँखों में चुरा ली थी।

"मिलते हैं फिर 27 तारीख़ को।" मैंने मन-ही-मन सोचा और खिड़की के बाहर चाँद को देखने लगा।

भारतीयों ने अपने कई रीति-रिवाजों का दामन नहीं छोड़ा है और उन्हीं में से एक बड़ा वाला है—अरेंज़्ड मैरिज। दुनिया बदल रही थी। मैं सिंगापुर आ गया था। ऐसे क़िस्से सुनाई दे रहे थे कि फलाने के बेटे ने ढेकाने की बेटी को भगाकर शादी की है। पर मुझमें ऐसा कुछ करने का ना साहस था ना मुझे मौक़ा मिला।

जबलपुर से मेरे परिवार और रिश्तेदारों का जत्था ट्रेन की एक ही बोगी में सवार इलाहाबाद के लिए निकला तो उसी बोगी के रिज़र्वेशन चार्ट पर चिपका दिया गया—शरद परिणय मंजरी।

मैंने देखा और सोचा इसके अलावा मेरे पास कोई चारा भी नहीं था और फिर दार्शनिक भाव से ख़ुद को समझाया कि यही मेरी नियति थी। वैसे भी जिस समाज में लव मैरिज को भागकर शादी करने जैसा कुकृत्य माना जाता हो, वहाँ मैं उसके पास न फटकूँ। ख़ैर, आज इस ट्रेन में सवार होने से पहले और इलाहाबाद से अपने महबूब का दीदार करके लौटने के बाद वाले दिन बड़े एक्शन भरे रहे।

घर में रिश्तेदारों का जमावड़ा रहा। चाचा-चाची, दीदी-जीजा, बुआ-फुआ जैसे सारे रिश्तेदारों ने ख़ूब जमकर मस्ती की। जैसे लगा ये लोग ऐसे ही किसी मौक़े की तलाश में थे।

मुझे हल्दी इस शिद्दत से लगाई गई, जैसे प्लास्टिक सर्जरी करके गोरा कर देना है। रोज़ कुछ-न-कुछ रस्मों-रिवाज होते रहे। रात को ये युगल-जोड़ियाँ इस तरह कुलाँचे भर-भरकर डांस करते जैसे किसी नृत्य प्रतियोगिता में जा रहे हों।

हमारे यहाँ शादियाँ सिर्फ़ शादियाँ नहीं बल्कि एक त्योहार हैं, जिसका सबको इन्तज़ार रहता है। जिसकी शादी होती है वह कन्फ्यूज़्ड रहता है कि भाई चल क्या रहा है। घर में ढेरों लोग इकट्ठा होते हैं। सब अपनी मस्ती में होते हैं पर उसे यह अनुभूति हो ही नहीं पाती कि यह सब लोग उसके लिए ख़ुश हैं क्योंकि ये सारे फूफा, मामा, मौसा आदि हर शादी में ऐसे ही ख़ुश होते हैं। आपकी शादी है इस बात का अन्दाज़ा सिर्फ़ बीच-बीच में होता है, जब आपको पकड़-पकड़ कर कुछ रस्मों के लिए लाया जाता है।

आप बस घर के किसी कोने में शान्ति से पड़े रहें, पकड़-पकड़ कर लाने में सब इतने एक्सपर्ट होते हैं कि आपके हाथ से सिन्दूर डलवा देंगे, मंगलसूत्र पहनावा देंगे और फिर कहेंगे कि काम हो गया, अब किसी और शादी में फिर मिलते हैं।

ट्रेन में मैं सुलभ और अनवर के साथ बैठा था। जब बाक़ी रिश्तेदार फ़िल्मी गीतों की अन्ताक्षरी खेल रहे थे, सुलभ भाई मुझे सुहागरात के टिप्स दे रहे थे। भाई विश्वास से इस क़दर लबरेज़ था जैसे वह रोज़ किसी नवविवाहिता की सेज़ पर बैठकर दूध पीता हो।

रिश्तेदारों के हाहा-ठट्ठा के बीच भोपाल वाले मौसा जी ने एक विश्वव्यापी गाना गाकर शंखनाद किया—

शुरू करो अन्ताक्षरी,
लेकर प्रभु का नाम,
समय बिताने के लिए,
करना है कुछ काम।

उधर बवाल हुआ कि अन्ताक्षरी के दौरान नागपुर वाले फूफा जी ने 'र' पर गाना न मिलने पर 'राम-राम कहुँ बारम्बारा, चक्र सुदर्शन है रखवारा' गा दिया।

किसी तरह बुआओं के बीच-बचाव से मामला सुलटा तो आधे घंटे बाद फूफा जी ने दूसरा बवाल काट दिया जब 'त' पर गाना न याद आने पर 'तन्दरुस्ती की रक्षा करता है लाइफ़बॉय' गाया।

बीच में मैंने देखा कि भोपाल वाले मौसा जी लोगों से दूर एक अलग गैंग बनाकर ताश के पत्ते फेंट रहे हैं। वे रह-रह कर अन्ताक्षरी खेलनेवाले ग्रुप पर कटाक्ष भी करने से नहीं चूक रहे थे।

माँ और पिता जी सबके खाने-पीने का ख़याल रखे हुए हैं। जैसे वे दोनों मेज़बानी की परीक्षा दे रहे हों और इतने सारे एग्जामिनर।

इस तरह की यात्रा मैं पहली बार कर रहा था, पर यह यात्रा विशेष थी। मेरे मन में हज़ार ख़याल थे। मैं ख़ुद से काफ़ी बातें करना चाहता था पर मज़ाल है कि सुसु-पॉटी के अलावा मुझे पल-भर के लिए अकेले छोड़ा जाए, बिलकुल नहीं। जैसे सबको डर होता है कि कहीं लड़का भाग गया तो हमारे इस मज़े का क्या।

ख़ैर, हम इलाहाबाद पहुँचे। स्टेशन पर मंजरी का परिवार स्वागत के लिए हाथ जोड़े खड़ा था। मेरे पिता जो अब तक ख़ुद परीक्षार्थी की भूमिका में डरे हुए थे, अचानक एक परीक्षक की तरह सख़्त और रोबदार हो गए। अब यह भूमिका मंजरी के परिवार वालों ने ले ली।

मैं सिर्फ़ मंजरी को देखना चाहता था। देखना था कि उसकी आँखें और बड़ी तो नहीं हो गईं या उस दिन जो देखा था वह छलावा था।

मंडप में जब वह आई तो पारदर्शी घूँघट में लगा जैसे उसकी आँखें उतनी ही बड़ी हैं जितनी इलाहाबाद विश्वविद्यालय के प्रांगण में बोगनवेलिया के झुरमुट के पास मैं छोड़कर आया था।

लोगों की भीड़ और अचानक से बढ़ी। अपनी इज़्ज़त को लेकर मैं थोड़ा झेंप रहा था। भला हो सुलभ और अनवर का जो साये की तरह पास थे। सालियों की चुहल सुलभ भाई सँभाल रहे थे और मेरे खाने-पीने का इन्तज़ाम अनवर। पंडित जी के अनवरत मंत्रों का मुझे 'म' भी नहीं समझ आ रहा था परन्तु सारा आदेश मैं एक मशीन की तरह मान रहा था।

सिन्दूर डालते वक़्त, मैंने एक पल के लिए आँखें बन्द की। ईश्वर से प्रार्थना की कि ज़िन्दगी का इतना बड़ा फ़ैसला तुम्हारे हाथों में दिए मैं आगे बढ़ रहा हूँ भगवन, देख लेना। आँखें खोलीं तो अनवर मुझे देख मुस्करा रहा था, जैसे मेरे मन की भावना समझ रहा हो।

मैंने माँ की तरफ़ देखा। माँ ने आँखों से देर न करने का इशारा किया और सम्पूर्ण ब्रह्मांड को साक्षी मानते हुए मैंने मंजरी की माँग भर दी। सारी दुनिया के लिए वह सिर्फ़ 2-3 सेकेंड थे पर हम दोनों ने उन 2-3 सेकेंडों में एक नई दुनिया बसा ली थी। यह उस पूरी शादी के ग्राफ का सबसे हाई प्वॉइंट था। इसके बाद की रस्में निभाते मुझे कोई तनाव नहीं था, जैसे मैंने तालाब पार करते वक़्त गहरा हिस्सा पार कर लिया हो।

सुबह मंजरी की विदाई के वक़्त, मैंने उसे और उसके परिवार को रोते देखा। बाक़ी सबसे इतर मेरी नज़रें मंजरी के पिता की तरफ़ गईं जो सिसकते हुए उसे मेरे पास गाड़ी में बैठा रहे थे। इतने उम्रदराज़ इनसान को मैंने रोते कम ही देखा है। मुझे एक ज़िम्मेदारी का एहसास हुआ। लगा जैसे पंडित जी के सारे मंत्र समझ आ गए।

मंजरी मेरे पास बैठी और गाड़ी स्टेशन के लिए निकल पड़ी। मंजरी का ध्यान खिड़की की तरफ़ था। उससे उसका घर-परिवार, इलाहाबाद सब कुछ छूट रहा था। त्याग के मामले में लड़के और लड़कियों की सारी तुलना मेरे मन में बेकार नज़र आ रही थी। लगा इस शादी में मैंने सिर्फ़ हासिल किया है और उसने जितना हासिल किया उतना छोड़ भी रही है। मुझे और मंजरी को

जिस बर्थ में बैठाया गया वहाँ कोई और नहीं आए इसलिए परदे से ढँक दिया गया। फूफा, जीजा, मौसा, खाने-पीने, स्वागत-सत्कार इत्यादि की व्यवस्था पर कम्पटीशन में आए जजों की तरह अंक देकर सो गए थे। ट्रेन चुपचाप चली जा रही थी मानो जबलपुर से यह सिर्फ़ मंजरी को लेने आई हो।

मैंने देखा मंजरी रो-रोकर, थककर सो गई थी। उसके बचपन की कहानियों का एक राजकुमार उसके देश से, दूर देश ले जा रहा था। मुझे लगा हम लड़के शादी को अकसर सिर्फ़ सेक्स या मौज़-मस्ती की बातों में उड़ा देते हैं, वास्तव में वह इन सब बातों से बहुत अलहदा है। मैंने बाहर देखा उस दिन पूर्णिमा थी। चाँद ख़ूबसूरत था। मंजरी उससे भी ख़ूबसूरत लग रही थी।

"निकाह के दिन लड़कियों को सजाने हूरें आती हैं।" अब समझ आया कि अनवर क्यों कहता था। मैंने उसके गालों पर आँसू की एक सूखी बूँद देखी। मुझे उसके पिताजी का चेहरा याद आया। मैंने मन-ही-मन उन्हें आश्वासन दिया कि आपकी बेटी मेरे पास महफूज़ रहेगी। अब आप दोनों कभी इस तरह नहीं रोएँगे। इन्हीं ख़यालों में मुझे भी जाने कब नींद लग गई। आँख खुली तो माँ को मंजरी के पास बैठे देखा और यह बताते सुना कि हम दोनों एक साथ पहली बार जबलपुर पहुँच रहे थे।

शादी के बाद हमें सिंगापुर आना था। शादी किसी लड़के या लड़की की ज़िन्दगी में बहुत बड़ा परिवर्तन ले आती है। अचानक से इस दुनिया से इतर दो लोगों की एक दुनिया बन जाती है। एक छोटी-सी दुनिया और उसमें ख़ुश दो लोग। सामान्यत: पहले छह महीने कुछ यूँ गुज़रते हैं, जैसे बसन्त का मौसम चल रहा हो। ख़ासकर, अरेंज़्ड शादियों में जहाँ आप दूसरे को जानते भी नहीं, यह समय-सीमा छह महीने की बजाय साल-भर तक चल सकती है। एक-दूसरे को समझना, एक-दूसरे का बिना बताए ख़याल रखना, एक-दूसरे के लिए बिना बताए बहुत कुछ कर जाना, एक दिल अजीज़ सफ़र है।

मंजरी के होने से मेरा सिंगापुर अजनबी से अपना हो गया। घर से निकलते समय जब मंजरी ने लंच बॉक्स पकड़ाया तो मुझे लगा, इतनी सुबह-सुबह उठकर इतनी मेहनत कौन करता है। वह भी इसलिए कि आप जिसे चाहते हैं वह अच्छे से खाना खा सके।

हम दोनों के बीच सब कुछ बिलकुल वैसे ही था, जैसे ऊपरवाले ने आदम और हव्वा को बनाकर भेजा था। मैं दिन-भर ऑफ़िस में काम में पहले की तरह डूबा भी रहता तो मन मंजरी पर लगा होता। दोपहर के लंच में उसके हाथ की नई-नवेली मेहँदी की ख़ुशबू आ जाती। लंच में दिए परवल की सब्ज़ी देखकर मैं सोचता रहता कि मंजरी को पता कैसे चला कि परवल मुझे पसन्द है। मैं शाम का बेसब्री से इन्तज़ार करता। शाम को ऑफ़िस से घर लौटना, जो अमूमन एक सामान्य क्रिया हुआ करती थी, अब असामान्य और लोमहर्षक क्रिया हो गई थी।

नई-नई शादी में, आप एक-दूसरे से जो धीरे-धीरे खुलते हैं, वह अहसास अगरबत्ती की सुगन्ध की तरह है, जो पूरे दिन आपको महकाती रहती है। पहले मेरे प्लान दिन के हुआ करते थे, अब ऑफ़िस से लौटने के बाद का जो समय होता था उनके प्लान होने लगे। घर पहुँचने पर कोई नेह से दरवाज़ा खोलता था। पहले मैं किचन से पानी लेकर पी लेता था पर अब मंजरी के हाथ से दिया पानी शरबत-सा हो गया था। मैं ग़ुसलख़ाने में नहाने के लिए घुसूँ तो मेरे कपड़े तह करके रखे हुए मिलते थे। कई बार कपड़े नये हो जाते थे, जिन्हें मैंने ख़रीदा भी नहीं होता था। कब कहाँ से जाकर उसने ख़रीदा होगा, मुझे पता भी नहीं था। उसके हाथ का प्यार से बनाया डिनर जो ज़िद करने पर मैं उसके साथ करता, लगता जैसे अमृत हो। वह मुझसे ऑफ़िस के बारे में थोड़ा कुछ पूछती, मैं उससे दिन-भर के बारे में कुछ पूछता। न हमारे नये सॉफ़्टवेयर की बातें वह समझ पाती न उसके मुस्तफ़ा के पास के ज्योति स्टोर में नील पूजा के सामान को मैं समझ पाता। पर हम दोनों सुनते बड़े चाव से।

हम डिनर के बाद शाम की वाक करने पास के पार्क में जाते। पार्क में चलते हम एक-दूसरे का हाथ नहीं थामते बस चीनी जोड़ों का ऐसा करते हुए देखते। ऐसा देखते हुए हम एक-दूसरे से शरमाते भी। जो ठंडी हवाएँ चलतीं वो मंजरी को छूने के बाद जब मेरे पास आतीं तो महका जातीं। रात को सोते में कई बार नींद खुलती और उसे बग़ल में सोते देखता, इस नये रिश्ते में ढलने के लिए उसके दिन-भर की मेहनत को उसके नींद में डूबे मासूम चेहरे पर पढ़ता।

वक़्त भाग रहा था और धीरे-धीरे हम एक हो रहे थे। वीकेंड अब सिर्फ़ वीकेंड नहीं रहा था, त्योहार जैसा हो चला था। हमारे फ़्लैट की खिड़कियों के एकदम क़रीब पेड़ के पत्ते हुआ करते। एक नदी जो घर के बग़ल से गुज़र रही थी, पेड़ों के पीछे वह भी खिड़कियों से दिखती थी। बेडरूम की खिड़की से पेड़ों के पत्ते, नदी का पानी और ऊपर आसमान में चाँद दिखता था। हम सुबह देर से उठते, बिस्तर पर पड़े एक-दूसरे से हम शरारत करते। मंजरी उठकर चाय बनाना चाहती और मैं उसे थोड़ी देर और सोने के लिए ज़िद करता।

हम उठते और साथ चाय पीते और पानी की तरफ़ देखते। मुझे उसके मनपसन्द लता मंगेशकर के गाने लगाना बहुत अच्छा लगता। जब वह चाय बनाकर ला रही होती तब तक मैं म्यूज़िक चला चुका होता। चाय की चुस्की के साथ हम उन दो दिनों की प्लानिंग करते। वह सिंगापुर, जो मेरे लिए सिर्फ़ एयरपोर्ट और कुछ खाने के रेस्टोरेंट में सिमटा पड़ा था, अब खुल गया था। मंजरी के साथ मुझे पूरे सिंगापुर को बेहतर तरीक़े से देखना था।

चूँकि हम दोनों शाकाहारी थे, मंजरी हमेशा कुछ बनाकर साथ ले जाना पसन्द करती। जब हम नहा-धोकर कहीं जाने के लिए तैयार होते तो मैं बाहर हॉल में बैठा इन्तज़ार करता और मंजरी तैयार होकर निकलने में कम-से-कम आधे घंटा ज़्यादा लेती। मुझे उसका समय ज़्यादा लेना कभी नहीं अखरता क्योंकि मुझे पता था कि जब वह बाहर आएगी तो मैं इतनी ख़ूबसूरत लड़की देखनेवाला हूँ कि उसके लिए आधे घंटे क़ुर्बान करना कोई बुरा सौदा नहीं होगा। और वह बुरा सौदा होता भी नहीं था क्योंकि मंजरी का शरमाते हुए बाहर मुझसे पूछना कि कैसी लग रही हूँ, मेरा दिन बना देता। उसके कपड़ों में सिंगापुर की आधुनिकता और भारतीय संस्कृति की एक मिश्रित झलक-सी दिखती। वह इतना अच्छा कॉम्बिनेशन कहाँ से ढूँढ़ लेती, मुझे नहीं पता। हम दोनों फिर साथ निकल पड़ते।

हम पूरा सिंगापुर हफ़्ता-दर-हफ़्ता नापते रहे। कुछ दूर पैदल, कुछ दूर बसों में, थोड़ी देर कार में और थोड़ी देर ट्रेन में। ज़रूरी यह नहीं था कि हम कैसे जा रहे थे, कहाँ जा रहे थे। उस वक़्त ज़रूरी सिर्फ़ यही था कि जहाँ भी जा रहे थे, हम साथ जा रहे थे। हम दोनों के पास असहज होने के लिए

बहुत कुछ बचा था। ट्रेन की भीड़ में हम काफ़ी क़रीब होते तो असहज हो जाते, लगता ही नहीं कि हम दोनों वही हैं जो रात को एक बिस्तर पर सोते हैं। टैक्सी का ड्राइवर मज़ाक़िया लहज़े में पूछ लेता कि नई-नई शादी हुई है क्या। हम असहज हो जाते। लगता ही नहीं कि इतने धूमधाम से इतने लोगों की रज़ामन्दी से हमारी शादी हुई है।

हम संग पिक्चर देखते और मैं सीखता कि उसे इंटरवल में कौन सी कोल्ड ड्रिंक पीना पसन्द है। भावुक सीन आने पर वह समझने लगी थी कि मुझे भी रोना आता है। लेडी वाशरूम के बाहर मैं उसका इन्तज़ार करता और जेंट्स वाशरूम के बाहर वह मेरा। हम दोनों ऐसा पहली बार कर रहे थे। स्पोर्ट्स शूज़ और फ़ॉर्मल शूज़ ख़रीदने वाला मैं, अब लड़कियों के सेक्शन में जाता और गौर से जूतियाँ देखता, उनका इतिहास, भूगोल समझता और अपनी सलाह ज़रूर देता। मेरे पास बहुत ज़्यादा पैसे तो नहीं थे पर पता नहीं उसने अपनी ज़रूरतों की साइज इतनी ही की थी जो मेरे वॉलेट में आसानी से फिट हो जाए।

दिन-भर घूम-फिर कर जब हम किसी रेस्टोरेंट में खाने जाते तो मंजरी से मैं कुछ भी आर्डर करने को कह देता क्योंकि मुझे पता चल चुका था कि वह कुछ भी आर्डर नहीं कर देगी। वह मेनू कार्ड के दाहिनी तरफ़ का दाम ज़रूर देखेगी। अब मुझे शादीशुदा मित्र अपने यहाँ अचानक से बुलाने लगे थे और लोगों के यहाँ की भीड़ में रहते हुए भी कई बार हम एक-दूसरे को ही देखते थे। लौटते हुए हम लोगों के बारे में, उनके बच्चों के बारे में, उनके घर, सोफ़े, फ्रिज के बारे में बात करते और हँसते। हमें किसी ने मिडिल क्लास भारतीय कपल जैसा बनना सिखाया नहीं था पर हम ख़ुद-ब-ख़ुद होते जा रहे थे। एक-दूसरे को यूँ समझने लगे थे जैसे दो बल्लेबाज़ आँखों-आँखों में इशारा करके, एक-दूसरे के भरोसे दौड़ पड़ते हैं और रन चुरा लेते हैं।

ऐसा नहीं था कि मैं अकेले शादी के हिंडोले में झूल रहा था। ज़िन्दगी हम तीनों की साथ चल रही थी। हम साथ ही जवान हुए थे, तो शादियाँ भी आसपास हुईं। सुलभ भाई की जैन बिरादरी में शादियाँ थोड़ी देर से होती थीं पर शादी की ज़रूरत इन्हें हमसे ज़्यादा थी। जिस तरह से कम उम्र में ही

लड़कियों के अन्दर छुपे रस को पहचान कर यह महाशय भौंरा बने घूमने लगे थे, ग्रेजुएशन के आख़िरी साल ही इनके परिवार वाले एक परमानेंट फूल इनके साथ बाँधने के चक्कर में पड़ गए थे। वैसे यह तय था कि इनकी शादी जबलपुर के ही किसी जैन परिवार में होती, पर जूही इकलौती जैन तो थी नहीं। सुलभ और जूही के बीच बढ़ती नज़दीकियों को देखते अनवर ने परिवारों को मिलाने की ज़िम्मेदारी अपने सर पर उठा ली। रिवाज तो यही था कि जूही के पिता, सुलभ के पिता से अपनी लड़की के हाथ देने की बात करने आते। अनवर भाई ने प्लान बनाया कि किस तरह यह करवाया जाए।

जूही के पिता बिल्डिंग मटेरियल की दुकान चलाते थे। अपने स्कूल के लिए सामान ख़रीदने अनवर मियाँ जबलपुर की सारी दुकानों को छोड़कर सिर्फ़ जूही के पिता की दुकान में गए। जूही के पिता के लिए यह इत्तफ़ाक़ हो सकता है, अनवर के लिए यह उसकी रणनीति का हिस्सा थी। इस प्लान में सिंगापुर में होते हुए भी मैं अपनी आत्मा से शामिल था। फ़ोन पर ख़बरें पाकर अपने विचार देना, इनमें मैं कोई कसर नहीं छोड़ता था। अनवर हर मुलाक़ात में जूही के पिता के क़रीब होता जा रहा था। अनवर के पास बुज़ुर्गों से बात करने का सहूर और धैर्य दोनों था।

"साले, मेरी शादी हो न हो, मुझे तो लगता है तू अपनी शादी उसके बाप से न कर ले।" सुलभ ने एक बार तो झल्लाकर यहाँ तक कह दिया।

"अबे, थोड़ा धीरज रख। हो जाएगा। किसी से उसकी लड़की का हाथ माँगने और सीमेंट की बोरी का रेट पूछने में ज़मीन-आसमान का अन्तर होता है।" अनवर ने सफ़ाई दी।

"अबे, एक बात बता, तू सुलभ की तारीफ़ में बोलता क्या है?" मैंने फ़ोन से ही मज़े लेना चाहा।

"तूने जय को बसन्ती के लिए मौसी से वीरू की तारीफ़ करते नहीं सुना था? ठीक वैसे ही।" अनवर हँस पड़ा।

"साले, इसीलिए मेरी शादी नहीं हो रही। तुम लोग सीरियस ही नहीं हो।" सुलभ ने हम दोनों को कोसा और मेरे ठहाके की गूँज सिंगापुर से ज़्यादा फ़ोन के ज़रिये जबलपुर में सुनाई दी।

ख़ैर, धीरे-धीर अनवर भाई ने गुल खिला दिया। जूही के पिता सुलभ के पिता से किसी जैन समाज की मीटिंग में मिले थे। दोनों के बच्चे एक साथ पढ़ते हैं, तब उन्हें इस बात की भनक नहीं थी। अनवर ने बात-बात में उन्हें बताया, सुलभ की तारीफ़ में शोले के जय की तरह क़िस्से सुनाए और वह दिन भी आ गया कि सुलभ और जूही हमेशा के लिए एक हो गए।

उनकी शादी के दौरान ही अनवर ने मुझे अपने दिल का हाल सुनाया था। रुख़सार उसे पसन्द थी पर उस रात सुलभ की शादी के मंडप में चाय हाथ में लिये हम दोनों जब बातें कर रहे थे मैंने पहली बार देखा था कि अनवर रुख़सार को लेकर कितना सीरियस है। मैंने अपनी छुट्टी एक हफ़्ते बढ़ा दी। अनवर चाहता था कि मैं उसकी शादी में रहूँ। वैसे भी उसकी शादी में उसके पिता आनेवाले नहीं थी। एक तो अनवर में उन्हें वैसे भी रुचि नहीं थी, दूजे अनवर ने एक यतीम लड़की का हाथ थामा था, तो उनकी रही-सही इच्छा भी जाती रही।

कोर्ट में शादी का जोड़ा पहने अनवर और रुख़सार इतने बेहतरीन लग रहे थे, जैसे अल्लाह के फ़रिश्ते। अनवर हमेशा की तरह शान्त था और रुख़सार के गालों में शर्म के गड्ढे थे। एक वकील, फूलों की माला, मैं, सुलभ और जूही, सिर्फ़ यही चन्द लोग थे। कोर्ट के ग़ैर ज़ज़्बाती काग़ज़ातों पर हस्ताक्षर के बाद इस्लाम के रिवाज भी हमने मनाए। 'क़ुबूल है' क़ुबूलनामा मैंने इतने क़रीब से पहली बार सुना था।

भारतीय शादियों को ख़र्चों के लिए जाना जाता है। एक शादी इतनी शान्त और सरल तरीक़े से भी हो सकती है, मैंने कभी कल्पना भी नहीं की थी। जूही भाभी ने अनवर के कमरे की सजावट करवा दी थी।

रुख़सार और अनवर को छोड़कर लौटते वक़्त मुझे लगा हमारी शादियाँ सिर्फ़ धूम-धड़ाके, पारिवारिक शोहरत, सामाजिक प्रतिष्ठा के दिखावे में फँसकर रह गई हैं। पर इसके असली माने तो कुछ और ही है। दो लोगों का ज़िन्दगी-भर के लिए एकजान हो जाना। कितना रोमांचक एहसास है। मैं सिंगापुर लौटते वक़्त पूरी फ्लाइट यही सोचता रहा।

"वाह, आप लोगों की कहानियाँ, कितनी मज़ेदार हैं। शादी के फ़ैसले इतनी आसानी से ले लेना, आज की पीढ़ी तो समझ ही नहीं पाएगी। आज शादी डॉट कॉम जैसी वेब साइट्स पर एक मंडी-सी लगी है। हर कोई यूँ प्रोफ़ाइल खोज रहा है, जैसे कपड़ा ख़रीद रहा हो। और आप लोगों ने बिना ज़्यादा सोचे-समझे बस स्वीकार कर लिया अपने जीवनसाथी को।" वैदेही आश्चर्य में थी। "कभी-कभी हमारे साथ सबसे बढ़िया चीज़ तब होती है, जब हम उसे पूरी तरह से ईश्वर के हाथ में छोड़ देते हैं।" मैंने कहा।

"अब कल की कहानी?" वैदेही ने पर्स उठाते हुए कहा।

"अब शादी हुई है, तो बच्चे होंगे, और क्या होगा? कल उन बदमाशों की बात करते हैं।" मैंने प्रिशा के बारे में सोचा और मुस्करा पड़ा।

बच्चे

आजकल अच्छी नींद आने लगी थी। मन भी जैसे शान्त रहने लगा था। गुज़री ज़िन्दगी के बारे में सोचना जैसे परदे पर ख़ुद की फ़िल्म देखने जैसा हो।

'क्या सोचकर मुस्करा रहे हैं?" वैदेही ने आते ही सवाल किया।

"कुछ ख़ास नहीं।" मैंने कहा।

"मुझे लगता है मैं अब जल्द ही ठीक हो जाऊँगा।" मेरा ब्लड प्रेशर मापते वैदेही से मैंने कहा।

"बिलकुल, कोई शक नहीं इसमें।" वैदेही ने कहा।

"वैसे शादी के कितने समय बाद आपकी बेटी का जन्म हुआ था?" वैदेही ने दवाई देते हुए पूछा।

उसे बताते हुए मैं फिर से अपनी ज़िन्दगी के एक अध्याय में खो गया, जिसके ऊपर लिखा था, 'प्रिशा।'

जिस तरह क के बाद ख, A के बाद B और 1 के बाद 2 आता है, ठीक उसी तरह हमारे समाज में शादी के बाद बच्चे आते हैं। यह हमारे समाज का नियम है। इसकी ज़िम्मेदारी समाज सिर्फ़ शादी-शुदा जोड़ों पर ही नहीं छोड़ता, बल्कि ख़ुद भी हिस्सेदारी निभाता है। शादी करके हम दोनों जब सिंगापुर आए तो घर से आनेवालों ख़तों में मंजरी से यही पूछा जाता कि सिंगापुर कैसा लग रहा है। सिंगापुर आए मुश्किल से छह महीने हुए होंगे कि ख़तों में लिखे शब्दों का टोन बदल गया। ख़तों में सिंगापुर की जगह एक नये वाक्य ने एंट्री मारी, "कोई नई ख़बर?"

मंजरी इसे पढ़कर थोड़ा परेशान ज़रूर हो जाया करती थी। फिर ख़तों में अलग तरीक़े से दवाब दिया जाने लगा कि फलाने बुआ की लड़की की शादी तुमसे दो महीने बाद हुई थी और देखो उसके पेट में दो महीने का बच्चा भी है। यहाँ सिंगापुर में समाज ने ऐसा कोई नियम नहीं बनाया था, इसलिए कोई नहीं पूछता था। पर जिन भारतीयों से हम मिलते वे ज़रूर पूछ लेते।

"अब बच्चा हो जाना चाहिए, सही समय यही है।" सारे तीर हम दोनों का मन छील जाते। शारीरिक मिलन जो हमारे बीच अब तक एक आनन्द का स्रोत था अचानक से ज़िम्मेदारी बन चुका था। मामला जब आप से बाहर का होता है तो इनसान का भगवान में विश्वास और बढ़ जाता है।

मंजरी ने अचानक से पूजा-पाठ, व्रत वग़ैरह बढ़ा दिए थे। मैं विज्ञान का छात्र होने की वजह से अपने तरीक़े से अब मिशन में शामिल था। कुछ मित्रों ने सलाह दी, कुछ किताबों से मैंने सीखने की कोशिश की। महीने के कुछ ख़ास दिनों का जोड़ना-घटाना किया और उन दिनों पूरी तन्मयता और ज़िम्मेदारी से सेक्स क्रिया का निर्वहन किया।

मुझे कुछ भय भी सताने लगे। बचपन से देखते आए वो पोस्टर जिन पर 'मर्दाना कमज़ोरी, शीघ्रपतन, लिंग का टेढ़ा होना, जापानी तेल' जैसे शब्द लिखे होते थे, उनका मतलब समझ आने लगा। लगा कि काश वे डॉक्टर राणा या हाशिम बंगाली बाबा सिंगापुर में मिल जाते तो पूरे समाज से नज़रें बचाए मैं उनके चरणों में आशीर्वाद लेने चला गया होता।

"आप कब तक घर आ जाएँगे?" मंजरी का मेसेज मेरे फ़ोन की स्क्रीन पर तरल बूँद की तरह टिप करके गिरा। मेरी कम्प्यूटर पर गड़ी आँखों ने जब यह मेसेज देखा तो कुछ अजीब लगा। मंजरी कभी-कभी ही ऐसा पूछती थी, जब कोई बड़ी परेशानी हो या फिर कुछ बहुत ज़रूरी बताना हो।

"रोज़ की तरह 7 बजे। क्यूँ, कुछ दिक़्क़त?" मैंने टाइप करके भेज दिया और कम्प्यूटर में डूब ज़रूर गया। पर बार-बार आँखें उसके उत्तर की प्रतीक्षा करती रही।

"कुछ नहीं, बस ऐसे ही।" उसका मेसेज मुझे कुछ राहत ज़रूर दे गया पर मन में शंका बनी रही।

ख़ैर, दिन-भर के काम में डूबा जब शाम तक घर पहुँचा तो मैं भी उसके मेसेज की बात भूल चुका था। खाने के समय मैंने ध्यान दिया कि आज मंजरी ने मेरी पसन्द की परवल की सब्ज़ी बनाई थी।

खाने के बाद हम रोज़ की तरह बग़ल के पार्क में घूमने निकले। मैंने कुछ ऑफ़िस की बातें की और मंजरी ने घर की बातें। कुछेक बातों के बाद हमारे पास कोई बात नहीं बची थी। जब कुछ बात करने को न हो तो साथ का एहसास और ख़ूबसूरत हो जाता है।

पूर्णिमा का चाँद शबाब पर था। पार्क के बीचोबीच तालाब में उस चाँद का ख़ूबसूरत प्रतिबिम्ब दिख रहा था और हवाएँ हल्की-फुल्की सिहरन दे जा रही थीं। बोगनवेलिया के फूलों के बग़ल से हम गुज़र ही रहे थे कि मंजरी ने धीरे से मेरा हाथ पकड़ा और कहा, "मैं कुछ बताना चाह रही थी।" इन शब्दों ने मुझे सशंकित-सा कर दिया।

"क्या हुआ?" मैंने मंजरी को लगभग रोककर पूछा।

मंजरी चुप रही और उसकी इस चुप्पी ने मेरा डर और बढ़ा दिया। बोगनवेलिया की झुरमुट के पास और तालाब के ठीक सामने की बेंच पर मैंने मंजरी का हाथ पकड़कर बिठा लिया।

"मैं कुछ दिनों से देख रहा हूँ कि तुम थकी-थकी-सी नज़र आ रही हो। सब ठीक तो है?" मैंने व्यथित होकर पूछा।

"वो मेरे पीरियड्स नहीं आ रहे थे तो मैं पास की मेडिकल शॉप से प्रेगनेंसी चेक की स्ट्रिप्स ले आई।" मंजरी ने बिना मेरी तरफ़ देखे कहा।

"फिर?" मुझे जल्द से जल्द जानना था।

"लगता है मैं प्रेग्नेंट हूँ।" मंजरी ने बातों के प्याले में पड़ी सारी चाय उड़ेल दी। और फिर नीरव ख़ामोशी, सुखद ख़ामोशी।

मुझे समझ नहीं आया कि क्या कहूँ? भावनाओं के मामले में मर्दों की हमेशा यही समस्या रही है कि उन्हें समझ नहीं आता कि ख़ुशी और तकलीफ़ को कैसे जताएँ। इस ख़ुशख़बरी को सुनने के लिए मानो बोगनवेलिया के फूलों की ख़ुशबू हमारे बेंच तक चली आई थी। पूर्णिमा का चाँद जो अब तक पानी में शान्त बैठा था, इस ख़बर की जुम्बिश से ख़ुशी के मारे थिरक उठा था।

"आप ख़ुश नहीं हैं?" मंजरी ने पूछा।

मैंने मंजरी का सर पकड़ा, उसके कोमल माथे पर एक चुम्बन अंकित करते हुए कहा, "इस ख़ुशी को बयाँ करने के लिए मेरे पास शब्द नहीं हैं। मेरे पास है तो सिर्फ़ यही चुम्बन।" और फिर हम दोनों गले लग गए।

हमने इस संसार को चलाने की ज़िम्मेदारी की तरफ़ क़दम बढ़ाया था। पेरेंट्स होने का एहसास कई मायनों में एक अलग एहसास है। स्थिर और शान्त एहसास, ज़िम्मेदारी से भरा एहसास, आपकी अचानक से उम्र बढ़ा देनेवाला एहसास।

हम सबकी ज़िन्दगी में कुछ ऐसे पल आते हैं जो ताउम्र ज़हन में चिपके रहते हैं। ज़िन्दगी की पिक्चर जब देखते हैं तो लगता है कि इन्हीं पलों को स्लो मोशन में देखा जाए, बाक़ी सब तो फ़ास्ट फॉरवर्ड किए जा सकते हैं। तालाब के सामने उस रात मंजरी के साथ पार्क की उस ख़ूबसूरत बेंच पर बैठे, अपने पिता बनने की ख़बर सुनना, मेरे जीवन का वैसा ही एक पल था।

उस दिन के बाद घर वालों ने हिदायतों के लिफ़ाफ़े में लपेटकर होनेवाले बच्चे के लिए बहुत-सी दुआएँ दीं। क्या खाना है, कैसे रहना है, किस तरह नॉर्मल डिलीवरी हो, ऑपरेशन की चीर-फाड़ से बचा जाए। रोज़ कुछ-न-कुछ। हमारे समाज में मम्मियाँ, चाचियाँ, मौसियाँ, दादियाँ जैसे ही ऐसी ख़बर सुनती हैं, उनके भीतर की डॉक्टरनी बाहर निकल आती है। और मर्द इस मामले में चुप रहते हैं। जैसे उन्हें तो कुछ पता ही नहीं।

एक और मज़ेदार बात हुई कि अचनाक से मंजरी ने मेरे परिवार वालों की प्राथमिकता सूची में एक लम्बी छलाँग लेते हुए मुझसे बहुत बढ़त बना ली। मैं एकदम पीछे हो गया। होनेवाला बच्चा सबसे आगे, फिर मंजरी और उसके बाद अगर कुछ बचा तो मैं। मेरा ज़िक्र सिर्फ़ मुझ पर दबाव बनाने के लिए किया जाता। मुझे बाक़ी सारे मर्दों की तरह कुछ नहीं पता था और मुझसे उम्मीद ऐसी की जा रही थी जैसे मैंने दो-चार डिलीवरी कराई हो। घर वालों की डाँट-फटकार अब सब मेरे हिस्से।

अगले नौ महीने तक मंजरी के पेट में और मेरे दिमाग़ में बच्चा पलता रहा। मंजरी के सिंगापुर आने पर मैंने घर तो ज़रूर ले लिया था पर घर का कोई

काम नहीं जानता था। अब मंजरी को आराम देने की मंशा से मैंने थोड़ा-थोड़ा घर का काम सीखने की कोशिश शुरू कर दिया। पानी गरम करके चाय बना लेना ही मेरे लिए किसी उपलब्धि से कम नहीं था। हमने पास का हॉस्पिटल और डॉक्टर चुन लिया। हमारी पहले बच्चे की उत्सुकता और उत्तेजना डॉक्टरनी हमारे चेहरे पर अकसर पढ़ लेती थी।

मंजरी के शरीर के हार्मोनों में परिवर्तन होना लाज़मी था। पर हम दोनों को इसका अन्दाज़ा भी नहीं था। कभी उल्टियाँ होतीं तो कभी खुजली से हाथ-पैर की त्वचा लाल हो जाती। कभी ख़ूब नींद आती तो कभी रात को अचानक नींद खुल जाती। मैं अपने बढ़ते काम और मंजरी की बदलती तबीयत के बीच जूझता रहा। हर आनेवाले महीने की तरह हमारी उत्सुकता भी कई पायदान ऊपर चढ़ती रही। हर महीने की डॉक्टर से मुलाक़ात का डर और ख़ुशी का मिश्रित भाव लिए रही। और इस बीच नौ महीने गुज़रने को हुए और आख़िरी महीना आ गया।

डॉक्टर ने लगभग 11 मार्च की तारीख़ बच्चे के बाहर आने की तारीख़ सुनिश्चित की। मैंने भी एहतियातन आख़िर हफ़्ते में छुट्टी के लिए अर्ज़ी डाल दी ताकि 8 तारीख़ से मैं घर पर ही रहूँ। ज़िन्दगी सीधी-सपाट सड़क पर सरपट चल रही थी पर गड्ढों के बिना कोई सड़क होती कहाँ है। 1 तारीख़ की सुबह जब मैं ऑफ़िस पहुँचा तो मेरे बॉस ने मुझे सेल्स की मीटिंग के लिए ताइवान जाने को कहा। मैंने दुविधा बॉस को बताई तो उन्होंने हँसते हुए कहा कि ट्रिप 4 दिनों की है और मैं 5 तारीख़ तक लौट आऊँगा। मुझे उसी रात निकलना था सो मैं घर चला गया। मंजरी को फ़ोन पर बताकर परेशान नहीं करना चाह रहा था।

घर पहुँचकर मैंने मंजरी को ट्रिप के बारे में बताया। मंजरी इस ट्रिप की बात से निराश थी, यह साफ़ ज़ाहिर था। पर नौकरी में हमारा बस कहाँ होता है? मंजरी ने पैकिंग में मेरी मदद की। मैंने पासपोर्ट निकालकर ताइवान का वीज़ा चेक किया और टिकट वग़ैरह ठीक से रखने लगा।

"बस कुछ दिनों की बात और है। मैं आ जाऊँगा। अभी तो डॉक्टर के पास भी नहीं जाना है।" मैंने माहौल की ख़ामोशी को हल्का करने की कोशिश की। मंजरी चुप रही जैसे मेरी बात को उसने सुनकर अनसुना कर दिया हो।

मैंने चांगी एयरपोर्ट के लिए टैक्सी बुलाई और निकलने से पहले डायरी में डॉक्टर, हॉस्पिटल सबका नम्बर लिखकर मंजरी को दिखा दिया ताकि किसी इमरजेंसी में मंजरी को बस एक कॉल करना पड़े। हालाँकि मेरा दिल जानता था कि मंजरी यह सब कुछ नहीं सँभाल पाएगी। निकलने से पहले मैंने ईश्वर से प्रार्थना की कि मंजरी को डायरी न देखनी पड़े।

ताइवान की पूरी यात्रा में ध्यान मंजरी पर बना रहा। 2, 3 और 4, इन तीनों दिन मीटिंग थी और 5 सुबह की ताईवान से सिंगापुर की फ्लाइट मैंने बुक करवा ली थी ताकि जल्द से जल्द आ जाऊँ।

तीनों दिन व्यस्तता बनी रही। सुबह से शाम मीटिंग्स में प्रेज़ेंटेशन करता रहा पर ध्यान कहीं-न-कहीं मंजरी पर लगा रहा। रोज़ रात जब होटल पहुँचकर मैं मंजरी से ख़ैरियत पूछ लेता तो मन को सुकून मिलता।

5 की सुबह जब मैं फ्लाइट के लिए चेक-आउट कर ही रहा था कि मिस्टर लिम जो मेरे चायनीज़ पड़ोसी हैं, उनका फ़ोन आया।

मंजरी का वाटर बैग फट चुका था और वह और उनकी पत्नी मंजरी को इमरजेंसी में ले जा रहे थे। मंजरी बात करने की हालत में नहीं थी। अगले 4 घंटे की यात्रा कैसी गुज़री कहना मुश्किल है। जिस मुश्किल का आप सामना कर रहे होते हैं उससे बड़ी वह मुश्किल होती है जहाँ आप मूकदर्शक मात्र होते हैं। मैंने फ्लाइट में बैठे मन-ही-मन प्रार्थना शुरू की। मेरे दिमाग़ में बच्चा कहीं नहीं था सिर्फ़ और सिर्फ़ मंजरी थी।

"इलाहाबाद की लड़की, पराये से देश में, अजनबियों के बीच यह सब कैसे झेल रही होगी? हे ईश्वर, अब तुम ही सँभालो।" वैसे तो मैं चाहूँ न चाहूँ सँभालता तो हमेशा ईश्वर ही है। पर बेबसी का तार इनसान को भगवान से बड़ी तेज़ी से जोड़ लेती है। चांगी एयरपोर्ट पर उतरते ही मैंने अपने पड़ोसी मिस्टर लिम को फ़ोन लगाया और उन्होंने कहा कि मंजरी ऑपरेशन थियेटर में है। मैंने हॉस्पिटल के लिए टैक्सी ली और मन को शान्त करने में लग गया।

"यू लुक वरिड, यू मे शेयर विथ अस, इफ यू वांट।" महिला ड्राइवर ने मुस्कराते हुए मुझसे पूछा।

मैंने सारी कहानी, मन का सारा संशय कह डाला। अपनी बातें कहने भर से मन को बड़ा सुकून मिला।

"डोंट वरी, इवरीथिंग विल बी ओके।" उसने उसी तरल मुस्कान के साथ कहा। मुझे ढाँढस मिला।

"यू वांट अ बॉय आर अ गर्ल?" उसने हॉस्पिटल पार्किंग में टैक्सी ले जाते हुए पूछा।

इतनी देर मंजरी की चिन्ता में मैंने बच्चे के बारे में सोचा ही नहीं था।

"अ गर्ल।" मैंने कहा।

"वॉई अ गर्ल?' उसने चेंज लौटाते हुए पूछा।

"गर्ल्स कैन गिव लाइफ़।" मैंने दार्शनिक अन्दाज़ में कहा।

"यू विल हैव वन।" टैक्सी निकल गई और उसके शब्द पीछे रह गए।

और कुछ हुआ न हो पर मेरा मन अचानक से शान्त हो गया। जैसे मेरे भीतर किसी अनहोनी का डर मिट गया हो। रिसेप्शन पर मैंने मंजरी की डिटेल बताई और मुझे प्रसूति वार्ड की तरफ़ भेजा गया।

धीरे-धीरे बढ़ते मेरे क़दम जब वहाँ पहुँचे तो मिस्टर लिम और उनकी पत्नी बैठे थे। मंजरी लेटी थी और उसके बग़ल में कोई और भी था। गुलाबी रंग के कपड़े में लिपटी एक जोड़ी चमकीली आँखें मुझे पहली बार मुझे देख रही थीं। हॉस्पिटल के नियमानुसार गुलाबी कपड़े होनेवाली लड़कियों को और नीले कपडे लड़कों को पहनाए जाते हैं। मुझे समझने में देर नहीं लगी मेरी ज़िन्दगी में एक परी ने दस्तक दे दी है। मैंने उसे देखा और लगा जैसे सब शान्त हो गया है। पिछले नौ महीने की उत्तेजना, पिछले 5 घंटों की शंका, सब शान्त, बिलकुल शान्त। ठीक वैसे ही जैसे समुन्दर में तूफ़ान के बाद की सुबह। मैंने उँगली बढ़ाई और उस नन्ही-सी जान ने अपनी नन्ही उँगलियों से मेरी उँगलियों को छुआ। और जैसे मेरे कान में महिला ड्राइवर के शब्द गूँज गए, 'यू विल हैव वन।'

"आई हैड वन। थैंक यू मिस्टर लिम।" मैंने उनकी तरफ़ मुख़ातिब होते हुए कहा।

"शी इज गॉड्स गिफ़्ट टू यू।" मिस्टर लिम ने सारी इमरजेंसी की बात

बताते हुए कहा कि किस तरह ईश्वर ने साथ दिया और वे समय रहते मंजरी को हॉस्पिटल लिवा आए वरना अनर्थ हो सकता था।

"यस, गॉड्स गिफ़्ट। इन हिन्दी, वी से, 'प्रिशा'।" मैंने प्रिशा कहते हुए रूमाल से अपना चेहरा पोंछा।

मेरी आँखों में आँसू थे, जो मुझे उन सबसे छुपाना था।

फ़ास्ट फॉरवर्ड ज़िन्दगी में एक वक़्त आ गया था जब ठहरकर उसका इस्तक़बाल किया जाए। इसके बाद ज़िन्दगी बदलनेवाली थी।

हम तीन हो गए थे।

मिस्टर लिम और उनकी पत्नी को विदा करने के बाद जब मैं वार्ड में लौटा तो मंजरी एकटक प्रिशा को देख रही थी।

मैं वहीं दरवाज़े पर खड़ा उन दोनों को ज़िन्दगी-भर यूँ ही देख सकता था। पर ज़िन्दगी रुकती कहाँ है। हम सब कठपुतली ही तो हैं। अच्छे-बुरे पल जीने के लिए मिलते हैं। रुकने के लिए नहीं।

मेरे और मंजरी की तरह ज़्यादातर भारतीय जोड़े पेरेंटिंग की कोई ट्रेनिंग तो लेकर आते नहीं। पेरेंटिंग किस चिड़िया का नाम है उन्हें पता ही तब चलता है जब वे पेरेंट्स बनते हैं। हममें से ज़्यादातर लोग अपने पेरेंट्स की पेरेंटिंग के पन्ने खोलकर कुछ उससे सीखते हैं कि क्या करना है और क्या नहीं करना। कुछ उन पड़ोसियों से जिनकी पेरेंटिंग पूरे मोहल्ले में सरनाम हो और बाक़ी होती है ऑन द जॉब ट्रेनिंग।

प्रिशा की ज़िन्दगी का एकदम कोरा पन्ना खुल रहा था जिस पर लिखा जा रहा था और मैं और मंजरी उसके साक्षी थे। हर शाम ऑफ़िस से लौटकर मेरा और मंजरी का चाय पीना अब प्रिशा के पालने के पास होता था। प्रिशा के दिन-भर की क्रियाओं की विवेचना मंजरी इस तन्मयता से करती जैसे लगता कि पूरा ब्रह्मांड एक तरफ़, प्रिशा एक तरफ़। आज प्रिशा ने पैर हिलाए, उँगली से मेरी तरफ़ दिखाया, हल्की आवाज़ दी, ऐसे हँसी, वैसे रोई। कई बार मैं ख़ुद को नेग्लेक्टेड महसूस करता। पर धीरे-धीरे आदत-सी हो गई। समझ आया कि एक माँ के लिए उसके बच्चे के आगे कुछ भी नहीं, उसका पति भी नहीं।

घर से फ़ोन आता तो सिर्फ़ प्रिशा के बारे में बातें होतीं। नयापन कितना

आकर्षक होता है, इसका अन्दाज़ा मुझे तब हुआ। ऑफ़िस में काम के वक़्त भी मेरा ध्यान मंजरी की बजाय प्रिशा के चेहरे पर चला जाता।

जब कभी हमें लगता कि हम अब पेरेंटिंग की विद्या में पारंगत हो ही रहे हैं कि प्रिशा हमारा सिलेबस बदल देती। सबसे बड़ा परिवर्तन तो तब आया जब उसने चलना शुरू किया। जैसे घर में सुनामी आ गई हो, ऐसी सुनामी जो अपने साथ घर की हर चीज़ को बहाकर इधर-उधर कर देती हो। सबसे पहला अटैक अपने बिस्तर पर, जैसे पालने से एक शातिर जासूस की तरह बिना ज़्यादा शोर-शराबा किए ख़ुद उतर आना। अचानक से मंजरी द्वारा सजाया घर बिलकुल अस्त-व्यस्त। कभी बिस्तर की चादरें बिखरी हुईं, कभी सोफ़े का कुशन नीचे पड़ा हुआ, कभी फूलदान के फूल बाहर टॉयलेट का चक्कर लगाते।

धीरे-धीर प्रिशा की नज़र उन चीज़ों पर पड़ी जो मेरे लिए बड़ी महत्त्वपूर्ण थीं। मसलन मेरा कम्प्यूटर और फ़ोन। कम्प्यूटर खुला मिल गया तो की-बोर्ड पीटकर न जाने क्या क्या खोल देना। मोबाइल फ़ोन मौक़ा मिलते ही कान के पास यूँ लगाना जैसे कोई बड़ी बिज़नेस डील चल रही हो।

असली रणक्षेत्र तो बाथरूम बना। मौक़ा मिलते ही प्रिशा बाथरूम में जाकर कभी नल की टोटियाँ खोल देती तो कभी बाथटब में बैठ जाती। मंजरी प्रिशा को तलाशते जब बाथरूम का दरवाज़ा खोलती तो पता चलता की सैलाब आ चुका है। मतलब नज़र हटी कि दुर्घटना घटी।

गाड़ी या घर की चाभियाँ, टीवी के रिमोट वग़ैरह होंगे हमारे लिए फन्ने खाँ, पर प्रिशा के लिए इनकी क्या बिसात। कभी बेड के नीचे तो कभी किसी ख़ुफ़िया दराज़ के अन्दर। आप करते रहिए ट्रेज़र हंट, मैडम मुस्कराती रहेंगी और जब हमारी परेशानी से मन भर जाएगा तो तमाम मिन्नतों के बाद धीरे से असली ठिकाना बता देंगी। कई बार तो इनका मन हफ़्तों बाद पिघलता था। तब जाकर पता चलता था कि इन्होंने छुपाने का ऐसा नया ठिकाना ढूँढ़ लिया है, जो हमारी सोच से भी कोसों दूर है।

फिर दूसरा अत्याचार था स्वयम्भू प्रभु, भगवन पर। मन्दिर में चोरियों का नया सिलसिला। कभी बड़े ठाकुर जी बाथटब में तो छोटे वाले प्रिशा

के मुँह में विराज़मान। मन्दिर का प्रसाद कभी ख़ुद खा लेना तो कभी भगवान जी के ऊपर छोप देना। भगवान से प्रिशा को एक अलग ही प्रेम था। कभी भगवान को गिलास-भर पानी पिलाने के चक्कर में नहला देना तो कभी अपनी दूध की बॉटल बाल गोपाल के मुँह लगा देना। आरती की थाली से ख़ुद को चन्दन पोत लेना, माचिस की तीलियाँ निकालकर ट्रेन के डिब्बे बना देना, भगवान के इत्र को अपने कपड़ों का मित्र बना लेना। और ये सारा आक्रमण बड़ी सोची-समझी रणनीति के तहत किया जाता था, बिलकुल जैसे गोरिल्ला वॉर हो।

जैसे ही मैं काम में व्यस्त, मंजरी फ़ोन में व्यस्त, प्रिशा को अन्दाज़ा हो जाता कि अब किसी का ध्यान उन पर नहीं है। वक़्त आ गया है कुछ बड़ा करने का। मन्दिर के अन्दर कांड करने पर सिर्फ़ मन्दिर ही ख़राब होता है, क्यूँ न भगवान को चढ़नेवाले सिन्दूर का डिब्बा बाहर लेकर खेल किया जाए। आराम से सोफ़े पर बैठकर, ढक्कन खोलकर लीपा-पोती शुरू। मंजरी को मैंने उस दिन पहली बार प्रिशा को डाँटते सुना था और उतने ही प्यार से फिर गले लगाते।

किसी भी पेरेंट्स को सबसे ज़्यादा डर इलेक्ट्रिक चीज़ों से लगता है और यह भी प्रिशा को समझ आ गया। कभी कुर्सी लगाकर दिन में घर भर के स्विचेस ऑन तो कभी रात को सारे स्विचेस ऑफ़। कभी प्लग में उँगली डालने की कोशिश तो कभी जीभ से प्लग चाटने की कोशिश। जैसे हुंकार भर रही हो कि हे बिजली माता, हो हिम्मत तो आओ सामने।

कुछ बदमाशियों पर ग़ुस्सा आता, कुछ पर डर लगता और कुछ पर प्यार भी आता। जिस बदमाशी पर सबसे ज़्यादा प्यार आता वह थी मंजरी के मेक-अप किट से ख़ुद को सँवारना। जब कभी लिपस्टिक लगाकर प्रिशा चुन्नी लिये मेरे पास दिखाने आती तो मेरे भीतर के पिता का दिल धक्क कर जाता। मुझे प्रिशा को गले से लगाकर कहने का मन करता कि क्या जल्दी है बड़ी होने की। क्यूँ नहीं कुछ दिन और यूँ ही तुतला के बोलती हो। जबकि मेरा दिल जानता था कि यह तो सिर्फ़ एक बाप की गुहार है। समय के कान में जूँ तक न रेंगनेवाली।

प्रिशा बड़ी हो रही थी और मैं हमेशा की तरह इस बदलाव को महसूस कर रहा था। बचपने को हैंडल कर लेना तो पेरेंटिंग की सिर्फ़ छोटी सी ट्रेनिंग थी। असली परीक्षा की घड़ी तो अब आनेवाली थी।

लड़कियाँ एक झटके में बड़ी होती हैं। और मैं जो वास्तव में एक मर्द और अब पिता हूँ, किसी भी बदलाव को स्वीकार करने के लिए तैयार नहीं था।

"पापा, आज मैं अपने दोस्त के यहाँ स्लीप-ओवर (किसी दोस्त के घर रात को सोना) करने जा रही हूँ।" यह पहली बार जब मैंने सुना था तो मेरे भीतर के पिता को खटका था।

"कौन दोस्त हैं यह?" सिंगापुर भले ही एक अलग संस्कारों का देश हो पर मेरे भारतीय मूल्य कहाँ गवाही देनेवाले थे।

"अरे इसकी तीन सहेलियाँ हैं। सारी एक के घर आज सोने का प्लान कर रही हैं।" मंजरी ने बीच-बचाव किया।

"यहीं क्यों नहीं सो जाती?" मेरा मन इतनी आसानी से हार नहीं मानने वाला था।

"पर वहाँ सोने में क्या दिक़्क़त है?" प्रिशा ने बड़ी रुखाई से सवाल किया।

मेरे पास कोई जवाब नहीं था, इसलिए मैं चुप रहा। प्रिशा कपड़े वग़ैरह बैग में भरकर यह कहते हुए निकल गई कि सुबह-सुबह आ जाएगी। उस रोज़ जाते समय वह मंजरी से गले मिली पर मेरी तरफ़ नहीं देखा। एक टीनएज बेटी और पिता के बीच के रिश्ते की कशमकश की शुरुआत हो गई थी।

"इस तरह हमें प्रिशा की हर बात नहीं माननी चाहिए। अब वह बड़ी हो रही है।" मैंने बिस्तर पर पड़ते ही मंजरी से कहा।

"आप ख़ामख़्वाह परेशान होते हैं। यह सिंगापुर है, कोई जबलपुर नहीं।" मंजरी ने व्यंग्य में लपेटकर जवाब दिया और करवट बदल ली।

बात तो ठीक कही थी उसने। पर मेरे संस्कार, लड़कियों को लेकर मेरी सोच, ये सब मैं इतनी आसानी से कहाँ बदल पा रहा था।

ना हम कभी रिलैक्स्ड रहना चाहते हैं, न ज़िन्दगी हमें होने देती है। ज़िन्दगी ने हमेशा की तरह इस उम्र में आते ही मुझे नये चैलेंजेज दिए। सिर्फ़ प्रिशा का खुलापन ही नहीं बल्कि कुछ और बातें भी थीं जो अब चुभने लगी थीं।

मसलन पढ़ाई। मैं एक ऐसी पीढ़ी से आता हूँ, जहाँ सिखाया गया था कि, "पढ़ोगे लिखोगे तो बनोगे नवाब, खेलोगे-कूदोगे तो होगे ख़राब।" रट्टा मारना हुआ चाहे भोर में उठकर पढ़ना हुआ। कक्षा में अव्वल रहने के लिए मैंने सब किया था। जैसे बचपन से दिमाग़ में कोई प्रोग्रामिंग कर दी गई हो कि जो भी करो, अव्वल रहो। औसत मत बनो क्योंकि औसत को कोई नहीं पूछता। और कोई पूछे-न-पूछे मोहल्ले वाले और रिश्तेदार तो बिलकुल नहीं पूछते। और वही लोग हमें दिखते हैं, इसलिए महत्त्वपूर्ण हैं। अब इस प्रोग्रामिंग के साथ मैं ज़िन्दगी के टायर को घुमाता यहाँ तक आ गया था। बिलकुल उसी घूमते टायर की तरह यह बात भी मेरे ज़हन में हमेशा घूमती रही। अब मेरी बेटी ने मेरी इस सोच को चुनौती देना शुरू कर दिया था।

उस रोज़ ऑफ़िस से लौटने पर मंजरी ने बताया कि पहले टर्म की मैथ्स की परीक्षा में प्रिशा को 'डी' ग्रेड मिला है। अगर सालाना में बेहतर नहीं आए तो आगे साइंस नहीं मिल पाएगा।

"प्रिशा है कहाँ?" मैंने झल्लाकर पूछा।

"दोस्तों के साथ मूवी देखने गई है।" मंजरी ने सकुचाते हुए कहा।

"तुमसे तो कुछ होता नहीं। अब मुझे ही बात करनी होगी।" मैंने ग़ुस्से में मंजरी से कहा।

तभी दरवाज़े की घंटी बजी और प्रिशा मेरे सामने खड़ी थी। प्रिशा के साथ उसकी दो ख़ास दोस्त, एक चायनीज़ और दूसरी मलय। तीनों के कपड़े ऐसे जैसे छोटे कपड़े पहनने की प्रतियोगिता चल रही हो।

"हेलो, अंकल। बस प्रिशा को छोड़ने आए थे। बॉय।" कहकर दोनों बाहर से ही चली गईं।

कहते हैं कि आपको मन-ही-मन किसी से ग़ुस्सा हो और अचानक से सामने आ जाए तो ग़ुस्से को सीढ़ी मिल जाती है।

"फर्स्ट टर्म के एग्जाम में कितने मार्क्स आए?" मैंने कड़ाई से पूछा।

"याद नहीं।" प्रिशा कहते हुए आगे बढ़ने लगी।

"मैथ्स में 'डी' आया है और तुम्हें कोई चिन्ता ही नहीं, मूवी देखने गई थी।" मैंने बैठने का इशारा करते हुए प्रिशा से सवाल दागा।

"पहली बात तो मैथ्स में 'डी' आया तो उस पर मेहनत करूँगी और दूसरी बात ये कि मूवी नहीं देखने से मार्क्स थोड़े ही ठीक हो जाएँगे?" प्रिशा ने ढिठाई से कहा और सामने सोफ़े पर पसर गई।

"अजीब पागल लड़की हो। तुम्हें भविष्य की कोई चिन्ता ही नहीं है। हमारे मार्क्स कम आए तो हम खाना नहीं खाते थे और तुम मूवी देखने गई थी। कल को साइंस नहीं मिला तो क्या करोगी? कुछ भी पढ़ लोगी? तुम्हारे दोस्त बड़ी पोस्ट्स पर होंगे और तुम यहाँ मैक्डोनाल्ड में बर्गर बेचना। फिर समझ आएगा।" उसके बेफ़िक्र व्यवहार ने मुझे हत्थे से उखाड़ दिया था।

"मेरी ज़िन्दगी का क्या करना है, मुझे निर्णय करने दीजिए। आपको चिन्ता करने की कोई ज़रूरत नहीं है। अगर मैक्डोनाल्ड में बर्गर बेचना हुआ तो वह मेरी लाइफ़ होगी आपकी नहीं, यू आर इंटरफेयरिंग टू मच। शुड आई क्राई बिकॉज आई डिड नॉट स्कोर वेल इन मैथ्स? वॉट डू यू वांट?" प्रिशा चीख़ते और सिसकते हुए हुए अन्दर जाने लगी।

"मेरे घर में यह सब नहीं चलेगा। कल से मैं तुम्हें मैथ्स पढ़ाऊँगा।" मैंने भी उसके जाते-जाते फ़ैसला सुना दिया।

मंजरी किचन में शान्त खड़ी सब सुन रही थी। परिवार के सदस्यों के बीच की लड़ाई काँच टूटने की आवाज़ की तरह घर में देर तक खनकती रहती है।

मैंने कपड़े बदले और अकेले ही पार्क में टहलने चला गया।

यह वही पार्क था जहाँ मंजरी ने प्रिशा के आने की ख़बर सुनाई थी। मैं सोच रहा था ज़िन्दगी कैसे बदल जाती है। प्रिशा मेरी बात क्यों नहीं समझ रही? मंजरी मेरा सपोर्ट क्यों नहीं कर रही? क्या मैं ही इस नई पीढ़ी को नहीं समझ पा रहा? क्या मुझे सब छोड़ देना चाहिए? मुझे क्यूँ तकलीफ़ हो अगर मेरी बेटी मुश्किल भरी ज़िन्दगी गुज़ारे? सच तो कहती है वह कि उसकी ज़िन्दगी है, मैं क्यूँ नाक घुसेड़ूँ?

इसी उधेड़बुन में पार्क के कई चक्कर लगाने के बाद मैं घर लौट आया।

"खाना लगाऊँ?" मंजरी ने पूछा।

"प्रिशा ने खाया?" मेरा जवाब था।

"नहीं।" मंजरी ने कहा।

मैं बिना कुछ बोले प्रिशा के दरवाज़े तक पहुँचा। अपने ईगो को लाँघकर मैंने दरवाज़ा खटखटाया।

उधर से कोई आवाज़ नहीं आई।

"प्रिशा, बेटा आ जाओ, डिनर कर लें।" मेरी आवाज़ में भारीपन था।

"भूख नहीं है। आप लोग खा लो।" एक और खटखाहट के बाद प्रिशा ने सिसकी भरी आवाज़ में जवाब दिया।

"ठीक है फिर मैं भी नहीं खाऊँगा। पापा हूँ, डाँट भी नहीं सकता ना? अब इतनी बड़ी हो गई हो।" भर्राए गले से बोलते हुए मैं अपने कमरे में चला गया।

हँसी-ख़ुशी भरे घर में माहौल एकदम ग़मगीन हो चुका था।

मैं कुर्सी पर बैठा सोच ही रहा था कि प्रिशा कमरे में दाख़िल हुई।

मेरे गले लगी और बोली, "चलो, मम्मी ने खाना निकाला हुआ है।"

मैं बिना कुछ बोले प्रिशा के साथ बाहर आ गया।

डिनर टेबल पर पूरा परिवार फिर से बैठा था कि मंजरी ने माहौल को हल्का करते हुए कहा, "अच्छा हुआ आ गए, वरना, आप दोनों बाप-बेटी की लड़ाई में मैं तो भूखी रह जाती।" उसकी इस बात पर हम तीनों मुस्कराए।

"पापा आजकल बड़ी पिक्चर देख रहे हैं। इमोशनल ब्लैकमेल करना भी सीख गए हैं।" प्रिशा की इस बात पर मैं अपनी हँसी नहीं रोक पाया।

"चाहे कुछ हो जाए, मैं कल से तुम्हारी मैथ्स की पढ़ाई कराऊँगा। देखता हूँ अगली बार A ग्रेड कैसे नहीं आता।" मैंने मौक़ा देखते हुए चौका मारने की कोशिश की।

"और कुछ शर्त हो तो अभी बता दो।" प्रिशा ने छेड़ते हुए कहा।

"हाँ, सोशल मीडिया पर टाइम बर्बाद करना बन्द करो। मुझे फ़ोन में तुम्हारा घुसा चेहरा नहीं चाहिए।" मैंने मन की सारी भड़ास निकालने की सोची।

"जो हुक्म, जहाँपनाह। और कुछ?" मैं सीरियस था पर प्रिशा पूरी मस्ती के मूड में थी।

"बस कुछ नहीं। वो कपड़े थोड़ा ठीक से पहना करो। बड़ी हो गई हो, पैर दिखते हैं।" मैंने झेंपते हुए अपनी आख़िरी ख़्वाहिश डिनर टेबल पर पेश की।

"ओह गॉड, पापा आप न जबलपुर से बाहर मत निकलना।" प्रिशा ने

कहा और मंजरी और प्रिशा एक-दूसरे को देखकर मुस्कराने लगे।

मुझे ख़ुशी थी कि घर पहले की तरह ख़ुशियों से चहकने लगा था।

समय पंख लगाकर उड़ता रहा। प्रिशा की स्कूलिंग सिंगापुर में ख़त्म हो गई। उसने कॉलेज के लिए कनाडा चुना। एक उम्र के बाद बच्चे अपना बुरा-भला वर्तमान-भविष्य इतना बेहतर समझने लगते हैं कि माँ-बाप को हर बात समझा ले जाते हैं। हमारा दिल तो यही चाहता था कि वो सिंगापुर से ही डिग्री कर ले पर प्रिशा को कनाडा में बेहतर भविष्य दिख रहा था। ना प्रिशा ग़लत थी ना हमारी चिन्ता और उसे पास रखने की सोच में कोई ग़लती थी। पर किसी को तो जीतना था।

उस दिन चांगी एयरपोर्ट पर प्रिशा को कनाडा के लिए पहली बार छोड़कर लौटना नहीं भूलता। मैं और मंजरी ऐसा महसूस कर रहे थे जैसे लिफ़्ट टूटकर गिर रही हो और हम भारहीन गिरते जा रहे हों।

"कल का क्या प्लान है?" मैंने रात को मंजरी से पूछा।

वह काफ़ी देर प्रिशा की तसवीर हाथ में लिये देखती रही।

"कल का छोड़ो मुझे तो आगे की ज़िन्दगी का कुछ पता नहीं।" मंजरी की आँखें छलक उठी थीं।

मैंने उसे गले से लगा लिया। मैं पति से ज़्यादा एक दोस्त था, जो कहना चाह रहा था कि मैं तुम्हारे संग आजीवन रहूँगा।

"कुछ करना शुरू करो। जो भी तुम्हें पसन्द हो। प्रिशा को बड़ा करने का काम तुमने बख़ूबी, पूरी तन्मयता से किया है। अब आगे बढ़ने का वक़्त है।" मैंने उसे गले से लगाए ही कहा।

"मुझे नहीं पता कि प्रिशा के अलावा भी मैं कुछ कर सकती हूँ?" मंजरी ने सुबकते हुए कहा।

"तुम्हें खाना बनाने का शौक़ है न। क्यों न तुम यू-ट्यूबर बन जाओ? लोगों को यू-ट्यूब पर खाना बनाने की विधि बताओ। कुछ जबलपुरिया, कुछ इलाहाबादी।" मैंने उसे गले से लगाए हुए कहा।

"मेरा चैनल भला कौन सब्सक्राइब करेगा?" अब की उसने हँसते हुए कहा था।

मैंने उसके चेहरे को हाथ में लिया और कहा, "एक सब्सक्राइबर तो यहीं है।" अब की मैं उसका दोस्त नहीं बल्कि पति था।

मंजरी हँस पड़ी और प्रिशा की तसवीर उसने बग़ल के टेबल पर रख दी। वैसे भी प्रिशा को बग़ल में रखकर उसे अब नई ज़िन्दगी तो शुरू करनी ही थी।

ऐसा नहीं था कि बच्चों के चक्कर में सिर्फ़ मेरी ही लगी पड़ी थी। उधर मेरे दोस्त अनवर का भी वही हाल था। हर बच्चा यूनिक होता है तो पेरेंट्स की लगती भी उसी यूनिक तरीक़े से है। इक़बाल, यही नाम अनवर और रुख़सार ने अपने बच्चे का रखा था। अनवर की ख़्वाहिश थी कि एक दिन इक़बाल जब बड़ा डॉक्टर बन जाएगा, तो जबलपुर में ग़रीबों के लिए मुफ़्त अस्पताल खोले। अनवर के विचारों में रंच मात्र भी फ़र्क़ नहीं आया था। रुख़सार थोड़ा बदल गई थी, पति आदर्शवादी नज़र आ रहे थे। बेटा, माँ और पिता के विपरीत ध्रुवों के बीच झूल रहा था। लेकिन इक़बाल जैसे-जैसे बड़ा होता गया, पिता की तरफ़ झुकाव बढ़ गया। अन्त में उसने जबलपुर में ही डॉक्टर बनकर, अनवर को उसके उसूलों वाली परवरिश का तोहफ़ा भी दिया। हालाँकि माँ रुख़सार अब भी यही चाहती है कि इक़बाल को विदेश या फिर किसी बड़े शहर चले जाना चाहिए।

कहते हैं कि ज़िन्दगी सबको धोबी पछाड़ मारती है। ज़िन्दगी के अखाड़े में कोई तुर्रम खान नहीं। 'बच्चे' ऐसा राउंड थे जिसमें ज़िन्दगी ने हमारे हँसते-खेलते दोस्त सुलभ को पटखनी दे दी थी। शादी के कई साल गुज़र चुके थे पर जूही और सुलभ को बच्चे नहीं हुए। नीम-हकीम, दवा-दुआ, सब कुछ कर लिया पर उनके महावीर स्वामी को यही मंज़ूर था। सिफारिश तो मैंने बजरंगबली और अनवर ने अल्लाह से भी की पर किसी के कान पर जूँ तक नहीं रेंगी।

ऐसा नहीं था कि बच्चे न होने से सुलभ अछूत हो गया था पर समाज फील वही करा रहा थ। आप समाज से अलग हुए, समाज आपको अछूत बनाकर छोड़ता है। शादी के कुछ सालों तक हम उसे छेड़ते रहे, फिर एक

दिन अनवर ने समझाया कि अब हमें नहीं छेड़ना चाहिए। अब बात उसके दिल को दुखाती है। अनवर की बातें सुनकर मेरी आँखें भर आईं।

सुलभ, अपना यार, जो मुर्दे को हँसा दे, उसकी ज़िन्दगी में एक ऐसी कमी, एक ऐसा ख़ालीपन था जो कभी भर ही नहीं सकता। वह आख़िरी दिन था, उसके बाद मैंने और अनवर, मंजरी और रुख़सार ने मिलकर सुलभ और जूही को शील्ड कर दिया। हम उन दोनों से इन सबकी कभी बात नहीं करते। सुलभ और जूही हमारे बच्चों प्रिशा और इक़बाल से ऐसे बात करते जैसे पूरी ममता इन्हीं पर लुटा देंगे। सुलभ जैसे लोगों की ख़ासियत है, ख़ुश रहना। यही उनका मूल स्वभाव है। वे कोई भी ग़म पालते नहीं। धीरे-धीरे समाज ने भी उन दोनों से पूछना छोड़ दिया, क्योंकि तंग करने को नये मुर्गे मार्किट में आते रहे। पर यह दर्द अब सिर्फ़ उन दोनों के सीने में ज़िन्दगी-भर के लिए पल गया।

मेरे पास प्रिशा थी और उसके अमीरज़ादियों वाले नखरे थे। अनवर के पास इक़बाल जैसा आज्ञाकारी बच्चा था जो माँ और पिता के सैद्धान्तिक मतभेदों के बीच जूझ रहा था। सुलभ के पास इस बात का दुख था कि उसके पास बताने के लिए कुछ नहीं था।

नौकरी, मंजरी, प्रिशा इन त्रिज्याओं से बनी मेरी ज़िन्दगी का पहिया देखने में लग रहा था कि सिर्फ़ गोल-गोल घूम रहा है पर मुझे अन्दाज़ा नहीं हो रहा था कि घूमने के साथ-साथ यह आगे भी बढ़ रहा है। यह 40 से 50 की उम्र इसी सब में भागते यूँ ही गुज़र जाती है। इसी बीच कुछ तजुर्बे की वजह से, कुछ अपने काम से आप अपनी प्रोफ़ेशनल ज़िन्दगी में भी ठीक-ठाक ओहदे पर पहुँच चुके होते हो। पर यह सब हासिल करने के बीच बहुत कुछ छूटता भी है।

समय बनिया है जितना देता है उतना ले भी लेता है। सीढ़ियों पर फुदक कर चलनेवाले इनसान को धीरे-धीरे कब थकान महसूस होने लगती है, पता ही नहीं चलता। शरीर रुकने को कहता है और मन मानने को तैयार नहीं। शरीर और मन के बीच जद्दोजहद होने लगती है। घंटों-घंटों काम करनेवाला दिमाग़ अब थकने-सा लगता है। जल्दी उठना और जल्दी सो जाना जिसे कभी बूढ़ों का रूटीन कहा करता था, न जाने कब ख़ुद फॉलो करना शुरू कर दिया।

कुछ भी खाकर पचा ले जानेवाले लिवर अब ज़्यादा तेल-मसाला देखकर उकताते हैं। बड़ी चमकती आँखें धूमिल-सी होने लगती हैं और चश्मा फैशन की बजाय ज़रूरत बन जाता है।

पेशेवर ज़िन्दगी में भी कई बदलाव दिखते हैं। एक सीखे ढर्रे पर काम करना अच्छा लगता है। वही मैं, जो हर चीज़ में कुछ नया घुसेड़ने की कोशिश करता था, अब थोड़े से भी परिवर्तन से झल्ला उठता हूँ।

ऑफ़िस में ज़्यादातर जूनियर्स हैं जो सीनियरटी का लिहाज़ करके इतनी इज़्ज़त देते हैं कि इज़्ज़त पाना एक आदत-सी हो गई और न मिले तो सीनियर होने का ईगो सामने आ जाता है। वैसे भी ऑफ़िस के काम की मुश्किलें झेलते-झेलते अब इतनी आदत हो गई है कि मुश्किलें पेशानी पर लकीर नहीं खींच पातीं।

इस फायदे के साथ तजुर्बे ने कुछ छीना भी। कुछ हासिल करने के बाद बच्चों-सी ख़ुशी, जो अब नहीं रही। कुछ नया मिला तो ऑफ़िस के बड़े लेवल की पॉलिटिक्स और वह गला काट पॉलिटिक्स। जो आपके साथ हँसते-मुस्कराते गले मिल रहे होते हैं वो कब पीठ में खंज़र भोंक दें, पता ही नहीं चलता।

व्यक्तिगत ज़िन्दगी में भी बड़े बदलाव आ रहे थे। मंजरी से रिश्ते में माधुर्य कम-सा हो चला था। वह अब इलाहाबाद की सीधी-साधी, मेरे पीछे खड़ी रहनेवाली लड़की से कहीं आगे निकल चुकी थी। यू-ट्यूब पर खाना सिखाना भी ख़ूब चल निकला था। इससे वह व्यस्त तो हुई ही थी पर इसी बहाने सिंगापुर में भी उसका पूरा गैंग बन गया था जिसमें वह व्यस्त रहा करती थी। घर के अन्दर प्रिशा से बातें करती, यू-ट्यूब पर वीडियो बनाती और मैं धीरे-धीरे इन सबमें पीछे छूटता जा रहा था।

इन सालों में इस रिश्ते में जो सबसे बड़ी चीज़ हम दोनों ने हासिल की थी वह थी प्रिशा। और अब उसके कनाडा चले जाने के बाद जैसे मेरे और मंजरी के बीच कुछ निर्वात-सा हो गया, ख़ाली-सा। प्रिशा ने सालों वह जगह भर रखी थी। ऑफ़िस से लौटकर आने में अब जैसे कोई उत्तेजना ही नहीं बची थी। ऐसा लग रहा था कि ज़िन्दगी उम्र के इस पड़ाव पर जैसे ऑटो पायलट मोड में चल रही हो।

जब कभी प्रिशा का कनाडा से फ़ोन आता, मैं और मंजरी चहक उठते। पर फ़ोन कॉल के बाद सूनापन फिर से घर को समेट लेता। कमरे बढ़ गए थे, सामान बढ़ गए थे, सजावट बढ़ गई थी पर बॉन्डिंग कम हो चली थी। मैं और मंजरी बिना प्रिशा के एक-दूसरे के क़रीब होने की बजाय अपनी दुनिया, अपनी पहचान में डूब गए थे। सुबह और शाम की चाय में से जैसे कोई अदरक हटा दे। प्याला वही, चाय वही पर सब कुछ फीका-फीका। ठीक वही हाल, ज़िन्दगी का था।

मैं नौकरी में उलझा, मंजरी को वक़्त नहीं दे पा रहा था। मंजरी ने दोस्तों, सोशल मीडिया, यू-ट्यूब में अपना वक़्त बिताना सीख लिया था। हम दोनों एक-दूसरे से ठीक वैसे ही दूर होते जा रहे थे, जैसे कभी धीरे-धीरे हम पास आए थे। मेरे दिल में मंजरी की कई बातों पर ग़ुस्सा था। उसका मुझ पर ध्यान न देना, उसका ख़ुद में डूबे रहना, उसका जबलपुर लौटने की बात पर उकताया-सा मन। पर मैंने कभी उससे इन पर बात नहीं की।

"जब मैं ख़ुद दिनों-दिन ऑफ़िस के काम में उलझा रहता हूँ, तो क्या हक़ है मुझे उससे शिकायत करने का?" मैं ख़ुद को यही कहता।

बढ़ती उम्र के पति-पत्नियों की अपनी ही समस्या होती है। यह समस्या और बढ़ जाती है जब बातचीत कम हो जाती है। कई मसले तो बातचीत से सुलझ सकते हैं पर हमारा ईगो हमें आगे बढ़कर बात नहीं करने देता।

हम दोनों का रिश्ता उलझ-सा गया था। एक अजीब-सी उम्र की उलझन थी यह। बिस्तर पर हमारे पैर टकराते पर ईगो उसे गले लगाने से रोक लेता। ऑफ़िस जाते मेरी आँखें उसे ढूँढ़तीं पर वह चाय लिये फ़ोन में डूबी रहती। हमारे यहाँ की बाक़ी औरतों की तरह मंजरी शुरू में मेरी हर बात सुन लेती थी। मुझे पता ही नहीं चला कि मुझे कब इस चीज़ की आदत पड़ गई। समय के साथ-साथ जब वह अपनी असहमतियाँ जताने लगी, अपने भिन्न विचार रखने लगी, मुझे कई बार ग़ुस्सा भी आने लगा। मेरा दिल उससे नाराज़ होना चाहता पर मन बार-बार समझता कि आधी से ज़्यादा ग़लती तो मेरी है।

इस जद्दोजहद से भागने के लिए, मैंने कम्पनी के काम में और मन लगा दिया था। मैं आख़िरी इनिंग बड़ी इज़्ज़त से खेलना चाहता था। और

उससे भी बड़ी बात यह थी कि मन लगाने को कुछ और था भी नहीं। कभी-कभार इस बात का मलाल ज़रूर होता कि अब मंजरी को दूरी की शिकायत भी नहीं थी।

अगले साल कम्पनी के नये एम.डी. का चुनाव होना था क्योंकि अभी वाले एम.डी. सेवानिवृत्त हो रहे थे। वरिष्ठता के हिसाब से तीन लोग लिस्ट में थे और क़िस्मत या बदक़िस्मती से उनमें से एक मैं भी था। पैसे की भूख सिर्फ़ एक हद होती है। उसके बाद इनसान को पावर की भूख हो जाती है। मैंने अपनी थाली कब बदली पता ही नहीं चला पर यह साफ़-साफ़ महसूस कर सकता था कि मुझे महीने की तनख़्वाह से कोई ख़ुशी नहीं मिलती थी। कहीं-न-कहीं भीतर एम.डी. बनकर आख़िरी के दस साल काम करने और उसके बाद सेवानिवृत्त होने की इच्छा पनपने लगी।

"यह एक अजीब बेरुखा मोड़ है अनवर।" मैंने खिड़की के पास खड़े होकर अनवर को फ़ोन पर किसी दिन उदास होकर कहा था।

"बहुत कुछ हासिल हुआ पर ख़ुशियाँ ले गया। ज़िन्दगी में जैसे नीरसता समा गई है। समझ ही नहीं आता कि कहाँ ग़लती हुई।" मैं अनवर को सब कुछ कहकर मन हल्का कर लेना चाहता था।

"हर दौर ऐसा ही तो था शरद! कभी कुछ था कभी कुछ नहीं था।" अनवर ने हँसते हुए कहा।

"क्या हम तीनों उसी से गुज़र रहे हैं?" मैंने अपनी सान्त्वना के लिए पूछा।

"उम्र के उसी पड़ाव पर तीनों हैं, पर तीनों की परिस्थितियाँ अलग दिख रही हैं।" अनवर ने सपाट स्वर में कहा।

"मतलब क्या तुम्हें या सुलभ को ऐसी नीरसता नहीं दिखती?" मैंने फिर से पूछा।

"मेरा तो नहीं पता पर सुलभ को देखकर बिलकुल नहीं कह सकता। वह आज भी उसी मस्ती और ऊर्जा के साथ जी रहा है, जैसे बचपन में था। और ऐसा भी नहीं कि ज़िन्दगी ने उसे सब कुछ दे दिया है। उसकी मुश्किलें तो तुझे पता ही हैं।" अनवर ने कहा।

मेरी तरफ़ से ख़ामोशी देखकर, अनवर ने फिर बोलना शुरू किया।

"देख शरद, यह उम्र ही ऐसी है। मेरे पास पैसे नहीं हैं पर सुकून है। सुलभ के पास पैसे हैं पर बच्चा नहीं है तो समाज सुकून से नहीं जीने दे रहा। तेरे पास सब कुछ है पर तेरे भीतर सुकून नहीं है।" अनवर ने दार्शनिक अन्दाज़ में कहा।

"आख़िर क्यों नहीं है मेरे भीतर सुकून? मैं जहाँ रहता हूँ वहाँ न तो कोई समाज का दबाव है, न मेरे पास कोई कमी है।" मैं अनवर की बात को समझना चाह रहा था।

"तुम्हें किसी चीज़ की तलाश है शरद, जो तुम्हें मिल नहीं रही। इसीलिए सुकून नहीं है। और तुम्हें पता करना होगा कि किस चीज़ की तलाश है तुम्हें।" अनवर ने हथौड़े को कील के ऊपर ही मार दिया था।

"तलाश तो है पर सचमुच पता नहीं किस चीज़ की। काश, ज़िन्दगी आसान होती यार।" मैंने आहें भरते हुए कहा।

"मज़ा कहाँ आता फिर।" अनवर ने कहा और हम दोनों हँस पड़े।

"तो कल कॉर्पोरेट की राजनीति के क़िस्से सुनाने वाले हैं, आप?" वैदेही जाने को तैयार हो रही थी।

"ज़िन्दगी कुछ-न-कुछ टाइमपास ढूँढ़ ही लेती है। वो बात अलग है कि तब वो चीज़ टाइमपास नहीं सबसे ज़रूरी लगती है।" मैंने हँसते हुए कहा।

वैदेही चली गई।

ओहदा

"चलिए आज कहानी आपकी कॉर्पोरेट वाली दुनिया में क़दम रखनेवाली है।" वैदेही ने आते ही कहा और अपने रूटीन कामों में लग गई।

चेक-अप वग़ैरह करने के बाद जब वो दवा देकर बैठी तो मैंने कहानी को आगे बढ़ाया। मुझे वह दिन याद आया जिस दिन मैं 50 साल का हुआ था।

"हैप्पी 50th बर्थडे।" रिसेप्शनिस्ट ने ऑफ़िस में घुसते ही याद दिलाया। कम्पनी के रिकॉर्ड में सबका जन्मदिन लिखा हुआ है, इसलिए मुझे अचरज नहीं हुआ।

अपने केबिन में घुसते, कैलेंडर की तारीख़ काटते, मैं ख़यालों में खो गया। यह चालीस से पचास का सफ़र जिस रफ़्तार से गुज़रा पता ही नहीं चला।

प्रिशा बड़ी होकर कॉलेज चली गई। मंजरी अपने यू-ट्यूब चैनल, दोस्तों, सोशल मीडिया और पार्टीज में व्यस्त हो गई। परिवार के सदस्यों के बीच की दूरी में हर सदस्य थोड़ा-बहुत ज़िम्मेदार होता है। सिर्फ़ उन्हीं का क्या दोष दूँ। मैं भी तो बदल गया था। काम में व्यस्त, न मंजरी से सीधे मुँह बात करता हूँ, न प्रिशा के लिए वक़्त निकाल पाता हूँ। मंजरी कब से ज़िद कर रही है कि केनेडा चलते हैं, प्रिशा से मुलाक़ात भी हो जाएगी और थोड़ा घूम भी आएँगे। पर कहाँ उसकी बात मानी। मैं काम में डूब गया हूँ, या फिर दिल पर हाथ रख सच कहूँ, तो कम्पनी में ऊँचे ओहदे पर पहुँचने की भूख-सी हो गई है।

एक ज़माना था जब पैसा मुझे मोटीवेट करता था। अब पावर करती है। पावर में एक नशा होता है। जब आप चलते हैं, लोग आपको देखते हैं, लोग आपकी सलाह माँगते हैं। आपको लगने लगता है कि आप लोगों की ज़िन्दगी

बना और बिगाड़ सकते हैं। कम्पनी के नये एम.डी. का चुनाव इस साल होना है और कहीं-न-कहीं मेरे लिए यह सबसे महत्त्वपूर्ण बात हो गई थी। मंजरी और प्रिशा से भी ज़्यादा। चाहे मैं यह बात स्वीकार करूँ या न करूँ, मेरे भीतर का सच तो यही है। मैं सोचने लगा कि समय ने मुझे बदल दिया या फिर मैं शुरू से ऐसा ही था।

मैंने अपनी टेबल पर रखी अनवर और सुलभ के साथ तसवीर देखी। तीन दोस्त जो लगभग एक ही जगह पले-बढ़े, अपनी सोच में, इच्छाओं में इतने जुदा कब और कैसे हो गए, समझ नहीं आता। उन दोनों की तुलना में, बचपन से मैंने, औक़ात से कुछ ज़्यादा ही हासिल करना चाहता रहा। मैं जो भी पाने की कोशिश करता, वह किसी-न-किसी रूप में, थोड़ा ज़्यादा या थोड़ा कम, मुझे मिल जाती। लेकिन हर ऐसी चीज़ मिलने के बाद, मैं अपनी चाह बदल लेता। पर एक चाह कभी नहीं बदली और वह थी हमेशा औक़ात के ऊपर कुछ हासिल करने की चाह।

कई बार मन में आया कि यह चाह सही है या ग़लत। पर मैं जब भी इस जद्दोजहद में परेशान हुआ, ख़ुद को यही कहकर समझाया कि जबलपुर से सिंगापुर की यात्रा, पैसा, शोहरत, इसी चाह ने ही तो मुझे यहाँ तक पहुँचाया है। मैंने अपने टेबल पर अपनी सुलभ और अनवर के साथ नर्मदा के किनारे खींची एक पुरानी तसवीर लगा रखी है।

उस दिन मैंने हम तीनों की तसवीर उँगलियों से छूकर मुआयना किया। जैसे तीनों की ज़िन्दगी को समझने की कोशिश कर रहा हूँ। जाने क्यों, ऐसा लगता है, अनवर और सुलभ हमेशा मुझसे ज़्यादा ख़ुश नज़र आते हैं। मन में ख़याल आया कि औक़ात से ज़्यादा हासिल करने की चाह मेरी आदत बन चुकी है और शायद यह चाह ही मेरे दुखों का कारण है। पर न जाने क्यूँ, चाहकर भी मैं इस चाह से दूर नहीं हो पा रहा था। धीरे-धीरे, मेरे मन ने अनमने ही सही इसे स्वीकार कर लिया है।

हालाँकि दिमाग़ में हमेशा यही चलता रहा कि काश, मैं भी उन दोनों की तरह होता। मसलन, मुझे ही क्यों जबलपुर से निकल जाना था। मुझे ही क्यूँ ख़ूब पैसे कमाने थे। मैं सिंगापुर की इस कम्पनी में काम करते ख़ुश तो

रह सकता था पर मेरी इस ऊँचे ओहदे की चाह ने फिर मुझे घेर लिया था। ज़िम्मेदारी से काम करनेवाले मुलाज़िम की आँखों में न जाने कब एम.डी. बनने के सपने देख लिये। मुझे इस कम्पनी की सबसे ऊपरी सीढ़ी पर बैठना था। दुनिया में ताक़त का हमेशा से बोलबाला रहा है। ऐसा नहीं होता तो अलाउद्दीन अपने चाचा जलालुद्दीन को खंज़र नहीं मारता। ताक़त का यह खेल ज़मींदार-किसान, महाराजा-प्रजा और न जाने किन-किन रूपों में हमेशा दुनिया में रहा। कहने को हम सभ्य होते गए और जैसा कि सभ्य समाज से उम्मीद की जाती है, हम समानता की बातें करने लगे।

पर ये सारी चीज़ें सिर्फ़ बातों में ही सीमित थीं। कॉर्पोरेट की दुनिया झूठ का बहुत बड़ा मुखौटा थी। बाहर से मुस्कराते हुए भीतर खंज़र मारने को तैयार लोगों की दुनिया। इस दुनिया में किसी तरह, मैं यहाँ तक आ गया था, प्रजाओं में मेरी एक पहचान थी। पर अब की मामला संगीन था, क्योंकि मुझे अब राजा बनने की लड़ाई लड़नी था। राजाओं की दुनिया एक इलीट-सी दुनिया है। मेरा छोटे शहर से आना, मिडिल क्लास मान्यताओं में रचा-बसा स्वाभाव, शायद मुझे कभी उस इलीट क्लास में घुसने ही नहीं देगा। पर ज़िन्दगी में इतनी लड़ाइयाँ लड़कर यहाँ तक पहुँचे, तो एक आख़िरी लड़ाई भी सही। अब तक ज़िन्दगी ने लड़ने की आदत तो डाल दी थी पर यह लड़ाई आसान नहीं थी। बिग बॉस इसी साल रिटायर होनेवाले थे। एक स्ट्रेटेजी कंसल्टेन्सी को नियुक्त किया गया जो अगले एम.डी. का चुनाव करेगी। एम.डी. की इस रेस में तीन लोग थे, त्यागी जी, मिस्टर खन्ना, और मैं।

कई राउंड की मीटिंग होनी थी, ग्रुप डिस्कशन होने थे, अलग से इंटरव्यू होना था और आख़िर में बिग बॉस की सहमति और कंसल्टेंसी की सलाह पर नया एम.डी. नियुक्त किया जाना था।

नम्बर एक पर थे त्यागी जी, जो कम्पनी के सबसे सीनियर मुलाज़िमों में से एक थे। वरिष्ठ होना उनकी पहचान ही नहीं उनका सबसे बड़ा हथियार था।

"बेटा अभी तो आए हो तुम। हमने बड़े मौसम देखे हैं इस कम्पनी के साथ, तुम नहीं समझोगे।" किसी भी मीटिंग में उनका यह जवाब सब पर भारी पड़ता।

उनके साथ मैंने जब भी किसी प्रोजेक्ट में साथ काम किया, मैंने यही पाया कि जब भी उनसे किसी काम की बात करो वे काम से बचने के लिए हड़प्पा और मोहनजोदारो की खुदाई की चर्चा में चले जाते थे। फ़लाँ साल में फ़लाँ ग़लती करने से कम्पनी में फ़लाँ चीज़ हुई थी। दुनिया बदल रही है पर मज़ाल है उन्हें कोई फ़र्क़ पड़े। मुझे तो लगता था प्लेग, स्पेनिश फीवर इत्यादि महामारियाँ भी इनका कुछ न कर पाई होंगी ताकि ये दुनिया को बता सकें कि उन दिनों में क्या होता था। इस नई दुनिया में जब नवाचार की बातें की जा रही हैं, नये विचारों को जगह दी जा रही है तब भी मज़ाल है त्यागी जी के कान पर जूँ तक रेंग जाए।

"न्यूटन के जड़त्व के नियम का पालन करते हुए एक ही जगह पर स्थिर रहिएगा आप, भले ही दुनिया कहाँ की कहाँ चली जाए।" कई बार झल्लाहट से मेरा मन कहता कि उन्हें सुना दूँ। पर फिर ख़ुद को रोक लेता था।

उनका दूसरा हथियार यह था कि वह हमारी कम्पनी के ज़िल्लेइलाही यानी बिग बॉस के कॉलेज के दिनों के दोस्त थे और साथ कम्पनी की शुरुआत में नींव की खुदाई में दो-चार कुदाल इन्होंने ने भी चलाई थी। हालाँकि इनकी मानें तो बिग बॉस सो रहे थे और त्यागी जी नींव बना रहे थे। बिग बॉस के साथ जोक्स वाले मेसेज का आदान-प्रदान दिखाकर ये अपनी ख़ूब रौब जमाया करते। भले ही दिन-भर गप्प मारने में गुज़ार दें, परन्तु बिग बॉस के साथ तो कम्पनी की ऐसी फ़िक्र दिखाते थे जैसे इनका ब्लड ग्रुप चेक हो तो कहीं ए, बी, एबी, ओ की बजाय कम्पनी का नाम ही न निकल आए।

जहाँ तक एम.डी. रेस की बात थी, त्यागी जी अपने-आपको रेस में नहीं मानते थे क्योंकि उनके हिसाब से कोई प्रतिद्वंद्वी ही नहीं था। मेरा या मिस्टर खन्ना का नाम सिर्फ़ इसलिए था क्योंकि रेस, रेस जैसी दिखे। विजेता तो पहले ही घोषित था। अन्दाज़ा लगाइए कि अगर आपको बताया जाए कि आप किसी रेस में सिर्फ़ और सिर्फ़ इसलिए हैं क्योंकि रेस थोड़ी जेन्युइन लगे। कैसा महसूस करेंगे आप? त्यागी जी किसी भी मीटिंग में ऐसा महसूस कराने से नहीं चूकते थे।

दूसरे थे मिस्टर खन्ना। खन्ना साहब का ज़िक्र ज़्यादा देर मैं कर नहीं पाऊँगा क्योंकि मैं इन्हें और इनके ज़िक्र को ज़्यादा देर झेल नहीं सकता। पहली बात, इन्हें 'जी' कहने की बजाय, इनके नाम के पहले 'मिस्टर' इसलिए कहना पड़ रहा है क्योंकि अंग्रेज़ियत उनके अन्दर कूट-कूट कर भरी गई थी। बढ़िया फर्राटेदार अंग्रेज़ी, ऊपर से नीचे तक अमीरियत से लदी पोशाक, रैडो की घड़ी, गूची की बेल्ट, और दुनिया-भर का सतही ज्ञान, ये सब थे, खन्ना साहब के हथियार। भारतीयता से जितना अंग्रेज़ों को नफ़रत होगी, उससे कई गुना ज़्यादा इन्हें थी।

मुझे तो लगता है, अगर इनके बस में होता तो पहले ये माँ-बाप बदलते और यू.के. में कहीं टोनी या स्मिथ बनकर पुनर्जन्म लेते। ख़ैर, अब जब भारत में पैदा हो ही गए हैं तो यह ग़ुस्सा इनकी नाक पर रहता है। इनके हिसाब से हर भारतीय चोर है, करप्ट है और उसे बात करने, उठने-बैठने की प्रोफ़ेशनल तमीज़ नहीं है। खाने में इटली और फ्रांस की चीज़ें खाना, वाइन को वाइन बनानेवाले से बेहतर समझना, ब्रांड देखकर कपड़े की बात करना, इन सब विधाओं में ये पारंगत थे। पिता आर्मी में थे। इन्हें दून स्कूल भेजा गया था और इनके हिसाब से पूरे भारत में सिर्फ़ दो स्कूल होते हैं, एक दून स्कूल और बाक़ी सारे ग़रीबों के स्कूल। इनका फ़ोन, इनका जूता, इनका टाई, सब कुछ जिस भी ब्रांड से होता वही दुनिया का बेस्ट ब्रांड हो जाता।

कई बार लगा नींद में मिस्टर खन्ना के ऊपर एक पानी भरी बाल्टी फेंक दी जाए तो "कौन है बे' बोलने की बजाय, पूछेंगे, "द वॉटर यू थ्रीयू ऑन मी, वॉज इट ऑक्सीजन रिच ऑर नॉट?"

मैं सच कहूँ तो मेरे भीतर इतनी मिडिल क्लास भारतीयता थी कि लाख छुपाने के बावजूद बाहर छलक आती थी। किसी व्यक्तिगत बातचीत में मैंने इन्हें बता दिया कि जबलपुर से हूँ, हिन्दी माध्यम स्कूल से पढ़ाई की है, शाकाहारी हूँ, शराब नहीं पीता, तिस पर मिस्टर खन्ना का ऐसा रिएक्शन मिला, मानो मैंने जन्म लेकर ही कोई गुनाहे-अज़ीम कर दिया हो। यह सब देखकर, मेरी कभी मिस्टर खन्ना से बात करने की हिम्मत नहीं होती थी। मिस्टर खन्ना काम-वाम के छोटे-मोटे अस्त्र हासिल करने की तपस्या में बिलकुल वक़्त

नहीं बर्बाद करते। क्योंकि उनके पास होता है, ब्रह्मास्त्र। मतलब फर्राटेदार और लच्छेदार अंगेज़ी।

मिस्टर खन्ना जैसों ने शुरू से समझ लिया होता है कि कूलत्व की प्राप्ति सिर्फ़ अंग्रेज़ी से हो सकती है। इसलिए जब हम जैसे लोग मेहनत से कुछ सीखने की कोशिश में महीनों लगा रहे होते हैं, मिस्टर खन्ना जैसे लोग सिर्फ़ चन्द घंटों में उस चीज़ के बारे में बोलने की प्रैक्टिस कर लेते हैं। सुननेवाले को अन्दाज़ा भी नहीं होता कि इन्हें कुछ नहीं पता। और लच्छेदार तरीक़े से जब ये बोलते हैं तो लोग भी इस क़दर मुँह बाए इन्हें सुनते हैं कि लगता है जैसे अचानक से हवा में ऑक्सीजन की मात्रा बढ़ गई है। जो कलियाँ फूल बनने के इन्तज़ार में थीं, इनके अंग्रेज़ी बोलने मात्र से फूल बन गईं।

मिस्टर खन्ना के हिसाब से त्यागी जी सीनियर भले ही हैं, परन्तु उनके अन्दर 'वो' क्लास नहीं है जो एम.डी. के अन्दर होनी चाहिए। इसलिए कम्पनी की इमेज़ को ध्यान में रखते हुए, एम.डी. की पोस्ट इनको मिलनी चाहिए और अगर नहीं मिली तो इसमें कम्पनी का बहुत बड़ा नुक़सान है। रही बात मेरी तो मैं तो इनके लिए बैक्टीरिया हूँ, तो मेरी प्रतिद्वंद्विता की तो बात करना भी ये अपने शान के ख़िलाफ़ समझते हैं। इनका और ज़िक्र मेरी हृदय-गति बढ़ा देगा, इसलिए यहीं रोकते हैं।

ये त्यागी साहब या मिस्टर खन्ना जैसे लोग मेरे ही नहीं दुनिया के लगभग हर ऑफ़िस में होते हैं। बस नाम बदला हो सकता है। हम जैसों को हमेशा इनसे भिड़ना होता है। मैं इनकी जगह से देखूँ तो मेरी भी लाख कमियाँ गिनाई जा सकती हैं। पर अभी समर का वक़्त है तो पूरी जान लगा दी थी मैंने। मार्किट रिपोर्ट पढ़ता था ताकि कम्पनी के विज़न बताते वक़्त कुछ फैक्ट गिना सकूँ, पर मिस्टर खन्ना की तरह नहीं बोल पा रहा था। कम्पनी के लिए जो अब तक किया था, उसका ज़िक्र भी छुपे रूप से कर ही लेता था, परन्तु त्यागी जी की तरह दिन-दहाड़े मंत्रमुग्ध होकर नहीं बोल पा रहा था। जैसे-तैसे सारे राउंड्स हो गए थे, सिर्फ़ आख़िरी इंटरव्यू बचा था।

ग्रुप डिस्कशन वाले दिन मैं ख़ासा उदास था। ऑफ़िस से घर लौटते वक़्त हज़ारों चीज़ें दिमाग़ में आती रहीं। मिस्टर खन्ना का तपाक से कहना कि "यंग

मैन यू कम फ्रॉम अ स्मॉल इंडियन टाउन, यू विल नॉट अंडरस्टैंड" या फिर दूसरी बार यह कहना कि "यू मे यूज़ योर नेटिव लैंग्वेज़, इफ़ यू आर नॉट कम्फर्टेबल विथ इंग्लिश।"

उनकी मेट्रो सिटी में पैदा होने की अकड़, हिन्दी के उच्चारण में वह ऐंठन जो मेरे कानों में चिंघाड़ रही हो कि बेटा! हिन्दी बोल पाना अब फैशन में नहीं, बल्कि न बोल पाना है। अपनी रात-दिन की मेहनत भी नज़र आई, लगा कि कैसे आपका सब कुछ ठीक से न बता पाना आपके किए-कराए पर पानी फेर जाता है। कैसे अगर आप बोल सकते हैं, तो आप चाहें कुछ करें या न करें आप सबसे बेहतर अपने-आपको दिखा सकते हैं। क्यों हम छोटे शहर वालों के माँ-बाप मेट्रो वालों की तरह नहीं सिखा पाते? क्यों नहीं बताते कि फ़िजिक्स और मैथ्स की किताबों में सर गड़ाए रहने से, बड़े-बड़े प्रमेय सिद्ध कर लेने से कुछ नहीं होता? आगे चलकर ये सब कुछ काम नहीं आएगा। कोई नहीं समझना चाहेगा कि आप 20 तक का पहाड़ा मुँह-ज़बानी जानते हैं। दुनिया के पास कैलकुलेटर होगा। हमें अंग्रेज़ी सीखनी चाहिए थी। हमें सीखना चाहिए था कि कैसे जो चीज़ ठीक से नहीं आती, उसके बारे में भी धड़ल्ले से बोला जाए। हमें दुनिया-भर का सतही ज्ञान होना चाहिए ताकि हम हर विषय पर बात कर सकें। क्यों सिखाया गया कि सिर्फ़ काम में मन लगाओ? क्या फायदा हुआ?

उस दिन घर लौटते हुए, मैं रास्ते-भर अपनी परवरिश और मिस्टर खन्ना की परवरिश के बारे में सोचता रहा। एक ही देश में जैसे दो देश हों। मेट्रो में पले, कॉन्वेंट में पढ़े बच्चे रामायण के बालि की तरह होते हैं। छोटे शहर, गाँव या मुहल्लों, क़स्बों से आए बच्चे सुग्रीव की तरह। मेट्रो वालों के सामने जैसे हमारा बल आधा हो जाता है। इसमें जितना दोष अंग्रेज़ी का है, उससे कहीं ज़्यादा हमारी सोच का है। हम समय के साथ काम-भर की अंग्रेज़ी तो सीख जाते हैं, पर सोच नहीं बदल पाते।

"यह तो घास-फूस खानेवाले लोग हैं।" कहकर हमारे शाकाहारी होने का भी मज़ाक़ उड़ता है और हम कुछ नहीं कह पाते। हमें नहीं पता कि खरगोश या फिर मेमने का मांस कितना स्वादिष्ट है। हम तरह-तरह के देशों

की मछलियों के स्वाद की बात नहीं कर पाते। हमें शराब ज़हर से बुरी चीज़ बताई गई होती है। हम नहीं समझ पाते कि वाइन स्टील के ग्लास में सर्व नहीं की जाती। क्या करें, हमने अपने पिता के साथ बैठकर सोलहवें जन्मदिन पर वाइन नहीं पी होती। हम गन्स एंड रोज़ेज, समर ऑफ़ 69, होटल कैलिफ़ोर्निया गानों को समझने की बड़ी कोशिश करते हैं, पर हार जाते हैं। कानों को किशोर या रफ़ी का नग़मा या फिर जगजीत या ग़ुलाम अली की ग़ज़लें ही सुकून पहुँचाती हैं।

सस्ते कपड़े बचपन से ख़रीदते-ख़रीदते जैसे आदत-सी हो जाती है। जब महँगा ख़रीदने के पैसे आते हैं, तब भी हाथ दबा रहता है। 5000 रुपये की शर्ट ख़रीदते हमें याद आता है, हमारे जबलपुर से शहरों के तमाम लोग जो इसी 5000 महीने की तनख़्वाह में परिवार चला रहे हैं। फिर क्या ख़ाक हम बात कर पाएँगे गूची, नाइकी, रेबैन की। गणित-विज्ञान में नज़रें गड़ाए हम युद्ध लड़ रहे होते हैं, अपनी ग़रीब और छोटी सोचवाली दुनिया से बाहर निकलने की। कहाँ समय होता है हमारे पास कि हम जान लें दुनिया में क्या कुछ नया हो रहा है। अमेरिका में कौन-सा नया बैंड आया है। ऑस्ट्रेलिया ने ओलम्पिक में कितने पदक जीते हैं। दोष सिर्फ़ अंग्रेज़ी का नहीं होता, हम डूब जाते हैं अपनी सोच में और कभी भी इन बालियों के आगे पूरे विश्वास के साथ नहीं खड़े हो पाते। जिस दिन हम ख़ुद को नीचे देखना बन्द कर देंगे, शायद चीज़ें बदल जाएँ। पर कोई भी चीज़ बदलते-बदलते बदलती है।

इन्हीं सवालों की उधेड़बुन में मैंने रास्ते में अनवर को फ़ोन किया। बचपन के दोस्तों की अपनी टेलीपैथी होती है। अनवर को समझते ज़्यादा देर नहीं लगी। मैंने अपना दुख रोया और हमेशा की तरह अनवर ने सब कुछ ख़ामोश होकर सुना। उसकी बातों से मेरे मन को कुछ शान्ति मिली।

"मैं तुमसे सिर्फ़ दो बातें कहना चाहता हूँ शरद। पहली बात यह कि बहुत हो गया यार, ये हिन्दी का रोना, छोटे शहर का डूबा आत्मविश्वास, शाकाहारी होने की ग्लानि। बहुत सुन लिया मैंने तुमसे। हर किसी की शुरुआत कहीं-न-कहीं से होती है, कुछ अच्छा, कुछ बुरा मिलता है। उसे लेकर कोई बैठकर रोता नहीं रहता। गुरुत्वाकर्षण का सिद्धान्त ग्रैविटेशन से कतई अलग नहीं। मेट्रो में

या छोटे शहर में पैदा हर इनसान खाना यही खाता है। उन्हें ज़्यादा एक्सपोज़र मिला तो ज़्यादा डिस्ट्रैक्शन भी मिला है। वे लोग तो नहीं रोते। इसलिए, आज के बाद इन बातों का रोना बन्द करो, वरना लगेगा कि तुम सहानुभूति से हर रेस जीतना चाहते हो।" अनवर ने एक स्वर में कहा।

उसकी बातें सुनकर मन-ही-मन मैंने ख़ुद को मज़बूत महसूस किया।

"और एम.डी. नहीं बन पाया तो?" मैंने कहा।

"यही मेरी दूसरी बात थी। तुम अपने-आपको क्या समझते हो, तुम जहाँ हो वहाँ पहुँचने के लायक हो? मेरी और तुम्हारी औक़ात सिर्फ़ धूल के एक कण जैसी है। किसी हल्की-सी आँधी में उड़ जाएँगे। हमें अपने-आपको सीरियसली लेना छोड़ देना होगा। यह दुनिया तुम्हारे, उस खन्ना के, उस त्यागी के और तुम्हारे ओहदे की लड़ाई से बहुत बड़ी है। तुम्हें अगर वह ओहदा मिल भी गया तो तुम बड़े तोप नहीं बन जाओगे। तुम वही रहोगे। दिल पर हाथ रखकर कहो कि तुम्हें वह ओहदा सिर्फ़ इसलिए चाहिए कि तुम उस पर खन्ना या त्यागी को बैठे नहीं देखना चाहते या फिर तुम उस ओहदे पर पहुँचकर बहुत कुछ करने की सोचते हो। अगर बहुत कुछ करने की ही सोचते हो तो मेरा विश्वास करो, तुम्हें वह पोस्ट मिले या न मिले वो काम तो तुम फिर भी कर ही लोगे।"

अनवर ने फ़ोन काट किया। उसकी ये बातें देर रात तक कान में गूँजती रहीं।

मैं उम्र के अजीब से पायदान पर था। बच्चों के लिए किसी का चले जाना दुख से ज़्यादा विस्मय का विषय होता है। मौत से उनके नूतन साक्षात्कार का विस्मय। दादा, नाना वाली पीढ़ी की हर मौत मुझे भी विस्मित करती थी। घर के बड़े और शरीर से मज़बूत लोगों को रोते देखना, बिना श्वास के देह की हालत देखना मेरे लिए बचपन में कौतूहल का विषय थे। एक विरला दृश्य, जो तब मेरे लिए बिलकुल नवीन था। पर मैंने हमेशा गौर किया कि हर एक मौत के बाद पिता थोड़ा और चुप हो जाते। उनकी ख़ामोशी उनके माथे पर लकीरें बनकर उभर आतीं और उनका चुप होते जाना, माथे पर बढ़ती लकीरें ये सब मुझे आश्चर्यचकित करती रहीं। पर अब धीरे-धीरे मैं ख़ुद उन लकीरों का बोझ अपने माथे पर महसूस करने लगा।

अब दादा, दादी, नाना, नानी वाली पीढ़ी को नहीं बल्कि पिताजी वाली पीढ़ी, जिसके साथ मैंने लम्बा अरसा गुज़ारा है, जिसके जवानी की ख़ूब यादें मेरे साथ हैं, उनके चले जाने की ख़बर सुनने लगा हूँ। आपके माँ, बाप, चाचा, मामा जिनके साथ आपने एक लम्बा समय गुज़ारा है, जब उनके जाने का ख़याल आता है तो मन ठिठक उठता है। मन को किसी के हमेशा के लिए चले जाने का मतलब समझ आने लगता है। अब मौत उत्सुकता की जगह डर की जगह ले चुकी होती है।

आजकल माँ और पिता जी से किए हर फ़ोन में ज़्यादातर संवाद उनके स्वास्थ्य सम्बन्धी हो गए थे। मैं घर लौटा तो फ़ोन से माँ ने बताया कि पिताजी की तबियत बिगड़ गई है। मैं आनन-फानन में जबलपुर उड़ जाना चाहता था। पर अगले हफ़्ते एम.डी. की चयन-प्रक्रिया का आख़िरी इंटरव्यू था। मैं बड़े पशो-पेश में था। पिताजी का ऑपरेशन होना था। माँ चाहती थी कि मैं आ जाऊँ पर ज़िद भी नहीं करना चाहती थी।

मैंने सोचा इंटरव्यू अगले ही हफ़्ते है, उसके बाद मैं आऊँगा फिर ऑपरेशन करा लेंगे। ऑपरेशन ज़रूरी था और डॉक्टर के मुताबिक़ और देर नहीं किया जा सकता। अनवर और सुलभ के भरोसे मैंने पिता को ऑपरेशन थियेटर में भेजने का निर्णय ले लिया।

"ऑपरेशन ठीक से नहीं हुआ फिर क्या? क्या मैं उन्हें नहीं देख पाऊँगा? पिता के बिना कैसी ज़िन्दगी? कौन लेगा फ़ैसले? समाज में उनके बिना मेरी कौन सी पहचान है?" ऑपरेशन के एक दिन पहले मैं चिन्तित था।

ऑफ़िस से घर लौटते वक़्त रास्ते-भर पिता के बारे सोचते हुए दिमाग़ की नस फटी जा रही थी। पिता का अस्तित्व इस क़दर हम पर हावी होता है कि उनके बिना हम अपनी कल्पना भी नहीं कर पाते। उन दिनों पिता-पुत्र के बीच के रिश्ते की दिक़्क़त सिर्फ़ यही थी कि प्रेम का प्रदर्शन नहीं किया जाता। बचपन में जब माँ खाने के लिए बुलाते-बुलाते थक जाती थी तो पिता की एक आवाज़ 'खाना चाहिए कि झापड़' मेरे अन्दर भूख बढ़ा जाती थी। कम-से-कम शब्दों में संवाद बना लेना ही हम दोनों के रिश्ते का आधार था। बिना शब्द के संवाद के लिए छोटे शहरों के भारतीय

पिता-पुत्रों से अच्छा कोई उदाहरण नहीं होगा। और जो संवाद होते भी थे वे माँ के ज़रिये।

"पूछो, खाना खाएगा कि झापड़।" वह मुझसे नहीं बल्कि माँ से कहते और मैं खाने की प्लेट की ओर बढ़ जाता और जवाब भी उन्हें मेरी तरफ़ से माँ देती, "खा तो रहा है।"

इन्हीं सब ख़यालों में खोया मैं घर पहुँच चुका था। मैंने सुलभ को वीडियो कॉल किया। सुलभ और अनवर मेरे घर जा ही रहे थे। हॉल में उनकी ख़ाली कुर्सी पर मेरी नज़र गई, मन काँप गया। देर से घर आने पर जिस कुर्सी से बचकर अन्दर जाने की आदत-सी पड़ गई थी, आज जैसे वह कुर्सी भी थकी-थकी-सी कह रही हो, "बड़ी देर कर रहे हो, घर आने में।" सुलभ फ़ोन लिये सीधा पिता जी के कमरे में गया।

"दो दिन से कुछ भी नहीं खाया है, कम-से-कम यह जूस तो पी लीजिए।" माँ ज़िरह कर रही थी।

पिता मुँह फेर ले रहे थे। फ़ोन में यह सब देखते मेरी आँखें भर आईं।

सुलभ ने पूछा, "पिता जी बात करेगा शरद?"

मैंने रुँधे गले से कहा, "उनके पास फ़ोन ले जा।"

पिता कुछ बोल नहीं पा रहे थे। बड़ी हिम्मत करके मुझे हाथ उठाकर आशीर्वाद दिया और पूछा, "कब आओगे?"

"मैं जल्द आ जाऊँगा। आप खाना क्यों नहीं खा रहे?" मैंने कहा।

उन्होंने मुँह फेर लिया।

"ज़िद क्यूँ कर रहे हैं? खाना खा लीजिए। मुझे तो डाँटते थे कि खाना खाओगे या झापड़।" मेरे मुँह से यह शब्द अनायास निकला और आँखों से नर्मदा बह पड़ी। माँ और पिताजी ने मेरी तरफ़ देखा।

दोनों की आँखों में आँसू थे। पिताजी ने जूस की तरफ़ देखा, माँ ने जूस का गिलास बढ़ाया और पिताजी जूस का घूँट पी गए।

"बड़ी दूर चले गए हो। अब की आना तो मत जाना, यहीं मेरे पास रहना।" उन्होंने आँसू पोंछते हुए मुझे देखा और कहा।

मेरे पास कोई जवाब नहीं थी। मैं सचमुच दूर तो चला ही गया था।

वह मेरी और पिताजी की आख़िरी बातचीत थी। ऑपरेशन के दौरान हृदय गति रुकने से उनकी मृत्यु हुई। मैं वहाँ रहता तब भी उनके लिए कुछ नहीं कर पाता पर वहाँ न रहकर अपने लिए बहुत ग़लत किया था।

मैंने भारत के लिए अगली फ्लाइट ली और जबलपुर पहुँचा। पर सीधी फ्लाइट न होने की वजह से निर्णय लिया गया कि उनका अन्तिम संस्कार कर दिया जाएगा। यानी कि मैं उन्हें देख भी नहीं पाऊँगा।

अनवर था, सुलभ था, वहाँ कोई भी परेशानी माँ को नहीं हुई। बस मैं नहीं था। मुझे पता था कि माँ के लिए इससे बड़ी क्या परेशानी हो सकती है। मैंने बिग बॉस को इत्तला किया। एम.डी. के आख़िरी इंटरव्यू को बाद में देने की गुज़ारिश कर जबलपुर के लिए निकल गया। फ्लाइट-भर मुझे यही बात सालती रही कि मैंने निर्णय लेने में देर कर दी। मैं निर्णय लेने में हमेशा क्यों देर कर देता हूँ?

हमारे मध्यमवर्गीय भारतीय समाज की कई अबूझ पहेलियाँ हैं। पिता और पुत्र के बीच का रिश्ता भी ऐसे ही है। माँ हमेशा पुल का काम करती है। उन क्षणों में जब ना हो, पिता और पुत्र दोनों नदी के ख़ामोश किनारों की तरह नदी के साथ बह रहे होते हैं, पर कभी जुड़ते नहीं। एक-दूसरे की तरफ़ ध्यान से देखते भी नहीं। पुत्र में पिता का अंश होता है। पिता ने पुत्र को पेट में भले ही ना पाला हो, दिमाग़ में तो पालता ही है। मेरे पिता अकसर मुझे तब देखते थे जब मैंने उन्हें नहीं देख रहा होता था। मुझे ये बात इसलिए भी पता है कि मैं भी उन्हें उनसे बचकर ही देखता था। इस बचकर होनेवाली देखादेखी में कई बार हम दोनों की आँखें मिल जातीं और शरमा जातीं। जब मैं बड़ा हो रहा था तो अकसर मुहल्ले के लोग कहते कि चाल-ढाल से मैं उनकी तरह दिखता हूँ। मुझे गर्व होता। मुझे लगता पिता जी हीरो हैं और मुझे उनके जैसा बन जाना है। मैं अकसर उनसे इसके बारे में बात करना चाहता। पर पिता-पुत्र में बात हो तो नहीं होती। वो कभी-कभार मुझसे प्यार से बात करते। ज़्यादातर मेरी बदमाशियों के लिए मुझे डाँटते। या फिर मुझे बेहतर करने, जीवन को गम्भीर होकर जीने, बड़ों का सम्मान करने की सलाह देते। डाँट और सलाह का सिलसिला यूँ चलता रहा कि धीरे-धीरे हम दोनों एक साथ बैठकर प्यार की

बातें करना भूल गए। मेरी यादों में सिर्फ़ यह रहा कि वो चुपचाप मुझे दुकान पर मिठाई खिलाने ले जाते। मैं अपनी छोटी आँखों से उन्हें धन्यवाद कहता और और अपने बड़े से चेहरे से मुझे देखकर मुस्करा पड़ते। शब्द विहीन संवाद ही पिता-पुत्र के रिश्ते का गवाह था। आज जब वो नहीं हैं तो मन चीख़ने को करता है, उनसे प्यार करने को करता है। मन करता है कि कहूँ आप परिवार की सारी परेशानियाँ क्यों किसी से नहीं बाँटते थे। कितने रूखे हो गए थे, आप। क्या ज़रूरत थी हमारे रिश्ते में इस रूखेपन की। आज स्नेह याद किए भी नहीं याद आता। इतना कुछ करके भी हम दोनों के पास याद करने के लिए स्नेह भरे क्षण नहीं हैं। क्या ज़रूरी था मध्यमवर्गीय ढाँचे में हम दोनों का रिश्ता भी पकता। हम दोनों बदल भी तो सकते थे। आपको बस एक पहल करने की देर थी, मैं दौड़कर गले से चिपट जाता। क्यों नहीं किया आपने?

पिता को भले ही नहीं देख सका पर मैं जबलपुर इस उद्देश्य से गया कि कुछ दिनों जबलपुर रहकर, सारे क्रिया-कर्म करके मैं माँ को लेकर लौट आऊँगा।

जब मैं सुबह-सुबह जबलपुर पहुँचा तो नहीं पता था कि एक और पहाड़ मुझ पर गिरने को तैयार है। सुलभ और अनवर लेने आए और बताया कि कल रात माँ की हृदयगति रुकने से मृत्यु हो गई। आँखों में आँसू वही थे, बस कारण बदल गए। दिल धक्क कर गया। अनाथ शब्द का मतलब समझ आया। माँ को मुखाग्नि देते उसका शान्त चेहरा देखा। उसे मैं अपने साथ सिंगापुर ले जाना चाहता रहा और वह पिता के बिना कहीं जाने को तैयार नहीं थी। आख़िर में भी उसने पिता को नहीं छोड़ा।

खिन्न मन, माता-पिता की यादें, आख़िरी समय में उनके साथ न होने की पीड़ा। इस बार जबलपुर से यही सब लेकर लौटा था। अचानक से मन सिर्फ़ दुनिया से ही नहीं, काम से, परिवार से, हर तरह से वैरागी होता जा रहा था। मुझे पहली बार समझ आया कि सिद्धार्थ ने जब पहली बार मृत शरीर देखा होगा तो उनके मन में कैसा विराग उत्पन्न हुआ होगा।

मैं सिर्फ़ इसलिए जल्दी लौटा था ताकि एम.डी. के चयन के इंटरव्यू की औपचारिकता पूरा कर सकूँ और फिर मैं कुछ दिनों के लिए जबलपुर चला जाना चाहता था। अपने अनाथ और वीरान घर में माता-पिता की यादों, अपने दोस्तों और अपने शहर के पास। सिंगापुर लौटने के बाद इस मनोदशा के साथ मैं ऑफ़िस पहुँचा और अपनी वही ऑफ़िस की बोरिंग ज़िन्दगी में रोबोट की तरह लग गया।

आज आख़िरी इंटरव्यू था, बिग बॉस के साथ। त्यागी जी और मिस्टर खन्ना से मुलाक़ात हुई। उन दोनों को पता था कि मैंने व्यक्तिगत तौर पर क्या खो दिया है पर किसी ने मुझसे उसके बारे में बात नहीं की। यह कॉर्पोरेट जीवन की संवेदनशीलता का नमूना है। सिर्फ़ मुझे यह बताया गया कि मेरे अचानक चले जाने से बिग बॉस नाराज़ हैं। उन दोनों का इंटरव्यू ख़त्म हो चुका और मेरा इंटरव्यू महज़ फ़ॉर्मेलिटी है जो होना है।

कॉरपोरेट ऑफ़िस वालों की ज़िन्दगी बोरिंग और रोबोटिक न हो जाए, इसलिए ऊपरवाला भले रोज़ नहीं पर कभी-कभार मिर्च-मसाला छिड़कता रहता है। आज मेरे लिए भी वैसा ही एक दिन था और शायद ऊपरवाले ने तड़का ज़्यादा लगा दिया था। सालों नौकरी के बाद हमें अपने बॉस के असहनीय और कटु वचनों को सुनने की आदत हो जाती है। हर बार शायद हम या तो कुछ नया सीखते हैं या फिर कम-से-कम मन मारकर सहना सीखते हैं।

इंटरव्यू रूम में घुसने से पहले मेरे अन्दर इस झूठी दुनिया के प्रति ग़ुस्से की एक आग जल रही थी। इस झूठी दुनिया, इस नौकरी के छूटने के डर, बॉस की चाटुकारिता, इन सबके ख़िलाफ़ एक चिनगारी जो कब से सुलग रही थी, आज उसने आग का रूप ले लिया था। बॉस से आज मैं उनका मुलाज़िम बनकर नहीं बल्कि 'मैं' बनकर बात कर रहा था। आज मैं बॉस की कही कई बातों से असहमति व्यक्त कर रहा था। पर बॉस को तो इतने सालों से ग़ुलामों की आदत थी। खन्ना या फिर त्यागी जैसे ग़ुलाम जो हर बात पर जी हज़ूरी करते हों। मुझसे भी यही उम्मीद होगी। शायद इसलिए गरम पारे के साथ बॉस ने कह भी दिया, "आई गीव यू ब्रेड, डोंट फॉरगेट दैट। इफ़ यू आर सो अनसेटिसफाइड, द डोर इज़ ऑलवेज़ ओपन।"

"ब्रेड इज़ गिवेन बाई गॉड, यू आर फैसिलिटेटिंग एंड आई एम थैंकफुल फॉर दैट। हियर इज़ माई प्रेज़ेंटेशन फॉर कम्पनी विज़न। प्लीज़ सी एट योर कॉनविनिएंस। आई हैव नथिंग मोर टू डिसकस एज़ यू डोंट बिलिव इन डिसकशन।" यह कहकर मैं निकल आया।

मेरे बाहर आने का सबसे ज़्यादा इन्तज़ार खन्ना और त्यागी को था। उन्हें मेरी मनोदशा से कोई सरोकार नहीं था, उन्हें बस इन्तज़ार था कि मैं कह दूँ कि इंटरव्यू ख़राब हुआ है और उनके कलेजे में ठंडक आ जाए।

मैंने ख़ुद को मन-ही-मन समझा लिया था कि अब बाक़ी के नौकरी वाले साल मुझे खन्ना या त्यागी के नीचे काम करना होगा। यही मेरे पेशेवर जीवन का अन्त होगा। मन में बहुत ग़ुस्सा था। आप जिस चीज़ से सहमत न हों, उसे करना पहाड़ चढ़ने जैसा होता है। बल्कि यह कहना उचित होगा कि 'अ स्ट्रॉ ब्रोक द कैमेल्स बैक' वाली युक्ति आज मुझ पर पूरी तरह लागू हुई थी।

पहले भी कई दफ़ा बॉस की कटूक्तियों को सुनकर अनसुना कर चुका हूँ। पहले भी चुपचाप दुख के कई पहाड़ चढ़ चुका हूँ। पर आज मन कुछ ज़्यादा ही उदास था। घर लौटते वक़्त हल्की बारिश हो रही थी। सिंगापुर की बारिश से मुझे सिर्फ़ यही शिकायत हमेशा रही कि यह बताकर नहीं आती। जबलपुर में बारिश सिर्फ़ कुछ महीने ही आती, पर बताकर आती थी। सिंगापुर में बारिश बहुत मूडी है। जब मन किया टपक पड़ती है।

छाते से बूँदें झाड़ते सोच ही रहा था कि आज मंजरी के साथ मन की बातें करके बोझ थोड़ा हल्का करूँगा। पर दरवाज़े पर चिपका मंजरी का मेसेज "आई एम आउट विथ फ्रेंड्स, विल बी बैक बिफोर डिनर।" मेरे सारे प्लान को मुँह चिढ़ा गया। सालों पहले हम एक-दूसरे से कुछ कहने के लिए हाथ से लिखे नोट्स चिपका दिया करते थे। टेक्नोलॉजी ने फ़ोन के कन्धे पर बैठकर नई उड़ान ले ली पर हम दोनों की आदत नहीं गई।

घर में घुसने पर थोड़ा अँधेरा था पर लाइट जलाने का मन नहीं किया। बैग एक तरफ़ रखा, फ्रिज से बोतल निकाल सीधा पानी गटक गया। कपड़े खोले और शावर के नीचे खड़ा हो गया। हम कई बार शावर के नीचे चुपचाप

देर तलक खड़े इस उम्मीद में नहाते हैं कि शरीर के साथ-साथ मन पर चिपके बोझ की मैल भी धुल जाए। पर काश ऐसा हो पाता। ठंडे पानी की हर बूँद के साथ बॉस की कही कई बातें मन को सालती रहीं। एक वह भी समय था जब यही नौकरी मुझे कितना गर्व महसूस कराती थी। बोर्ड रूम में लेमन ग्रास की ख़ुशबू, फ़्लोर पर बिछी हुई मखमली कालीन, दीवारों पर लगी आड़ी-टेड़ी मगर बेशक़ीमती पेंटिंग्स! ये सब कुछ मैं कितने विस्मित भाव से देखता था, जैसे मन-ही-मन ईश्वर से कह रहा हूँ, "हे प्रभु, आपने मुझ जैसे तुच्छ प्राणी को धरतीलोक से उठाकर स्वर्गलोक में डाल दिया। इसके लिए मैं आजीवन आपका आभारी रहूँगा।"

मीटिंग रूम में लोगों को फर्राटेदार अंग्रेज़ी में बहस करते मैं यूँ मंत्रमुग्ध होकर सुनता था जैसे नारद जी श्रीहरि मुख से कथा सुना रहे हों। इस वजह से मैं किसी और की बातें सुनता भी नहीं था। मैं भी इन लोगों जैसा बनने के लिए, यहाँ की चमक-दमक में रमने के लिए लालायित था। पर आज जब मैं उन सबों जैसा बन गया हूँ, तो एक अजीब-सा सवाल मन में बार-बार उफान मार रहा था कि मैं क्या कर रहा हूँ और यह सब मैं क्यूँ कर रहा हूँ।

रोज़ी-रोटी के बीच फँसे मिडिल क्लास आदमी के मन में ऐसे सवाल तब उठते हैं जब वह ज़िन्दगी के उस दौर में पहुँच जाता है जहाँ उसके लिए रुपये-पैसे ज़्यादा मायने नहीं रखते। शायद मैं उस दौर में पहुँच रहा था।

नहाने के बाद, ग्रीन-टी से लबालब भरा एक प्याला लेकर मैं खिड़की के पास बैठ गया। सामने सड़क पर सरपट भागती गाड़ियों के बीच मुझे मेरी भागती-सी ज़िन्दगी नज़र आई। बिलकुल किसी रोबोट की तरह सुबह के ब्रश से लेकर डिनर के बाद वाले ब्रश तक। ज़िन्दगी जैसे लैपटॉप और फ़ोन की पोटली में बँध गई हो। अल्लसुबह एक चमचमाती टाई, क्रीज़दार पैंट और क़मीज़ पहनकर मैं बड़ी आसानी से अपने भीतर के देहाती मन और उसकी तमीज़ को छुपा लेता हूँ। बोर्ड मीटिंग में अब मैं भी बड़े आराम से अपनी बातें सुना लेता हूँ। प्रमोशन के लिए अगर किसी को नीचे दबाने की ज़रूरत पड़ी, तो मैं कतई नहीं कतराता हूँ। एप्रेजल और इनक्रिमेंट ख़रीदने के लिए अपने बॉस की बेतुकी-से-बेतुकी बात का धड़ल्ले से समर्थन करता हूँ।

नवीन विद्या भवन के हिन्दी वाले गुरु जी की सिखाई, 'सचाई, करुणा और संवेदना' जैसे मानवीय मूल्यों से कोसों दूर, अब मैं भी एक वेल ट्रेंड कॉरपोरेट मजदूर बन चुका हूँ। शुरुआती दिनों में, ऐसा करने के लिए, मुझे मेरा ज़मीर मारना पड़ता था। अब तो शायद ज़मीर ज़िन्दा ही नहीं है कि उसे मारने की ज़हमत फिर से उठानी पड़े। क्योंकि कहीं मैंने समझ लिया कि मेरी पहचान इन भावनात्मक मूल्यों से नहीं बल्कि मेरे वॉलेट के भीतर के विज़िटिंग कार्ड और मेरे बैंक बैलेंस से है। जबलपुर के उस छोटे से स्कूल से आगे पहुँचने का सफ़र मैंने इनसान बनकर शुरू किया था। बीच रास्ते में न जाने कहाँ वह इनसान एक भावनाशून्य रोबोट में बदल गया। अनवर और सुलभ के गुदगुदाते मैसेज़ेज के लिए मेरे पास एक मुस्कराता इमोजी भेजने तक का वक़्त नहीं था। सुबह-सुबह लैपटॉप में यूँ मशग़ूल होने की आदत पड़ी कि मंजरी के साथ सुबह की चाय पिए सालों गुज़र गए।

पढ़ाई के लिए कनाडा भेजते वक़्त, मैंने अपनी इकलौती बेटी को हर बर्थडे पर अपने हाथ से लिखे सन्देशों के साथ गिफ़्ट भेजने का वादा किया था। पैसे से गिफ़्ट तो आराम से भेज लेता हूँ पर अपने हाथ से कुछ पंक्तियाँ भी लिखने का समय नहीं रहा। अपने क़रीबी रिश्तों को जब-जब मैं पैसों से तौलता रहा, तब-तब 'भनक' होती थी मुझे। लेकिन मैं इस धीमी आवाज़ को अनसुना करता रहा। पर अब की शायद आवाज़ तेज़ होने लगी है। भनक धीरे-धीरे कानों में 'धमक' बनती जा रही है।

मुझे कुछ करना होगा। मेरी नज़रें सड़क पर गुज़रती एक लाल रंग की तेज़ रफ़्तार गाड़ी पर पड़ी और लगा शायद इस दुनिया में मैं भी इसी रफ़्तार से एक दिन गुज़र जाऊँगा। चुकता जा रहा हूँ।

"यार शरद, बड़े भाई की बेटी की शादी 27 मई को है, आएगा क्या?" यार के सम्बोधन से समझ गया कि सुलभ का मेसेज है।

वैसे उसके मेसेज के टोन से लग रहा था कि उसे पूरी उम्मीद थी कि मैं नहीं आऊँगा। मेरी उँगलियाँ भी जानती थीं कि ऑफ़िस से इतनी ज़ल्दी छुट्टी मिलना आसान नहीं। शायद इसलिए यह बताने उठी कि मैं बिज़ी रहूँगा, मुश्किल है। पर रुक गईं।

अनवर का एक मेसेज आया। अनवर और सुलभ की साथ बैठे एक तसवीर आई। बग़ल की कुर्सी ख़ाली थी, शायद मेरे लिए। अनवर मेसेज कम भेजता है पर जब भेजता है तो सोच में डाल देता है। मेरी नज़रें दीवार पर टँगे कैलेंडर की तरफ़ गईं। मन में आया कि सब कुछ थोड़े दिनों के लिए छोड़कर जबलपुर चला जाऊँ। बेस्वाद ग्रीन-टी का प्याला ख़ाली हो चुका था। बाहर मौसम बरस कर जा चुका था और साँझ साँवली हो गई थी, पर मन पर उमड़े काले बदल अभी भी तड़ित उत्पादक थे।

'टिंग-टोंग' डोरबेल की आवाज़ ने मुझे अपनी दुनिया से झिंझोड़कर उठा दिया। मंजरी लौट चुकी थी।

उस दिन मैंने मंजरी से इन्हीं सारी बातों पर घंटों बात की। पति-पत्नी घंटों बात करते हैं तो अकसर बात बहस में ख़त्म होती है। उस दिन भी वही हुआ। मैं कुछ दिनों के लिए जबलपुर जाना चाहता था, शायद नौकरी भी छोड़ देना चाहता था। ये सारी बातें बेवकूफ़ाना थीं भी और मंजरी को लगीं भी।

"कल बात करें। सुबह हम दोनों को इ.सी.पी. (ईस्ट कोस्ट पार्क) मॉर्निंग वॉक के लिए भी जाना है।" मंजरी यह कहते हुए मेरी बातों को अनसुना करके सो गई।

उस रात मुझे बड़ी देर से नींद आई। तेज़ बारिश में मैं खिड़की के पास बैठा रहा।

"यही वह लड़की है, जो इलाहाबाद से इतनी दूर मेरा साथ देने आई है। आज कैसे दिन आ गए हैं ज़िन्दगी में कि न मैं इसे समझ पा रहा हूँ, न यह मुझे।" बिजली चमकी और बेड पर मंजरी का चेहरा दिखा।

मुझे सुबह उठना हमेशा अच्छा लगता है। ख़ुद से मुलाक़ात के लिए वक़्त मिल जाता है। सुबह जल्दी उठना और रात को जल्दी सोना छोटे शहरों और गाँव के लोगों की पहचान हुआ करती थी। बड़े शहरों ने हमें देर से सोने और देर से उठने का स्वाद चखाया। इसलिए भी मुझे जल्दी उठना पसन्द है क्योंकि यह मेरे अन्दर के छोटे शहर का लड़का बचाकर रखती है।

सुबहों की ख़ूबसूरती का मज़ा लूटना हो तो सिंगापुर में बहुत सी जगहें हैं। ईस्ट कोस्ट पार्क के समन्दर का किनारा, चलते-दौड़ते लोग। पासिर रिस

पार्क की ख़ामोशी से तकते समन्दर का नज़ारा। ऐसा नहीं कि मुझे देर से उठना नहीं आता था, परन्तु कहीं-न-कहीं अच्छा उसी दिन लगता है जिस दिन मैं सुबह-सुबह उठ जाऊँ।

ऐसे ही उस शनिवार की सुबह मैं और मंजरी ईस्ट कोस्ट पार्क जाने को तैयार हुए। ट्रैक सूट पहना, जूते बाँधे, कार की चाभी ली और बेसमेंट की तरफ़ चल पड़े जहाँ कार पार्क थी। मर्सडीज़, बीएमडब्ल्यू, हुंडई जैसे अलग-अलग ब्रांड और लाल, सफ़ेद, काली, नीली जैसे अलग-अलग रंगों की कारें बेसमेंट में सुस्ता रही थीं। जब तक ये कारें बाहर सड़क पर न निकल जाएँ, लोगों की आँखों में न आएँ, यहाँ बेसमेंट में सुस्ताते हुए इनमें कोई अन्तर नहीं था।

राजा क़ायदे से तभी राजा है जब वह प्रजा के बीच में जाए। हम अपनी लाल मर्सडीज़ में बैठे। मैंने गाड़ी स्टार्ट की और चन्द मिनटों में हमारी गाड़ी सिंगापुर की साफ़-सुथरी और ट्रैफ़िक विहीन सड़कों पर फर्राटे भर रही थी। शादी के गुज़रते सालों में पति-पत्नी के बीच सारी बातें ख़त्म हो जाती हैं। हमारे पास भी ज़्यादा बातें नहीं थीं। दो लोगों के बीच ख़ामोशी न चाहते हुए भी एक नेगेटिव सेंटीमेंट पैदा कर देती है। इसलिए मंजरी ने अपने फ़ोन को कार के ब्लू-टूथ से कनेक्ट किया और जगजीत साहब उस गुनगुनी भोर में हमारे कार के अन्दर निदा फ़ाज़ली की ग़ज़ल गुनगुना उठे, 'होश वालों को ख़बर क्या बेख़ुदी क्या चीज़ है।'

मैं मुस्कराया। मंजरी भी मुस्कराई। शायद हम दोनों ने एक ही चीज़ सोची हो। क्या ये वही गाने हैं जो एक समय सुनते ही रोम-रोम में रोमांस का क़तरा भर देते थे। चूँकि मौसम बढ़िया था, मेरे भीतर का गायक ख़ुद को नहीं रोक पाया और जगजीत साहब के साथ टेर भरने लगा, "इश्क़ कीजै फिर समझिए..." मेरे घर से ईस्ट कोस्ट पार्क महज़ 20 मिनट का रास्ता था।

"क्या प्लान है, इस वीकेंड का?" मैंने मंजरी से पूछा।

"कुछ ख़ास नहीं।" मंजरी भी गाने में खलल नहीं चाहती थी। पर थोड़ी देर में उसने प्लान बता दिए कि इस वीकेंड कौन खाने पर आ रहा है, किसके यहाँ हम खाने पर जा रहे हैं, मन्दिर कब जाना है, शॉपिंग कब जाना है।

'मिडिल क्लास लोगों को बस मौक़ा चाहिए होता है।' मैं मन-ही-मन हम दोनों की इस मिडिल क्लास प्लानिंग पर मुस्कराया।

"यार, इस बार जबलपुर जाकर थोड़ा लम्बा रुकने का मन है।" मैंने गाड़ी हाइवे से ईस्ट कोस्ट पार्क की तरफ़ मोड़ते हुए कहा।

"क्यूँ?" मंजरी ने आश्चर्य से पूछा।

आश्चर्य होना भी चाहिए क्योंकि इतने सालों से मैंने ऐसा कुछ भी नहीं कहा था।

"ऐसे ही। कम्प्यूटर देखते, ऑफ़िस का स्ट्रेस लेते मन थक गया है।" मैंने ठंडी साँसें लेते हुए कहा।

"हम्म्म, फिर तो जाना चाहिए। मैं तो पहले भी कह रही थी कि आपको ब्रेक लेना चाहिए। चलो, अभी तो जुलाई है, दिसम्बर में प्लान करते हैं। थोड़ी ठंड भी रहती है, वरना हम गर्मी में मुर्गे की तरह सिंक जाएँगे।" मंजरी ने कहा।

"हम्म।" मैंने मन में सोचा कि हमें सिंगापुर की इतनी आदत पड़ चुकी है कि लगता ही नहीं कि हम कभी उसी जबलपुर में बारहों महीने रहते थे।

मैं कार पार्क चुका था। हम दोनों समन्दर के किनारे वाली सड़क पर वॉक करने लगे। ठंडी हवा, समन्दर की लहरें, भोर में पेड़ों से उठनेवाली गुनगुनी महक।

कुछ देर चलते हुए, मैंने मंजरी से कहा, "मैं थोड़ा दौड़कर आता हूँ।"

मंजरी पीछे वॉक करती रही और मुझसे दूरी बढ़ती गई। मैंने अच्छी-ख़ासी रफ़्तार पकड़ ली। सुबह-सुबह मन में जो ख़याल आते हैं वह ऐसे होते हैं जो कई रातों से मन में चिपके होते हैं। वीकेंड में ऑफ़िस के ज़रूरी काम निपटाना था। बॉस की जो बातें पसन्द नहीं थीं, ग़ुस्सा था, हर पल के इस स्ट्रेस वाली नौकरी पर ग़ुस्सा था। ये सारे ख़याल आ रहे थे और दौड़ के पसीने में बहते जा रहे थे।

मन ने ज़बरन कुछ अच्छी बातें सोची। मंजरी, प्रिशा, सिंगापुर, नौकरी, पैसे, दिमाग़ में सब चलते रहे। अच्छी बातों से इनसान का मन पता नहीं क्यों जल्दी भर जाता है और बुरी बातें दिमाग़ में काफ़ी देर उमड़-घुमड़ करती रहती हैं। फिर जबलपुर की याद आई, अनवर की याद आई, सुलभ की याद आई,

मन किया कि दोनों साथ होते तो कितना अच्छा होता। दोनों से मिलने का मन किया, गले लगाने का मन किया। जैसे मन के एक कोने में यह आस थी कि बचपन के अपने यारों से मिलकर मैं डिस्ट्रेस हो जाऊँगा। मैं दौड़ते-दौड़ते काफ़ी दूर आ चुका था।

"कहाँ हो?" मंजरी का फ़ोन आया।

"लौट रहा हूँ।" मैंने हाँफते हुए कहा।

"मैं मरीन कोव के पास वाले टीले पर बैठती हूँ। मौसम अच्छा है, आ जाओ सन राइज़ देखेंगे। थोड़ी देर सूरज भगवान से विटामिन डी भी माँग लेंगे।" मंजरी ने छेड़ते हुए कहा।

"ठीक है। मैं आते हुए कॉफ़ी ले आता हूँ।" मैंने कहा और फ़ोन काट दिया।

शादी के कई सालों में आप एक-दूसरे को इतना बेहतर जान जाते हो कि आधी चीज़ें ऑटो मोड में हो जाती हैं। मुझे कैपेचीनो आर्डर करने से पहले मंजरी से पूछने की ज़रूरत नहीं थी, मैं जानता था।

इक्सरजाइज़ करने के बाद मन ख़ुश था। हाथ में कॉफ़ी लिये, मैं उस टीले की तरफ़ बढ़ा, जहाँ मंजरी अकसर सूरज को उगते हुए देखती है। मन में चल रहा था कि चलकर मैं भी टीले पर बैठूँगा, मंजरी के साथ कॉफ़ी पीऊँगा और इस ख़ूबसूरत मंज़र को महसूस करूँगा।

मैं जैसे-जैसे टीले के नज़दीक पहुँच रहा था, मंजरी हाथों से मुझे जल्दी आने का इशारा कर रही थी। मुझे कुछ ठीक समझ नहीं आया। मैंने क़दम तेज़ कर दिए। दूर से देखा की मंजरी उसी टीले पर खड़ी एक चायनीज़ महिला से बातें कर रही है और मुझे जल्दी से आने का इशारा कर रही है। मैं लगभग भागते हुए पहुँचा क्योंकि मंज़र समझ नहीं आ रहा था।

पहुँचने पर मैंने देखा कि उस महिला का पति बेहोश पड़ा है। महिला एम्बुलेंस बुला चुकी थी और पैरामेडिक से फ़ोन पर सलाह ले रही थी। पैरामेडिक ने सीपीआर देने के लिए कहा क्योंकि उसके पति को सम्भवत: हृदय गति रुकने से साँस नहीं आ रही थी। मैंने सीपीआर देने की ट्रेनिंग ली थी। लिहाज़ा मैंने पैरामेडिक से बात की और उसकी काउंटिंग पर सीपीआर देने लगा। मैंने मंजरी से एईडी मशीन लाने को कहा जो सामनेवाले वॉशरूम में

सामान्यतः रखी होती है। मंजरी एईडी लाने के लिए भागी। चायनीज़ महिला, लगातार एम्बुलेंस को रास्ता बता रही थी। थोड़ी देर पहले हमारे ख़ुशी के क्षणों को बाँटने को तैयार कॉफ़ी के कप कोने में उदास पड़े हमें देख रह थे।

सीपीआर आसान काम नहीं है। वह भी एक आदमी को सीपीआर देना और थकानेवाला है। मैंने मंजरी को एईडी लाते देखा। उसकी उँगलियों की पोरों से बह रहे खून को भी देखा। मुझे अन्दाज़ा लग गया कि एईडी लाने के लिए उसने इमरजेंसी सीसे को तोड़ा होगा जिससे उँगलियों में चोट लग गई। ख़ैर, मेरे पास मंजरी के लिए वक़्त नहीं था। उस चायनीज़ आदमी की पुतलियाँ चढ़ रही थीं जो दृश्य को और भयावह बना रही थीं। एईडी लाते ही मैंने पैरामेडिक की सलाह से एईडी देने का प्लान किया। फटाफट डिब्बा खोला, दोनों प्लास्टिक के स्ट्रिप्स उसके चेस्ट के दोनों तरफ़ चिपकाए और सबको दूर करके इलेक्ट्रिक शॉक दिया। मशीन ने फिर से सीपीआर देने का निर्देश दिया और मैंने थकी हालत में सीपीआर देना शुरू किया।

"हे ईश्वर, इसे बचा लो।" मैंने मन-ही-मन प्रार्थना की। मशीन ने फिर से सीपीआर रोककर शॉक देने का निर्देश दिया। मैंने चायनीज़ महिला की आँखों में आँसू देखे, मंजरी की आँखों में आँसू देखे और आसपास खड़े लोगों को देखा जो मेरे हाथ में किसी को मरता देख रहे थे। शायद प्रकृति के नियम के हाथों सब मज़बूर थे। मैंने भगवान का नाम लेकर एईडी से फिर शॉक दिया। कोई रिस्पांस नहीं। मैं थक चुका था पर मेरे अन्दर जो भी जान बाक़ी थी उससे मैं उसे बचाने की कोशिश कर रहा था।

"स्टॉप सीपीआर एंड गिव शॉक।" अचानक मशीन से आवाज़ आई।

मैंने पहली बार उस चायनीज़ आदमी के मुँह से थूक का एक बुलबुला निकलते देखा। मेरी आँखों में चमक थी। मैंने शॉक दिया, मशीन पर हरे रंग की तीन बत्तियाँ जल गईं। मैं समझ गया कि हार्ट पम्प करने की कोशिश कर रहा था। बत्तियाँ तीन से दो हुईं। मैं घबराया, मैंने फिर से सीपीआर दिया, पूरी जान लगा दी, शायद जितनी भी मुझमें बाक़ी थी और अचानक से चमत्कार हो गया। कहते हैं न कि हार के बाद ही जीत है। मशीन की सारी हरी बत्तियाँ जल गईं और उस इनसान का पेट साँस चलने की वजह से हिल गया।

मुझे कुछ समझ नहीं आ रहा था कि यह चमत्कार हुआ कैसे। जैसे मैंने किसी को जीवन दिया हो। तब तक एम्बुलेंस और पैरामेडिक की टीम पहुँच चुकी थी और उन्होंने मुझे बग़ल करके चार्ज ले लिया था। चायनीज़ महिला डॉक्टर को सब आपबीती बता रही थी। पुलिस भी थी जो मुझसे पूछ-ताछ कर रही थी। पर मैं एक अलग ही नशे में था। मुझे सिर्फ़ एईडी की वह सारी हरी बत्तियाँ दिख रही थीं जो उसकी साँसों के चलने की गवाही थी।

उस इनसान को स्ट्रेचर से सीधे एम्बुलेंस में ले जाया गया। थोड़े देर में सारा मज़मा ख़ाली था। अब कोई नहीं था, उस टीले पर सिर्फ़ कॉफ़ी के ठंडे कप पड़े थे।

मैं और मंजरी कार पार्क की ओर आगे बढ़े। सामने से एम्बुलेंस गुज़री जिसमें चायनीज़ महिला आगे बैठी थी। मुझसे नज़रें मिलीं और उसकी आँखों ने धन्यवाद कहा। मैं अभी भी किंकर्तव्यविमूढ़ था। जैसे नियति ने मुझसे ऐसा कुछ करवा दिया था, मैं जिसके लायक नहीं था। मैं किसी को ज़िन्दगी दे पाया था, सिर्फ़ इसलिए कि नियति ने उस वक़्त मुझे वहाँ भेजा था।

लौटते वक़्त मैं और मंजरी दोनों कार में ख़ामोश थे। ख़ामोशी काट भी नहीं रही थी। हम दोनों की ज़िन्दगी का पहला अनुभव था, जब हम मौत को इतने क़रीब से देखकर आए थे।

"दिसम्बर की छुट्टियों में जबलपुर चलते हैं।" मंजरी ने कहा और और मैंने 'हामी' में सर हिला दिया।

मैंने कार रफ़्तार से भगाई। मैं जल्द घर पहुँचाना चाहता था, फ़ोन, टीवी और न्यूज़ पेपर की दुनिया में डूब जाना चाहता था ताकि जीवन की क्षणभंगुरता की जिस सचाई से अभी-अभी मेरा सामना हुआ था, उससे छुप सकूँ। हम कड़वे सच से हमेशा छुपना चाहते हैं।

मैं अगले दिन ऑफ़िस गया पर किसी काम में मन नहीं लग रहा था। शाम तक मैंने सिर्फ़ दो काम किए। मैंने ऑफ़िस में 'अनपेड लीव विदाउट रिटर्न डेट' अप्लाई किया। जीवन की क्षणभंगुरता से इतनी नज़दीकी मुलाक़ात के बाद मुझे दिसम्बर तक का इन्तज़ार नहीं करना था।

इंडिया की अगली फ्लाइट रात 11 बजे की थी, मैंने उसे बुक किया और मैं घर आ गया।

इंडिया जाने से पहले, मुझे मंजरी के साथ बैठकर उसे समझना था कि यह बात कितनी भी बेवकूफ़ाना हो, मेरे लिए ज़रूरी है।

"मैं किट्टी पार्टी के लिए बाहर जा रही हूँ। रात को 12 बजे लौटूँगी। खाना फ्रिज में हैं। मंजरी"

दरवाज़ा खोला तो फ्रिज पर लिखी पर्ची मिली।

मन खटास से भर गया। मैंने छोटा सा बैग पैक किया, मंजरी के लिए एक चिट्ठी लिखी, उसी फ्रिज पर चिपकाया और एयरपोर्ट के लिए निकल गया।

मंजरी!

कितना कुछ बदल गया है। मैं शहर से गाँव होता जा रहा हूँ और तुम देहातन से शहरी होती जा रही हो। तुम्हारे पास कितने क़िस्से हैं और हों भी क्यूँ न तुम्हारी लाइफ़ इतनी हैपेनिंग जो है। हम दोनों ने शुरुआत लगभग साथ ही की थी पर इस हैपेनिंग होने की दौड़ में, मैं पीछे छूटता जा रहा हूँ। वैसे पीछे छूटने से ज़्यादा इस बात का मलाल है कि तुमसे बिछड़ता जा रहा हूँ। आजकल देखता हूँ कि तुम्हारे पास मेरे लिए वक़्त कम पड़ता जा रहा है। कभी-कभी लगता है मैं किसी सरकारी दफ़्तर में रखी धूल-धूसरित फ़ाइल हूँ और तुम...तुम उसी दफ़्तर में काम करनेवाली कोई सरकारी बाबू हो, जिसकी नज़र एक बार भी बेचारी फ़ाइल पर नहीं जाती है। सच कहूँ, तुम ज़रा सी बदल गई हो। एक बात बताओ, बदलना क्या इतना ज़रूरी होता है? कुछ दिन सिंगापुर से, नौकरी से और तुमसे दूर रहने जबलपुर जा रहा हूँ। ख़ुद के साथ थोड़ा वक़्त बिताना है। ख़ुद को समझ सकूँगा तो तुमको भी बेहतर समझ पाऊँगा। तुम्हारे पास फ़ोन का वक़्त हो भी या नहीं, इसलिए इन्तज़ार नहीं रहेगा...तुम्हारे बाद अब किसी और के लिए मैं शेष बचा भी नहीं हूँ...

शरद

यह ज़िन्दगी भी कितनी बुद्धू है, गोल-गोल घुमाकर फिर वहीं ला देती है। जबलपुर से निकला एक लड़का दुनिया घूमकर लड़के से आदमी बना और अब फिर से उसी जबलपुर जा रहा था। जो किसी तलाश में कभी निकला था, बहुत कुछ मिल जाने के बाद फिर से किसी तलाश में जबलपुर लौट रहा था।

"ये ज़िन्दगी भी सचमुच कहाँ-कहाँ घुमाकर फिर से वहीं ला देती है।" वैदेही ने गहरी सोच में डूबे हुए ये बात कही।

"चलो, अब देर हो चली है। बाक़ी की कहानी कल।" मैंने वैदेही से कही।

"अपनी पत्नी और बेटी से बात किए तो कितने दिन हुए? ICU में फ़ोन भी नहीं रख सकते" वैदेही ने पूछा।

"काफ़ी दिन। सच कहूँ, आज तक कभी इतना गैप नहीं हुआ होगा" मैंने कहा।

"वो दोनों तो काफ़ी परेशान होंगी।" वैदेही ने कहा।

"अनवर और सुलभ ने उन्हें बता दिया होगा कि मैं हॉस्पिटल में हूँ। परेशान तो ज़रूर होंगी।" मैंने कहा।

"अब जल्द ही आप ICU से बाहर आ जाएँगे, फिर उन दोनों से बातें कर सकते हैं।" वैदेही ने स्नेह मिश्रित भाव से कहा।

उसने कुर्सी ठीक से रखा और उसी ख़ामोशी के साथ चली गई।

तलाश

आज सुबह वैदेही इक़बाल के साथ आई।

"अंकल! आज इस इस वार्ड में आपका आख़िरी दिन है। कल आपको नॉर्मल वार्ड में शिफ़्ट कर देंगे।" इक़बाल ने चेक-अप के बाद मुझसे ख़ुश होते हुए कहा।

वैदेही पास में आला लिये खड़ी थी और इक़बाल की बात पर मुस्करा दी।

"दोनों साथ में अच्छे लगते हो।" मैंने दोनों को देखते हुए कहा। दोनों झेंप गए।

"चलिए, कम-से-कम एक अच्छी बात हुई कि वैदेही ने आपको मुझसे भी बेहतर जान लिया है।" इक़बाल ने बात बदलनी चाही।

"कल आप नॉर्मल वार्ड में होंगे तो सब लोग आपसे मिल सकते हैं। अनवर और सुलभ अंकल कब से इन्तज़ार कर रहे हैं। रोज़ आते हैं और बाहर से ही आपकी हाल-ख़बर लेकर चले जाते हैं।" वैदेही ने कहा।

मुझे सुकून मिला।

"मंजरी आंटी कल आ रही हैं। उन्हें हमने कल ही बताया। हम चाहते थे कि आप ठीक हो जाएँ फिर उन्हें अच्छी ख़बर दें।" इक़बाल ने कहा।

"बॉय, अब आप सिंगापुर की टिकट बुक करने की तैयारी करिए।" इक़बाल ने कहा और चला गया।

मैंने हाथ हिलाकर इक़बाल को विदा किया और वैदेही को पास बैठने का इशारा किया।

"आपकी कहानी जबलपुर की फ्लाइट तक पहुँची, उसके बाद का तो रह ही गया।" वैदेही ने दवा और पानी मेरी तरफ़ बढ़ाते हुए कहा।

“सुलभ के भतीजे की शादी के बहाने सोचा था कि कुछ वक़्त जबलपुर में अकेले बिताऊँगा, कुछ दोस्तों के साथ बिताऊँगा, कुछ वक़्त सोचूँगा कि आगे मुझे करना क्या है और फिर एक नये प्लान के साथ 50 से 60 वाली उम्र की आख़िरी एक्टिव इनिंग खेलने सिंगापुर लौट जाऊँगा।”

“हाँ, अनवर अंकल ने मुझे बताया था कि उसी शादी में छत पर आप तीनों दोस्त जब गप-शप कर रहे थे, आपको कार्डियक अरेस्ट हुआ?” वैदेही ने मुझे बताया।

“अच्छा हुआ, इसी बहाने तुमसे मिला और तुम्हें अपनी कहानी सुनाते, मैंने अपनी पूरी ज़िन्दगी को बाईस्कोप में देख लिया।” मैंने तकिया खींचकर बैठते हुए कहा।

“आपको पता है, हर शाम जब मैं आपकी ज़िन्दगी का एक हिस्सा सुनकर घर लौटती, मैं काफ़ी देर तक बिस्तर पर लेटे यही सोचती रहती कि आपको यह ज़िन्दगी दुबारा मिलती तो आप क्या बदल लेते। या फिर आपकी इस कहानी से सीखकर मैं अपनी ज़िन्दगी में क्या बदल लूँ।”

“अब जब तुमने मेरी पूरी कहानी सुन ही ली तो कुछ बातें तुम्हें बताता हूँ। इस उम्मीद कि शायद तुम्हारे काम आ जाए। हम जैसे लोगों की मुश्किल यही है कि हम कन्फ्यूज़्ड लोग हैं और ज़िन्दगी हर मोड़ पर कई ऑप्शन देकर हमारी परीक्षा लेती रहती है। पता नहीं यह अच्छी बात है या फिर ज़िन्दगी की हमारे साथ टाइमपास करने की आदत है। अमूमन, परीक्षाओं में जब हम एक ऑप्शन पर टिक लगाते हैं तो हमें किसी दूसरे ऑप्शन को छोड़ना होता है। पर मज़ेदार बात यह है कि ज़िन्दगी कोई माइनस मार्किंग वाला मल्टीपल च्वॉइस प्रश्न नहीं है, यहाँ हर ऑप्शन किसी-न-किसी तरीक़े से सही होता है। बस आपको हर बार फ़ैसला करना होता है कि किस पर टिक करें और किसको छोड़ें।”

“काश, एक ही ऑप्शन सही होता, चुनने में कितनी आसानी होती। हम टिक करते और रिजल्ट शीट मिलाकर समझ लेते कि तुक्का सही लगा या फिर ग़लती हो गई।” वैदेही ने कहा।

“क्लास की पिछली बेंच पर अनवर और सुलभ के साथ जब मैं बैठकर खिड़की से बाहर इन्द्रधनुष देख रहा था तो कभी बहुत अच्छे नम्बर नहीं आए।

फिर, उसे छोड़कर पहली बेंच पर बैठा, टीचर के ठीक सामने, ख़ूब पढ़ाई की और आई.आई.टी.-जे.ई.ई. क्रैक कर गया। पर यह ध्यान नहीं रहा कि अब तक पीछे वाली बेंच पर बैठता तो टीचर से नज़रें चुराकर उसी बेंच पर कई ख़ूबसूरत स्केच बना चुका होता। फर्स्ट आने की रेस में वे सारे स्केच बिना बनाए रह गए।

जब पढ़ाई के लिए हॉस्टल जाता तो माँ पोटली में मठरी, पूरी, सब्ज़ी, मिठाई और न जाने क्या-क्या देती जो रास्ते में ही नहीं बल्कि हॉस्टल में भी जाकर ख़त्म नहीं होते। माँ के दिए सामानों को सहेजने के चक्कर में, घर छोड़ने से गले लगाना छूट जाता था। घंटे भर का मार्ज़िन रखकर घर से जल्दी-जल्दी निकलने में पिता का सारा ज़ोर इसी बात पर होता था कि ट्रेन न छूट जाए। समय से स्टेशन पहुँचकर, ट्रेन में सीट मिल जाती थी पर इसी हड़बड़ाहट में ट्रेन निकलने से पहले पिता का पैर छूना रह जाता था। पूर्णिमा को दिल से चाहा, पर क़िस्मत ने उसका हाथ छुड़ा दिया।

जब इलाहाबाद के संगम में अपनी मर्ज़ी से मैं मंजरी के इश्क़ में डूब रहा था, तो लोगों के देख लेने का डर था। और फिर इस दुनिया के सामने जब सात फेरे लेकर मैंने मंजरी की ज़िम्मेदारी क़बूल की और इश्क़ में बिना डरे डूबने का वक़्त आया तो धीरे-धीरे मेरी कलम में पड़ी इश्क़ की शायरियों की स्याही सूखने लगी। अब सुबह के वक़्त जिस दिन कपालभाति और अनुलोम-विलोम में गुज़ार रहा होता हूँ, तो मन में रहता है कि मंजरी के साथ बैठकर सुबह आराम से चाय पर की गई गुफ्तगू छूटती जा रही है। स्वस्थ रहने की तीव्र इच्छा में जब प्लेट में सलाद और और फ्रूट परोसता हूँ तो आलू के पराँठे और नीबू के अचार छोड़ रहा होता हूँ। हर वीकेंड एक फ़ैसला लेना होता है। जिस वीकेंड में परिवार के साथ बिताऊँ, तो दोस्तों की बेफ़िक्र संगत में बहकना रह जाता है और जो उन कमीनों से मिलकर लड़खड़ाते हुए घर लौटूँ, तो घर आकर सचाई और ख़ुशी से चहकना रह जाता है।

मेरे मन में हमेशा काम को अपने तरीक़े से करने की इच्छा रही। उसके लिए मुझे या तो कोई अपनी कम्पनी में वैसी आज़ादी देता या फिर मैं अपना कोई स्टार्ट-अप खड़ा कर पाता, तभी सम्भव था। जिस कम्पनी में काम कर

रहा था, वहाँ जाने कितनी बार ख़ुद का बिज़नेस खड़ा करने की इच्छा हुई। मैं सोचता रहता कि काम कितना भी हो पर नींद अच्छी आएगी, इस भरोसे से कि कुछ दिल का कर रहा हूँ। पर शुरुआती रिस्क और कम पैसों में काम करने का ख़याल भी दिल को कचोट जाता। और जब किसी के यहाँ तनख़्वाह पर नौकरी कर ली तो पैसे ज़रूर मिले पर रातों से वह सुकून भरी नींद ग़ायब हो गई। बेमन का काम करना, त्यागी या खन्ना जैसे लोगों के अंडर में काम करना भला किसका शौक़ हो सकता है?

मंजरी और प्रिशा की वजह से ज़िन्दगी में परिवार का सुकून मिला। जितना भी हो सका, उनके साथ वक़्त गुज़ारने की कोशिश की। नौकरी में भी पैसे कमाते, उन सबकी ख़्वाहिशें पूरी करते दिन-रात काम में जुटा रहा। प्रिशा बड़ी होकर आगे बढ़ गई, मंजरी अपनी सहेलियों और अपनी दुनिया में बढ़ गई और मैं बालों की सफ़ेदी लिये ख़ुद पीछे छूटता गया। इतनी बड़ी दुनिया में हमारे सामने बटोरने को इतना कुछ होता है कि अगर हमें क्या पकड़ना और क्या छोड़ना है, नहीं समझ आया तो अन्त में साथ कुछ नहीं रह पाता।"

"तो फिर क्या करें? मुझे भी हॉस्पिटल की नौकरी से ज़्यादा कुछ लिखने का मन करता है। इक़बाल पसन्द है पर मेरे धर्म का नहीं है। माँ-बाप किसी और से शादी करना चाहते हैं पर वो पसन्द नहीं। सोशल मीडिया से दूर भागने का मन करता है पर लगता है मैं अपनी पीढ़ी के लोगों से पीछे छूट जाऊँगी।" वैदेही ने जैसे मन का सारा मलाल फैला दिया था।

हम दोनों चुप हो गए। मैंने उसका संजीदा चेहरा देखा और मुझे लगा हम सब इस ख़ुशगवार चेहरे के पीछे कितना दर्द छुपाए रहते हैं।

"मुझे इतने साल में भी नहीं समझ आया था जो अब हॉस्पिटल में समझ पाया हूँ। कई बार काफ़ी वक़्त गुज़र जाता है, यह समझने में कि सब कुछ हासिल कर लेने की चाह होना ही नियति से वादा-ख़िलाफ़ी है। अच्छा हो कि हम जल्दी समझ लें कि कुछ-न-कुछ हमेशा छूट जाना ही इनसान होने की निशानी है। तुम्हारी ज़िन्दगी के निर्णय सारे तुम्हारे होने चाहिए वैदेही। यही तुम्हारी ज़िन्दगी के लिए अच्छा होगा। बस याद रखना कि आज यह इक़बाल, तुम्हारे ख़ुद के ख़्वाब और परिवार की ज़िम्मेदारियों में तुम उलझी हो ना, हम

सब इससे ही गुज़रे हैं। एक बार मन को समझा लोगी कि कुछ मिलेगा और कुछ छूट जाएगा, निर्णय लेना और आसान हो जाएगा।"

"थैंक यू फॉर इवरीथिंग अंकल!" वैदेही ने मेरे हाथ का स्नेहिल स्पर्श किया और चली गई।

'थैंक यू!' मैंने कहा नहीं बस मन में सोचा।

बच्चे भी कितना कुछ सिखा जाते हैं। बस हमें उनके साथ वक़्त बिताना आना चाहिए। उनकी बातों को सीरियसली लेना आना चाहिए, सिर्फ़ दूध-भात खिलाना नहीं।

मुझे अगली सुबह नॉर्मल वार्ड में शिफ़्ट कर दिया गया। विज़िटिंग ऑवर छोटा था और एक बार में सिर्फ़ कोई एक ही मिल सकता था। जो कुछ मेरे साथ हुआ था, जीवन पर से विश्वास-सा उठ गया था। मैंने इच्छा ज़ाहिर की कि मैं अनवर, सुलभ और मंजरी तीनों से कल ही मिलना चाहता हूँ। उन तीनों से मन की बात करनी थी।

सुलभ सबसे पहले आनेवाला था। इतने दिनों के हॉस्पिटल के सन्नाटे में मुझे हँसी के फव्वारे की सख़्त ज़रूरत थी।

मैंने सुलभ का जीवन देखा है। शुरुआती दिनों में उसने बिज़नेस के लिए कितने पापड़ बेले। सुलभ के बिज़नेस ने धीरे-धीरे ज़ोर पकड़ा। उसने मध्य प्रदेश के कई बड़े शहरों में अपने स्टोर्स की एक चेन खोल दी। हाल-फ़िलहाल कपड़ों के किसी मैन्युफैक्चरर से बातचीत चल रही है, ताकि उनके पार्टनरशिप में, जबलपुर के बाहरी इलाक़े में कपड़ों की मैन्युफैक्चरिंग यूनिट खोली जाए।

"कुत्ते, सबकी लाइफ़ को झंड करने के बाद तू नर्सों के साथ गुलछर्रे उड़ा रहा है!" सुलभ का प्रवेश हुआ और मेरे चेहरे पर मुस्कान तैर गई।

"तू कैसा है?" मैंने पूछा।

"अबे, मुझे क्या होगा? देखना तुम्हें और अनवर को बुढ़ापे में मैं ही हॉस्पिटल पहुँचाने आया करूँगा।" सुलभ ने कहा।

"साले, तू इतना ख़ुश कैसे रहता है? तेरी ज़िन्दगी में भी तो परेशानियाँ हैं, कैसे इग्नोर करता है?" मैंने पहली बार उससे एक सीरियस बात करनी चाही थी।

"मुझे क्या परेशानी है?" सुलभ ने बात बदलनी चाही।

"झूठ मत बोल। आँख मिलाकर बात कर। तुझे क्या लगता है, हमें ख़बर नहीं। जबलपुर जैसे छोटे शहर में बच्चे न होना कितनी बड़ी बात हो जाती है। जूही भाभी को परिवार और समाज के क्या-क्या ताने सुनने पड़े, मुझे नहीं पता क्या? आज अमेज़न के दिनों में, शॉप चलाना आसान होता है क्या? देखा है मैंने बिज़नेस का स्ट्रेस अपने पिता के चेहरे पर? मुझे सब पता है।" मैंने झल्लाकर कहा।

उस कमरे में थोड़ी देर के लिए ख़ामोशी पसर गई। सुलभ का हमेशा चहकनेवाला चेहरा गम्भीर-सा हो गया। सुलभ बाहर खिड़की की तरफ़ देखने लगा और मैंने धीरे से अपना हाथ उसके हाथ पर रखा।

"देख यार, मेरा लाइफ़ का फंडा बहुत सिम्पल है। इस दुनिया में सिर्फ़ दो तरह के लोग दिखते हैं। एक जो मुझे पसन्द हैं और दूसरे जो मुझे नहीं पसन्द।

मुझे पूरी दुनिया के लोग सिर्फ़ इन्हीं दो फाँकों में बनते दिखते हैं। यही है मेरी सोच का दायरा। हालाँकि मैं यह जानता हूँ कि जो मेरी नापसन्द एक सापेक्षिक विशेषण है। इस समग्र ब्रह्मांड में किसी-न-किसी के लिए हर कोई नापसन्द है। यह लाज़मी है कि सुबह से शाम के बीच गुज़रते रोज़ के कई बार दिनों में मन उदास हो जाए, जब कोई आपको बेवकूफ़ सिद्ध करने पर तुला होता है। आपको उसके जैसा नहीं बनना होता, आपको उसकी सोच से ख़ुद को नहीं प्रभावित करना होता। आपको सिर्फ़ अपना काम करना होता है।" सुलभ ने बड़ी संजीदगी से यह बात कही।

"लोगों का तो ठीक है, मान लिया कि तुम्हारे परम मंत्र की तर्ज़ पर उन्हें बेवकूफ़ मान लिया जाए। पर परिस्थितियों का क्या?" मैंने उसे और कुरेदा।

"भाई देख, हमारी दुनिया मोटा-मोटी तीन चीज़ों से बनी रहती है। ख़ुद आप का मूड, सामनेवाला और परिस्थितियाँ। हम हीरो हैं, सामनेवाला बेवकूफ़

है यह सिद्धान्त मूड भी ठीक रखेगा और सामनेवाले से आपको घंटा फ़र्क़ पड़ेगा। रही बात परिस्थितियों की तो समय के बड़े चक्र के साथ-साथ, ये सदा बदलती रहती हैं। ऐसा लाज़मी है कि कभी-कभी सब कुछ आपके हिसाब से न रहा हो, तो बस आपको इस चक्र के घूमने का इन्तज़ार करना चाहिए। इसमें सन्देह नहीं कि भले ही यह चक्र मुश्किल दिनों में धीरे और ख़ुशगवार दिनों में तेज़ घूमता दिखाई दे, यह घूमता एक ही रफ़्तार से है। मुश्किल समय में इस चक्र को घूरने से इसका घूर्णन तेज़ नहीं होगा।" सुलभ की इस समझदारी ने मुझे अचम्भित किया।

"भाई तू यह सब सोचता कब है? इतनी क्लैरिटी आती कहाँ से है तेरे पास?" मैंने अचम्भे से पूछा।

"मैं तो हमेशा कहता हूँ, तुम लोग ही मुझे हल्के में लेते हो।" उसने कहा और हम मुस्करा पड़े। हम इधर-उधर की ढेर सारी बातें करते रहे।

"चल मैं चलता हूँ, अनवर बाहर खड़ा है। सोच रहा होगा कि मैं तुझे दारू तो नहीं पिला रहा। और हाँ, रिटर्न फ्लाइट कब की करनी है? मंजरी आज आ रही है, बात करके बताना, बुक करा दूँगा।" सुलभ ने कहा और निकल गया।

"कल मिलते हैं। लेने ज़रूर आना।" मैंने सुलभ को विदा किया।

अनवर आनेवाला था।

मैं अनवर के बारे में सोचने लगा। उसने कभी भी चमक में आने की कोशिश नहीं की। हमेशा लो प्रोफ़ाइल रखा। यह बात दीग़र है कि हीरा कोयले की खान में चमक उठता है। आज जबलपुर में उसकी पहचान एक प्रतिष्ठित निःस्वार्थ शिक्षक की है। भारत की और विदेश की एन.जी.ओ. से उसे कई ऑफ़र मिले, कई लालच दिए गए, पर वह अपने मुख्य उद्देश्य से नहीं डिगा। मध्य प्रदेश के शिक्षा मंत्री तक उसकी बात पहुँची। जब उन्होंने उससे अपना अनुभव साझा करने को कहा ताकि और भी ऐसे स्कूल जो अनाथों, वंचितों को पढ़ा रहे हैं, उन्हें प्रोत्साहन मिले, तो अनवर मना नहीं कर पाया। अब वह अकसर मध्य प्रदेश के शिक्षा मंत्रालय के अनुरोध पर तमाम ऐसे स्कूलों में जाकर अपना-अपना अनुभव साझा करता है। आज

यू-ट्यूब पर उसके ऐसे तमाम वीडियो मौजूद हैं। पर सफ़र उसका कभी आसान नहीं रहा।

सुलभ के जाते ही अनवर आया।

"थैंक्स।" मेरे मुँह से उसे देखकर बस इतना निकला।

कुछ लोग इतना कुछ करते हैं कि यह शब्द बहुत कमज़ोर पड़ जाता है उनका शुक्रिया अदा करने के लिए। पर इसका मतलब यह तो कतई नहीं कि यह भी न कहा जाए।

अनवर ने भी ढेरों बातें बताईं। शहर के बारे में, लोगों के बारे में, मौसम के बारे में। जिस दुनिया से मैं कई दिनों से कटा था, रूबरू कराया।

"और तूने क्या किया इतने दिनों हॉस्पिटल में? शान्त बैठने का स्वभाव तो है नहीं तेरा, बोर हो गया होगा।" अनवर ने कुर्सी का टेक लेते हुए पूछा।

"कुछ ख़ास नहीं, तू अपनी बता? मैं तुझसे तेरी ज़िन्दगी के बारे में कभी ठीक से पूछ नहीं सका यार।" मैंने पूछा।

"तुझे तो पता है, मेरा बचपन कैसा था। माँ नहीं थी, पिता दूर थे और मैं रिश्तों के लिए तरसता रहा। मुझे किसी का छोड़कर चले जाना नहीं पसन्द है। तुझे बहुत कुछ देखना था इसलिए कभी रोका नहीं पर मैं जबलपुर में रुका रहा। नौकरी मैं और भी कर सकता था पर बच्चों को पढ़ाने के लिए स्कूल खोला। यहाँ भी शायद मुझे लगा जिनका कोई नहीं उनके लिए कुछ कर पाऊँ।" अनवर की बातों में उसकी आँखों-सा ठहराव था।

"मैं तो हमेशा तुझे अपना आदर्श मानता रहा। देख तूने इक़बाल को भी पढ़ा-लिखाकर कहाँ पहुँचा दिया।" मैंने कहा।

"यह सब बातें सुनने में अच्छी लगती हैं, पर इनको करने में आपके अपने भी रूठ जाते हैं। तुझे पता है, मेरी बेग़म रुख़सार से मैंने प्रेम और शादी की जबकि वह यतीम थी। उसे मेरे स्कूल चलाने, ग़रीबों की मदद करने जैसे काम से शुरुआत में कोई तकलीफ़ नहीं थी, पर चाहती तो वह भी यही थी कि उसका शौहर विदेश जाए। कम-से-कम जबलपुर से बाहर जाए, ढेरों पैसे कमाए। वह हमेशा कहती है कि मुझमें क़ूव्वत है, फिर भी मैं यहाँ व्यर्थ कर रहा हूँ।" अनवर ने ठंडी मुस्कान के साथ कहा।

"कैसे हैंडल करता है यार यह सब?" मैंने पूछा।

"मैंने कहा ना, मुझे नहीं लगता कि मैं किसी निमित्त आया हूँ। जो अच्छा लगता है, करता हूँ। स्कूल इसलिए नहीं खोला कि मैं लोगों की ज़िन्दगी बदल दूँगा, बल्कि इसलिए कि ऐसा करना मुझे अच्छा लगता है। इस ज़िन्दगी में हर कोई ख़ुश तो नहीं रह सकता, पर मेरे सिद्धान्त औरों के लिए बदलता रहूँ, यह भी नहीं कर सकता।" अनवर ने कहा।

"याद है, हम तीनों चाहते थे कि एक दिन स्कूल खोलें। तूने खोल दिया, सुलभ से जो बन पड़ता है, वह मदद करता है, बस मैं ही कुछ भी नहीं कर पाया यार।" मेरा गला रुँध गया।

"तेरा दिल स्कूल की बेहतरी चाहता है, यही बहुत है। याद रखना, जब समय आएगा तू भी स्कूल के लिए बहुत कुछ करेगा।" अनवर ने मेरे कन्धे को थपकी दी।

"चल, तू अपने बारे में बता।" अनवर ने कुछ देर की ख़ामोशी के बाद कहा।

"यार, मुझे शायद एक ब्रेक की ज़रूरत थी। बहुत तेज़ भाग रहा था। शायद स्लो डाउन होने की ज़रूरत थी। मैंने काफ़ी वक़्त ख़ुद के बारे में सोचकर, आगे क्या करना है इसके बारे में सोचकर गुज़ारा।" मैंने खिड़की से बाहर की ओर देखते हुए कहा।

"क्या सोचा, कुछ ख़ास?" अनवर ने पूछा।

"यार अनवर, कभी-कभी समझ नहीं आता कि हम क्या उद्देश्य लेकर इस दुनिया में आए हैं। लोग कहते हैं कि हर इनसान को ईश्वर द्वारा कोई-न-कोई उद्देश्य देकर भेजा जाता है। काश! ईश्वर बता देते तो ज़िन्दगी थोड़ी आसान होती। यह ढूँढ़ने में न गुज़र जाती कि मैं कौन हूँ, मुझे क्या करना है वग़ैरह-वग़ैरह।" अपने दिल की उमड़-घुमड़ मैंने एकबारगी बयाँ कर दी। मेरे इस दार्शनिक सवाल ने अनवर को चुप कर दिया था।

"शरद, क्या पता कोई उद्देश्य ही न हो।" अनवर ने छोटा-सा उत्तर दिया।

"अरे, ऐसा कैसे? दिमाग़ तो हमेशा से एक उद्देश्य ढूँढ़ रहा होता है।" मैंने कहा।

“वह इसलिए ढूँढ़ रहा है, क्योंकि तुम्हारे पास बुद्धि भी है और चेतना भी। सुलभ के दिमाग़ को कभी उद्‌देश्य ढूँढ़ते देखा है तुमने।” हम दोनों हँस पड़े।

“देख, लोगों से बचपन से कहा जाता है कि हर इनसान उद्‌देश्य लेकर आता है, सो बुद्धि लग जाती है उस उद्‌देश्य को ढूँढ़ने में।” अनवर ने कहा।

“यार, बिना उद्‌देश्य के जीवन का अर्थ ही क्या?” मैंने कहा।

“देख, तू इनसान है, कोई चाकू या कलम नहीं कि बनाने से पहले मैन्युफैक्चरर को पता है, इसका क्या उद्‌देश्य है। कई चीज़ें बस होती हैं। मसलन पंखा, बोतल, घड़ी। इन सबका उपयोग ज़रूर है पर कोई अर्थ नहीं है। उपयोग से अर्थ समझकर क्यों भ्रमित होना।” अनवर ने कहा।

“तो क्या हमारा कोई अर्थ ही नहीं, उद्‌देश्य ही नहीं?” मैंने अचरज से पूछा।

“जीवन का कोई अर्थ नहीं। हम जिस अर्थ से देखते हैं, बना लेते हैं। किसी को शान्ति के लिए काम करना होता है तो किसी को क्रान्ति के लिए। बन गए उनके अपने-अपने अर्थ। हम करते तो सिर्फ़ इस देह का उपयोग मात्र हैं पर उसे अर्थ, उद्‌देश्य और न जाने क्या-क्या समझने लगते हैं।” अनवर ने ठहराव के साथ कहा।

“ऐसे सोचने लगें तो मन में बड़ी नकारात्मकता आ जाती है, जीने का मन ही न करे।” मैंने सवाल किया।

“विरोधाभास तो है। हम उस जीवन में अर्थ ढूँढ़ रहे हैं, जिसमें कोई अर्थ ही नहीं। पर नकारात्मकता नहीं। अगर हम इसे स्वीकार कर लें, तो सब कुछ कितना आसान हो जाएगा। हमें खोजने में समय व्यर्थ करने की ज़रूरत ही नहीं होगी।” अनवर ने कहा।

“फिर इनसान क्यों कुछ करेगा?” मैंने कहा।

“इसका उल्टा भी तो हो सकता है। सोच, अगर तुझे दिल से महसूस हुआ कि किसी चीज़ का कोई अर्थ नहीं। फिर तो तू छोटी-छोटी चीज़ों में भी ख़ुशी देख सकता है। मसलन सड़क पर पड़े एक टीन के लावारिस डिब्बे को ठोकर मारने में भी तुझे उतनी ही ख़ुशी मिलेगी, जितनी की अपनी कम्पनी का एम.डी. बनने में।” अनवर ने मुस्कराते हुए कहा।

"यह बात तो है, अगर दोनों का कोई उद्देश्य नहीं तो अन्तर कैसा?" मैंने स्वीकृति दी।

"शरद, यह जीवन है न, बड़ा क्षणभंगुर है। हम अर्थ खोजते रह जाएँगे और सब कुछ एक क्षण में यहीं समाप्त हो जाएगा। इसलिए बेहतर हो कि हम जीवन की इस निरर्थकता का आलिंगन करें। इसमें उल्लास मनाएँ, न कि अर्थ खोजने में वक़्त जाया करें।" अनवर ने अपनी दलील पर जैसे मुहर लगा दी।

हमेशा की तरह, इस बार भी अनवर से जीवन के बारे में बात करना, कई किताबों को पढ़ने जैसा था। उसके जाने के बाद बिस्तर पर लेटा मैं देर तक उसकी बातें सोचता रहा और न जाने मन में दबे कितने पुराने सवालों के जैसे जवाब मिल गए।

आधे घंटे बाद दरवाज़ा खुला और मंजरी आई। हम दोनों ने एक-दूसरे को इस हालत में देखने की कल्पना न की होगी। एक अजीब-सा माहौल बन गया।

मंजरी ने दरवाज़ा बन्द किया और गले लगकर सुबक पड़ी। आँसू इतने गीले होते हैं कि ईगो का पत्थर भी कुछ बूँदों में पिघल जाए। मैंने मंजरी को गले लगाया और आँखें बन्द कीं। यह एहसास हमारे पहले मिलन के एहसास से कम नहीं था।

"इतने दिनों फ़ोन क्यूँ नहीं किया?"

"बिना बताए क्यों चले आए?"

"तुमने मेरा ध्यान रखना क्यूँ छोड़ दिया?"

ऐसी कई शिकायतें थीं हमारे पास, एक-दूसरे के लिए। पर हमें शिकायत में एक भी लम्हा बर्बाद नहीं करना था।

"बड़ी ग़लतियाँ कर दी हमने। बेफज़ूल लड़ते रहे और बेशक़ीमती वक़्त खोते रहे।" मैंने मंजरी को बैठाते हुए कहा।

"ऐसा भी कोई वक़्त नहीं गुज़रा। आप ही तो कहते हैं, ज़िन्दगी कोई छोटा-मोटा टी-20 टाइप का मैच नहीं है। यह टेस्ट मैच जैसा होता है। दो पारियों वाला टेस्ट मैच। अगर एक पारी गुज़री है तो क्या हुआ, दूसरी तो खेलनी बाक़ी है। उसे अपने तरीक़े से खेलते हैं। इतना घबराने की क्या ज़रूरत है?"

मुझे क्रिकेट पसन्द है और मंजरी को मैं। शायद इसलिए क्रिकेटिया अन्दाज़ में मंजरी मुझे ढाँढस बँधा रही थी।

"यार, पहली पारी में मैं बड़ा निडर होकर खेला, क्योंकि मुझे भरोसा था कि अभी कुछ गड़बड़ हुई तो दूसरी पारी में सँभाल लूँगा। अब दूसरी पारी में हूँ, मंजरी। ज़्यादा गड़बड़ करने की गुंजाइश नहीं है मेरे पास।" मैंने मंजरी का हाथ पकड़ते हुए कहा।

"जबलपुर से सिंगापुर तक का सफ़र आपकी पहली पारी थी और सिंगापुर से जबलपुर की यात्रा दूसरी पारी। आपने पहली पारी भी ख़ूब खेली और दूसरी भी खेलेंगे। हाँ, पहली पारी का बोझ दूसरी पर ज़रूर रहता है, पर पारियाँ तो दोनों उतनी ही महत्त्वपूर्ण हैं। भले ही खेलने का नज़रिया बदल रहा हो।" मंजरी ने समझाने की कोशिश की।

"पहली पारी का किसे दोष दें यार? हम मिडिल क्लास बच्चे बचपन से देखते क्या हैं? पैसों की ज़रूरत। और यह ज़रूरत हमारे भीतर कहीं घर कर लेती है। हमें क्या अच्छा लगता है, दुनिया किस तरफ़ जा रही है, इन सब बातों से इतर हमें आज जिस चीज़ में पैसा मिलेगा, वही करना है। क्या इसमें हमारी कोई ग़लती है? मुझे नहीं लगता। और फिर इसी दौड़ में भागते, हम पहली पारी खेल जाते हैं, अच्छा-बुरा जैसे भी।" मैंने अपना तर्क रखा।

"पर अब इनिंग ब्रेक हुआ ही है तो हमें सोचना पड़ेगा कि यह हम कर क्या रहे हैं। क्या पैसा ही चाहिए था या फिर कुछ और चाहिए था जो हमें लगा पैसे से मिल जाएगा इसलिए पैसा चाहिए था। पर इतनी दूर आकर लगता है, सब कुछ सिर्फ़ पैसे से नहीं मिल पाएगा। चलिए, हम ख़ुद को एक बार फिर से समझते हैं, हमें जो चाहिए, उन चीज़ों के लिए, उस दिशा में कुछ ठोस क़दम उठाते हैं।" मंजरी के संगीतमय शब्द कानों से आत्मा तक सुकून पहुँचा रहे थे।

"मंजरी, हॉस्पिटल में गुज़रे अकेलेपन के इन दिनों मैं मैंने ख़ुद से ख़ूब बातें कीं, ख़ुद को सुना, समझा और वह ढूँढ़ने की कोशिश की जो मन को सन्तृप्त कर जाए।" मैंने मंजरी की उँगलियाँ सहलाते हुए कहा।

"अगर किसी को यह समझ आ जाए कि उसे ज़िन्दगी से क्या चाहिए तो समझ लेना कि उसने समुद्र मन्थन से निकले अमृत और विष को अलग कर लिया है। अगर आपको समझ आ गया है तो उसे पूरे दिल से पूरा करने की कोशिश करिए। आपकी पहली पारी हम सबके लिए थी। दूसरी पारी में हम सब आपके साथ हैं। खेलिए अपने तरीक़े से। मुझे पूरा भरोसा है, आप पर।" मंजरी ने मेरा हाथ कसकर पकड़ते हुए कहा।

अगले दिन मैं जल्द ही तैयार हो गया। अब मैं आराम से चल-फिर पा रहा था। बिस्तर पर लेटने की बजाय खिड़की के पास खड़े होकर आने-जानेवाली गाड़ियों को, लोगों को, जबलपुर को देख रहा था। अनवर और सुलभ जल्द ही आनेवाले थे। फिर मैं हॉस्पिटल से निकलनेवाला था।

मन-ही-मन मैंने सोच लिया था कि मुझे ख़ुशी मिलेगी अगर मैंने अनवर के स्कूल में कुछ मदद की। बच्चे पढ़ेंगे, मेरा अनुभव उनके काम आएगा, जिस समाज और शहर ने मुझे इतना कुछ दिया, उसे कुछ लौटा पाऊँगा। यह सोचकर मन ख़ुशी से सिहर उठा। फिर ध्यान में सिंगापुर का चित्र उभरा। मन न जाने क्यों सिंगापुर से ऊब चुका था। वहाँ की सफ़ाई, सुन्दरता सब कुछ बिलकुल प्लास्टिकनुमा-सी दिख रही थी। सोचा कुछ साल और वहाँ बिताने के बाद, थोड़े और पैसे इकट्ठा करके लौट आऊँगा। कम-से-कम जीवन का एक उद्देश्य तो होगा।

सिंगापुर में भी तो मुझे काम उबाऊ लगने लगा था। आप जो कुछ कर रहे होते हैं, उससे वैसे भी दूर भागना चाहते हैं। हमेशा कुछ नये की तलाश में होना इनसान होने की निशानी है। नयापन कुछ सिखाता तो है ही पर उसे नयेपन को हासिल करने के लिए आप क्या-क्या छोड़ने को तैयार हैं, यह निर्णय सिर्फ़ आपका होता है। चड्ढी का रंग भी जिनका परिवार चुनता हो, उस कैटेगरी के लोगों की अकेले निर्णय की आदत तो वैसे भी नहीं होती। मेरे लिए यह फ़ैसला आसान नहीं होता था। शुरुआत में मौक़े मुझे ठुकराते रहे क्योंकि मैं उनके लायक नहीं था। बाद में मैंने कई मौक़े ठुकराए क्योंकि मुझे उन मौक़ों में वह सब कुछ

नहीं मिला जो चाहिए था। सब कुछ बड़ा ढुलमुल शब्द है, पानी की तरह मूड के हिसाब से बदल जाता है। मैं एक ही तरह का काम आजीवन करता रहा। पर इस बात की ख़ुशी है कि सारी जद्दोजहद के होते हुए भी इस बार जब मैंने वापस आने का फ़ैसला ले लिया है तो ख़ुद को थोड़ा और मज़बूत महसूस कर रहा हूँ।

इसी उधेड़बुन में मैं था कि दरवाज़ा खुला और वैदेही अन्दर आई।

"कैसे हैं? अच्छा लग रहा होगा, इतने दिनों बाद हॉस्पिटल से जा रहे हैं?" उसने मुस्कराते हुए कहा।

"हाँ, तुम्हें नम्बर दे रहा हूँ। टच में रहना। मैं जल्द ही लौटूँगा। इक़बाल से शादी में कोई समस्या हुई, अनवर को कुछ समझाना हुआ तो बेझिझक मुझसे कहना।" मेरी आत्मा ने इन शब्दों के अलावा बुज़ुर्गों की तरह वैदेही को ढेरों आशीर्वाद दिए।

"इमरजेंसी...क्या हुआ...ओह...कैसे...ख़ून ज़्यादा बह गया है क्या... दोनों को चोट लगी...साँस तो चल रही है ना..." अचानक वैदेही को फ़ोन आया और वैदेही बदहवास-सी सवाल पूछने लगी।

"मुझे चलना होगा, इमरजेंसी है।" कहकर वैदेही ने दरवाज़ा खोला और चली गई।

मैं दरवाज़े तक बढ़ ही रहा था कि देखा, ख़ून से लथपथ दो शरीर स्ट्रेचर पर लिटाए, मेरे सामने से गुज़र गए। चेहरा इस क़दर ख़ून से लथपथ कि पहचान भी ना सको।

मैंने ईश्वर से इन अजनबियों के स्वास्थ्य की दुआ माँगी और फिर से खिड़की के पास बैठे अनवर और सुलभ का इन्तज़ार करने लगा।

तक़रीबन दो घंटे के बेसब्र इन्तज़ार के बाद मंजरी आई।

"पर प्लान तो अनवर और सुलभ के आने का था। ख़ैर, क्या पता दोनों व्यस्त हों?" मैंने उसे देखते ही मन-ही-मन सोचा।

मंजरी कमरे में आई और आते ही रो पड़ी। मैं समझ नहीं सका।

"अब तो मैं ठीक हो गया हूँ, अब कैसा रोना? चलो अनवर और सुलभ के साथ कुछ दिन मस्ती करते हैं फिर सिंगापुर चलेंगे।" मैंने उसकी पीठ थपथपाते हुए कहा।

जब मंजरी की सिसकियाँ तेज़ आँसू की धार में बदल गईं तब मुझे लगा कि कुछ तो गड़बड़ है। मंजरी से सच सुनकर मेरे पैरों के नीचे की ज़मीन खिसक गई। मैं बिस्तर पर बैठ गया।

जिन दो लोगों को स्ट्रेचर में मेरे सामने ले जाया गया था वे अजनबी नहीं थे। अनवर और सुलभ थे। मुझे लेने आते वक़्त हाइवे पर ट्रक से टक्कर लग गई। अनवर का मौक़ा-ए-वारदात पर इन्तक़ाल हो गया और सुलभ की साँसें चल रही थीं पर बहुत ज़्यादा चोट आई है।

मेरी घर लौटने की सारी ख़ुशी काफ़ूर हो गई। मैं मंजरी का हाथ थामे हॉस्पिटल से बाहर निकला। मैंने कभी सपने में भी नहीं सोचा था कि हॉस्पिटल से बाहर आते ही मुझे अनवर से गले मिलने की बजाय उसके जनाज़े को कन्धा देना होगा। अनवर की मिट्टी को देखकर मेरी आँखों की कोर से पानी बह निकला। एक अनवर के जाने से मेरे फ्रेंड, फिलॉसफ़र, गाइड तीनों मुझसे बहुत दूर चले गए थे। मैंने देखा कि सैकड़ों की तादाद में बच्चे और उनके माता-पिता उसके जनाज़े को कन्धा देने आए थे।

ये वही बच्चे थे, जिन्हें अनवर मुफ़्त में पढ़ाता था। उन सबकी मायूस आँखों में सवाल था कि अब क्या होगा।

सुलभ बच गया था। कुछ दिनों बाद हॉस्पिटल से आया ज़रूर पर अब वह हमेशा के लिए व्हील चेयर पर आ गया था। अब शायद वह कभी खड़ा न हो पाए। इक़बाल ने जब मुझे बताया तो मेरी सुलभ से मिलने की हिम्मत नहीं हुई।

"अल्टीमेट फट्टू। आई हेट यू शरद।" मेरी अन्तरात्मा ने मुझसे कहा।

मैं अगले ही दिन सिंगापुर लौट गया। मुझसे जबलपुर अपने यारों के बिना बर्दाश्त नहीं हो रहा था। प्रिशा जल्द-से-जल्द आकर मुझसे मिलना चाहती थी परन्तु मैंने मना किया। उसका फ़ोन अब रेगुलर हो गया था। हम अपने परिवार के लोगों की क़ीमत ज़्यादा करने लगते हैं जब हमें उनके खोने का डर लग जाता है। मंजरी से भी रिश्ते पहले की तरह होने लगे थे। हम खाने के बाद साथ में वॉक करने निकल जाते थे।

उसने बताया कि जिन दिनों मैं हॉस्पिटल में था अनवर ने उसे समझा-बुझाकर रोके रखा था ताकि मंजरी आराम से जबलपुर आए ना कि इमरजेंसी

में। उसी ने प्रिशा को भरोसा दिलाया था कि परेशान होने की कोई ज़रूरत नहीं, तुम्हारे पिता ठीक हैं। वो रोज़ मेरी हाल-ख़बर उन दोनों को फ़ोन करके दिया करता था। मेरा दोस्त ही नहीं जैसे मेरे जीवन का अहम हिस्सा मुझसे अलग हो गया था।

मैं अब की सिंगापुर सिर्फ़ शरीर लेकर लौटा था, आत्मा कहीं जबलपुर में छोड़ आया था। ऑफ़िस से लौटकर डिनर टेबल पर मैं और मंजरी ख़ामोश बैठे थे।

"क्या सोच रहे हैं?" मंजरी ने दाल का डोंगा मेरी तरफ़ बढ़ाते हुए कहा।

"रुख़सार भाभी कैसी है?" मैंने पूछा।

"हाँ फ़ोन किया था, उनका भी रो-रो कर बुरा हाल है। कह रही थी कि इक़बाल तो दिन-भर हॉस्पिटल में ही रहता है। स्कूल उसके बस का नहीं। शायद बन्द करना पड़े। सुलभ भाई व्हीलचेयर पर आ जाते हैं दिन में एक बार। पर कब तक देखेंगे..." मंजरी कहती गई और उसकी आवाज़ धीमी होती गई। मुझसे दो कौर से ज़्यादा खाया नहीं गया। मैं बेडरूम में जाकर लेट गया। थोड़ी देर में मंजरी आ गई।

"हे ईश्वर, तुमने यह सब क्या कर दिया!" मैंने धीरे से कहा।

"एक बात कहूँ? आप जबलपुर लौटना चाहते थे? और इन्तज़ार करने की क्या ज़रूरत है? पैसे का कोई अन्त तो है नहीं। प्रिशा अपने पैरों पर खड़ी हो गई है। अभी क्यूँ नहीं चलते?" मंजरी ने कहा।

"कुछ दिन और रुककर, थोड़ा और प्लानिंग के साथ चलते हैं।" मैंने कहा।

"ज़रूरत वहाँ आज है। यह मौक़ा है दूसरी इनिंग को अपने तरीक़े से खेलने का, मत छोड़िए। ईश्वर ने क्या पता आपको मौक़ा देने के लिए यह सब किया हो।" मंजरी ने मेरा हाथ पकड़ते हुए कहा।

"तुम रह पाओगी जबलपुर जैसे छोटे शहर में, इतने दिन सिंगापुर में बिताने के बाद?" मैंने निर्णय लेने के मूड में मंजरी की आँखों में आँखें डालकर कहा।

"इलाहाबाद से मैं जबलपुर आई थी, सिंगापुर नहीं। जहाँ आप हैं, मुझे वहाँ रहना है। मेरी तनिक भी चिन्ता मत करिए।" मंजरी मुझे यह बोलते हुए बड़ी ख़ूबसूरत लगी।

अगले दिन ऑफ़िस पहुँचते ही पता चला कि बिग बॉस का तुरन्त बुलावा है। आख़िरी बहस के बाद हमारी बात नहीं हुई थी। मैं यह भी भूल गया था कि एम.डी. के चयन का परिणाम भी आनेवाला था।

"सो मिस्टर शरद, स्ट्रेटेज़िक टीम ने एम.डी. की पोस्ट के लिए तुम्हारा नाम सुझाया है। मुझे भी लगता है कि तुम यंग हो, ऑनेस्ट हो और तुम्हारी सोच बहुत आगे की है। आज अनाउंसमेंट होगा। तुम्हें आगाह कर रहा हूँ क्योंकि खन्ना और त्यागी परेशान करने की कोशिश करेंगे। जब तुम इस पोस्ट पर आओगे तो समझोगे कि मेरी सीट आग की बनी है।" यह कहते हुए बिग बॉस ने अपनी तारीफ़ भी की और मुझे बड़ी ख़बर सुनाई।

"क्या हुआ, यू आर नॉट हैप्पी?" बिग बॉस को लगा कि मैं बल्लियों उछल जाऊँगा।

"थैंक यू। मैं इसी वक़्त इस जॉब से रिज़ाइन करता हूँ। मेरे कुछ व्यक्तिगत कारण हैं, जिनकी वजह से मैंने जबलपुर लौटने का फ़ैसला लिया है। आपकी कम्पनी में काम करके मुझे जो कुछ भी हासिल हुआ, उसके लिए तहेदिल से धन्यवाद।" मैंने बिग बॉस के रिएक्शन का इन्तज़ार नहीं किया और बाहर निकल आया।

सारा सामान उठाकर ऑफ़िस से घर लौटते आज मैं इतना ख़ुश था कि मुझे याद नहीं इतनी ख़ुशी मुझे कब हुई थी। पूरी तरह से मैं था। एक कठिन निर्णय लिया था, स्पष्ट निर्णय लिया था और अपने लिए एक उद्देश्य को ढूँढ़ निकाला था। मेरा मन मेडिटेशन की अवस्था वाली ख़ुशी को प्राप्त था।

जबलपुर लौटकर मैंने अपने सारे प्रबन्धन के अनुभव स्कूल में झोंक दिए। मंजरी प्रिंसिपल हैं, बच्चों को पढ़ाती हैं। मैं मैनेजमेंट सँभालता हूँ। रुख़सार भाभी स्कूल की मुख्य पार्टनर हैं। लोकल कोई भी समस्या हुई तो सुलभ हमेशा मदद को तैयार रहता है।

एक साल में हमने मिलकर स्कूल का हुलिया बदल दिया। मीडिया में स्कूल की पहचान हुई। टीवी, यू-ट्यूब में इंटरव्यू, स्कूल की चर्चा हुई। न जाने कितने लोगों ने मदद का हाथ बढ़ाया। स्कूल का फाइनेंस मज़बूत हुआ तो बिल्डिंग, पढ़ाई की नई तकनीक, पेड़-पौधे, कक्षाएँ इत्यादि जोड़े गए।

अनवर का सपना लहलहा रहा था। आज अनवर को गुज़रे एक साल हो गए थे। हमने वार्षिक महोत्सव मनाने का फ़ैसला लिया था। उसके जाने की याद भी हम दुख में जाया नहीं करना चाहते थे।

"साले, तेरे आने से स्कूल में रौनक आ गई। वैसे मीडिया से अगली बार ऐसे प्रोग्राम में सिर्फ़ लड़कियाँ बुलाना।" व्हीलचेयर पर बैठा सुलभ मेरे कमरे में आया।

"अमाँ सुधर जा। अनवर मियाँ सुन रहे हैं।" मैंने मेरे ऑफ़िस में लगी अनवर की बड़ी फ़ोटो की तरफ़ इशारा किया।

"इक़बाल और वैदेही साथ आए। अब तक उनकी सगाई हो चुकी थी। वैदेही मेरे लिए एक गिफ़्ट लाई थी, वो भी बिलकुल पैक्ड।

रुख़सार कभी ख़ुद अनाथ रही थी इसलिए अलग धर्मों में शादी से उसे कोई शिकायत नहीं थी। वैदेही के परिवार को भी उसकी पसन्द से शिकायत नहीं थी। इक़बाल एक पढ़ा-लिखा डॉक्टर था और दोनों की जोड़ी साथ में ख़ूबसूरत लगती थी। ध्यान देनेवाली बात यह थी, रुख़सार और इक़बाल की शर्त थी कि वैदेही अपना धर्म नहीं बदलेगी।

जबलपुर बदल रहा था।

"अनवर होता तो बहुत ख़ुश होता।" मैंने उन दोनों को देखकर मन-ही-मन सोचा।

"कहाँ रह गए थे तुम दोनों, काफ़ी देर लगा दी?" मैंने कहा।

"अंकल, आप तो जानते हैं कि अब्बू की ख़्वाहिश थी, जबलपुर में ज़रूरतमन्दों के लिए एक हॉस्पिटल खुले। उसी सिलसिले यहाँ के एम.एल.ए. से बात करने गए थे। उसी में थोड़ी देर हो गई।"

"भैया चलें? लोग कार्यक्रम के शुरू होने का इन्तज़ार कर रहे हैं।" रुख़सार ने अन्दर घुसते हुए कहा।

मैंने वैदेही का दिया गिफ़्ट टेबल पर रख दिया और सुलभ का व्हील चेयर साथ धकेलते असेम्बली हॉल की तरफ़ बढ़ गया।

मंजरी ने अच्छा-ख़ासा भाषण दिया। अनवर, सुलभ और मेरे बारे में बताया। हमारी दोस्ती का, हमारी सोच का ज़िक्र किया। रुख़सार भाभी ने मुझे धन्यवाद दिया और मुझसे आग्रह किया कि मैं भी दो शब्द अपनी ज़िन्दगी में आए इतने बड़े बदलाव के बारे में बोल दूँ।

मैंने आज बिना किसी तैयारी के वही बोला जो मन में आया।

"मेरी ज़िन्दगी के बारे में अकसर पूछा जाता है, मेरे जबलपुर से सिंगापुर और फिर से जबलपुर लौटने की यात्रा के बारे में पूछा जाता है। तो आज मैं इसके बारे में कुछ कहना चाहता हूँ। हम जीवन की शुरुआत ठीक किसी उपन्यास की तरह करते हैं। लम्बी-चौड़ी कई सालों की प्लानिंग। तगड़े अनुशासन से ख़ुद को प्रताड़ित करके हम उम्र-भर कोशिश करते हैं कि सब कुछ एक फ्रेम के मुताबिक़ चलता रहे। बीच रास्ते में कई चीज़ें बदलती हैं और हम उलझ जाते हैं। फिर उपन्यास का कथानक याद आता है और हम अनुशासन के साथ लग पड़ते हैं। कथानक के रास्ते से भटकन और फिर से ख़ुद को रास्ते पर खींचकर लाने की जद्दोजहद ज़िन्दगी-भर साथ चलती है। अन्त में जब बिलकुल अलग परिणाम देखते हैं तो समझने के लिए पूरे रास्ते को मुड़कर देखना होता है। समझ आता है कि फ्रेम के मुताबिक़ तो कुछ चला ही नहीं। सब कुछ बिलकुल बेतरतीब रहा। हमने कुछ चाहा और कुछ का कुछ हो गया। जो हो गया, वह जो चाहा था, उससे न बुरा था न अच्छा था, बस अलग था।

हमने उस मुद्दे को वहीं छोड़ एक नई चाहत की शुरुआत की जिसका भी हश्र पहले वाले की तरह हुआ। कुछ हूबहू हमारी चाहत के हिसाब से कभी नहीं होता पर जो होता है उसे ही हम अपना मान लेते हैं ताकि नया अध्याय शुरू किया जा सके। और ऐसी ही ढेरों छोटी-छोटी कहानियों से मिलकर ज़िन्दगी बनती है। कई हिस्से एक-दूसरे से थोड़ा-बहुत जुड़े होते हैं और कई हिस्सों में कोई तारतम्य ही नहीं होता। कुल मिलकर अन्त में यही समझ में आता है कि जो जीवन हमने जिया है वह कोई पूर्ण उपन्यास नहीं, बल्कि छोटी-छोटी अधूरी कहानियों का संग्रह है।"

लोगों ने मेरी बात समझी या नहीं पर तालियाँ ख़ूब बजाईं। इन तालियों की गड़गड़ाहट के बीच मुझे अनवर की बहुत याद आई। मैं मंच से उतरकर सीधा अपने चैम्बर में चला गया।

"देखना एक दिन, तुम भी इस स्कूल के लिए बहुत कुछ करोगे।" अनवर की बड़ी तसवीर की तरफ़ देखते उसकी बात याद आई।

आज मैं सालों बाद इतना ख़ुश और सन्तुष्ट था। मुझे इस स्कूल को बहुत आगे ले जाना था।

इन्हीं ख़यालों में मेरी नज़र सामने रखे वैदेही के गिफ़्ट पर पड़ी। मन बहलाने के लिए मैंने गिफ़्ट खोला।

मेरे आश्चर्य का ठिकाना नहीं रहा कि वैदेही ने अपनी पहली किताब मेरे जीवन पर लिखी थी। हॉस्पिटल में सुनाई सारी कहानियों ने मिल-जुलकर एक उपन्यास की शक्ल ले ली थी।

उस किताब के कवर पर तीन बच्चों की चुनाव करती उँगलियाँ थीं और शीर्षक था—

'ओक्का-बोक्का...'